나미야 잡화점의 기적

NAMIYA ZAKKATEN NO KISEKI
© Keigo Higashino

First published in Japan in 2012
by KADOKAWA CORPORATION, Tokyo.

Korean translation rights arranged
with KADOKAWA CORPORATION, Tokyo
through Shinwon Agency Co., Seoul.

나미야
잡화점의
기적

히가시노 게이고 장편소설

양윤옥 옮김

현대문학

차례

제1장

답장은 우유 상자에

1

그 폐가廢家로 가자는 말을 처음 꺼낸 건 쇼타였다. 아주 괜찮은 헌 집이 있다고 했다.

"아주 괜찮은 헌 집이라니, 그게 말이 되냐?" 몸집도 작은 데다 얼굴에 아직도 어린 티가 남아 있는 쇼타를 내려다보며 아쓰야는 말했다.

"글쎄, 아주 괜찮은 집이라니까. 우리가 숨기에 딱 좋단 말이야. 사전 조사를 나갔을 때 우연히 발견한 곳이야. 진짜로 그 집을 써먹게 될 줄은 상상도 못 했지만."

"너희한테 미안하다……." 고헤이가 큼직한 몸을 움츠리며 말했다. "설마 이런 위급한 때에 차 배터리가 나갈 줄은 몰랐어."

아쓰야는 한숨을 내쉬었다.

"이제 와서 그런 소리 해봤자 무슨 소용이냐?"

"그나저나 어떻게 된 건지 모르겠네. 여기 올 때까지는 아무 문제가 없었어. 깜빡 잊고 라이트를 계속 켜놓은 것도 아니고……"

"수명이 다 된 거야." 쇼타가 또랑또랑하게 말했다. "주행거리 좀 봐라. 십만 킬로가 넘잖아. 사람 늙는 거하고 똑같아. 숨이 깔딱깔딱하던 참에 여기까지 달리고는 꼴깍 사망하신 거지. 그러니까 훔치려면 새 차를 훔치라고 내가 말했지?"

고헤이는 팔짱을 끼고 끄응 신음 소리를 냈다. "새 차는 도난 방지 장치가 빵빵하잖아."

"야, 됐다, 됐어." 아쓰야가 손을 내저었다. "쇼타, 그 헌 집이라는 데는 여기서 가깝냐?"

쇼타가 고개를 갸우뚱했다. "서둘러 가면 이십 분쯤?"

"그럼 가자. 네가 앞장서."

"그건 좋은데, 이 차는 어쩌지? 여기 세워놓고 가도 괜찮아?"

아쓰야는 주위를 둘러보았다. 그들이 서 있는 곳은 주택가 한복판의 임대 주차장이었다. 빈 공간이 있어서 일단 그곳에 주차한 것인데 원래 이곳을 빌린 사람이 알게 되면 틀림없이 경찰에 신고할 터였다.

"괜찮지는 않지만 차가 움직이질 않으니 어쩔 수 없잖아. 너희들 맨손으로는 아무 데도 안 만졌지? 그렇다면 이 차 때문에 꼬리가 잡힐 일은 없어."

"완전히 운을 하늘에 맡기는 거네."

"그럼 무슨 다른 좋은 방법 있어?"

"아니, 그냥 한번 말해본 거야. 오케이, 그럼 다들 따라와."

쇼타가 가볍게 걸음을 옮기는지라 아쓰야는 그 뒤를 따라갔다. 오른손에 든 가방이 묵직했다.

고헤이가 옆에 와서 나란히 섰다.

"아쓰야, 택시 타고 가면 안 될까? 조금만 더 가면 큰길이야. 거기라면 빈 택시가 있을 거 같은데."

아쓰야는 코웃음을 쳤다.

"이 시간에 이런 곳에서 수상쩍은 남자 셋이 택시를 탔다가는 틀림없이 운전기사가 우리 얼굴을 기억할걸? 우리를 쏙 빼닮은 몽타주가 퍼지면 완전 인생 종 치는 거야."

"택시 기사가 우리 얼굴을 그렇게 찬찬히 볼까?"

"찬찬히 보는 사람이면 어쩔 건데? 찬찬히도 아니고 흘끗 쳐다보고도 얼굴을 기억해버리는 재주가 있는 사람이면 어쩔 거냐고."

고헤이는 그만 입을 꾹 다물고 걸어가다가 작은 소리로 사과했다. "미안해……."

"됐어. 아무 말 말고 가기나 해."

약간 높은 지대의 주택가를 세 사람은 걸어갔다. 시각은 오전 2시를 조금 넘어선 참이었다. 비슷비슷한 모양새의 집들이 늘어서 있었지만 불 켜진 창문은 거의 없었다. 하지만 방심할 수는 없었다. 자칫 큰 소리로 얘기하다가 누군가 듣기라도 하면 한밤중에 수상한 남자들이 지나갔다고 경찰에 말해버릴 우려가 있었다. 아쓰야로서는, 경찰이 범인들은 범행 현장에서 차를 타고 도주했다고 생각해줬으면 하는 바람이 있었다. 물론 그러려면 저 훔친 자동차가 당장은 발견되지 않는다는 전제 조건이 필요하다.

처음에는 완만한 비탈길이었는데 잠시 걷다 보니 그 경사가 점점 심해지는 것 같았다. 그와 동시에 민가가 띄엄띄엄해졌다.

"어디까지 가야 해?" 고헤이가 헉헉거리며 물었다.

조금만 더 가면 된다고 쇼타는 짧게 대답했다.

실제로 잠깐 더 올라간 뒤에 쇼타는 걸음을 멈췄다. 옆에 집 한 채가 있었다.

그리 크지 않은 점포 겸 주택이었다. 살림채 쪽은 옛날식 목조 건물이고, 정면 폭이 삼사 미터쯤 되는 점포는 셔터 문이 닫혀 있었다. 셔터에는 우편함이 하나 붙어 있을 뿐 아무것도 적혀 있지 않았다. 옆은 창고 겸 주차장으로 쓰인 것으로 보이는 허름한 건물이었다.

아쓰야가 여기냐고 물었다.

"글쎄." 쇼타는 집을 올려다보며 고개를 갸웃갸웃했다. "여기였던 거 같은데……."

"여기였던 거 같다니, 뭔 소리야, 아니란 거야?"

"아니, 여기 맞아. 근데 어쩐지 지난번에 왔을 때하고 느낌이 좀 달라. 훨씬 더 새 집이었던 거 같은데."

"그때는 낮에 왔겠지. 그래서 그런 거 아냐?"

"뭐, 그럴 수도 있겠다."

아쓰야는 가방에서 손전등을 꺼내 셔터 주위를 비춰 보았다. 위쪽 간판에서 '잡화점'이라는 글씨가 가까스로 읽혔다. 그 앞에는 가게 이름이 있는 모양인데 희미해서 알아볼 수 없었다.

"이런 곳에 잡화점이라니, 손님이 오기나 하겠냐?" 아쓰야는 저도 모르게 말했다.

"손님이 안 오니까 망했겠지." 쇼타가 지당한 말을 했다.

"하긴 그렇다. 근데 어디로 들어가?"

"뒷문이 있어. 자물쇠가 망가졌더라고."

이쪽이야, 라면서 쇼타는 집 건물과 창고 사이의 좁은 골목으로 들어갔다. 아쓰야와 고헤이도 따라 들어갔다. 폭이 일 미터 남짓한 통로였다. 비집고 들어가면서 고개를 젖혀 하늘을 올려다보았다. 머리 위쪽 한가운데 둥근 달이 떠 있었다.

들어가보니 건물 뒤편에도 출입문이 있었다. 문짝에 달린 자그마한 나무 상자가 눈에 띄었다.

"이건 뭐에 쓰는 거지?" 고헤이가 혼잣말처럼 중얼거렸다.

"이거 몰라? 우유 상자잖아. 배달 우유 넣어주는 거." 아쓰야가 대답했다.

"와아, 그렇구나." 감탄한 얼굴로 고헤이는 나무 상자를 훑어보고 있었다.

뒷문을 열고 세 사람은 안으로 들어갔다. 먼지 냄새가 풍겼지만 불쾌할 정도는 아니었다. 한 평 남짓한 현관 한쪽에는 고장이 난 듯한 녹슨 세탁기가 놓여 있었다.

현관 바닥에는 먼지를 뿌옇게 뒤집어쓴 슬리퍼 한 켤레가 놓여 있었다. 그것을 뛰어넘어 세 사람은 신발을 신은 채 안으로 들어 갔다. 바로 앞이 주방이었다. 바닥에는 마루가 깔렸고 창가에 싱 크대와 가스레인지가 나란히 이어졌다. 그 옆으로 투 도어 냉장고, 주방 한가운데는 식탁과 의자가 있었다.

　고헤이가 냉장고를 열어 보더니 못마땅한 듯 말했다. "아무것도 없네."

　"야, 당연하지." 쇼타가 입을 뾰족이 내밀며 나무랐다. "그보다, 뭔 가 들어 있으면 어쩔 건데? 먹기라도 할래?"

　"아니, 난 그냥 아무것도 없다고 말한 것뿐이야."

　옆은 안방이었다. 서랍장과 불단佛壇이 남아 있었다. 구석에는 방석이 쌓여 있었다. 붙박이장이 있었지만 굳이 열어 볼 마음은 나지 않았다.

　안방 건너편이 가게였다. 아쓰야는 가게 쪽을 손전등으로 비춰 보았다. 상품 진열장에 아주 조금이지만 물건이 남아 있었다. 문구 류, 주방 용품, 청소 도구. 대충 그 정도였다.

　"와우, 빙고!" 불단 서랍을 살펴보던 쇼타가 말했다. "양초가 있 어. 이걸로 불빛은 확보했다."

　양초 몇 개에 라이터로 불을 붙여 여기저기에 세웠다. 그것만으 로도 집 안이 제법 환해졌다. 아쓰야는 손전등을 껐다.

　고헤이가 후유 숨을 내쉬며 바닥에 털썩 주저앉았다. "이제는 날 새기만 기다리면 되겠네."

아쓰야는 휴대폰을 꺼내 시각을 확인했다. 오전 2시 30분을 살짝 넘어선 참이었다.

"엇, 이런 것도 있어." 불단의 맨 밑 서랍에서 쇼타가 잡지 같은 것을 꺼내 들었다. 해묵은 주간지인 모양이다.

"어디 좀 보자." 아쓰야가 손을 내밀었다.

먼지를 털어내고 다시 한 번 표지를 살펴보았다. 탤런트인가. 젊은 여자가 활짝 웃고 있는 사진이었다. 어쩐지 낯익은 얼굴이다 싶어서 찬찬히 들여다보니 생각이 났다. 어머니 역할로 텔레비전 드라마에 자주 나오는 여배우다. 지금 나이가 육십 대 중반쯤일 것이다.

주간지를 뒤집어 발행 일자를 확인했다. 사십여 년 전 날짜가 찍혀 있었다. 두 사람에게 말해주었더니 눈이 휘둥그레졌다.

"와아, 굉장하네. 사십 년 전에는 어떤 일들이 있었지?" 쇼타가 동그랗게 입을 벌리며 말했다.

아쓰야는 주간지 책장을 넘겨보았다. 전체적인 짜임새는 요즘 주간지와 별반 다르지 않았다.

"화장지와 세제를 사재기하는 바람에 슈퍼마켓이 대혼란……. 이 얘기, 나도 들은 적 있어."

"아, 나 그거 알아." 고헤이가 말했다. "오일쇼크 때였어."

아쓰야는 목차를 대충 훑어보고 마지막으로 화보를 본 뒤에 주간지를 덮었다. 아이돌이나 누드 사진은 없었다.

"이 집, 언제까지 사람이 살았을까?" 주간지를 다시 불단 서랍에 넣어놓고 아쓰야는 실내를 둘러보았다. "가게에 물건도 좀 남아 있고 냉장고에 세탁기도 있어. 급하게 이사한 듯한 느낌인데?"

"한밤중에 몰래 내뺐을 거야. 틀림없어." 쇼타가 단언했다. "손님이 안 오니까 빚이 자꾸 쌓였다. 그래서 어느 날 밤 짐을 싸서 토꼈다. 대충 그런 거지, 뭐."

"그런가?"

"아, 배고프다." 고헤이가 처량한 소리를 냈다. "이 근처에는 편의점 없을까?"

"있어도 절대 못 가니까 그런 줄 알아." 아쓰야가 고헤이를 흘겨보며 말했다. "아침까지 여기에 조용히 박혀 있어. 한숨 자고 나면 금방 날 샐 테니까."

고헤이는 목을 움츠리며 제 무릎을 껴안았다. "난 배고프면 잠이 안 오는데."

"게다가 먼지가 수북해서 눕지도 못하겠어." 쇼타가 말했다. "하다못해 뭔가 깔 거라도 있으면 좋겠는데."

"잠깐 있어봐." 그렇게 말하고 아쓰야는 자리에서 일어났다. 손전등을 들고 가게로 내려갔다.

상품 진열대를 비추면서 가게 안을 한 바퀴 살펴보았다. 비닐시트 같은 게 있으면 좋겠다고 생각한 것이다. 통 모양으로 말린 창호지가 눈에 띄었다. 그걸 펼치면 그럭저럭 잠자리로 써먹을 수 있을지도 모른다. 그렇게 생각하고 손을 내밀려던 때였다. 등 뒤에서 작은 소리가 났다.

흠칫해서 돌아보았다. 뭔가 하얀 것이 셔터 바로 앞의 종이 상자 속으로 툭 떨어지는 게 보였다. 손전등으로 종이 상자 안을 비춰 보았다. 아무래도 편지 같았다.

한순간 온몸의 피가 수런거렸다. 누군가 방금 셔터의 우편함에 넣고 간 것이다. 이 시간에 이런 폐가에 집배원이 우편물을 배달해줄 리는 없다. 그렇다면 이 집에 자신들이 있다는 것을 눈치챈 누군가가 뭔가를 알려주려고 다녀갔다는 얘기가 된다.

아쓰야는 심호흡을 하고 우편함 투입구 뚜껑을 살그머니 열어 바깥 상황을 살펴보았다. 혹시 경찰차가 둘러싸고 있는 거 아닌가 하고 걱정했지만 예상과는 달리 바깥은 깜깜할 뿐이었다. 인기척도 없었다.

조금쯤 마음이 놓여서 편지를 집어 들었다. 앞면에는 아무것도 적혀 있지 않았다. 뒤집어 보니 동그스름한 글씨체로 '달 토끼'라고 쓰여 있었다. 그 편지를 들고 안방으로 돌아왔다. 두 사람에게 보여줬더니 둘 다 으스스하다는 표정이었다.

"무슨 편지래? 전부터 거기 있었던 거 아니야?" 쇼타가 말했다.

"아냐, 누군가 방금 집어넣고 갔어. 우편함에서 떨어지는 걸 내 눈으로 똑똑히 봤으니까 틀림없어. 게다가 이 봉투 좀 봐. 새것이잖아. 전부터 거기 있었던 봉투라면 이보다 훨씬 더 때를 탔겠지."

고헤이가 큼직한 몸을 잔뜩 웅크렸다. "겨, 경찰인가?"

"나도 그 생각을 했는데 그건 아닌 거 같아. 경찰이라면 이런 흐리터분한 짓은 안 해."

"그건 그래." 쇼타가 중얼거렸다. "경찰이 '달 토끼'라는 달달한 이름을 쓸 리도 없고."

"그럼 대체 누구냐고." 고헤이가 불안한 듯 까만 눈동자를 굴렸다.

아쓰야는 봉투를 찬찬히 들여다보았다. 손에 느껴지는 감촉으로는 제법 두툼했다. 편지라고 한다면 꽤 긴 편지다. 이걸 우편함에 넣은 사람은 대체 우리에게 무엇을 전하려는 것인가.

"아니, 아냐." 아쓰야는 고개를 저었다. "이건 우리한테 보낸 편지가 아니야."

왜냐고 묻듯이 두 사람이 동시에 아쓰야를 올려다보았다.

"생각해봐, 우리가 이 집에 들어오고 얼마나 됐냐? 짤막한 메모라면 모르지만 이 정도로 두툼한 편지를 쓰려면 적어도 삼십 분 이상은 걸릴 거라고."

"응, 맞는 말이야." 쇼타가 고개를 끄덕였다. "근데 이게 꼭 편지라고는 할 수 없잖아?"

"하긴 그렇지." 아쓰야는 다시 편지 봉투에 시선을 떨구었다. 날개에 풀칠을 해서 단단히 봉한 편지였다. 마음을 정하고 그 부분을 손끝으로 잡았다.

"야, 뭐 하려고?" 쇼타가 물었다.

"뜯어봐야지. 편지를 읽어보는 게 가장 얘기가 빨라."

"그래도 우리한테 온 편지가 아니잖아." 고헤이가 말했다. "남의 편지를 마음대로 뜯어보는 건 안 좋은 일이야."

"어쩔 수 없잖아. 받는 사람 이름도 없고."

아쓰야는 봉투를 뜯었다. 장갑을 낀 채 손가락을 넣어 편지지를 빼냈다. 펼쳐 보니 파란 잉크로 쓴 글씨가 빼곡히 이어졌다. 첫 문장은 '처음으로 상담 편지를 드립니다'라는 것이었다.

"뭐야, 이게?" 아쓰야는 저도 모르게 중얼거렸다.

고헤이와 쇼타가 옆에서 고개를 들이밀고 넘어다보았다.

그것은 실로 기묘한 편지였다.

처음으로 상담 편지를 드립니다.

저는 '달 토끼'라고 합니다. 여자예요. 사정이 있어서 이름을 밝히지 못하는 점을 양해해주세요.

실은 제가 현역으로 뛰고 있는 운동선수예요. 죄송하지만 어떤 종목인지는 밝힐 수가 없네요. 왜냐하면, 제 입으로 이런 말씀을 드리기는 쑥스럽지만, 나름대로 괜찮은 성적을 올려서 내년에 있을 올림픽 대표 후보자로 이름이 올라 있거든요. 제가 종목을 밝히면 누구인지 대충 짐작해버리실 거예요. 그리고 지금부터 하려는 상담은 제가 올림픽 대표 후보자라는 것을 숨기고서는 밝힐 수 없는 내용이랍니다. 부디 양해해주시기 바랍니다.

저에게는 사랑하는 사람이 있습니다. 저를 가장 잘 이해해주고 누구보다 큰 도움과 전폭적인 응원을 해주는 사람이에요. 제가 올림픽에 나가는 것을 진심으로 바라고 있기도 합니다. 그러기 위해서라면 어떤 희생도 치르겠다고 말해주는 사람이에요. 실제로 지금까지 물질적으로나 정신적으로나 헤아릴 수 없을 만큼 많은 도움을 받았어요. 그런 헌신적인 도움 덕분에 저는 지금까지 최선을 다할 수 있었죠. 어떤 힘든 연습도 그 사람 덕분에 이겨낼 수 있었어요. 오로지 올림픽 무대에 서는 것만이 그의 사랑에 대한 보답이라고 생각해왔습니다.

그런데 그런 우리에게 악몽 같은 일이 일어났습니다. 갑작스럽게 그가 쓰러진 거예요. 병명을 듣고 저는 눈앞이 캄캄해졌습니다. 암이었어요. 치유될 가망이 거의 없고 앞으로 기껏해야 반년 정도, 라고 의사 선생님이 저한테만 얘기해주셨어요. 하지만 아마 그 사람도 대강 짐작은 하고 있는 것 같습니다.

그는 병원에 누워 있으면서도 자신의 병은 전혀 개의치 말고 경기에만 집중하라고 말합니다. 지금이 가장 중요한 시기라면서요. 그건 맞는 말이기는 합니다. 합숙이며 해외 원정 같은 훈련 일정이 빡빡하게 짜여 있으니까요. 올림픽 대표로 선발되려면 지금 열심히 하지 않으면 안 됩니다. 저도 머리로는 충분히 잘 알고 있어요.

하지만 내 안에 있는 또 다른 나, 경기에 출전할 선수가 아닌 또 하나의 나는 그 사람과 함께 있기를 간절히 원합니다. 훈련 따위는 내팽개치고 그 사람 곁을 지키며 간호해주고 싶은 마음뿐이에요. 사실은 그에게 올림픽 출전을 포기하겠다고 말해버린 적도 있어요. 하지만 그 말을 했을 때 그 사람이 얼마나 슬퍼 보였는지, 지금 다시 생각해도 눈물이 쏟아질 것 같네요. 제발 그런 생각은 하지 마라, 네가 올림픽에 나가는 게 내 가장 간절한 꿈이니까 제발 그 꿈을 깨뜨리지 말아달라고 눈물로 호소하더군요. 무슨 일이 있어도 네가 올림픽 무대에 설 때까지는 죽지 않겠다, 그러니 훈련에 최선을 다하겠다고 꼭 약속하라고 했습니다.

그가 어떤 병에 걸렸는지, 가족에게는 아직 말하지 못했어요. 올림픽이 끝나는 대로 결혼식을 올릴 예정이기 때문에 양쪽 집안 어느 쪽에도 차마 말을 할 수가 없었어요.

어떻게 해야 할지 결단을 내리지 못한 채 그저 이렇게 하루하루를 보내고 있네요. 훈련에도 전혀 집중할 수 없어서 당연한 일이지만 실력도 오르지 않아요. 이러느니 지금 당장 훈련을 중단하는 게 좋겠다는 생각이 자꾸 머리를 쳐듭니다. 하지만 그의 슬픈 얼굴을 떠올리면 도저히 결단을 내릴 수가 없어요.

혼자서 고민하던 중에 우연히 나미야 잡화점에 대한 이야기를 들었습니다. 어쩌면 뭔가 좋은 충고를 해주시지 않을까, 한 가닥 희망을 담아 이렇게 상담 편지를 보내기로 했어요.

반신용 봉투를 함께 넣었습니다.

부디 좋은 말씀 부탁드립니다.

달 토끼 드림

2

편지를 다 읽고 셋이서 서로를 마주 보았다.

"이게 뭐지?" 가장 먼저 입을 연 것은 쇼타였다. "왜 이런 편지를 여기에 보낸 거야?"

"너무나 고민이 되어서 그랬겠지." 고헤이가 말했다. "그렇다고 써 있잖아."

"그건 나도 알아. 왜 고민 상담 편지를 잡화점 우편함에 넣었느냐는 거야. 게다가 망해버려서 이제는 아무도 없는 잡화점에."

"그걸 나한테 물어보면 어떡해?"

"고헤이 너한테 물어본 게 아니야. 그냥 궁금해서 말해본 것뿐이라고. 대체 뭐냐, 이게."

두 사람의 대화를 한 귀로 흘리면서 아쓰야는 봉투 속을 들여다보았다. 반으로 접힌 새 봉투가 들어 있고, 받는 사람 칸에는 '달 토끼'라고 사인펜으로 적혀 있었다.

"이게 어떻게 된 거냐." 마침내 그도 입을 열었다. "누가 장난을 치는 것도 아닐 테고. 이거, 진짜로 상담을 하는 거잖아. 게다가 상당히 심각해."

"혹시 집을 착각한 거 아닐까?" 쇼타가 말했다. "어디 다른 곳에 고민을 상담해주는 잡화점이 있는데 거기하고 착각한 모양이네. 틀림없어."

아쓰야는 손전등을 들고 일어섰다. "가게 이름을 다시 확인해보고 올게."

뒷문을 통해 밖으로 나와 가게 앞으로 돌아갔다. 흐릿한 간판을 손전등으로 비춰 보았다. 골똘히 시선을 집중해서 확인했다. 페인트가 벗겨져 알아보기 힘들었지만 '잡화점' 앞에 있는 글씨는 분명 '나미야'인 것 같았다.

다시 안으로 돌아와서 그 얘기를 두 사람에게 해주었다.

"그럼 이 집이 맞아. 하지만 이런 빈집에 상담 편지를 넣다니, 그러고도 답장이 올 거라고 생각할까, 상식적으로?" 쇼타가 고개를 갸웃거렸다.

"나미야라는 잡화점이 어디 다른 곳에 또 있나?" 그렇게 말한 것은 고헤이였다. "어딘가에 진짜 나미야 잡화점이 있는데 간판 이름이 똑같아서 착각한 거 아닐까?"

"아니, 그럴 리 없어. 저 간판의 흐릿한 글씨는 '나미야'라는 걸 미리 알지 않고서는 절대 못 알아봐. 그보다……" 아쓰야는 조금 전의 주간지를 다시 꺼내 왔다. "나미야, 나미야……. 어디서 본 것 같은데."

"봤다고?" 쇼타가 물었다.

"'나미야'라는 이름 말이야. 분명 이 주간지에 그런 이름이 실려 있었던 거 같아."

"진짜?"

아쓰야는 주간지의 목차 페이지를 펼쳤다. 쓰윽 시선이 내달렸다. 곧바로 그 눈길이 한 곳에서 멈췄다.

그 기사의 제목은 「인기 폭발! 나야미悩み('고민'이라는 뜻의 일본말—옮긴이)를 척척 해결해주는 잡화점」이었다.

"바로 이거야. '나미야'가 아니라 '나야미'지만……."

그 페이지를 펼쳤다. 거기에 실린 것은 다음과 같은 기사였다.

어떤 고민이든 척척 해결해주는 잡화점이 큰 인기를 끌고 있다. 화제의 주인공은 ×× 시에 자리한 '나미야 잡화점'. 혼자서는 해결 못 할 고민거리를 편지로 써서 밤중에 가게 앞 셔터의 우편함에 넣으면 그다음 날에는 가게 주인이 집 뒤편의 우유 상자에 답장을 넣어준다. 잡화점 주인 나미야 유지(72세) 씨는 웃으면서 다음과 같은 이야기를 들려주었다.

"처음 상담을 시작한 것은 이 근처 아이들과의 말장난 때문이었어요. 나미야라는 우리 잡화점 이름을 짓궂게 '나야미, 나야미' 하면서 놀리더라고요. 간판에 '상품 주문 가능. 상담해드립니다'라고 써져 있는데, 아이들이 그럼 나야미(고민) 상담도 해주느냐고 자꾸 묻는 거예요. 그래서 그야 물론이다, 어떤 것이든 다 받아주겠다, 라고 했더니 정말로 아이들이 고민을 상담하겠다고 찾아오더군요.

우스갯소리처럼 시작된 일이라서 그런지 처음에는 장난기 가득한 상담만 들어왔어요. 공부는 하기 싫은데 성적표에는 모두 '수'를 받고 싶다, 어떻게 해야 하느냐, 라는 식이에요. 하지만 나도 고집이 있는지라 그런 상담에도 진지하게 답을 써서 벽에 붙여줬죠. 그랬더니 차츰 진지한 내용이 많아지더군요. 아버지 어머니가 자꾸 싸워서 힘들다든가, 하는 것이었어요. 나중에는 상담 내용을 가게 앞 셔터의 우편함에 넣도록 했습니다. 답장은 가게 뒤쪽 출입문에 달린 목제 우유 상자에 넣어줍니다. 그러면 익명으로 상담하려는 사람들도 마음 편히 편지를 할 수 있으니까요. 그랬더니 언제부터인지 어른들도 고민거리를 편지로 써서 넣어주더라고요. 나 같은 평범한 노인네한테 상담을 해봤자 무슨 뾰족한 수가 나오는 것도 아니겠지만, 어떻든 내 나름대로 열심히 궁리해서 답장을 써드리고 있어요."

어떤 고민 상담이 가장 많으냐고 물었더니 압도적으로 연애에 대한 고민이 많다고 한다.

"그런데 사실은 연애 상담이 나한테는 가장 힘들어요"라고 말하는 나미야 씨. 그것이 나미야 씨의 가장 큰 '나야미'라고 한다.

기사에는 작은 사진이 딸려 있었다. 틀림없이 이 잡화점을 촬영한 사진이었다. 자그마한 몸집의 노인이 그 앞에 서 있었다.

"이 주간지는 그저 우연히 남아 있었던 게 아니라 일부러 챙겨 둔 거였어. 자기네 잡화점 기사가 실렸으니까 보관해둔 거라고. 와아, 이건 진짜 특이하다." 아쓰야는 혼잣말처럼 중얼거렸다. "고민을 상담해주는 나미야 잡화점이라…… 아니, 근데 아직도 상담을 하겠다고 편지를 보내는 사람이 있어? 벌써 사십 년이나 지났는데?" 그러고는 다시 한 번 '달 토끼'라는 사람이 보낸 편지를 쳐다보았다.

쇼타가 편지지를 집어 들었다.

"이 편지에는 그런 이야기를 들었다고 적혀 있어. 나미야 잡화점이 고민을 상담해준다는 얘기를 들었다고. 이 편지글만 보자면 바로 얼마 전에 들은 듯한 느낌이야. 그렇다면 아직도 그런 얘기가 사람들 사이에 오가는 건가?"

아쓰야는 팔짱을 꼈다. "그럴지도 모르겠다. 좀 이해가 안 되긴 하지만."

"치매 걸린 노인네한테서 우연히 들은 거 아닐까?" 고헤이가 말했다. "치매 노인네가 나미야 잡화점이 이 꼴이 난 줄도 모르고 달토끼한테 그런 얘기를 해준 모양이지."

"아니, 그렇다고 쳐도 자기가 직접 와서 이 잡화점 꼴을 봤다면 뭔가 이상하다고 감을 잡았을 거 아냐. 아무도 살지 않는 빈집이라는 걸 한눈에 척 알아봤을 거라고."

"그럼 이 달 토끼라는 여자가 머리가 좀 이상해진 모양이네. 너무 고민하다가 노이로제에 걸린 거 아닐까?"

아쓰야는 고개를 저었다. "머리가 이상해진 사람이 쓴 편지는 아닌 거 같은데."

"그럼 대체 어떻게 된 거야?"

"글쎄 지금 내가 그걸 생각하고 있잖아."

그러자 쇼타가 목소리를 높였다. "그럼 아직도 하는 건가?"

아쓰야가 쇼타를 보았다. "뭘?"

"고민 상담 말이야. 이 집에서."

"이 집에서? 대체 무슨 얘기야."

"지금 이 잡화점에는 아무도 살지 않지만 상담 편지는 계속 받고 있다는 얘기야. 주인 할아버지는 어딘가 다른 곳에서 살고 있고 가끔 편지를 가지러 오겠지. 그리고 답장은 가게 뒤편 우유 상자에 넣어둔다. 어때, 그러면 앞뒤가 맞잖아."

"그야 앞뒤가 맞기는 한데, 그렇다면 그 할아버지가 아직 살아 있다는 얘기가 돼. 진즉에 백 살하고도 십 년이 더 지났단 말이야."

"그럼 대를 이어서 하는 건가?"

26

"하지만 사람이 드나든 흔적이 전혀 없어."

"굳이 집 안에 들어올 것도 없어. 셔터 문만 열고 편지를 가져갈 수 있잖아."

쇼타의 주장은 고개가 끄덕여지는 말이었다. 일단 확인해보자고 셋이서 가게로 내려갔다. 하지만 셔터는 안쪽에서 용접을 해서 열리지 않게 되어 있었다.

제기랄, 하고 쇼타가 내뱉었다. "대체 어떻게 된 거야."

세 사람은 안방으로 돌아왔다. 아쓰야는 '달 토끼'가 보낸 편지를 다시 읽어보았다.

"어떡하지?" 쇼타가 아쓰야에게 물었다.

"에이, 신경 쓸 거 없어. 아침에는 어차피 이 집을 떠날 건데." 아쓰야는 편지를 봉투에 넣어 방바닥에 휙 던졌다.

잠시 침묵이 이어졌다. 바람 소리가 들려왔다. 촛불이 조금씩 흔들리고 있었다.

"이 사람, 어떻게 할까?" 고헤이가 우물우물 말했다.

"뭘 어떻게 해?" 아쓰야가 어리둥절한 표정으로 물었다.

"그게 그러니까…… 올림픽 말이야. 포기할까?"

아쓰야는 어이없다는 듯 내뱉었다. "내가 알 게 뭐야?"

"포기하지 않을 거 같은데?" 널름 대답한 것은 쇼타였다. "연인이라는 남자는 이 여자가 올림픽에 출전하기를 간절히 바라고 있다잖아."

"그래도 좋아하는 사람이 암에 걸려서 곧 죽을 지경이야. 그런

판에 아무렇지도 않게 훈련을 받을 수 있겠어? 어쨌든 곁에 함께 있어주는 게 좋지. 그 남자도 사실은 그렇게 해주기를 바랄 거야."

웬일로 고헤이가 강경한 어조로 반대 의견을 펼쳤다.

"난 그건 아니라고 봐. 이 남자는 여자 친구가 멋지게 경기하는 모습을 보겠다고 필사적으로 암과 싸우고 있어. 최소한 그날까지는 살아보려고 몸부림치는 거야. 근데 여자 친구가 덜컥 올림픽 출전을 포기하면 더 이상 살맛도 안 나겠지."

"근데 이 편지에도 적혀 있지만 여자가 훈련에 집중을 못 하겠다잖아. 그럼 결국 올림픽 대표로 뽑히지 못할 거야. 남자 친구도 못 만나고 올림픽 대표도 못 되고, 그거야말로 설상가상이잖아?"

"그러니까 이 여자는 어떻게든 열심히 훈련에 집중해야지. 괜히 이래저래 고민할 때가 아니야. 남자 친구를 위해서라도 필사적으로 훈련을 해서 올림픽 출전권을 따낸다, 그것 말고는 방법이 없어."

에이, 하고 고헤이는 얼굴을 찌푸렸다. "난 그렇게는 못 할 거 같은데."

"너한테 하라는 게 아니야. 여기 이 토끼 씨한테 하라는 거지."

"아니, 난 내가 못 하는 걸 남한테 하라고는 못 해. 쇼타, 너라면 어떨 거 같아? 할 수 있겠어?"

고헤이의 질문에 쇼타는 선뜻 대답하지 못하는 눈치였다. 부루퉁한 얼굴을 아쓰야에게로 돌리며 물었다. "아쓰야, 너는 어때?"

아쓰야는 두 사람의 얼굴을 번갈아 보았다.

"너희들, 지금 뭘 그리 심각하게 따지는데? 그딴 거, 우리가 고민

할 필요 없다니까."

"그럼 이 편지는 어떡하고?" 고헤이가 물었다.

"어떡하기는, 뭘?"

"그래도 뭔가 답장을 해줘야지. 그냥 내버려둘 수는 없잖아."

"뭐야?" 아쓰야는 고헤이의 둥근 얼굴을 쏘아보았다. "답장을 해?"

고헤이는 고개를 끄덕였다.

"아무리 그래도 답장은 해주는 게 좋지. 그게, 우리 마음대로 편지를 뜯어봤잖아."

"뭔 소리야, 지금? 이 집에는 원래 아무도 없었어. 그런 곳에 편지를 넣은 사람이 이상한 사람이지. 답장을 못 받는 게 당연하다고. 쇼타, 너도 그렇게 생각하지?"

쇼타는 턱을 쓰다듬었다. "뭐, 그렇긴 하지."

"그렇지? 그냥 내버려둬. 쓸데없는 짓 하지 말자고."

아쓰야는 가게로 내려가 창호지 통을 몇 개 들고 와 두 사람에게 건넸다.

"이거 깔고 어서 자라, 자."

생큐, 라고 쇼타는 말했고 고헤이는 고마워, 라고 말하고 창호지 통을 받아 들었다.

아쓰야는 창호지를 바닥에 펼치고 신중하게 그 위에 몸을 눕혔다. 눈을 감고 자려고 했지만 두 사람이 전혀 움직이는 기척이 없는 게 신경이 쓰여서 눈을 번쩍 뜨고 고개를 들었다.

두 사람은 창호지 통을 껴안은 채 양반다리를 하고 앉아 있었다.

"함께 갈 수는 없나?" 고헤이가 중얼거렸다.

"누가?" 쇼타가 물었다.

"남자 친구 말이야, 병원에 있다는. 이 여자가 합숙 훈련이나 원정 훈련을 갈 때 남자 친구하고 함께 가면 내내 곁에서 훈련을 받을 수 있고 시합에도 나갈 수 있어."

"에이, 그건 어렵지. 환자잖아. 게다가 의사가 반년밖에 못 산다고 선고한 암 환자야."

"그래도 움직일 수 있는지 없는지, 그건 아직 모르잖아. 휠체어를 탈 정도만 되면 데려갈 수도 있어."

"그럴 수만 있다면야 이렇게 고민을 하겠어? 아마 내내 누워만 있고 돌아다니지는 못할 거야."

"그럴까?"

"그렇다니까. 틀림없어."

야야 하고 아쓰야가 목청을 높였다.

"대체 언제까지 그런 쓸데없는 소리들을 할래? 그냥 내버려두라잖아."

두 사람은 그제야 겸연쩍은 얼굴로 입을 다물고 고개를 떨구었다. 하지만 곧바로 쇼타가 얼굴을 들었다.

"아쓰야, 네 말도 물론 잘 알겠는데, 왠지 이대로 그냥 내버려둘 수가 없어. 이 달 토끼라는 여자, 상당히 진지하게 고민하고 있잖아. 어떻게든 도와주고 싶지 않아?"

아쓰야는 흥 코웃음을 치고는 몸을 일으켰다.

"어떻게든 도와주고 싶다고? 웃기는 소리 하고 있네. 우리 같은 놈들이 뭘 할 수 있는데? 돈도 없지, 가방끈 짧지, 백그라운드도 없지, 우리가 할 수 있는 일은 쩨쩨하게 빈집이나 털고 다니는 정도야. 아니, 그것도 원래 계획한 대로 하지도 못했어. 어렵게 돈 되는 물건을 털어 왔나 했더니만 도주용 자동차는 고장이 나고, 그 바람에 이런 먼지 구덩이에 누워 있는 거 아냐. 제 앞가림도 못하는 주제에 남의 고민을 상담해주다니, 그게 말이 되는 소리냐고."

아쓰야가 줄줄이 쏘아붙이자 쇼타는 목을 움츠리듯이 고개를 숙였다.

"빨리 잠이나 자. 날 밝으면 출근하는 사람들이 나올 거야. 그 틈에 섞여 도망치자고." 그렇게 말하고 아쓰야는 다시 자리에 누웠다.

이윽고 쇼타가 창호지를 깔기 시작했다. 하지만 그 동작이 한없이 느렸다.

"쇼타……." 고헤이가 머뭇머뭇 입을 열었다. "아무튼 뭔가 좀 써 볼까?"

"뭘 써?" 쇼타가 물었다.

"그러니까, 답장 말이야. 이대로는 어쩐지 마음에 걸려서."

"바보냐, 너?" 아쓰야가 말했다. "그런 게 마음에 걸려서야 이 험한 세상 어떻게 살아?"

"아니, 몇 마디만 써 보내도 그쪽은 느낌이 크게 다를 거야. 내 얘기를 누가 들어주기만 해도 고마웠던 일, 자주 있었잖아? 이 사람도 자기 얘기를 어디에도 털어놓지 못해서 힘들어하는 거야. 별로 대단한 충고는 못 해주더라도, 당신이 힘들어한다는 건 충분히 잘 알겠다, 어떻든 열심히 살아달라, 그런 대답만 해줘도 틀림없이 조금쯤 마음이 편안해질 거라고."

홍 하고 아쓰야는 내뱉었다. "정 그렇다면 네 마음대로 해. 애가 왜 저렇게 딸딸한지."

고헤이는 자리에서 일어났다. "어디 글씨 쓸 만한 거 없나."

"가게에 문구류가 있었던 거 같은데."

쇼타와 고헤이는 가게로 내려가 잠시 부스럭부스럭하다가 돌아왔다.

"쓸 거, 있어?" 아쓰야가 물었다.

"응, 사인펜은 모두 말라버려서 못 쓰지만 볼펜은 잘 나와. 그리고 편지지도 있어." 고헤이가 기쁜 표정으로 대답하더니 옆의 주방으로 들어갔다. 식탁 위에 편지지를 펼쳐놓고 의자에 앉았다. "자아, 뭐라고 쓸까."

"방금 네가 말했잖아. 당신이 힘들어한다는 건 충분히 잘 알겠다, 어떻든 열심히 살아달라. 그렇게 쓰면 되겠네." 아쓰야가 말했다.

"달랑 그것만 쓰면 성의 없어 보이지 않을까?"

아쓰야는 쯧쯧 혀를 찼다. "그럼 네 맘대로 해."

"아까 그건 어떨까? 남자 친구도 함께 데려가면 어떻겠냐는 거." 쇼타가 말했다.

"그게 가능하면 이런 식으로 상담도 안 할 거라고 한 건 쇼타 너잖아."

"아까는 그렇게 말했지만, 일단 확인은 해보는 게 어떨까 싶은데."

고헤이는 망설이는 표정으로 아쓰야를 바라보았다. "어떻게 생각해?"

"난 모르겠다." 아쓰야는 얼굴을 홱 돌려버렸다.

고헤이는 볼펜을 들었다. 하지만 글을 쓰기 전에 다시 아쓰야와 쇼타를 쳐다보았다.

"편지 첫인사, 어떻게 쓰지?"

"그래, 뭔가 있었어. 계절이나 날씨 인사 같은 거." 쇼타가 말했다. "야, 근데 그런 건 쓸 필요 없어. 여기 상담 편지에도 그런 인사말은 없잖아. 그냥 메일 보내듯이 하면 돼."

"그렇구나, 메일이라고 생각하고 쓰면 되겠네. 첫머리는, 음, 메일, 이 아니라 편지 잘 받았습니다, 라고 써야겠다. 편, 지, 잘, 받, 았, 습, 니, 다……."

"소리 내서 읽으면서 쓸 거 없어." 쇼타가 주의를 주었다.

고헤이가 글씨를 써 내려가는 소리가 아쓰야의 귀에도 들어왔다. 상당히 꾹꾹 눌러쓰는 모양이었다.

잠시 뒤에 다 됐다면서 고헤이가 편지지를 들고 다가왔다.

쇼타가 그것을 받아 들었다. "으이그, 어떻게 글씨가 이 모양이냐."

아쓰야도 옆에서 들여다보았다. 정말 악필이었다. 게다가 한자는 전혀 없었다.

편지 잘 읽었습니다. 힘드시겠네요. 당신의 고민은 충분히 잘 알았습니다. 한 가지 좋은 생각이 났는데, 당신이 전지훈련을 받으러 갈 때 남자 친구분도 함께 데려가면 되지 않을까요? 별로 좋은 충고를 해드리지 못해 미안합니다.

"어때?" 고헤이가 물었다.

"뭐, 이만하면 괜찮은데?" 쇼타가 대답하면서 아쓰야에게 동의를 구했다. "그렇지?"

"아무렇게나 해." 아쓰야가 대꾸했다.

고헤이는 편지지를 정성껏 접더니 봉투 안에 들어 있던 반신용 편지 봉투에 넣었다.

"지금 가서 우유 상자에 넣고 올게."

고헤이가 뒤쪽 출입문으로 나갔다.

아쓰야는 한숨을 내쉬었다.

"대체 뭘 하는 건지 모르겠네. 우리가 지금 생판 알지도 못하는 남의 고민거리나 상담해줄 때냐고. 쇼타, 너까지 한편이 되어서 대체 뭐 하는 짓이냐?"

"그런 소리 하지 마. 가끔은 이런 것도 좋잖아."

"뭐야, 가끔은, 이라니?"

"아니, 언제 우리가 다른 사람의 고민을 들어줄 일이 있겠냐고. 누가 우리한테 그런 상담을 하겠어. 아마 평생 그런 일은 없을 거야. 이게 처음이자 마지막이야. 그러니까 한 번쯤은 해보는 것도 좋지 않겠냐는 얘기야."

홍 하고 아쓰야는 다시 코웃음을 쳤다. "이런 걸 두고 제 분수를 모르고 날뛴다는 거야."

고헤이가 돌아왔다.

"우유 상자 뚜껑이 뻑뻑해서 잘 안 열리는 통에 힘들었어. 꽤 오랫동안 사용하지 않은 거 같아."

"당연하지. 요즘 세상에 누가 우유 배달을……." 누가 우유 배달을 시키겠냐고 말하려다가 아쓰야는 중간에 멈췄다. "야, 고헤이, 장갑 어쨌어?"

"장갑? 저기 있는데?" 식탁 위를 가리켰다.

"너, 장갑은 언제 벗었어?"

"글씨 쓸 때 장갑 끼고 쓰기가 힘들어서……."

"야, 이 바보야!" 아쓰야가 벌떡 일어섰다. "편지에 지문이 찍혔으면 어쩌려고 그래!"

"지문? 왜, 그러면 안 돼?"

태연한 얼굴로 되묻는 고헤이의 동글동글한 얼굴을 아쓰야는 찰싹 때려주고 싶었다.

"이제 곧 경찰에서 우리가 여기에 숨었던 걸 알게 돼. 우유 상자에 넣어둔 답장 편지를 달 토끼인지 뭔지 하는 여자가 가져가지 않으면 어떻게 할래? 거기서 지문을 채취하면 우리는 한 방에 날아간다고. 너, 교통 위반으로 지문 채취당한 적 있잖아."

"아차, 깜빡했네."

"그러니까 쓸데없는 짓들 하지 말라고 했잖아." 아쓰야는 손전등을 들고 큰 걸음으로 주방을 가로질러 가게 뒷문을 열고 밖으로 나왔다.

우유 상자는 뚜껑이 꽉 닫혀 있었다. 고헤이의 말대로 분명 뻑뻑했다. 그래도 끙끙거리며 열었다.

아쓰야는 안을 손전등으로 비춰 보았다. 그런데 아무것도 들어 있지 않았다. 뒷문을 열고 안을 향해 물어보았다. "야, 고헤이, 편지 어디다 넣었어?"

고헤이가 장갑을 끼면서 나왔다.

"어디냐니, 거기 그 우유 상자에 넣었지."

"없는데?"

"엇, 그럴 리가……."

"넣는다면서 밑으로 떨어뜨린 거 아냐?" 아쓰야는 손전등 불빛을 비추며 나무 상자 아래 땅바닥을 살펴보았다.

"그럴 리 없어. 내가 틀림없이 넣었다니까."

"그럼 어디로 사라졌어?"

글쎄 하고 고헤이가 고개를 갸웃거렸을 때, 우당탕하는 발소리가 나더니 쇼타가 뛰쳐나왔다.

"왜, 왜 그래?" 아쓰야가 물었다.

"가게 쪽에서 소리가 나서 가봤더니 우편함 밑에 이게 떨어져 있었어." 쇼타가 새파래진 얼굴로 내민 것은 한 통의 편지였다.

아쓰야는 숨을 헉 삼켰다. 손전등을 끄고 발소리를 내지 않도록 조심조심 집 옆으로 돌아 나갔다. 그늘 뒤에 숨어 살짝 가게 앞을 내다보았다.

하지만……

그곳에 인적은 없었다. 누군가 지나간 기척조차 없었다.

3

이렇게 빨리 답장해주셔서 고맙습니다. 어젯밤에 나미야 잡화점 우편함에 편지를 넣기는 했지만 갑작스럽게 번거로운 질문을 한 건 아닌지, 오늘 내내 걱정했어요. 그런데 이렇게 답장을 받고 보니 한결 마음이 놓이네요.

나미야 씨께서 해주신 충고는 정말 좋은 말씀이세요. 저도 가능하면 그 사람을 원정 훈련이나 합숙소에 데려가고 싶습니다. 하지만 그 사람의 건강 상태를 생각하면 그건 불가능한 일이에요. 병원에서 제대로 된 치료를 받고 있기 때문에 그나마 병이 진행되는 것을 늦출 수 있거든요.

그러면 제가 그 사람 가까이에서 훈련을 받으면 되겠다고 생각하실지도 모르겠네요. 하지만 그가 입원한 병원 근처에는 연습할 만한 장소나 설비가 없어요. 훈련이 없는 날에만 장시간 차편을 이용해 만나러 가는 게 현재의 상황이죠.

지금 이러고 있는 동안에도 다음 합숙 훈련을 떠날 날짜가 시시각각 다가오고 있습니다. 오늘 병원에 가서 그 사람을 보고 왔어요. 열심히 연습해서 부디 좋은 결과를 내달라는 말을 듣고 저는 그렇게 하겠다고 고개를 끄덕이고 말았어요. 사실은 가고 싶지 않다, 당신 곁에 있겠다고 말하고 싶었는데 꾹 참았습니다. 그런 말을 하면 그가 몹시 괴로워한다는 것을 잘 알고 있기 때문이에요.

서로 떨어져 있더라도 최소한 얼굴만이라도 볼 수 있으면 좋겠어요. 만화책에서처럼 텔레비전 전화 같은 게 있으면 좋겠다는 상상을 하기도 해요. 일종의 현실도피라고나 할까요.

나미야 씨, 제 고민을 들어주셔서 정말 고맙습니다. 이렇게 편지로 고민을 털어놓는 것만으로도 저는 한결 마음이 편해졌어요. 이 문제에 대한 답은 저 스스로 찾아야 한다고 생각하지만, 혹시 뭔가 좋은 아이디어가 떠오르시면 또 답장해주세요. 그리고 이제 더 이상 충고할 것이 없다고 생각하신다면 그렇다고 써주시고요. 너무 폐를 끼치는 것 같아서 죄송해요.

어떻든 내일도 우유 상자 안을 확인해볼게요.

잘 부탁드립니다.

달 토끼 드림

마지막에 편지를 읽은 건 쇼타였다. 그는 고개를 들고 두어 번 눈을 깜빡였다. "이거 어떻게 된 거야?"

"내가 알아?" 아쓰야가 대꾸했다. "진짜 어떻게 된 거냐, 이거?"

"달 토끼 씨가 답장을 보내줬잖아."

멀쩡하게 대답하는 고헤이의 얼굴을 아쓰야와 쇼타는 동시에 쳐다보았다.

"그러니까 어떻게 답장이 왔느냐고!" 두 사람의 입에서 똑같은 말이 튀어나왔다.

"어떻게라니?" 고헤이는 머리를 긁적였다.

아쓰야는 뒷문을 가리켰다.

"네가 우유 상자에 편지를 넣은 게 끽해야 오 분 전이야. 내가 곧바로 가서 살펴봤는데 그 편지가 사라지고 없었어. 만일 그 편지를 달 토끼라는 여자가 가져갔다고 해도 이 정도의 편지를 쓰려면 제법 시간이 걸리잖아. 근데 그 즉시 두 번째 편지가 날아들었어. 이건 진짜 이상하잖아?"

"그건 이상하지만, 달 토끼 씨한테서 온 답장인 건 틀림없어. 내가 물어본 것에 분명하게 대답했으니까."

고헤이의 말에 아쓰야는 반론을 할 수 없었다. 분명 맞는 말이었다.

"어디, 이리 줘봐." 아쓰야는 쇼타의 손에서 편지를 잡아챘다. 다시 한 번 읽어보았다. 고헤이가 보낸 편지를 읽어보지 않고서는 쓸수 없는 답장이었다.

"제기랄, 뭐가 뭔지 모르겠네. 누가 우리를 놀리는 거 아냐?" 쇼타가 답답하다는 듯 목소리를 높였다.

"그래, 그거네." 아쓰야는 쇼타의 가슴팍을 가리키며 말했다. "누군가 술수를 부리고 있는 거야."

아쓰야는 편지를 내던지고 옆의 붙박이장을 열어 보았다. 하지만 붙박이장 안에는 이불이며 상자가 들어 있을 뿐이었다.

　"야, 뭐 해?" 쇼타가 물었다.

　"혹시 누가 숨었는지 확인해보려고. 고헤이가 편지 쓰기 전에 했던 말을 엿듣고 그쪽도 미리 편지를 쓰기 시작한 게 틀림없어. 아니, 도청기를 달았는지도 모르겠다. 너희도 그쪽 좀 찾아봐."

　"아, 잠깐 잠깐. 대체 누가 그런 짓을 하겠어?"

　"그걸 내가 어떻게 알아? 누군지는 모르지만 아무튼 괴팍한 놈이겠지. 이런 빈집에 숨은 사람을 놀리는 게 취미인 모양이다." 아쓰야는 불단 안을 손전등으로 비춰 보고 있었다.

　하지만 쇼타와 고헤이는 움직이려고 하지 않았다.

　"뭐야, 왜 안 찾아?"

　아쓰야가 묻자 쇼타는 고개를 갸웃했다.

　"아니, 그건 아닌 것 같아. 그런 짓을 할 사람이 세상에 어디 있겠냐."

　"실제로 지금 그런 일이 일어났잖아. 미친놈의 술수가 아니면 대체 뭐냐고."

　"글쎄……." 쇼타는 아무래도 미심쩍은 기색이었다. "그럼 우유 상자에서 편지가 사라진 건?"

　"뭔가 속임수를 썼겠지. 마술에서처럼 교묘한 방법이 있을 거야."

　"속임수라……."

　다시 한 번 편지를 읽고 있던 고헤이가 얼굴을 들었다. "이 여자,

좀 이상해."

뭐가 이상하냐고 아쓰야가 물었다.

"텔레비전 전화 같은 게 있으면 좋겠다고 했어. 텔레비전 전화라니, 영상 통화 얘기인가? 아무래도 이 여자, 휴대폰이 없나 봐. 그게 아니면 영상 통화 기능이 없는 휴대폰인가?"

"병원 안에서는 휴대폰을 못 쓴다는 얘기겠지." 쇼타가 대답했다.

"하지만 만화에서처럼, 이라고 했어. 이 여자, 분명 영상 통화 기능이 딸린 휴대폰이 있다는 걸 모르고 있어."

"설마 그럴 리가 있냐, 요즘 세상에."

"아니, 틀림없이 모르는 거야. 좋아, 우리가 알려주자." 고헤이는 다시 주방 식탁 앞에 앉아 편지지를 집어 들었다.

"뭐야, 또 답장 쓰려고? 글쎄 누군가 우리를 놀리고 있다니까." 아쓰야는 말했다.

"그래도 아직 모르는 일이잖아."

"누가 놀리는 게 틀림없어. 지금 하는 얘기도 다 듣고 아마 또 열심히 편지를 쓰고 있을 거라고. 아니, 잠깐만." 아쓰야의 머리에 번뜩 떠오르는 게 있었다. "그래, 좋아. 고헤이, 답장 써봐. 내가 좋은 생각이 났어."

"갑자기 왜 그래, 뭔데?" 쇼타가 물었다.

"됐어. 너희도 금세 알게 돼."

이윽고 "후우, 다 썼다!"라면서 고헤이가 볼펜을 내려놓았다. 아쓰야는 옆에 다가가 편지를 내려다보았다. 여전히 글씨는 엉망이었다.

두 번째 편지, 잘 봤습니다. 내가 좋은 걸 알려드리지요. 영상 통화가 가능한 휴대폰이 있어요. 어떤 메이커에서든 다 나와 있습니다. 병원 쪽에 들키지 않게 몰래 그 휴대폰을 쓰면 됩니다.

"이 정도면 되겠지?" 고헤이가 물었다.

"됐다, 됐어." 아쓰야는 말했다. "어떻게 썼건 상관없어. 얼른 봉투에 넣기나 해."

두 번째 편지에도 '달 토끼' 앞으로 반신용 봉투가 들어 있었다. 고헤이는 편지를 접어 그 봉투에 넣었다.

"그 편지 넣으러 나도 갈 거야. 쇼타, 너는 여기 있어." 아쓰야는 손전등을 들고 고헤이를 따라 뒷문으로 향했다. 뒷문 밖으로 나오자 고헤이가 우유 상자에 편지를 넣는 것을 옆에서 지켜보았다.

"좋아, 고헤이 너는 어딘가에 숨어서 이 우유 상자를 잘 감시해."

"알았어. 너는?"

"가게 앞쪽에 가 있을게. 어떤 놈이 편지를 넣는지, 지켜볼 거니까."

집 옆 골목을 지나 담장 그늘에 숨어 앞쪽의 상황을 살펴보았다. 아직 인기척은 없었다.

한참 그러고 있으려니 등 뒤에서 인기척이 들려왔다. 돌아보니 쇼타가 다가오는 참이었다.

"왜 나왔어? 넌 집 안에 있으라고 했잖아." 아쓰야가 말했다.

"누군가 나타났어?"

"아직 아무도 안 왔어. 그러니까 이렇게 지키고 있지."

그러자 쇼타는 어쩔 줄 모르는 표정이 되었다. 입은 반쯤 헤벌어져 있었다.

"뭐야, 왜 그래?"

그렇게 묻는 아쓰야의 얼굴 앞에 쇼타는 봉투를 쓱 내밀었다. "왔어."

"뭐가?"

"그러니까……." 쇼타는 입꼬리가 축 처진 채 말을 이었다. "세 번째 편지가 왔단 말이야."

4

두 번째 답장, 정말 고맙습니다. 제 힘든 심정을 알아주시는 분이 있다는 것만으로도 조금은 마음이 편안해졌어요.

하지만, 정말 죄송합니다만, 이번 답장에 대해서는 나미야 씨의 의도를 조금, 아니, 솔직히 말해 전혀 이해하지 못했어요. 아마 제가 아는 게 없고 교양이 부족하기 때문이겠지요. 그래서 나미야 씨가 애써 저를 격려해주려고 적어주신 농담을 이해하지 못한 것 같아요. 참으로 부끄러울 따름입니다.

어머니는 곧잘 나에게 '모르는 게 있다고 해서 금세 남에게 알려달라고 해서는 안 된다. 우선은 스스로 잘 알아봐야 한다'라고 말합니다. 그래서 저도 되도록 저 스스로 알아내려고 노력해왔습니다. 하지만 이번만은 도저히 알 수가 없었어요.

'휴대폰'이라는 건 무슨 말씀이신지요?

아무래도 외래어인 것 같아 저도 나름대로 알아봤는데 어디에도 그런 말은 나와 있지 않았습니다. '폰'은 영어의 'phone'이라고 짐작했을 뿐입니다. 아니면 뭔가 다른 뜻을 가진 말일까요?

이 '휴대폰'이라는 말을 알지 못하고서는 나미야 씨의 소중한 충고도 저에게는 말 그대로 '쇠귀에 경 읽기', '돼지 목에 진주' 같은 꼴이 되고 맙니다. 부디 '휴대폰'이 무엇인지 알려주시면 고맙겠습니다.

바쁘실 텐데 자꾸 번거롭게 해드려서 정말 죄송해요.

달 토끼 드림

'달 토끼'에게서 온 세 통의 편지를 탁자에 늘어놓고 그것을 에워싸듯이 세 사람은 의자에 앉았다.

"얘기를 좀 정리해보자." 쇼타가 입을 열었다. "이번에도 우유 상자에 넣은 고헤이의 편지를 누군가 가져갔어. 하지만 고헤이가 숨어서 계속 감시했는데 우유 상자에 접근한 놈은 아무도 없었어. 그리고 아쓰야는 가게 앞을 감시했었지? 거기 셔터 근처에도 쥐새끼 한 마리 얼씬한 적이 없어. 그런데도 세 번째 답장이 우편함 밑의 상자에 들어왔어. 자, 여기까지 뭔가 실제와 다른 점은 없지?"

없지, 라고 아쓰야는 짧게 대답했다. 고헤이는 말없이 고개만 끄덕였다.

"그렇다면……." 쇼타는 집게손가락을 쳐들었다. "이 집에 아무도 접근한 적이 없는데도 고헤이의 편지는 사라졌고 달 토끼 씨한테서는 답장이 왔어. 우유 상자도 셔터도 샅샅이 살펴봤는데 어떤 이상한 장치도 없었어. 이게 대체 어떻게 된 일일까?"

아쓰야는 등받이에 몸을 기대고 머리 뒤로 양손을 올려 깍지를 꼈다.

"그걸 모르니까 이렇게 고민하고 있는 거 아니냐."

"고헤이, 너는 어때?"

고헤이는 동그란 얼굴을 좌우로 흔들었다. "나도 뭐가 뭔지 모르겠어."

"쇼타, 넌 뭔가 알아낸 거야?"

아쓰야가 묻자 쇼타는 세 통의 편지를 지그시 내려다봤다.

"좀 이상하지 않아? 이 사람은 휴대폰이 뭔지를 모르고 있어. 영어인지 아닌지도 모르는 거 같아."

"그냥 웃자고 한 소리겠지."

"그럴까?"

"당연하지. 요즘 세상에 휴대폰을 모르는 사람이 어디 있냐."

그러자 쇼타는 첫 번째 편지를 가리켰다.

"그럼 이건 어때? 내년에 올림픽을 한다고 적혀 있어. 근데 내가 가만 생각해보니까 내년에는 겨울에도 여름에도 올림픽 같은 건 없어. 바로 얼마 전에 런던 올림픽이 끝난 참이잖아."

앗 하고 아쓰야는 저도 모르게 놀란 소리를 흘렸다. 그것을 얼버무리려고 얼굴을 찌푸리며 코 밑을 쓱쓱 비볐다. "그냥 뭔가 착각한 모양이지."

"그럴까? 하지만 운동선수가 그런 걸 착각하겠어? 자기가 뛰게 될 대회잖아. 게다가 영상 통화가 뭔지도 모르고, 어딘가 묘하게 핀트가 안 맞는 것 같지 않아?"

"그야 그렇긴 한데……."

"그것 말고도 이상한 게 한 가지 더 있어." 쇼타는 목소리를 낮췄다. "진짜로 이상한 게 있단 말이야. 내가 아까 뒷문 밖에 서 있으면서 깨달았어."

"뭐야, 대체."

쇼타는 잠시 머뭇거리는 기색을 보인 뒤에야 입을 열었다.

"아쓰야, 네 휴대폰 시간은 지금 몇 시로 찍혀 있어?"

"휴대폰?" 아쓰야가 주머니에서 꺼내 액정 표시를 확인했다. "오전 3시 40분."

"그렇다면 이 집에 온 뒤로 한 시간쯤 지난 셈이지?"

"그래. 근데 그게 어떻다고?"

"잠깐 나 좀 따라와." 쇼타가 자리에서 일어났다.

다시 뒷문으로 밖에 나왔다. 쇼타는 집과 창고 사이의 좁은 골목에 서서 밤하늘을 올려다보았다.

"처음에 이 골목을 지나올 때, 달이 머리 위 한가운데 있는 걸 내가 봤었어."

"나도 봤어. 근데 그게 왜?"

쇼타는 빤히 아쓰야의 얼굴을 바라보았다.

"이상하지 않아? 그때로부터 한 시간이나 지났는데 달의 위치가 하나도 바뀌지 않았어."

쇼타가 무슨 말을 하는지 알 수 없어서 아쓰야는 순간 당황스러웠다. 하지만 곧바로 그 의미를 깨달았다. 심장이 크게 뛰었다. 얼굴이 후끈 달아오르면서 등줄기에 서늘한 기운이 내달렸다.

휴대폰을 꺼냈다. 시각은 오전 3시 42분을 가리키고 있었다.

"대체 어떻게 된 거야. 왜 달이 움직이지 않았지?"

"지금은 달이 별로 움직이지 않는 계절인 거 아냐?"

고헤이의 의견을 쇼타가 한마디로 뭉개버렸다. "야, 그런 계절은 없어."

아쓰야는 자신의 휴대폰과 밤하늘의 달을 번갈아 보았다. 대체 어떻게 된 일인지 도통 알 수가 없었다.

"아, 그거!" 쇼타가 급히 휴대폰 버튼을 꾹꾹 눌렀다. 어딘가에 전화를 거는 모양이었다. 잠시 후 그의 얼굴이 바짝 굳어버렸다. 연거푸 깜빡거리는 눈에는 여유가 없었다.

"왜 그래? 어디에 걸었는데?" 아쓰야가 물었다.

쇼타는 말없이 휴대폰을 스윽 내밀었다. 직접 들어보라는 얘기인 모양이었다.

아쓰야는 휴대폰을 귀에 댔다. 그의 귓속에 뛰어든 것은 여자 목소리였다.

"오전, 2시, 36분, 현재 시각은 오전, 2시, 36분입니다."

세 사람은 집 안으로 다시 돌아왔다.

"휴대폰이 고장 난 게 아니야." 쇼타는 말했다. "이 집이 이상한 거야."

"이 집에 휴대폰 시계를 교란시키는 뭔가가 있다는 거야?"

아쓰야의 질문에 쇼타는 고개를 끄덕이지 않았다.

"아니, 휴대폰 시계는 정상이야. 평소대로 잘 가고 있어. 하지만 거기 표시된 시각은 실제 시각하고는 달라."

아쓰야는 미간을 찌푸렸다. "왜 그렇게 되는 건데?"

"이 집의 안과 밖이 시간적으로 따로 노는 거 같아. 시간이 흐르는 방식이 서로 다른 거야. 집 안에서는 시간이 계속 흘러가는데 바깥에 나와보면 그게 그냥 한순간이야."

"뭐? 그게 대체 무슨 말이냐고."

쇼타는 다시 편지를 지그시 들여다본 뒤에 아쓰야에게로 얼굴을 들었다.

"이 집에 아무도 접근한 적이 없는데 고헤이의 편지는 사라졌고 달 토끼한테서는 그 편지에 대한 답장이 왔어. 원래 그런 일은 있을 수 없잖아. 자, 그럼 이렇게 생각해보면 어떨까. 누군가 고헤이의 편지를 가져갔고 그것을 읽은 뒤에 답장을 던져두고 갔다. 그런데 그 누군가의 모습이 우리 눈에는 보이지 않는다……."

"우리 눈에는 보이지 않는다고? 무슨 투명인간이냐?" 아쓰야가 말했다.

"아하, 알았다. 유령이네, 유령. 이 집이 유령의 집인가 봐." 고헤이가 등을 움츠리며 주위를 둘러보았다.

쇼타는 천천히 고개를 저었다.

"투명인간도 아니고 유령도 아니야. 그 누군가는 이쪽 세계의 사람이 아닌 거야." 세 통의 편지를 가리키며 쇼타는 말을 이었다. "과거의 사람이야."

"과거의 사람? 야, 그게 뭐야?" 아쓰야의 목소리가 날카로워졌다.

"내 생각에는 일이 이렇게 된 거 같아. 가게 앞 셔터의 우편함과 가게 뒷문의 우유 상자는 과거와 이어져 있어. 과거의 누군가가 그 시대의 나미야 잡화점에 편지를 넣으면, 현재의 지금 이곳으로 편지가 들어와. 거꾸로 이쪽에서 우유 상자에 편지를 넣어주면 과거의 우유 상자 속으로 들어가는 거야. 어떻게 그런 일이 일어나는지는 모르겠지만, 어쨌거나 그런 식으로 생각하면 앞뒤가 딱 맞아."

즉 달 토끼 씨는 과거의 사람이야, 라고 쇼타는 이야기를 마무리했다.

아쓰야는 선뜻 말이 나오지 않았다. 무슨 말을 해야 할지 알 수가 없었기 때문이다. 뇌가 생각하기를 거부하고 있었다.

"에이, 설마." 이윽고 아쓰야는 말했다. "그런 일은 있을 수 없어."

"나도 그렇게 생각해. 하지만 그거 말고는 달리 설명할 도리가 없어. 내 말이 틀렸다면 아쓰야 네 의견을 말해봐. 앞뒤가 맞는 설명을 해보라고."

쇼타의 말에 아쓰야는 대꾸할 말이 없었다. 물론 앞뒤가 맞는 설명 따위는 할 수 없었다.

"네가 답장이니 뭐니 보내는 바람에 일이 이렇게 복잡해졌잖아!" 애꿎은 고헤이에게 화풀이를 했다.

"미안해……"

"고헤이를 나무랄 일이 아니야. 게다가 만일 내 말이 맞는다면 이건 엄청난 일이야. 우리가 과거의 사람하고 편지를 주고받는다는 얘기잖아." 쇼타는 눈을 반짝였다.

아쓰야는 혼란스러웠다. 뭘 어떻게 해야 좋을지 알 수 없었다.

"야, 나가자." 그렇게 말하고 자리에서 벌떡 일어섰다. "이런 집, 빨리 뜨는 게 수야."

하지만 두 사람은 뜻밖이라는 얼굴로 아쓰야를 올려다보았다.

"왜 나가야 하는데?" 쇼타가 물었다.

"야, 기분이 영 찝찝하잖아. 이러다 괜히 이상한 일에 휘말리면 진짜로 귀찮아져. 얼른 나가자. 숨을 데는 여기 말고도 얼마든지 있어. 이 집에 아무리 오래 있어도 바깥의 시간은 거의 멈춰 있잖아. 결국 아침이 오질 않는단 말이야. 그래서는 숨어 있어봤자 말짱 꽝이야."

하지만 두 사람은 동의해주지 않았다. 쇼타도 고헤이도 내키지 않는 얼굴로 입을 꾹 다물고 있을 뿐이었다.

"왜 그래? 뭐라고 말 좀 해봐." 아쓰야가 목소리를 높였다.

쇼타가 얼굴을 들었다. 그 눈에는 진지한 빛이 깃들어 있었다.

"난 이 집에 좀 더 있을 거야."

"왜, 뭣 때문에?"

쇼타는 고개를 갸우뚱했다.

"뭣 때문인지는 나도 잘 모르겠어. 하지만 지금 내가 굉장한 경험을 하고 있다는 건 알아. 이런 기회는 웬만해서는, 아니, 평생 다시는 오지 않아. 나는 이 기회를 놓치고 싶지 않아. 가고 싶다면 아쓰야 너는 가도 좋아. 하지만 나는 좀 더 이곳에 있겠어."

"이런 집에서 대체 뭘 어떻게 하려고?"

쇼타는 탁자에 늘어놓은 편지를 보았다.

"우선 답장부터 써야지. 과거의 사람과 편지를 주고받는다는 건 진짜 굉장한 일이잖아."

"그래, 맞아." 고헤이도 고개를 끄덕이며 말했다. "달 토끼 씨의 고민도 해결해줘야지."

아쓰야는 두 사람을 바라보며 슬쩍 뒷걸음질을 치더니 고개를 저었다.

"너희들, 좀 이상해졌어. 대체 어쩔 생각이야? 옛날 사람하고 편지를 주고받는 게 뭐가 재미있어? 제발 관둬라. 이상한 일에 휘말리면 어쩌려고 그래? 나는 그런 일에 끼어들고 싶지 않아."

"그러니까 가고 싶으면 아쓰야 너는 가도 좋다고 했잖아." 쇼타가 표정을 누그러뜨리며 말했다.

아쓰야는 크게 숨을 들이쉬었다. 반론을 하고 싶었지만 선뜻 말이 나오지 않았다.

"마음대로 해. 무슨 일이 터져도 난 모른다."

방으로 돌아와 가방을 움켜쥐고 두 사람의 얼굴은 쳐다보지 않은 채 뒷문을 지나 밖으로 나왔다. 하늘을 올려다보았다. 둥근 달은 역시 거의 움직이지 않았다.

휴대폰을 꺼냈다. 여기에 전파시계(표준 시각의 전파를 수신하여 언제 어디서나 자동으로 시각을 맞춰주는 첨단 기능의 시계—옮긴이)가 내장되어 있다는 게 생각나서 자동으로 시각을 맞춰보았다. 순식간에 액정 화면은 조금 전에 시보를 통해 들은 시각에서 채 일 분도 지나지 않은 시각으로 바뀌었다.

가로등이 띄엄띄엄 서 있는 어두운 길을 아쓰야는 혼자서 걸었다. 밤공기가 차가웠지만 얼굴이 달아오른 탓에 그런 건 신경도 쓰이지 않았다. 그런 일이 있을 리 없어, 라고 생각했다.

우편함과 우유 상자가 과거와 이어져 있고, 달 토끼라는 여자에게서 온 편지는 과거에서 부친 것이라고?

말도 안 되는 소리다. 분명 그렇게 설명하면 앞뒤가 딱 맞기는 하지만 실제로 그런 일이 일어날 리 없다. 뭔가 착각인 것이다. 분명 누군가 우리를 갖고 노는 것이다.

설령 쇼타의 설명이 맞는다고 해도 그런 이상한 세계와는 엮이지 않는 게 낫다. 혹시 무슨 일이 생기더라도 어느 누구도 구해주지 않을 것이다. 우리는 제 몸은 제 스스로 지켜야 하는 처지다. 지금까지 줄곧 그렇게 살아왔다. 필요 이상으로 타인과 엮여봤자 좋은 일이라고는 하나도 없다. 더구나 상대는 과거의 사람이다. 지금의 우리에게 뭔가 도움을 줄 리도 없다.

한참을 걸어가자 넓은 도로가 나왔다. 이따금 차가 오갔다. 그 길을 따라 걸어갔더니 저만치 앞쪽에 편의점이 보였다. 배가 고프다고 고헤이가 처량한 소리를 했던 것이 생각났다. 그런 집에서 잠도 못 자고 있으면 더욱더 배가 고플 터였다.

녀석들은 대체 어떻게 할 작정인가. 설마 시간이 멈췄다고 배도 안 고픈 걸까. 이런 시간에 편의점 같은 곳에 들어간다면 점원이 얼굴을 기억할 우려가 있다. 무엇보다 감시 카메라에 찍혀버린다. 그 두 녀석이 어떻게 되건 내가 알 게 뭔가. 자기들끼리 어떻게든 하겠지.

그런 식으로 생각하면서도 아쓰야는 이미 걸음을 멈추고 있었다. 편의점 안에는 점원 말고는 아무도 없는 것 같았다. 아쓰야는 진한 한숨을 내쉬었다.

으휴, 진짜 난 너무 착해서 탈이야.

가방을 쓰레기통 뒤에 감춰놓고 편의점 유리문을 밀고 들어갔다.

삼각 김밥과 빵, 페트병 음료수 등을 사 들고 편의점을 나왔다. 점원은 젊은 남자였는데 아쓰야의 얼굴을 한 번도 쳐다보지 않았다. 감시 카메라는 작동하고 있는지도 모르지만 이 시간에 물건을 사 갔다고 경찰에서 반드시 의심의 눈길을 던지지는 않을 것이다. 오히려 범인이 할 만한 행동이 아니라고 생각할 것이다. 그렇게 믿어버리기로 했다.

감춰둔 가방을 꺼내 들고, 왔던 길을 되돌아갔다. 먹을 것만 두 녀석에게 건네주고 곧바로 다시 나올 생각이었다. 그 수상쩍은 집에 오래 있을 마음은 없다.

이윽고 폐가로 돌아왔다. 다행히도 길에서 마주친 사람은 한 명도 없었다. 아쓰야는 새삼 나미야 잡화점을 바라보았다. 닫혀 있는 셔터에 붙은 우편함을 보면서, 만일 지금 이쪽에서 저 우편함에 편지를 넣는다면 어느 시대의 나미야 잡화점으로 배달되는 것일까, 하고 생각했다.

창고 옆 좁은 골목을 지나 뒤쪽으로 돌아갔다. 그러자 뒷문이 빼꼼히 열려 있었다. 아쓰야는 집 안의 상황을 살펴보면서 현관으로 슬쩍 발을 들이밀었다.

"엇, 아쓰야!" 고헤이가 반가운 목소리를 냈다. "다시 돌아왔구나? 나간 지 한 시간이나 지나서, 진짜로 가버린 줄 알았어."

"한 시간?" 아쓰야는 휴대폰의 시계를 보았다. "길어야 십오 분이었어. 게다가 난 돌아온 게 아냐. 이것만 주고 갈 거야." 편의점 봉투를 탁자에 내려놓았다. "너희들, 언제까지 이 집에 있을 생각인지 모르겠지만 대충 좀 사 왔어."

와아 하고 얼굴이 환해져서 고헤이는 덥석 삼각 김밥을 집어 들었다.

"야, 이 집에 계속 있으면 아침이 오지 않는다니까." 아쓰야는 쇼타에게 말했다.

"아니, 우리가 아주 좋은 걸 알아냈어."

"좋은 거라니?"

"뒷문이 열려 있었지?"

"그래."

"그렇게 문을 열어두면 이 안에서도 바깥과 비슷하게 시간이 흘러가. 고헤이하고 둘이서 이것저것 시험해본 끝에 알아냈어. 그 덕분에 아쓰야 너하고 시간 차이가 한 시간 정도밖에 안 난 거야."

"참 나, 원……." 아쓰야는 뒤쪽 문을 빤히 보며 말했다. "대체 무슨 장치를 해둔 거냐, 이 집?"

"어떻게 된 건지는 모르겠지만 이제 아쓰야 너도 굳이 떠날 필요 없잖아? 이 집에 있어도 아침이 오니까 말이야."

"그래, 우린 다 함께 있는 게 좋아." 고헤이도 옆에서 거들었다.

"근데 너희는 저 괴상한 편지를 계속 주고받을 생각이잖아."

"그것도 괜찮잖아? 싫다면 아쓰야 너는 편지는 쓰지 않으면 돼. 아, 실은 너한테 물어보고 싶은 게 있어."

쇼타의 말에 아쓰야는 미간을 찌푸렸다. "뭘 물어볼 건데?"

"네가 나간 뒤에 우리 둘이서 세 번째 답장을 썼어. 그랬더니 또 편지가 왔어. 일단 한번 읽어봐."

아쓰야는 두 사람을 번갈아 바라보았다. 둘 다 뭔가를 호소하는 듯한 눈빛이었다.

"그럼 한번 읽어나 보자." 그렇게 말하고 아쓰야는 의자에 앉았다. "너희가 보낸 편지는 어떤 내용이었어?"

"여기 미리 연습한 게 있어." 쇼타가 편지지 한 장을 내밀었다.

쇼타와 고헤이가 쓴 세 번째 답장은 아래와 같은 것이었다. 이번에는 쇼타가 썼는지 단정한 필체에 한자도 드문드문 섞여 있었다.

'휴대폰'이라는 단어에 대해서는 일단 잊어버리시기 바랍니다. 지금의 당신과는 관계없는 말이었습니다.

우선 당신과 남자 친구에 대해 조금 더 알려주십시오. 특기는 무엇입니까? 두 사람이 똑같이 즐기는 취미가 있습니까? 최근에 둘이서 여행을 하셨습니까? 영화는 보셨습니까? 음악을 좋아한다면, 최근의 히트곡 중에서 어떤 노래가 마음에 들었습니까?

그런 것들을 알려주시면 나로서도 상담해드리기가 수월합니다. 그럼 잘 부탁합니다. (이번 편지는 다른 사람의 글씨지만 이 점은 그리 신경 쓰시지 않아도 됩니다.)

나미야 잡화점

"이게 뭐냐? 왜 이런 걸 물어봤어?" 아쓰야가 편지지를 팔랑팔랑 흔들며 말했다.

"우선 '달 토끼'가 어느 시대 사람인지를 확실하게 알아야 할 것 같아서 슬쩍 물어본 거야. 그걸 모르고서는 서로 얘기가 통하지 않잖아."

"그럼 직접 물어보면 될 거 아냐. 당신이 사는 곳은 어떤 시대냐고."

아쓰야의 대답을 듣고 쇼타는 미간에 주름이 잡혔다.

"아니, 그 사람 입장이 되어서 생각해봐. 그쪽은 지금 이 상황을 전혀 모르고 있어. 갑작스럽게 당신은 어떤 시대 사람이냐고 물어보면 우리를 약간 돈 사람으로 생각할 거라고."

아쓰야는 아랫입술을 툭 내밀고 손끝으로 볼을 긁적였다. 반론을 할 수 없었다. "그래서 달 토끼에게서 이번에는 어떤 편지가 왔는데?"

쇼타는 탁자 위의 편지를 집어 들었다. "네가 직접 읽어봐."

냉큼 말해주면 되지 왜 공연히 뜸을 들이나 하고 혼자 투덜거리며 아쓰야는 편지지를 펼쳤다.

세 번째로 해주신 답장, 감사드립니다. 그 뒤로도 휴대폰에 대해 조사해보고 주위 사람들에게 물어보기도 했지만 역시 아무도 알지 못했어요. 몹시 마음에 걸리기는 하지만 저와는 관계없는 말이라면 지금은 생각하지 않을게요. 하지만 언제든 알려주시면 고맙겠습니다.

그렇군요, 저희가 어떤 사람들인지 조금쯤은 말씀드리는 게 좋겠네요.

첫 편지에서 말씀드렸던 대로 저는 운동선수로 활동하고 있어요. 예전에는 그 사람도 같은 종목의 운동을 했고 그런 인연으로 서로 알게 되었죠. 그 사람도 올림픽 대표 후보자에 올랐던 적이 있습니다. 하지만 그것 말고는 저도 그 사람도 아주 평범한 편이에요. 똑같은 취미라고 하면 영화 감상 정도일까요. 올해 관람한 영화는 〈슈퍼맨〉 그리고 〈록키 2〉가 있네요. 〈에일리언〉도 봤죠. 그 사람은 재미있다고 하던데 저는 그런 영화는 별로였어요. 음악도 꽤 듣는 편이에요. 요즘에는 고다이고(1970년대 후반에서 1980년대 초반을 풍미한

오 인조 밴드. '고다이고'는 영어의 'GO, DIE, GO' 혹은 'GOD, I, EGO' 의 뜻이라고 한다—옮긴이)나 서던 올스타즈(1978년에 데뷔하여 오랜 세월 대중적인 인기를 누려온 밴드—옮긴이)의 노래가 좋아요. 〈사랑스러운 엘리〉는 명곡이라고 생각하지 않으세요?

이렇게 글로 쓰다 보니까 그 사람이 건강하던 시절을 추억할 수 있어서 오랜만에 마음이 흐뭇해졌어요. 어쩌면 나미야 씨가 그런 걸 원하셨는지도 모르겠네요. 어떻든 이 펜팔(이건 좀 이상한 표현이지만요)이 저에게 큰 힘이 되고 있는 건 사실이에요. 가능하시다면 내일도 꼭 답장 부탁드립니다.

달 토끼 드림

"어떻게 이럴 수가……." 편지를 다 읽고 아쓰야는 혼잣말처럼 중얼거렸다. "〈에일리언〉에 〈사랑스러운 엘리〉라니. 이걸로 대충 어떤 시대인지는 알겠네. 아마 우리 부모 세대일 거야."

쇼타는 고개를 끄덕였다.

"응, 아까 내가 휴대폰으로 검색해봤어. 아 참, 이 집 안에서는 휴대폰 연결이 안 돼. 근데 뒷문을 열어두니까 연결이 되더라고. 그래서 편지에 적힌 세 편의 영화가 언제 공개되었는지 확인해봤어. 모두 1979년이야. 〈사랑스러운 엘리〉가 발표된 것도 1979년."

아쓰야는 어깨를 으쓱했다.

"그럼 해결됐잖아. 1979년으로 결정."

"맞아, 달 토끼 씨가 출전하려는 대회는 1980년 올림픽이라는 얘기야."

"그렇겠지. 근데 그게 왜?"

그러자 쇼타는 마음속까지 꿰뚫어보려는 듯 아쓰야의 눈을 지그시 들여다보았다.

"너, 왜 그러냐?" 아쓰야가 물었다. "내 얼굴에 뭐 묻었어?"

"설마 너, 모르는 거 아니지? 고헤이는 원래 그런 녀석이니까 진즉 포기했지만 아쓰야 너까지……."

"글쎄 뭐가?"

쇼타는 흐흡 숨을 들이쉰 뒤에야 입을 열었다.

"1980년에 개최된 모스크바 올림픽은 일본이 출전을 보이콧했던 대회란 말이야!"

5

물론 아쓰야도 그런 일이 있다는 건 알았다. 다만 그게 1980년이었다는 것을 알지 못했을 뿐이다.

아직 동서 냉전이 이어지던 시절의 이야기다. 사달이 나게 된 것은 1979년의 소련에 의한 아프가니스탄 침공 때문이었다. 그에 항의하는 의미로 미국이 가장 먼저 올림픽 참가를 거부하겠다는 의사를 표명했고 서방 각국에도 동조를 호소했다. 일본은 아슬아슬한 시기까지 이러니저러니 말이 많았지만, 결국 미국을 따라 보이콧의 길을 택했다.

쇼타가 휴대폰으로 검색해본 내용을 요약하면 그런 얘기였다. 이 사건의 상세한 경위에 대해서 아쓰야는 이번에 처음 알았다.

"그렇다면 얘기가 간단하네. 내년 올림픽에 일본은 출전하지 않을 테니까 경기 따위는 싹 잊어버리고 마음껏 남자 친구를 간병해주라고 편지에 써 보내면 되잖아."

아쓰야의 말을 듣고 쇼타는 씁쓸한 표정을 지었다.

"그런 걸 써 보내봤자 달 토끼라는 사람이 믿어줄 리가 있겠어? 정식으로 보이콧이 결정되기 직전까지도 선수들은 틀림없이 출전할 거라고 믿고 있었던 모양이던데."

"우리가 미래에서 편지를 하는 거라고 밝혀버리면······." 거기까지 말하고서 아쓰야는 얼굴을 찌푸렸다. "안 되겠지?"

"그러면 분명 우리가 헛소리를 한다고 생각하겠지."

아쓰야는 혀를 끌끌 차면서 애먼 탁자만 주먹으로 쿵 쳤다.

"근데······." 지금까지 침묵하고 있던 고헤이가 머뭇머뭇 말했다. "꼭 이유를 밝혀야 해?"

아쓰야와 쇼타는 동시에 그를 바라보았다.

"아니, 내 말은······." 고헤이는 뒤통수를 긁적이며 말했다. "굳이 이유 같은 건 밝히지 않아도 되잖아? 어쨌든 당장 훈련을 그만두고 남자 친구를 간병하는 게 좋다고 써 보내면 될 거 같은데······. 어때, 그러면 안 될까?"

아쓰야는 쇼타와 마주 보았다. 둘 중 누가 먼저라고 할 것도 없이 고개를 위아래로 끄덕이고 있었다.

"맞아." 쇼타가 말했다. "안 될 거 없어. 그렇게 하면 돼. 이 여자는 자신이 어떻게 하면 좋겠느냐고 우리한테 조언을 청했어. 지푸라기에라도 매달리는 심정인 거야. 그렇다면 굳이 이유 따위는 알려줄 필요도 없어. 그 사람을 사랑한다면 마지막까지 곁에 있어주는 게 옳다, 그 사람도 마음속으로는 그것을 원할 것이다, 라고 확실하게 대답해주면 돼."

쇼타는 볼펜을 들어 편지를 쓰기 시작했다.

"이렇게 해서 보내면 어떨까?"

다 쓴 뒤에 아쓰야에게 보여준 편지글은 방금 그가 말한 것과 거의 같은 내용이었다.

"응, 괜찮네."

"좋았어."

쇼타가 편지를 들고 나가면서 뒷문을 닫았다. 귀를 기울이자 우유 상자의 덮개를 여는 소리가 들려왔다. 덜그럭하고 닫히는 소리도 귀에 들어왔다.

그 직후였다. 가게 쪽에서 뭔가 털썩 떨어지는 소리가 났다. 아쓰야는 가게로 달려 나갔다. 셔터의 우편함 밑에 놓인 상자를 들여다보자 편지가 들어 있었다.

답장, 정말 고맙습니다.

솔직히 말씀드려서 이렇게까지 속 시원한 답장을 해주실 줄은 몰랐어요. 좀 애매하다고 할까, 뭔가 막연한 말씀으로 결국에는 나 스스로 선택하도록 유도하는 그런 충고를 해주실 거라고 생각했었죠. 하지만 나미야 씨는 그런 어중간한 말씀은 하지 않으시는 분이네요. 그렇기 때문에 '고민 상담이라면 나미야 잡화점'이라고 많은 사람들에게서 사랑과 신뢰를 받는 것이겠지요?

'사랑한다면 마지막까지 곁에 있어주는 게 옳다.'

그 한 문장이 제 가슴을 찔렀습니다. 정말 맞는 말씀이라고 생각해요. 망설일 필요가 전혀 없는 일이었어요.

하지만 '그 사람도 마음속으로는 그것을 원할 것이다'라는 말씀에는 도저히 고개를 끄덕일 수가 없습니다.

실은 오늘 그 사람에게 전화를 했었어요. 나미야 씨의 충고에 따라, 올림픽 출전을 단념하겠다는 말을 하려고요. 그런데 내 결심을 미리 알아차린 것처럼 그가 먼저 이런 말을 하더군요. 내게 전화할 시간이 있으면 좀 더 훈련에 집중하라고요. 네 목소리를 들을 수 있는 건 기쁘지만 이렇게 이야기하는 사이에도 경쟁자들은 저만큼 앞서가는 것 같아 너무 걱정스럽다고 했어요.

저는 아무래도 불안한 마음을 떨쳐버릴 수가 없네요. 올림픽을 포기하겠다고 말하면 그 사람은 너무 실망한 나머지 자칫 병세가 더 악화될 것 같아요. 그렇게 되지 않는다는 보장이 없는 한, 저는 차마 그런 말을 꺼낼 수가 없습니다.

이런 걱정을 하고 있는 나는 역시 의지가 약한 사람인 걸까요?

달 토끼 드림

편지를 다 읽고 아쓰야는 먼지투성이의 천장을 올려다보았다.

"대체 뭔 소리야. 이 여자, 어쩌자는 건지 모르겠네. 우리가 해준 말을 듣지 않을 거라면 애초에 상담 같은 건 하지를 말든지."

쇼타가 한숨을 내쉬었다.

"별수 없잖아. 이 여자는 설마 미래의 사람이 상담해주는 거라고는 상상도 못 할 테니까."

"전화로 얘기했다는 걸 보니까 지금 그 사람하고 떨어져서 지내는가 봐." 고헤이가 편지를 들여다보며 말했다. "너무 딱하다."

"그 남자도 참 답답한 사람이야." 아쓰야가 말했다. "여자 친구의 심정을 좀 알아줘야 할 거 아냐. 올림픽이라고 해봐야 결국 운동회를 좀 화려하게 하는 것뿐이잖아. 기껏해야 스포츠 아니냐고. 연인이 불치병에 걸려 있는 판에 그딴 거에 어떻게 집중할 수 있겠냐? 아무리 아픈 사람이라지만 자꾸 고집을 피우면서 여자를 힘들게 하면 어쩌자는 거야."

"남자는 남자대로 괴롭겠지. 올림픽 출전이 여자 친구의 꿈이라는 건 누구보다 잘 알고 있을 것이고, 자기 때문에 그걸 포기하게 하고 싶지는 않은 마음도 있겠지. 남자로서 강한 척한다고 할까, 어떻게든 버텨보려는 거야. 난 그 남자 심정도 이해가 돼."

"바로 그게 답답하다는 거야. 그 남자는 그런 식으로 억지를 쓰면서 자기 도취에 빠져 있는 거라고."

"그럴까?"

"뭐, 뻔하지. 비극의 주인공, 아니, 비극의 영웅처럼 굴고 있는 거야."

"그럼 답장을 어떻게 해줘야 할까?" 쇼타가 편지지를 앞으로 끌어당기며 물었다.

"우선 남자 친구를 정신 차리게 하는 게 선결 과제라고 해. 남자한테 확실하게 말해주면 된다고. 기껏해야 스포츠 정도로 여자 친구의 발을 묶어놓을 일이 아니다, 올림픽 같은 건 운동회하고 별다를 것도 없으니까 괜히 집착할 거 없다, 그렇게 써."

쇼타는 볼펜을 든 채 미간을 좁혔다.

"여자가 그런 말을 자기 입으로 직접 하기는 좀 어려울 텐데."

"어렵든 말든, 아무튼 말을 해야 한다니까."

"그렇게 밀어붙일 일이 아니야. 그렇게 할 수만 있다면 굳이 고민 상담을 왜 했겠어?"

아쓰야는 두 손으로 머리를 쥐어뜯었다. "으이구, 머리 복잡해 죽겠네."

"다른 사람에게 대신 말해달라고 하는 건 어떨까." 고헤이가 웅얼웅얼 말했다.

"대신 말해달라니, 누구한테?" 쇼타가 물었다. "남자 친구가 중병에 걸렸다는 얘기는 아무한테도 안 했다잖아."

"그거, 부모에게도 그런 얘기를 안 했다는 건 역시 안 좋은 거 아닐까? 말을 하면 다들 이 여자의 심정을 이해해줄 거 같은데."

"좋아, 그거야." 아쓰야가 손가락을 튕겼다. "그 여자의 부모에게 말하는 것도 좋고, 남자 쪽 부모에게 말해도 돼. 아무튼 아프다는 걸 다 불어버리는 거야. 그러면 이 여자에게 훈련을 받으라는 말은 아무도 안 할 거라고. 쇼타, 그런 식으로 써서 보내."

"알았어." 쇼타의 볼펜이 내달리기 시작했다.

완성된 편지는 다음과 같은 것이었다.

　　당신이 어떻게 해야 할지 망설이는 심정은 충분히 이해합니다. 하지만 여기서는 일단 나를 믿어주십시오. 속는 셈 치고 내 말대로 하세요.

　　분명하게 말해서 그 사람은 잘못하고 있습니다. 기껏해야 스포츠 아닙니까. 올림픽이라고 해도 단순히 규모가 큰 운동회에 지나지 않습니다. 그런 것 때문에 여생이 얼마 남지 않은 연인과의 시간을 낭비하는 것은 너무 바보 같아요. 그 점을 반드시 그 사람에게 이해시켜야 합니다.

　　가능하다면 당신 대신 내가 그 사람에게 얘기해주고 싶을 정도예요. 하지만 그건 애초에 불가능한 일입니다. 그러니까 당신 부모님이나 그 사람의 부모님에게 말해달라고 하세요. 병에 대해 털어놓으면 누구라도 당신을 도와줄 겁니다.

　　더 이상 망설이지 마세요. 올림픽은 이제 잊어버리세요. 내가 해가 될 얘기를 하겠습니까. 꼭 그렇게 하세요. 나중에 내 말을 듣기를 잘했다고 생각할 거예요.

　　　　　　　　　　　　　　　　　　　　　　　나미야 잡화점

편지를 우유 상자에 넣으러 갔던 쇼타가 뒷문을 열고 다시 방으로 돌아왔다.

"그만큼 분명하게 못을 박았으니까 이번에는 괜찮겠지?"

아쓰야는 대답 대신 가게를 향해 소리쳤다. "고헤이, 답장 왔나?"

"아직 안 왔어." 가게 쪽에서 고헤이의 목소리가 돌아왔다.

"아직? 거, 이상하네." 쇼타가 고개를 갸우뚱했다. "지금까지는 금 세 답장이 왔었는데? 뒷문이 안 닫혔나?" 다시 한 번 확인해보려 고 의자에서 몸을 일으켰다.

그때 가게 쪽에서 "왔다!"라는 소리와 함께 고헤이가 편지를 들 고 돌아왔다.

한참 동안 소식 드리지 못했네요. 달 토끼예요. 애써 답장해주셨 는데 한 달 가까이 답장도 못 하고, 죄송해요. 빨리 편지를 써야겠다 고 생각하는 사이에 합숙 훈련이 시작되어버렸거든요.

하지만 그건 단순한 변명인지도 모르겠어요. 어떻게 답장을 써야 할지 망설였던 것도 사실이니까요.

편지에 그 사람이 잘못한 거라고 확실하게 적어주신 것을 보고 좀 놀랐어요. 잘못된 길로 가고 있다고 생각하신 사람에게는 설령 불치병에 걸린 환자라도 단호하게 나무라시는 모습에 정신이 번쩍 드는 느낌이었거든요.

기껏해야 스포츠, 기껏해야 올림픽…… 네, 그럴지도 모르겠어 요. 아뇨, 아마 그 말씀이 맞을 거라고 생각해요. 어쩌면 우리는 별 로 중요하지도 않은 일로 고민하고 있는 것인지도 모르겠어요.

하지만 그 사람에게 제 입으로 그런 말은 도저히 할 수 없답니다. 다른 사람들에게는 올림픽이 별일이 아닐 수도 있다는 건 잘 알지만, 저와 그 사람은 지금껏 목숨을 걸고 이 대회를 위해 뛰어왔으니까요.

다만 병에 대해서는 가까운 시일 내에 양가 부모님께 말씀드려야 한다고 생각하고 있어요. 하지만 아직은 말씀드릴 수 없습니다. 실은 그 사람의 여동생이 출산한 지 얼마 안 되어 부모님이 한껏 기뻐하시는 때예요. 좀 더 행복한 시간을 누리게 해드리고 싶다고 하더군요. 그 심정은 저도 충분히 이해할 수 있어요.

이번 합숙 훈련 중에도 그 사람에게 몇 번 전화를 했어요. 열심히 훈련을 받고 있다고 말했더니 무척 기뻐했습니다. 그런 게 연극이라고는 생각되지 않아요.

그래도 제가 올림픽을 깨끗이 잊어버리는 게 좋을까요? 경기를 포기하고 간병에만 전념해야 할까요? 그게 정말 그 사람을 위한 일일까요?

생각하면 할수록 자꾸만 망설여지네요.

달 토끼 드림

아쓰야는 와아 소리를 지르고 싶었다. 편지를 읽다 보니 너무 답답했던 것이다.

"이 바보 같은 여자, 대체 뭐 하는 거야. 그만 포기하라는데 기어코 합숙 훈련을 가다니, 그사이에 남자가 죽기라도 하면 대체 어쩔 거야?"

"남자 친구 앞에서 합숙 훈련에 참가하지 않겠다는 말을 차마 할 수 없었겠지." 고헤이가 느릿느릿한 어투로 말했다.

"하지만 그 훈련이 결국 다 쓸데없는 일이잖아. 뭐가 생각하면 할수록 망설여지네요, 나고. 우리가 이렇게 애써서 알려주는데 왜 말을 안 들어."

"그러니까 그건 남자 친구를 걱정해서 그런 거라니까." 쇼타가 말했다. "차마 그 사람의 꿈을 깨뜨릴 수 없어서 그런 거라고."

"어차피 그 꿈은 이뤄지지 않아. 결국 이 여자는 올림픽에 나갈 수가 없다고. 제기랄, 그걸 어떻게든 알려줄 방법은 없을까?" 아쓰야가 다리를 달달 떨며 말했다.

"여자가 부상을 당했다고 하면 어떨까?" 고헤이가 말했다. "어딘가 다쳐서 올림픽에 나갈 수 없다고 하면 남자 친구도 포기할 거 아니야."

"엇, 그거 잘하면 통할 거 같은데?"

아쓰야는 찬성했지만 쇼타가 손을 내저었다.

"그건 안 돼. 남자 친구의 꿈이 망가진다는 사실은 달라질 게 없어. 달 토끼는 지금 그걸 못 해서 고민하는 거야."

아쓰야는 콧잔등에 주름을 잡았다.

"꿈은 무슨 빌어먹을 꿈 타령이야? 꼭 올림픽 출전만이 꿈의 전부는 아니잖아."

그러자 쇼타는 뭔가 생각난 듯 눈을 둥그렇게 떴다.

"바로 그거야. 꼭 올림픽 출전만이 꿈은 아니라는 것을 이해시키면 돼. 뭔가 다른 거, 올림픽을 대신할 꿈을 갖게 해줘야 해. 이를테면……" 잠시 생각하고 나서 그는 말을 이었다. "아이!"

"아이?"

"아기 말이야. 이 여자가 임신한 걸로 하면 어떨까? 물론 그 남자의 아기야. 그럼 올림픽은 포기할 수밖에 없겠지. 하지만 자기 자식이 태어난다는 꿈을 가질 수 있어. 어떻게든 병을 이겨내려고 다시 힘을 낼 수도 있어."

이 아이디어를 아쓰야는 머릿속에서 정리해보았다. 다음 순간, 손뼉을 딱 쳤다.

"쇼타, 너 천재다. 그걸로 가자. 아주 완벽해. 남자에게 남은 시간이 앞으로 반년쯤이라고 했지? 그때까지는 거짓말을 해도 들킬 리 없어."

"좋았어." 쇼타는 다시 탁자 앞에 앉았다.

이번에는 성공할 것이다, 라고 아쓰야는 생각했다. 남자가 암 선고를 받은 때가 언제인지는 확실치 않지만, 지금까지의 편지 내용으로 보면 몇 달씩이나 된 느낌은 아니었다. 그때까지는 그저 평범하게 지냈던 것 같으니까 아마 둘이서 잠도 잤을 터였다. 피임을 했는지도 모르지만 그런 건 대충 둘러댈 수도 있다.

하지만 그런 답장을 우유 상자에 넣자마자 셔터 우편함으로 날아든 편지는 다음과 같은 것이었다.

보내주신 편지, 잘 받았습니다.

생각지도 못한 조언에 깜짝 놀랐고, 그리고 역시 대단하시다고 감탄했어요. 분명 올림픽을 대신할 만한 꿈을 만들어준다는 것은 아주 좋은 방법이라고 생각해요. 제가 임신했다는 말을 들으면 그 사람도 설마 낙태를 하면서까지 올림픽에 출전하라고는 하지 않겠지요. 틀림없이 건강한 아기를 낳기를 바랄 거예요.

하지만 몇 가지 문제가 있어요. 첫째는, 임신 시기예요. 그와 마지막으로 관계를 가진 것이 석 달쯤 전이었어요. 그런데 이제야 임신 사실을 알았다고 하면 좀 부자연스럽지 않을까요. 그 사람이 어떻게 임신인 줄 알았느냐고 물으면 어떤 대답을 해야 할지 난감합니다.

게다가 만일 그 사람이 내 말을 믿어준다면 아마 부모님께 즉시 말씀드릴 거예요. 당연히 저의 부모님에게도 그런 말이 건너가겠지요. 나아가 친척이나 지인들에게도 임신 소식이 퍼질 거예요. 하지만 저는 그들에게 거짓 임신이라고 솔직히 말할 수가 없겠죠. 왜 그런 거짓말을 했는지 설명해야 하니까요.

저는 연극을 그리 잘하는 편이 아닙니다. 거짓말도 못하는 편이에요. 임신했다고 하면 주위에서 이런저런 얘기가 많을 텐데 과연 그 속에서 계속 거짓말을 해낼 수 있을지, 아무래도 자신이 없어요. 시간이 지나도 배가 부르지 않으면 이상하니까 나름대로 배를 불룩하게 만들어야 하는데 주위에 들키지 않고 그런 일을 할 수 있을지도 의문이에요.

또 한 가지 중요한 문제가 있어요. 병의 진행이 늦어질 경우, 그 사람이 아직 살아 있는 동안에 가공의 출산 예정일이 닥쳐올 가능성이 있다는 것이에요. 그날이 되었는데도 아이가 태어나지 않으면 모든 것이 거짓이라는 걸 들키게 되잖아요. 사실을 알고 그가 얼마나 실망할지, 상상만 해도 가슴이 아프네요. 훌륭한 조언이라고는 생각하지만, 그런 이유로 저로서는 하기 어려운 일이에요.

나미야 씨, 저와 함께 고민해주셔서 정말 고맙습니다. 지금까지 상담에 응해주신 것만으로도 저는 충분히 만족스럽고 감사의 마음 가득합니다. 역시 이 일은 스스로 답을 찾지 않으면 안 될 문제라는 것을 깨달았어요. 이 편지에는 답장을 해주시지 않아도 괜찮습니다. 몇 번이나 번거롭게 폐를 끼쳐서 정말 죄송해요. 그럼 안녕히 계세요.

달 토끼 드림

"에이, 이게 뭐야?" 아쓰야는 편지지를 내던지며 벌떡 일어섰다. "지금까지 실컷 고민하게 해놓고 막판에야 답장을 해주시지 않아도 괜찮다니, 이게 말이 돼? 애초에 이 여자는 남의 의견을 들을 마음이 없었던 거야. 우리가 한 말을 죄다 무시해버리잖아."

"이 여자가 하는 말도 맞는 것 같아. 계속해서 거짓 연기를 하는 건 어려운 일이잖아." 고헤이가 말했다.

"야, 시끄러워. 연인이 죽느냐 사느냐 하는 판에 무슨 태평한 소리를 하고 있어! 필사적인 마음을 먹으면 무슨 일이든 할 수 있는 법이야." 아쓰야는 주방 식탁 앞에 앉았다.

"네가 답장을 쓰려고? 그러면 글씨체가 또 달라지는데." 쇼타가 물었다.

"됐어, 그딴 건. 아무튼 따끔하게 혼을 내줘야 속이 풀릴 것 같아."

"알았어. 그럼 네가 말로 해. 내가 받아쓸 테니까." 쇼타가 아쓰야 맞은편에 앉았다.

달 토끼 씨에게

당신은 바보입니까? 아니, 분명 바보입니다.

나도 나름대로 고민한 끝에 좋은 방법을 알려줬는데 왜 내 말을 듣지 않습니까?

올림픽 따위는 깨끗이 잊어버리라고 몇 번을 말해야 알아듣겠어요? 올림픽을 위해 아무리 열심히 훈련해봤자 아무 소용 없다니까요.

당신은 절대로 올림픽에 나가지 못해요. 그러니까 당장 그만두세요. 다 쓸데없는 짓입니다.

이렇게 망설이고 있는 것 자체가 쓸데없는 짓이에요. 그럴 시간이 있으면 지금 당장 그 사람에게로 가보세요.

당신이 올림픽을 포기하면 그 사람이 슬퍼한다고요? 너무 슬퍼서 병이 악화된다고요?

말도 안 되는 소리예요. 당신이 올림픽에 못 나가는 것쯤은 아무것도 아니에요.

세계 여기저기에서 전쟁이 일어나고 있어요. 지금 올림픽이고 뭐고 따질 겨를이 없는 나라도 아주 많다고요. 일본 역시 남의 일이 아닙니다. 그걸 이제 곧 알게 될 거예요.

하지만 이제 됐습니다. 당신 좋을 대로 하십시오. 그러다가 나중에 실컷 후회하세요.

마지막으로 다시 한 번 말합니다.

당신은 바보입니다.

나미야 잡화점

6

쇼타가 새 양초에 불을 붙였다. 눈에 익은 탓인지 촛불 몇 개로도 방 구석구석까지 환히 보였다.

"편지, 안 오네?" 고헤이가 웅얼웅얼 중얼거렸다. "이렇게 간격이 길었던 적이 없는데. 이제 편지 안 하려나?"

"이제 안 할 거야." 쇼타가 한숨을 내쉬며 말했다. "그렇게 심하게 혼을 냈으니 보통 사람이라면 기가 죽거나 화를 내거나, 둘 중 하나야. 그리고 어느 쪽이건 편지 따위는 다시는 쓰고 싶지 않겠지."

"뭐야, 내가 잘못했다는 거야?" 아쓰야는 쇼타를 노려보았다.

"지금 그런 말이 아니잖아. 나도 너하고 똑같은 마음이고, 그 정도는 써 보내도 괜찮다고 생각해. 하지만 우리가 하고 싶은 말을 실컷 써 보냈으니까 답장이 안 오는 것도 어쩔 수 없다, 그런 얘기야."

"흥, 그렇다면 다행이고." 아쓰야는 고개를 돌려버렸다.

"그나저나 어떻게 했을까……." 고헤이가 말했다. "역시 그대로 훈련을 계속했을까? 그래서 무사히 올림픽 대표로 뽑혔을까? 그랬는데 가장 중요한 꿈인 올림픽을 일본이 보이콧했다면…… 어지간히 충격을 먹었겠다, 진짜."

"그랬다면 정말 꼴좋게 된 거지. 우리 말을 안 들은 게 잘못이야." 아쓰야가 내뱉듯이 말했다.

"그 남자는 어떻게 됐을까? 언제까지 살아 있었을까? 보이콧이 결정된 날까지는 살았을까?"

쇼타의 말에 아쓰야는 입을 꾹 다물었다. 어색한 침묵이 세 사람을 휘감았다.

"근데 언제까지 저렇게 해둘 거야?" 갑작스럽게 고헤이가 물었다. "뒷문 말이야. 저기를 계속 닫아두면 시간이 안 가는 거잖아."

"하지만 문을 열어버리면 과거와의 연결이 끊어져. 그럼 그 여자가 편지를 보내도 못 받게 돼." 쇼타가 아쓰야 쪽을 보며 물었다. "어쩌지?"

아쓰야는 아랫입술을 깨물며 손가락 관절을 꺾기 시작했다. 왼쪽 다섯 개의 손가락을 모두 우두둑 꺾은 참에 고헤이를 바라보았다. "고헤이, 뒷문 열어라."

"그래도 돼?" 쇼타가 물었다.

"괜찮아. 이제 달 토끼라는 여자는 잊어버려. 우리하고는 관계없는 일이잖아. 고헤이, 얼른 가."

응, 이라고 말하고 고헤이가 자리에서 일어섰을 때였다.

통통통 하는 소리가 앞쪽에서 들려왔다.

세 사람은 동시에 움직임을 멈췄다. 한순간 서로 마주 본 뒤에 일제히 시선을 가게 쪽으로 던졌다.

아쓰야는 자리에서 일어나 가게를 향해 조심조심 걸음을 내디뎠다. 쇼타와 고헤이도 그 뒤를 따랐다.

그러자 다시 통통통 하는 소리가 났다. 누군가 셔터 문을 두드리는 것이다. 마치 안의 상황을 살피는 듯한 두드림이었다. 아쓰야는 걸음을 멈추고 숨을 죽였다.

이윽고 우편함 밑으로 한 통의 편지가 털썩 떨어졌다.

나미야 씨는 아직 이곳에서 살고 계시는지요. 만일 나미야 씨는 안 계시고 다른 분이 이 편지를 받으신다면, 정말 죄송합니다만 이 편지는 그대로 태워주시면 고맙겠습니다. 별다른 내용도 아니라서 편지를 읽으신다고 해도 도움 될 게 없으니까요.

여기서부터는 나미야 씨께 드리는 편지입니다.

오래간만에 소식 전합니다. 저를 기억하고 계실지 모르겠네요. 작년 연말에 몇 번 편지를 드렸던 '달 토끼'예요. 세월이 참 빠르기도 하죠, 벌써 반년이나 지났네요. 건강하게 잘 지내시는지요.

그때는 정말 감사했습니다. 마치 친부모님처럼 저의 고민을 진지하게 상담해주신 것, 평생 잊지 못할 거예요. 편지에 써주신 한 마디 한 마디가 진심으로 가득했어요.

전해드릴 일이 두 가지가 있답니다.

첫 번째는, 물론 나미야 씨도 잘 아시겠지만 일본이 정식으로 올림픽을 보이콧하기로 결정했어요. 어느 정도는 각오했던 일이지만 막상 결정이 내려지고 나니까 정말 충격이 크더군요. 저는 어차피 가지 못할 대회였지만 이미 출전이 정해졌던 친구들을 생각하면 가슴이 미어지는 것 같아요. 정치와 스포츠는 전혀 별개의 것이라고 생각했는데 국가 간의 문제가 걸리면 꼭 그럴 수만은 없는가 봐요.

두 번째 소식은 남자 친구에 대한 것이에요.

그 사람은 최선을 다해 투병 생활을 했지만 올 2월 15일, 병원에서 숨을 거뒀습니다. 마침 제가 훈련이 없는 시기여서 임종의 자리에 함께할 수 있었어요. 그의 손을 꼭 잡고 돌아오지 못할 먼 길을 떠나는 그를 배웅했습니다.

그가 마지막으로 내게 건네준 것은 '꿈을 이루게 해줘서 고마워'라는 말이었어요. 마지막 순간까지 저의 올림픽 출전을 꿈꾸었던 것이겠지요. 그게 그에게는 삶의 이유였다는 것을 잘 알 수 있었어요.

그래서 그의 임종을 지켜본 뒤에 저는 곧바로 훈련을 다시 시작했습니다. 선발 대회까지 시간이 별로 없었기 때문이기도 하지만, 어떻든 이 마지막 기회에 최선을 다해 뛰어드는 것이 그 사람에 대한 예의라고 생각했어요.

결과는 앞에서도 잠깐 말씀드렸지만 저는 올림픽 대표로 뽑히지 못했습니다. 능력이 부족했던 거예요. 하지만 최선을 다한 끝에 나온 결과였기 때문에 후회는 없습니다. 물론 뽑혔다고 해도 결국 올림픽에는 출전하지 못했겠지만, 그렇다고 지난 일 년 동안 제가 했던 훈련이 쓸모없는 일이라고는 생각하지 않아요.

제가 지금 이런 생각을 할 수 있는 것은 모두 나미야 씨 덕분입니다.

이제야 말씀드리지만 맨 처음 상담 편지를 드렸을 때, 내 마음은 올림픽을 단념하는 쪽으로 기울어 있었어요. 물론 사랑하는 사람의 곁을 지키면서 마지막까지 돌봐주고 싶은 마음이 있었기 때문이지만, 실은 꼭 그것 때문만은 아니었어요.

그즈음 저는 훈련을 받으면서 막다른 벽을 느끼고 있었습니다. 아무리 노력해도 좋은 성적이 나오지 않아서 능력의 한계를 절실히 느끼는 하루하루였어요. 라이벌들과의 경쟁에도 지쳤고 반드시 올림픽에 출전해야 한다는 압박감이 저를 짓눌렀어요. 그래서 도망치고 싶었던 거예요.

그가 암 선고를 받은 게 바로 그런 때였어요.

이제는 운동에서 도망칠 수 있겠구나, 라고 안도하는 나 자신이 있었다는 것을 부정할 수가 없어요. 사랑하는 사람이 불치병으로 힘들어하고 있잖아요. 간병에 전념하는 건 누가 봐도 당연한 일이겠지요. 제 행동을 비난할 사람은 아무도 없었어요. 무엇보다 나 자신을 이해시킬 수 있었지요.

하지만 그는 그런 저의 나약한 모습을 잘 알고 있었어요. 그래서 무슨 일이 있어도 올림픽을 포기하지 말라고 줄곧 다짐했던 거예요. 그는 자신의 꿈을 망가뜨리지 말아달라고 몇 번이나 말했습니다. 원래 그런 식으로 자기 생각을 고집하는 사람이 아니었는데 말이에요.

어떻게 해야 좋을지 저는 정말 알 수가 없었습니다. 그 사람을 돌봐주고 싶은 마음, 올림픽에서 도망치고 싶은 마음, 그의 꿈을 이뤄주고 싶은 마음, 그런 여러 가지 고민이 머릿속에서 소용돌이쳤어요. 제가 진심으로 하고 싶은 게 무엇인지도 모르게 되어버린 거예요.

그렇게 고민하다가 써 보낸 것이 그 첫 번째 편지였어요. 하지만 저는 그 편지에 속마음을 솔직하게 쓰지 못했습니다. 올림픽에서 도망치고 싶다는 것만은 감춰뒀지요.

하지만 나미야 씨는 그런 교활한 면을 금세 알아보셨던 모양이에요. 몇 차례 편지를 주고받은 뒤에 갑작스럽게 '사랑한다면 마지막까지 곁에 있어주는 게 옳다'라고 딱 잘라 충고를 해주셨죠. 그 문장을 읽는 순간, 망치로 머리를 얻어맞은 듯한 충격을 받았습니다. 왜냐하면 제 속마음은 그만큼 순수한 것은 아니었기 때문이에요. 좀 더 교활하고 좀 더 추하고, 그리고 시시한 것이었죠.

그 뒤에도 나미야 씨는 전혀 흔들림 없는 충고를 해주셨어요.

'기껏해야 스포츠.'

'올림픽 따위, 단순히 규모가 큰 운동회.'

'망설이는 것은 쓸데없는 짓. 지금 당장 그에게로 가세요.'

사실은 좀 의아하기도 했어요. 어쩌면 이렇게까지 자신만만하게 말씀하실 수 있을까 하고요. 그러다가 문득 그런 생각이 들었어요. 나미야 씨가 나를 떠보고 계시는구나, 하고요.

올림픽은 깨끗이 잊어버리라는 말씀을 제가 덥석 따랐다면 어차피 올림픽에 거는 기대가 겨우 그 정도일 뿐이었겠지요. 그렇다면 훈련 따위는 포기해버리고 그 사람을 돌봐주는 일에 전념하면 되는 거예요. 하지만 만일 나미야 씨가 아무리 포기하라고 해도 제가 결단을 내리지 못하고 머뭇거렸다면 그만큼 올림픽에 거는 기대가 강하다는 얘기예요.

그렇게 생각하다 보니 불현듯 눈앞이 환해지더군요. 제 본심은 올림픽에 집착하고 있었어요. 올림픽은 제가 어렸을 때부터 품어온 꿈입니다. 간단히 버릴 수는 없었던 거예요.

그래서 어느 날 그에게 말했습니다.

"당신을 누구보다 사랑하고 항상 곁에 함께 있고 싶어. 내가 훈련을 그만둬서 당신의 건강이 회복될 수만 있다면 망설임 없이 그렇게 할 거야. 하지만 상황이 그렇지 않다면 내 꿈을 버리고 싶지는 않아. 지금까지 꿈을 향해 열심히 달려왔기 때문에 나는 나답게 살 수 있었고, 그런 나를 당신이 좋아했던 거니까. 당신을 단 한시도 잊어버린 적은 없어. 하지만 부디 내 꿈을 향해 달려가게 해줘."

그러자 병상에서 그 사람은 눈물을 흘렸습니다.

그 말을 기다렸다, 네가 나 때문에 고민하는 모습을 지켜보는 게 너무 괴로웠다, 사랑하는 사람이 나 때문에 꿈을 포기하는 것은 죽는 것보다 더 힘든 일이다, 설령 우리 둘이 멀리 떨어져 있더라도 마음만은 항상 함께 있다, 아무 걱정 말고 네 꿈을 향해 후회 없이 뛰어보라고, 그는 말해주었습니다.

그날부터 저는 망설임 없이 훈련에 뛰어들었습니다. 곁을 지키는 것만이 간병은 아니라는 것을 알았기 때문이에요.

그런 나날 속에 그 사람은 세상을 떠났습니다. 그가 마지막으로 남겨준 말, '꿈을 이루게 해줘서 고마워'라는 그 말, 그리고 만족스러운 웃음으로 숨을 거둔 그의 얼굴은 저에게 무엇보다 큰 상입니다. 올림픽에는 출전하지 못했지만 저는 금메달보다 더 값진 것을 얻었어요.

나미야 씨, 정말 고맙습니다. 나미야 씨와 편지를 주고받지 않았더라면 저는 소중한 것을 잃고 평생 후회할 뻔했어요. 깊은 통찰력에 진심으로 경의를 표하며 다시 한 번 감사드립니다.

지금은 잡화점에 계시지 않을지도 모르지만, 부디 이 편지가 무사히 전달되기를 빕니다.

달 토끼 드림

쇼타도 고헤이도 한참이나 말이 없었다. 할 말이 떠오르지 않는 거라고 아쓰야는 생각했다. 아쓰야 자신이 그랬기 때문이다.

달 토끼에게서 온 마지막 편지는 정말 생각지도 못한 것이었다. 그녀는 올림픽을 포기하지 않았다. 마지막까지 힘껏 노력했는데도 대표 선수로 뽑히지 못했고, 그뿐만 아니라 이번 올림픽에 쏟은 노력 자체가 물거품이 되었는데도 전혀 후회하지 않는다는 것이다. 금메달보다 값진 것을 얻었다고 오히려 진심으로 흐뭇해하고 있었다.

게다가 그것이 나미야 잡화점 덕분이라는 것이다. 아쓰야와 쇼타와 고헤이가 답답하고 화가 나서 대충 써 보낸 편지 덕분에 올바른 길을 선택했다고 굳게 믿고 있는 것이다. 이건 비꼬는 소리나 장난치는 말이 아닐 것이다. 그런 짓을 하겠다고 이렇게 긴 편지를 보낼 리는 없다.

웃음이 스멀스멀 밀려나왔다. 정말로 우스웠다. 아쓰야는 입을 다문 채 가슴을 들먹거리다가 결국 낮은 신음 소리를 흘리고 마침내 캬하하 하고 웃음이 터져버렸다.

"왜, 왜 웃는 거야?" 쇼타가 물었다.

"아니, 웃기지 않냐? 이 여자, 정말로 바보지 뭐야. 우리는 진짜로 올림픽은 깨끗이 잊으라고 말했는데 그걸 자기 좋을 대로 해석해버렸잖아. 그러고는 결과가 잘 나왔다고 우리한테 감사하고 있어. 깊은 통찰력에 경의를 표하며, 라잖아. 근데 그런 게 어디 있냐고, 우리한테."

쇼타도 표정이 누그러들었다. "아무튼 잘됐어, 결과가 잘 나왔다니."

"맞아. 게다가 나는 정말 즐거웠어." 고헤이가 말했다. "다른 사람의 고민을 상담해준 거, 지금까지 내 인생에서 한 번도 없었던 일이야. 우연히 맞아떨어진 것이라도, 어쩌다 결과가 잘 나온 것이라도 우리한테 상담하기를 잘했다고 하니까 정말 기분 좋다. 안 그래, 아쓰야?"

아쓰야는 짐짓 얼굴을 찌푸리며 코 밑을 쓱쓱 비볐다.

"뭐, 기분이 나쁘지는 않네."

"거봐, 역시 그렇잖아."

"너처럼 마냥 기분이 좋지는 않아. 아무튼 이제 됐으니까 슬슬 뒷문은 열자. 이대로 가다가는 어느 세월에 아침이 올지 몰라." 아쓰야는 뒷문으로 향했다.

하지만 문손잡이를 잡는 순간, 아, 잠깐, 이라고 쇼타가 말했다.

"왜?"

하지만 쇼타는 아무 말 없이 가게 쪽으로 내려갔다.

"왜 저러나?"

고헤이에게 물었지만 역시 고개를 갸우뚱할 뿐이었다.

이윽고 쇼타가 돌아왔다. 떨떠름한 표정을 하고 있었다.

"뭐야?" 아쓰야가 물었다.

"또 왔어……." 쇼타는 천천히 오른손을 쳐들며 말했다. "이건 또 다른 사람한테서 온 편지 같아."

그의 손에는 갈색 봉투가 들려 있었다.

제2장

한밤중에 하모니카를

1

접객용 창구 담당자는 환갑을 넘긴 빼빼한 남자였다. 작년에는 못 봤던 사람이니까 아마 구청 같은 데를 정년퇴직하고 여기로 왔는지도 모른다. 가쓰로는 막연한 불안감을 느끼며, 마쓰오카라고 합니다, 라고 이름을 대보았다. 예상대로 담당자는, 어디서 오신 마쓰오카 씨냐고 물었다.

"마쓰오카 가쓰로라고 합니다. 위문 공연을 하러 왔어요."

"위문 공연요?"

"네, 크리스마스……."

아아, 하고 그제야 담당자는 알아들은 눈치였다.

"연주하는 사람이 온다고 하길래 무슨 악단이 오나 보다 했는데 혼자 오셨군요?"

"네, 죄송합니다." 저도 모르게 사과를 하고 있었다.

"잠깐만 기다리세요."

담당자가 어딘가에 전화를 걸기 시작했다. 두세 마디 이야기를 나눈 뒤에 가쓰로에게 말했다. "여기서 잠깐만 기다려주세요."

잠시 뒤에 안경을 쓴 여자가 나왔다. 낯익은 얼굴이었다. 작년에도 파티 운영을 담당했던 사람이다. 그쪽에서도 기억하고 있었는지 오랜만이라면서 웃는 얼굴로 인사를 건넸다.

"올해도 잘 부탁드립니다." 가쓰로가 말하자, 저야말로 잘 부탁드려요, 라는 인사가 돌아왔다.

우선 대기실로 안내를 받아 들어갔다. 간단한 응접세트가 있는 방이다.

"시간은 약 사십 분이고, 작년하고 똑같이 진행이나 노래 등은 모두 맡아주실 수 있지요?" 담당 여직원이 물었다.

"네, 괜찮아요. 노래는 대부분 크리스마스캐럴이에요. 그다음은 자작곡 몇 가지."

"그렇군요." 여자는 애매한 웃음을 지었다. 자작곡이란 게 어떤 것이었나 하고 생각했는지도 모른다.

연주회까지 아직 시간이 남아 있어서 가쓰로는 대기실에서 기다리기로 했다. 페트병에 든 차가 준비되어 있길래 종이컵에 따라 마셨다.

아동복지시설 환광원을 방문한 것은 작년에 이어 두 번째였다. 나지막한 언덕에 서 있는 철근콘크리트 사 층 건물에는 아이들 방이외에 식당이며 욕실 등의 설비가 갖춰져서 아직 젖먹이라고 할 만한 아기에서부터 열여덟 살 청소년까지 단체 생활을 하고 있다. 가쓰로는 지금까지 수많은 아동복지시설을 돌아다녔지만 이 정도 시설이라면 중상 정도의 규모였다.

가쓰로는 기타를 손에 들었다. 마지막으로 음을 확인하고, 가볍게 발성 연습을 했다. 괜찮다. 컨디션은 그럭저럭 좋은 편이다.

조금 전의 여직원이 다가왔다. 이제 곧 시작했으면 한다고 했다. 다시 차 한 잔을 따라 마시고 가쓰로는 자리에서 일어섰다.

연주회장은 체육관이다. 아이들은 줄줄이 펴놓은 철제 의자에 다소곳이 앉아 있었다. 초등학생 정도의 아이들이 중심이다. 가쓰로가 들어가자 짝짝짝 하고 박수를 쳐주었다. 미리 선생님에게 지시를 받은 모양이었다.

가쓰로에게는 마이크와 의자와 보면대가 준비되어 있었다. 아이들을 향해 인사를 하고 의자에 앉았다.

"여러분, 안녕하세요?"

안녕하세요, 라고 아이들이 응해주었다.

"내가 이곳에 온 것은 이번이 두 번째예요. 작년에도 크리스마스이브에 왔었죠. 크리스마스이브 때마다 왔으니까 산타클로스 할아버지 같기도 한데 안타깝게도 선물이 없네요." 아주 약간의 웃음. "그 대신 작년과 마찬가지로 노래를 선물할게요."

첫 곡으로는 〈루돌프 사슴코〉를 기타 반주로 노래했다. 아이들이 잘 아는 노래라서 중간부터는 다들 따라 불렀다.

이어서 누구나 알고 있는 크리스마스캐럴 몇 곡을 불렀다. 노래와 노래 사이에는 토크도 넣었다. 아이들이 즐거워하는 것 같았다. 박수로 박자를 맞춰주기도 했다. 제법 분위기가 달아올랐다고 해도 좋을 것이다.

하지만 중간부터 가쓰로는 한 소녀에게 자꾸만 신경이 쓰이기 시작했다. 그 소녀는 앞에서 둘째 줄의 가장자리에 앉아 있었다. 초등학생이라면 고학년일 것이다. 시선이 전혀 엉뚱한 곳으로 향한 채 소녀는 가쓰로 쪽을 아예 쳐다보지도 않았다. 노래에 관심이 없는지 입이 움직이는 일도 없었다.

하지만 우수를 띤 소녀의 표정에 가쓰로는 저도 모르게 빠져들었다. 어린애답지 않은 묘한 끼 같은 게 엿보였다. 가쓰로는 어떻게든 그 소녀의 시선을 자기 쪽으로 향하게 하고 싶었다. 동요는 너무 어린 티가 나서 재미가 없는가 싶어서 마쓰토야 유미의 〈남자친구가 산타클로스〉를 불러보았다. 작년에 개봉해서 큰 인기를 끌었던 영화 〈나를 스키장에 데려가요(1987년에 개봉한 영화. 주제가 중에서 〈남자 친구가 산타클로스〉는 영화를 능가하는 인기를 누렸다—옮긴이)〉의 삽입곡이다. 이런 자리에서 부르는 건 엄밀히 말하면 저작권법 위반이지만 설마 그런 걸 신고하는 일은 없을 것이다.

역시 대부분의 아이들이 환영하는 노래였다. 하지만 그 소녀만은 여전히 딴 곳을 보고 있었다.

연달아서 그 나이대의 소녀들이 좋아할 만한 곡을 연주했지만 효과가 없었다. 음악에는 도통 관심이 없는 모양이라 생각하고 포기하는 수밖에 없을 것 같았다.

"자, 드디어 오늘의 마지막 노래를 할 차례네요. 내가 음악회 마지막에 반드시 연주하는 곡이랍니다. 잘 들어주세요."

가쓰로는 기타를 내려놓고 하모니카를 꺼냈다. 호흡을 가다듬은 뒤 눈을 감고 천천히 불기 시작했다. 벌써 몇천 번을 불어본 곡이다. 악보 따위는 볼 것도 없었다.

삼 분 삼십 초쯤을 들여 그 곡을 연주했다. 체육관 안은 고요히 가라앉았다. 하모니카 연주를 마치기 직전, 가쓰로는 눈을 떴다. 그 순간 가슴이 철렁했다. 소녀가 골똘히 이쪽을 응시하고 있었기 때문이다. 그 눈빛은 진지함 그 자체였다. 나잇값도 못 하고 가쓰로는 가슴이 두근두근 설렜다.

연주를 마치고 아이들의 박수 소리 속에 퇴장했다. 여직원이 다가와, 수고하셨습니다, 라고 말했다. 그 소녀에 대해 물어보려다가 가쓰로는 말을 꿀꺽 삼켰다. 물어볼 만한 이유가 생각나지 않았기 때문이다.

그런데 뜻밖의 형태로 그 소녀와 이야기를 나누게 되었다. 연주회가 끝난 다음에 식당에서 식사 모임이 있어서 가쓰로도 그 자리에 초대되었다. 모두들 둘러앉아 밥을 먹고 있는데 소녀가 가쓰로에게로 직접 찾아온 것이다.

"그거, 무슨 노래였어요?" 가쓰로의 눈을 똑바로 바라보며 물었다.

"그거라니?"

"마지막에 하모니카로 연주한 곡 말이에요. 처음 듣는 노래였는데."

가쓰로는 웃으면서 고개를 끄덕였다.

"응, 당연히 처음 듣는 노래였겠지. 그건 내 자작곡이거든."

"자작곡?"

"내가 직접 작곡한 노래라는 뜻이야. 마음에 들었니?"

소녀는 분명하게 고개를 위아래로 끄덕였다.

"정말 좋은 노래였어요. 다시 한 번 듣고 싶어요."

"그래? 좋아, 잠깐만 기다려봐."

가쓰로는 그날 시설에서 하룻밤 묵어가기로 되어 있었다. 짐을 풀어놓은 방으로 달려가 하모니카를 들고 식당으로 돌아왔다.

소녀를 복도로 데리고 나와 자작곡을 하모니카로 들려주었다. 아이는 진지한 눈빛으로 집중해서 귀를 기울이고 있었다.

"이 노래는 제목이 없어요?"

"아냐, 일단 제목은 있지. 〈재생〉이라고 해."

"재생……." 그렇게 중얼거리더니 소녀는 콧노래를 시작했다. 그것을 듣고 가쓰로는 깜짝 놀랐다. 〈재생〉의 멜로디를 완벽하게 재현하고 있었기 때문이다.

"벌써 다 외웠어?"

그가 묻자 소녀는 처음으로 웃는 얼굴을 보였다. "노래 외우는 게 제 특기거든요."

"우와, 그래도 정말 대단하다."

가쓰로는 소녀의 얼굴을 찬찬히 바라보았다. 천부적인 재능, 이라는 말이 머리를 스쳤다.

"마쓰오카 아저씨는 프로 가수로 데뷔하지 않아요?"

"프로 가수? 글쎄다." 가쓰로는 슬쩍 고개를 돌려 마음속에 파문이 번지는 것을 대충 얼버무렸다.

"그 노래, 사람들이 엄청 좋아할 거 같은데."

"그래?"

소녀는 고개를 끄덕였다. "난 아주 좋아요."

가쓰로는 웃었다. "고맙다."

그때였다. 세리, 하고 부르는 소리가 들렸다. 식당에서 여직원이 얼굴을 내밀고 있었다. "다쓰에게 밥 좀 먹여줄래?"

"네, 지금 갈게요." 세리라는 이름의 소녀는 가쓰로에게 머리 숙여 인사를 건네고 식당으로 향했다.

잠시 뒤에 가쓰로도 식당으로 돌아왔다. 세리가 어린 사내아이 옆에 앉아 손에 숟가락을 쥐어주고 있었다. 사내아이는 왜소한 몸집에 부자연스럽게 무표정한 얼굴이었다.

마침 연주회를 담당한 여직원이 곁에 있어서 가쓰로는 세리와 그 사내아이에 대해 물어보았다. 그러자 그녀는 서글픈 표정을 지었다.

"올봄에 제 누나하고 나란히 우리 환광원에 들어왔어요. 부모가 폭력을 휘둘렀던 모양이에요. 다쓰는 누나인 세리 외에는 어느 누구하고도 말을 하지 않아요."

"저런."

가쓰로는 남동생을 돌보는 세리를 찬찬히 지켜보았다. 크리스마스캐럴을 거부했던 이유를 조금쯤은 알 것 같은 마음이 들었다.

식사 모임이 끝나자 가쓰로는 방으로 돌아왔다. 침대에 누워 있으려니 창밖에서 아이들이 왁자하게 떠드는 소리가 들려왔다. 몸을 일으켜 내려다보았다. 아이들이 불꽃놀이를 하고 있었다. 추운 날씨 따위는 전혀 아랑곳하지 않는 모습이었다. 그 속에 세리와 다쓰의 모습도 있었다. 아이들과는 조금 떨어진 곳에서 불꽃놀이를 지켜보고 있었다.

프로 가수로 데뷔하지 않아요?

오랜만에 들어본 말이다. 애매한 웃음으로 얼버무린 것도 십 년여 만이다. 하지만 그때의 자신과 지금의 자신은 우선 마음가짐부터 전혀 다르다.

아버지, 하고 밤하늘을 향해 중얼거렸다. 미안해, 나는 아직 싸워보지도 못하고 이러고 있네.

가쓰로의 생각은 팔 년 전으로 날아갔다.

2

할머니가 돌아가셨다는 연락이 온 것은 7월 초입의 일이었다. 가쓰로가 가게 문을 열 준비를 하고 있는 참에 여동생 에미코에게서 전화가 걸려왔다.

할머니의 건강이 심상치 않다는 건 가쓰로도 알고 있었다. 간과 신장이 약해져서 언제 어떻게 되실지 모르는 상태라고 들었다. 그래도 가쓰로는 고향 집에 돌아가지 않았다. 할머니가 걱정되기는 했지만 집에 가고 싶지 않은 이유가 있었던 것이다.

"빈소는 내일부터 차려지고 발인은 모레야. 오빠, 언제 올 수 있어?" 에미코가 물었다.

가쓰로는 수화기를 든 손으로 카운터에 팔꿈치를 짚고 한쪽 손으로는 머리를 긁적였다.

"아, 일이 좀 있어. 마스터하고 상의도 해봐야 하고."

에미코가 후우 하고 숨을 내쉬는 소리가 들렸다.

"오빠, 일이라고 해봐야 그냥 옆에서 거드는 것뿐이잖아. 그 가게, 전에는 마스터 혼자서 운영했다고 하지 않았어? 하루 이틀 쉬는 것쯤은 어떻게든 할 수 있잖아. 언제든지 쉴 수 있는 곳이라서 그 가게에서 일하기로 했다면서."

분명 맞는 말이었다. 에미코는 기억력도 좋고 똑똑한 여동생이다. 말로 은근슬쩍 넘어갈 수 있는 상대가 아니다. 가쓰로는 입을 다물었다.

"오빠가 오지 않으면 진짜 곤란하다니까." 에미코는 목소리를 높였다. "아버지는 몸이 안 좋고 엄마도 그동안 할머니 간병하느라 지칠 대로 지쳐 있어. 게다가 오빠는 할머니 덕도 많이 봤잖아. 최소한 장례식에는 와줘야지."

가쓰로는 한숨을 내쉬었다. "알았어. 어떻게든 해볼게."

"되도록 빨리 와야 해. 가능하면 오늘 저녁에."

"그건 좀 어렵지."

"그럼 내일 아침. 늦어도 점심때까지는 와줘."

"생각해볼게."

"그래, 잘 생각해봐. 지금까지 오빠가 원하는 대로 다 해줬잖아."

무슨 건방진 소리냐고 한마디 해주려고 했지만 그 전에 에미코 쪽에서 전화를 끊어버렸다.

수화기를 내려놓고 스툴에 앉았다. 멍하니 벽에 걸린 그림을 바라보았다. 오키나와 백사장 풍경인 모양이다. 마스터가 오키나와를 좋아하는 것이다. 그래서 이 작은 바 안 여기저기에 오키나와를 연상시키는 액세서리들이 장식되었다.

가쓰로의 시선이 가게 한쪽 구석으로 향했다. 그곳에는 등나무 의자와 포크 기타가 나란히 놓여 있다. 가쓰로의 전용석이다. 바를 찾은 손님의 요청이 있을 때면 그 의자에 앉아 기타를 치는 것이다. 그의 연주에 맞춰 손님이 노래를 부르는 일도 있지만 대개는 가쓰로가 노래한다. 처음으로 그의 노래를 들어본 손님이라면 대부분 깜짝 놀라곤 한다. 도저히 아마추어로 보이지 않는다, 라고 칭찬해주었다. 프로 가수가 되면 좋을 텐데, 라는 말을 듣는 일도 많았다.

아뇨, 아뇨, 하고 겸손하게 손을 내저으면서도 마음속으로는 '네에, 물론 나도 프로 가수가 되고 싶죠'라고 쏘아붙였다. 대학을 중퇴한 것도 그것 때문이었다.

중학생 때부터 음악에 관심이 있었다. 중 2 때, 같은 반 친구 집에 놀러 갔는데 방 안에 기타가 있었다. 친구는 형 기타라면서 대충 연주하는 법을 알려주었다. 기타를 만져보는 건 태어나서 처음이었다. 처음에는 손가락을 제대로 놀리지도 못했지만 몇 번씩 반복하는 사이에 간단한 곡의 한 마디를 칠 수 있었다. 그때의 기쁨은 도저히 말로 표현할 수가 없다. 음악 시간에 리코더를 배울 때는 느낄 수 없었던 쾌감이 온몸을 훑고 지나갔다.

며칠 뒤에 마음을 단단히 먹고 아버지 어머니에게 기타 한 대만 있었으면 좋겠다고 말했다. 아버지는 생선 가게를 하고 있다. 음악과는 전혀 인연이 없는 집안이었다. 처음에는 눈이 휘둥그레지더니 이윽고 화를 냈다. 그런 친구들과는 어울리지 말라고 소리를 질렀다. 아버지의 머릿속에는 아무래도 '기타 치는 놈은 불량배'라는 선입견이 들어 있는 모양이었다.

공부는 열심히 하겠다, 우리 시의 일류 고등학교에 반드시 합격하겠다, 만일 떨어지면 그날로 기타는 내다버리고 두 번 다시 치지 않겠다. 생각나는 대로 줄줄이 약속을 늘어놓고 사정사정하며 매달렸다.

그 전에 가쓰로가 뭔가 사달라고 졸라본 적이 없었기 때문에 아버지 어머니도 적잖이 놀란 기색이었다. 우선 어머니가 마음을 풀었고 다음에 아버지가 뜻을 굽혀주었다. 다만 가쓰로를 데려간 곳은 악기점이 아니라 전당포였다. 거기에 들어온 중고 기타로 대충 때우라는 것이었다.

"나중에 내버릴지도 모르는 물건이잖아. 굳이 비싼 거 살 필요 없어." 아버지는 부루퉁한 얼굴로 말했다.

하지만 전당포에서 나온 물건이라도 가쓰로는 충분히 기뻤다. 그날 밤에는 그 중고 기타를 머리맡에 모셔두고 잤다.

헌책방에서 구해 온 기타 교본을 참고삼아 거의 매일 연습을 했다. 물론 아버지와 약속한 게 있어서 공부도 열심히 했다. 덕분에 성적이 쭉쭉 올라가서 가쓰로가 쉬는 날에 이 층 방에서 온종일 기타를 쳐도 아버지 어머니는 잔소리를 하지 않았다. 그리고 그 지역의 일류 고등학교에도 무사히 합격할 수 있었다.

그 학교에 경음악 동아리가 있어서 즉시 가입했다. 그곳에서 만난 친구들과 셋이서 밴드를 결성하고 기회가 닿는 대로 연주를 했다. 처음에는 기존 밴드를 카피하는 것뿐이었지만 점차 자작곡도 만들었다. 주로 가쓰로가 작곡을 맡았다. 보컬도 가쓰로였다. 친구들은 그가 만든 곡을 높이 평가해주었다.

하지만 3학년에 올라가면서 그 밴드도 흐지부지 없어져버렸다. 말할 것도 없이 대학 입시 때문이었다. 세 명 모두 무사히 대학에 합격하면 다시 밴드 활동을 하자고 약속했지만 그런 바람은 결국 이루어지지 않았다. 한 명이 입시에 실패했기 때문이다. 그 친구는 일 년 재수 끝에 대학생이 되었지만 끝내 밴드 재결성 이야기는 나오지 않았다.

가쓰로는 도쿄의 모 대학 경제학부에 들어갔다. 사실은 음악과 쪽으로 가고 싶었지만 아버지 어머니가 맹렬히 반대할 것이 뻔했기 때문에 가쓰로 스스로 포기한 것이다. 대대로 이어온 생선 가게를 물려받는다는 것은 어렸을 때부터 이미 정해진 일이고 그 밖의 길을 선택하는 것에 대해서는 아버지 어머니는 털끝만큼도 생각하지 않는 눈치였다. 가쓰로 스스로도 아마 그렇게 될 거라고 막연히 머릿속에 그리고 있었다.

대학에는 다양한 음악 동아리가 있었다. 그중 한 곳에 들어갔지만 금세 실망하지 않을 수 없었다. 동아리 친구들이 항상 놀 궁리만 하고 음악에 대한 진지함은 전혀 느껴지지 않았기 때문이다. 그런 일로 몇 마디 싫은 소리를 하면 그 즉시 못마땅한 시선으로 바라보곤 했다.

"야야, 어깨 힘 좀 빼라. 음악은 그냥 즐기면 되는 거야."

"그래, 죽을 둥 살 둥 매달려서 뭘 어쩌려고? 프로 가수가 될 것도 아니면서."

그런 비난에 대해 한마디 대꾸도 하지 못하고 가쓰로는 동아리를 탈퇴하기로 했다. 입씨름을 해봤자 소용없다고 생각했기 때문이다. 서로 지향하는 것이 너무도 달랐다.

그 뒤에는 다른 어떤 동아리에도 들어가지 않았다. 혼자서 하는 게 마음 편하다고 생각했기 때문이다. 열심히 할 의지도 없는 녀석들과 함께 있어봤자 스트레스만 쌓인다.

그 무렵부터 아마추어 콘테스트에 도전하게 되었다. 관객 앞에서 노래해본 것은 고등학교 때 이후로 꽤 오랜만이었다. 처음 한동안은 번번이 예선에서 탈락했지만 몇 차례 도전하다 보니 상위에

오르는 일이 많아졌다. 그런 콘테스트마다 매번 참가하는 단골들이 있어서 어느새 그들과 말을 트게 되었다.

가쓰로는 그들에게서 강한 자극을 받았다. 그건 한마디로 말해서 음악에 대한 열정이었다. 어떤 희생이라도 감수하면서 자신의 음악 세계를 좀 더 높은 수준으로 끌어올리려는 그 마음이었다.

나도 질 수는 없다.

그들의 연주를 들을 때마다 각오를 다졌다. 눈을 뜨고 있는 시간은 거의 대부분 음악에 쏟아부었다. 밥을 먹으면서도 목욕을 하면서도 머릿속에는 온통 새로운 곡에 대한 생각뿐이었다. 차츰 대학 강의실에는 나가지 않게 되었다. 강의를 들을 이유를 찾을 수 없었던 것이다. 당연히 학점을 따지 못해 낙제를 거듭했다.

도쿄에 올라간 외동아들이 그런 식으로 살고 있다는 것을 아버지 어머니는 까맣게 모르고 있었다. 사 년이 지나면 그저 남들 하듯이 대학 졸업하고 고향 집으로 내려올 것이라고 생각했을 터였다. 그래서 가쓰로가 스물한 살이 되던 해 여름, 전화로 대학을 중퇴했다는 말을 전하자 수화기를 들고 있던 어머니는 울음을 터뜨렸다. 이어서 전화를 바꿔 든 아버지는 대체 어떻게 된 거냐고 귀가 아플 만큼 고함을 쳤다.

나는 음악계로 나갈 것이다, 그래서 대학을 졸업해봤자 아무 의미가 없다.

가쓰로의 대답에 아버지는 더욱더 크게 소리를 질렀다. 너무 귀가 아파서 일방적으로 전화를 끊었더니 그날 밤에 당장 둘이서 도쿄로 올라왔다. 아버지는 얼굴이 벌게졌고 어머니는 얼굴이 새파래져 있었다.

자취하던 단칸방에서 새벽녘까지 이야기를 했다. 대학을 중퇴했다면 지금 즉시 집으로 내려와 생선 가게를 물려받으라는 것이었다. 가쓰로는 고개를 끄덕이지 않았다. 그렇게 한다면 나는 평생 후회할 것이다, 내 뜻을 이룰 때까지는 도쿄에 있겠다, 라고 주장하며 한 치도 양보하지 않았다.

잠 한숨 못 잔 채 아버지와 어머니는 새벽 첫차를 타고 내려갔다. 자취방 창문 너머로 가쓰로는 부모님의 뒷모습을 배웅했다. 힘없이 걸어가는 아버지와 어머니의 등이 유난히 쓸쓸하고 작아 보였다. 가쓰로는 저도 모르게 두 손을 맞대고 기도하듯이 사죄하고 있었다.

그로부터 벌써 삼 년이 흘렀다. 정해진 코스를 밟았다면 진즉에 대학을 졸업했을 나이다. 하지만 가쓰로는 아직 아무것도 손에 넣은 게 없었다. 여전히 아마추어 콘테스트 참가를 목표로 연습에 골몰하는 나날의 되풀이였다. 몇 번 입선한 적은 있었다. 이런 식으로 계속 콘테스트에 나가면 언젠가는 음악 관계자의 눈에 띌 것이라고 생각했다. 하지만 지금껏 가쓰로에게 말을 건네주는 관계자는 나타나지 않았다. 음반 회사에 데모 테이프를 보내보기도 했지만 아무 반응이 없었다.

딱 한 번, 바에 자주 드나드는 손님이 음악 평론가를 소개해준 적이 있다. 그 사람 앞에서 가쓰로는 자작곡 두 개를 연주했다. 싱

어송라이터로 밥벌이를 해볼 마음을 먹고 있었던 것이다. 두 곡 모두 자신 있는 작품이었다.

백발에 파마를 한 음악 평론가는 "꽤 좋군"이라고 말했다.

"곡이 상큼하고 노래도 제법 잘해. 대단한 친구야."

기뻤다. 데뷔에 한발 다가섰는지도 모른다는 기대감에 가슴이 부풀었다.

음악 평론가를 소개해준 손님이 가쓰로를 대신해서 물어봐주었다. "프로가 될 수 있을 것 같아?"

가쓰로는 바짝 긴장했다. 음악 평론가의 얼굴을 똑바로 바라볼 수 없었다.

잠깐 뜸을 들인 뒤에 흐흠 하고 음악 평론가는 신음 소리를 냈다.

"그쪽으로는 생각하지 않는 게 좋을 거야."

고개를 들었다. 어째서입니까, 라고 물어보았다.

"자네만 한 수준으로 노래하는 사람은 여기저기 널려 있어. 목소리에 개성이 있다면 얘기가 달라지겠지만, 그것도 없고."

딱 잘라 말하는 바람에 가쓰로는 대꾸조차 하지 못했다. 스스로도 잘 알고 있는 일이었다.

"곡은 어떻습니까? 제가 듣기에는 괜찮은 것 같은데요." 동석했던 마스터가 물었다.

"아주 좋아. 아마추어가 만든 곡치고는." 음악 평론가는 밋밋한 목소리로 대답했다. "하지만 유감스럽게도 딱 그 정도 수준이야. 아무래도 기존의 곡이 떠올라버린단 말이야. 한마디로 신선한 맛이 없어."

신랄했다. 분하고 비참한 마음에 얼굴이 뜨끈해졌다.

재능이 없는 걸까. 음악으로 밥을 먹고 살겠다는 건 자만인가.

그날 이래로 자꾸 그런 생각만 들었다.

3

결국 다음 날 점심때가 지난 뒤에야 자취방을 나섰다. 손에는 스포츠 백과 양복 가방을 들었다. 양복 가방 안에는 마스터에게서 빌린 검은색 정장이 들어 있었다. 언제 도쿄에 돌아올지 알 수 없어서 사실은 기타도 들고 가고 싶었지만 아버지 어머니에게 또 혼이 날 것 같아 그건 꾹 참기로 했다. 그 대신 하모니카를 스포츠 백에 쑤셔 넣었다.

도쿄 역에서 기차를 탔다. 차 안이 텅텅 비어서 사 인용 좌석을 혼자 점령할 수 있었다. 구두를 벗고 맞은편 자리에 발을 얹었다. 고향은 도쿄 역에서 출발해 열차를 갈아타며 두 시간쯤 걸리는 곳이다. 도쿄까지 출퇴근을 하는 샐러리맨이 있다는 말을 들었지만 가쓰로로서는 상상도 할 수 없는 일이었다.

할머니가 돌아가셨다고 말했더니 마스터는 곧바로 휴가를 내주었다.

"마침 좋은 기회니까 부모님하고 잘 상의해보고 와라. 앞으로 어떻게 해야 할지, 그런 거." 마스터가 타이르듯이 말했다. 이제 슬슬 음악은 포기하는 게 어떠냐는 말을 은근히 내비치는 것으로 들렸다.

차창을 흘러가는 전원 풍경을 바라보며 역시 나는 안 되나 하고 멍하니 생각했다. 집에 돌아가면 틀림없이 뭔가 말을 들을 터였다. 언제까지 꿈만 꾸고 있을 것이냐, 세상 그렇게 호락호락하지 않다, 하루빨리 정신 차리고 가업을 물려받아라, 대학 중퇴로는 어차피 번듯한 직장에도 들어갈 수 없다. 아버지가 무슨 말을 할지는 쉽게 상상이 되었다.

가쓰로는 고개를 저었다. 우울한 일만 생각하는 건 관두자. 스포츠 백을 열고 안에서 워크맨과 헤드폰을 꺼냈다. 작년에 발매된 이 음향 기기는 정말 획기적인 상품이다. 어디서든 마음대로 음악을 즐길 수 있다.

재생 버튼을 누르고 눈을 감았다. 귀에 흘러든 것은 아름다운 멜로디를 연주하는 전자음이다. 연주하는 밴드는 '옐로 매직 오케스트라'. 멤버가 모두 일본인이지만 해외에서 먼저 이름을 날렸다. 들리는 바에 의하면 로스앤젤레스에서 튜브스(1975년에 데뷔한 미국의 남성 칠 인조 그룹—옮긴이)의 오프닝 공연을 했을 때 관객이 모두 기립박수를 쳐주었다고 한다.

천부적인 재능이란 그런 사람들을 두고 하는 말인가.

생각하지 말자면서도 역시 그런 비관적인 생각이 가슴속을 헤집는 것이었다.

이윽고 집 근처 역에 도착했다. 역사를 나서자 익숙한 풍경이 눈에 뛰어들었다. 간선도로로 이어진 메인 스트리트를 따라 작은 가게들이 처마를 맞대고 있는 상점가. 모두 인근의 단골손님들만 상대하는 소규모 가게들이다. 대학을 중퇴한 뒤로 고향에 돌아오는 건 처음이지만 동네 분위기는 하나도 달라진 게 없었다.

가쓰로는 걸음을 멈췄다. 꽃 가게와 채소 가게 사이에 끼어서 전면 폭이 사 미터가 채 못 되는 생선 가게의 셔터가 반쯤 열려 있었다. 셔터 위 간판에는 '우오마쓰魚松'라는 가게 이름과 그 옆에 조금 작은 글씨로 '선어 배달'이라고 쓰여 있다.

생선 가게를 시작한 것은 할아버지였다. 맨 처음 점포는 이곳이 아니라 다른 자리에 있었고 훨씬 더 넓었다고 한다. 하지만 전쟁통에 불타버려서 전쟁이 끝난 뒤에 이 자리로 옮겨 새롭게 개업했다고 들었다.

가쓰로는 허리를 숙여 셔터 문 밑으로 가게 안에 들어갔다. 안은 어두웠다. 찬찬히 들여다봤지만 냉장 진열장에는 생선이 없었다. 이런 날씨에 생물은 하루도 못 간다. 남은 생선은 모두 냉동실로 들어간 것이리라. 벽에는 '새 메뉴―양념 장어구이'라고 쓴 광고지가 붙어 있었다.

어려서부터 맡아온 생선 비린내가 역시나 반갑게 느껴졌다. 가쓰로는 가게 안으로 들어갔다. 바로 앞에 본채로 이어지는 토방이 있다. 본채의 미닫이문은 닫혀 있었지만 틈새로 빛이 새어 나왔다. 누군가 부스럭부스럭 움직이는 기척도 들렸다.

호흡을 가다듬고, 다녀왔습니다, 라는 인사를 해봤다. 말을 하고 나서야, 안녕하셨어요, 라고 할 걸 그랬다고 생각했다.

문이 드르륵 열렸다. 검은 원피스를 입은 에미코가 서 있었다. 한참 못 본 사이에 완전히 어른이 다 됐다. 에미코가 가쓰로를 내려다보며 안도의 한숨을 내쉬었다.

"아, 다행이다. 혹시 안 오면 어쩌나 걱정했는데."

"내가 어떻게든 해보겠다고 말했잖아." 가쓰로는 구두를 벗고 올라서며 좁은 방 안을 흘긋 보았다. "너 혼자야? 어머니하고 아버지는?"

에미코는 미간을 찌푸렸다.

"진즉에 장례식장에 가셨지. 나도 가서 거들어야 하는데, 오빠 왔을 때 집에 아무도 없으면 곤란할까 봐서 내내 기다렸어."

가쓰로는 어깨를 으쓱 치켜들었다. "어, 그랬어?"

"오빠, 설마 그 차림으로 빈소에 가려는 거 아니지?"

가쓰로는 티셔츠에 면바지 차림이었다.

"당연히 아니지. 잠깐 기다려, 얼른 갈아입고 나올 테니까."

"응, 서둘러야 해."

"나도 알아."

짐을 들고 계단을 올라갔다. 이 층에는 작은방과 큰방이 있다. 큰방 쪽이 가쓰로가 고등학교 때까지 쓰던 방이다.

장지문을 열자 안이 후텁지근했다. 커튼이 내려져서 어두웠다. 벽의 스위치를 켰다. 하얀 형광등 불빛 아래, 예전에 자신이 뒹굴던 공간이 고요히 남아 있었다. 책상에 붙여놓은 낡은 연필깎이도 그대로고 벽에 붙인 아이돌 포스터도 떼어내지 않았다. 책장에는 참고서와 나란히 기타 교본이 꽂혀 있었다.

가쓰로가 도쿄에 올라간 조금 뒤에 에미코가 이 방을 쓰고 싶어 한다는 이야기를 어머니에게서 들었다. 괜찮다고 가쓰로는 대답했다. 그때는 이미 음악으로 먹고살 마음을 먹은 뒤라서 자신이 집에 돌아올 일은 없다고 생각했기 때문이다.

하지만 방을 그대로 남겨둔 걸 보면 아버지는 아직도 아들이 돌아오기를 기다리고 있는지도 모른다. 그렇게 생각하니 마음이 더욱 무거웠다.

검은 양복으로 갈아입고 에미코와 함께 집을 나섰다. 7월치고는 날씨가 시원해서 그나마 다행이었다.

장례식은 마을회관에서 하는 모양이었다. 최근에 지어졌고 도보로 십여 분 정도의 거리라고 했다.

주택가로 들어서자 주위가 크게 바뀌어서 좀 놀랐다. 에미코의 설명으로는 요즘 입주민이 부쩍 늘었다고 한다. 이런 지방 도시에도 약간의 변화는 있는 모양이라고 가쓰로는 생각했다.

"오빠는 요즘 어때?" 걸음을 옮기면서 에미코가 물었다.

무슨 말인지는 알아들었지만 일부러 시치미를 떼며 되물었다. "뭐가?"

"앞으로 어떻게 할 거냐는 얘기지 뭐겠어? 물론 음악으로 먹고 살 수 있다면 다행이지만 정말 자신 있어?"

"당연하지. 자신 없으면 시작하지도 않았어." 대답하면서도 내심 껄끄러움을 느꼈다. 자신을 위장하는 듯한 느낌이었다.

"근데 난 아무래도 실감이 나질 않아. 우리 집안에 그런 재능을 가진 사람이 아무도 없었잖아. 물론 나도 오빠의 라이브 공연에 가봤으니까 상당히 잘하는 편이라고는 생각해. 하지만 프로가 될 수 있느냐 하는 건 또 다른 차원의 얘기 아니야?"

가쓰로는 얼굴을 찌푸렸다.

"건방지기는. 네가 뭘 안다고 그런 소리를 해? 음악 쪽으로는 아무것도 모르면서."

화를 낼 거라고 예상했는데 에미코는 냉정했다.

"그래, 난 음악에 대해서는 아무것도 몰라. 그래서 물어보잖아, 어떠냐고. 그렇게 자신이 있으면 좀 더 구체적인 비전을 제시해봐. 어떤 계획이 있는지, 앞으로 어떻게 진행되는지, 그리고 언제쯤이면 음악으로 먹고살 수 있는지, 그걸 하나도 모르니까 나도 그렇고 아버지하고 엄마도 불안해하는 거야."

정확한 지적이었지만 가쓰로는 흥 하고 코웃음을 쳤다.

"그렇게 계획대로 술술 풀린다면 이 세상에 고생할 사람 하나도 없지. 지방 여대 나와서 여기 신용금고에 취직하는 그런 사람은 도통 이해를 못 할 거다."

에미코 얘기였다. 내년 봄에 졸업하는 에미코는 일찌감치 취직 자리가 정해져 있었다. 이번에야말로 화를 낼 거라고 예상했는데 에미코는 잠깐 한숨을 내쉬었을 뿐이다. 그러고는 어이없다는 듯

물었다.

"오빠, 아버지하고 엄마의 노후에 대한 거, 생각해본 적 있어?"

가쓰로는 입을 꾹 다물었다. 아버지와 어머니의 노후. 생각하고 싶지 않은 것 가운데 하나였다.

"아버지, 한 달 전에 쓰러졌었어. 또 그 심장발작으로."

가쓰로는 흠칫 걸음을 멈추고 에미코의 얼굴을 보았다. "정말이야?"

"물론 정말이지." 에미코가 빤히 오빠의 눈을 응시했다. "다행히 금세 회복되기는 했지만, 할머니가 거동도 못하고 누워 계시는 때에 그런 일까지 생겨서 진짜 난감했어."

"나는 그런 얘기는 전혀 못 들었어."

"아버지가 오빠에게는 알리지 말라고 했나 봐, 엄마한테."

"그랬구나……."

이런 불효한 아들에게는 연락할 필요도 없다는 뜻인가. 하지만 내놓고 항의도 못 할 처지인 만큼 이번에도 가쓰로는 입을 다무는 수밖에 없었다.

다시 걸음을 옮겼다. 마을회관에 도착할 때까지 에미코도 더 이상 아무 말도 하지 않았다.

4

마을회관은 단층집을 조금 크게 지은 듯한 건물이었다. 상복을 입은 사람들이 바쁘게 들락날락하고 있었다. 접수처에 어머니의 모습이 보였다. 홀쭉하게 여윈 웬 남자와 뭔가 이야기를 하고 있었다. 가쓰로는 천천히 그쪽으로 다가갔다.

어머니가 가쓰로를 알아보고 벙긋 입이 벌어졌다. 가쓰로는 잘 다녀왔다는 인사를 하려고 했다. 하지만 그 직전에 곁에 서 있는 남자의 얼굴을 보고는 말문이 턱 막혀버렸다.

그건 아버지였다. 너무 바짝 말라서 딴 사람인 줄 알았던 것이다.

아버지는 가쓰로를 빤히 바라보더니 한일자로 굳게 닫고 있던 입을 열었다.

"어, 왔나? 누구한테 들었어?" 부루퉁한 말투였다.

"에미코한테 들었어요."

"그래?" 아버지는 에미코를 흘끗 쳐다본 뒤에 가쓰로에게로 시선을 돌렸다. "여기까지 올 시간이 있었어?"

뜻을 이룰 때까지는 나타나지 않을 작정 아니었느냐, 라는 말이 생략되어 있다는 것을 가쓰로는 알았다.

"도쿄로 돌아가라는 말씀이면 지금 당장 갈게요."

"얘, 가쓰로." 어머니가 옆에서 나무라는 얼굴로 말했다.

아버지는 번잡스럽다는 듯 손을 홰홰 내저었다.

"그런 말은 아니야. 아무튼 지금은 바쁘니까 귀찮은 얘기는 하지 마라." 그러더니 빠른 걸음으로 자리를 떴다.

그 뒷모습을 지켜보고 있으려니 어머니가 다가와 손을 잡았다. "잘 왔다, 가쓰로. 혹시 안 오면 어쩌나 하고 걱정했는데."

아무래도 에미코는 어머니의 지시로 전화를 한 모양이었다.

"에미코가 하도 잔소리를 해서 내려왔지. 그보다 아버지 너무 말랐네. 또 쓰러지셨다던데, 괜찮아?"

가쓰로의 말에 어머니의 어깨가 축 처지는 것 같았다.

"네 아버지는 자꾸 아무렇지도 않다고 하는데 내가 보기에는 부쩍 기운이 떨어진 것 같아. 벌써 환갑이 넘었잖니."

"벌써 그렇게 되셨나……."

아버지는 서른일곱이 넘은 나이에 어머니와 결혼했다. 생선 가게를 다시 일으키는 일에 죽을 둥 살 둥 매달리느라 색싯감을 찾을 시간도 없었다, 라는 이야기를 가쓰로는 어려서부터 자주 들었다.

오후 6시가 가까워지자 장례식장에 친척들이 속속 찾아왔다. 아버지는 형제가 많아서 그쪽 친척만 해도 스무 명이 넘는다. 거의 십여 년 만에 만나는 친척들이었다.

아버지보다 세 살 아래인 작은아버지가 반갑다는 듯 악수를 청해왔다.

"오호, 가쓰로, 건강해 보이는구나. 아직 도쿄에 있다면서? 요즘 뭐 하고 지내나?"

"예, 뭐, 이것저것."

분명하게 대답하지 못하는 자신이 한심했다.

"뭐야, 이것저것이라니? 설마 일부러 휴학하고 놀아대는 건 아니지?"

가슴이 덜컥했다. 아버지와 어머니는 친척들에게 가쓰로가 대학을 중퇴했다는 말을 하지 않은 모양이었다. 어머니가 가까이에 있어서 방금 나눈 대화를 들었을 텐데도 아무 말 없이 얼굴을 돌리고 있었다.

굴욕감이 치밀었다. 아버지와 어머니는 아들이 음악의 길로 들어섰다는 얘기를 차마 남들에게 할 수 없다고 생각하는 것이다.

하지만 분명하게 밝히지 못하는 것은 자신도 마찬가지였다. 그래서는 안 된다고 생각했다.

입술을 적시고 작은아버지의 얼굴을 정면으로 바라보았다. "저, 대학 관뒀습니다."

작은아버지는 이게 무슨 소리냐는 얼굴이었다.

"대학 관뒀어요. 중퇴했습니다." 어머니의 몸이 꼿꼿해지는 것을 시야 끝으로 포착하면서 가쓰로는 말을 이었다. "음악을 하면서 살 생각이에요."

"으, 음악이라고?" 작은아버지는 생전 처음 듣는 말이라는 듯한 표정을 내보였다.

밤샘 독경이 시작되어 대화는 거기서 끝이 났다. 작은아버지는 뭔가 이해가 되지 않는다는 얼굴로 또 다른 친척을 붙잡고 숙덕거리고 있었다. 가쓰로의 말이 사실인지 아닌지 확인하고 있는 것이다.

스님이 독경을 하고 틀에 박힌 형식대로 식이 진행되었다. 가쓰로도 향불을 올렸다. 할머니는 영정 사진 속에서 선하게 웃고 있었다. 어렸을 때 무던히도 사랑해주셨던 것이 기억났다. 살아 계시다면 분명 지금도 응원해줄 터였다.

독경이 끝나자 별실로 자리를 옮겼다. 그곳에는 초밥이며 맥주 등이 차려져 있었다. 둘러보니 남은 사람들은 모두 친척들이었다. 돌아가신 할머니가 구십 가까운 나이였던 것도 있어서 다들 슬픈 기색은 좀 덜했다. 오랜만에 친척들이 한자리에 모였는지라 오히려 화기애애한 분위기였다.

그런 가운데 느닷없이 큰 소리를 내는 사람이 있었다.

"시끄럽다니까. 네가 왜 남의 집안일에 참견이야!"

굳이 돌아보지 않아도 아버지 목소리라는 것을 가쓰로는 알았다.

"남의 집안일이 아니지. 지금 그 자리로 옮기기 전에는 돌아가신 아버지 가게였어. 나도 그 집에서 자란 사람이라고."

말다툼을 하는 사람은 조금 전의 그 작은아버지였다. 술이 들어간 탓인지 두 사람 다 불그레한 얼굴이었다.

"아버지 가게는 전쟁 통에 다 타버렸어. 지금 이 가게는 내가 지었다고. 너한테 이러니저러니 잔소리 들을 이유 없어."

"무슨 소리야, '우오마쓰'라는 간판 덕분에 그 자리에서 장사해먹고 살 수 있었던 거 아니야? 그 간판은 아버지한테서 물려받은 거라고. 그런 소중한 가게를 우리한테는 한마디 말도 없이 걷어치우다니, 이게 대체 무슨 일이야."

"누가 걷어치운다고 했어? 나는 아직 한참 더 일할 생각이야."

"그런 몸으로 언제까지 일을 하겠다고? 생선 상자도 제대로 나르질 못하잖아. 애초에 하나뿐인 아들을 도쿄까지 대학에 보낸 것 자체가 문제야. 생선 가게 할 사람에게 학문이 대체 무슨 소용이냐고."

"뭐야, 생선 가게나 한다고 네가 사람을 우습게 보는 거냐?" 아버지가 자리를 박차고 일어섰다.

당장이라도 드잡이 싸움이 벌어질 뻔했지만, 이러지들 말라고 주위에서 급하게 뜯어말리고 나섰다. 아버지도 못 이기는 척 다시 자리에 앉았다.

"허 참, 이건 좀 이상하지. 대체 어쩔 작정인 거야." 목소리는 작아졌지만 작은아버지는 사기 술잔을 기울이며 투덜투덜하고 있었다. "대학을 중퇴하고 가수가 되겠다니, 어떻게 그런 바보짓을 허락해준 거냐고."

"글쎄 시끄럽다니까. 네가 왜 쓸데없이 참견이야, 참견이." 아버지가 대꾸했다.

다시 싸움이 붙을 것 같았는지라 작은어머니들이 나서서 작은아버지를 다른 자리로 데려갔다.

두 사람의 말다툼은 진정되었지만 어색한 분위기는 회복되지 않았다. 이제 그만 슬슬 가봐야겠다면서 한 사람이 일어서자 다른 친척들도 줄줄이 자리를 털고 일어섰다.

"너희도 그만 집에 가봐라." 아버지가 가쓰로 쪽을 건너다보며 말했다. "향불은 내가 지킬 테니까."

"정말 괜찮겠어? 당신, 무리하면 안 되는데."

걱정해주는 어머니에게 아버지는 무뚝뚝하게 내뱉었다. "환자 취급하지 마."

가쓰로는 어머니와 에미코와 함께 마을회관을 뒤로했다. 하지만 잠시 걸어간 참에 가쓰로는 멈춰 섰다.

"미안하지만 먼저 집에 가 있어." 두 사람에게 말했다.

"왜, 뭐 잊어버리고 왔어?" 어머니가 물었다.

"아니, 그게 아니고……." 가쓰로는 말끝을 흐렸다.

"아버지하고 얘기하려고?" 에미코가 말했다.

응 하고 고개를 끄덕였다. "잠깐 둘이서 얘기 좀 하는 게 좋을 것 같아서."

"알았어. 엄마, 우리 먼저 가자."

하지만 어머니는 움직이려고 하지 않았다. 생각에 잠긴 듯 잠시 몸을 숙이고 있더니 고개를 들고 가쓰로를 바라보았다.

"아버지는 너 때문에 화난 거 아냐. 아버지는 네가 원하는 대로 하는 게 좋다고 생각해서."

"……그래?"

"그래서 아까 네 작은아버지하고도 말다툼을 한 거야."

"응……."

그건 가쓰로도 느꼈다. 시끄럽다, 쓸데없이 참견하지 마라. 작은 아버지에게 했던 그 말은 아들이 자기 뜻대로 사는 것을 일단 아버지인 자신은 인정한다는 의사 표시처럼 들렸다. 그래서 가쓰로도 그 진의를 아버지에게 물어보려는 것이었다.

"아버지는 네 꿈이 이루어졌으면 하는 거야." 어머니가 말했다. "그걸 아버지 쪽에서 방해하면 안 된다고 생각하고 있어. 자기 몸 아픈 것 때문에 네가 꿈을 버리는 일은 절대로 있어서는 안 된다고 했어. 네 아버지하고 얘기하는 건 좋은데, 그건 꼭 알고 있어야 해."

"응, 알았어."

두 사람의 뒷모습을 배웅하고 가쓰로는 발길을 돌렸다.

도쿄 역에서 기차에 탈 때는 전혀 예상하지 못했던 일이다. 아버지 어머니에게 실컷 잔소리를 듣고 친척들에게서도 꾸지람을 들을 각오를 했다. 하지만 부모님은 방패가 되어주었다. 삼 년 전, 둘이서 쓸쓸히 가쓰로의 자취방을 떠나던 때가 생각났다. 아들을 설득하는 데 실패한 아버지와 어머니가 어떻게 마음을 돌린 것일까.

마을회관의 불빛은 대부분 꺼져 있었다. 빛이 흘러나오는 곳은 안쪽 창문뿐이었다. 가쓰로는 현관으로 가지 않고 발소리를 죽여 그쪽으로 다가갔다. 유리창 안에 이중으로 달린 창호지 문이 살짝 열려 있었다. 그 틈새로 안을 살펴보았다.

그곳은 밤샘 독경을 했던 방이 아니라 관이 놓인 빈소였다. 앞쪽 제단에는 향불이 타고 있었다. 늘어선 철제 의자의 맨 앞자리에 아버지 모습이 보였다.

뭘 하시나 의아해하는 참에 아버지가 자리에서 일어났다. 곁에 놓인 가방에서 뭔가를 꺼냈다. 하얀 천에 싸인 물건이었다. 아버지는 관 옆으로 가더니 그 하얀 천을 조심스럽게 풀었다. 모습을 드러낸 것이 일순 번쩍 빛났다. 그 순간 가쓰로는 그것이 무엇인지 알았다.

칼이었다. 오래된 칼. 그 칼과 관련된 이야기라면 가쓰로는 귀에 딱지가 앉을 만큼 많이 들었다. 할아버지가 생선 가게 '우오마쓰'를 처음 개업했을 때부터 지금까지 한결같이 써온 명품 칼. 아버지가 가게를 물려받기로 결정했을 때, 그 칼도 같이 건네주셨다고 한다. 어렸을 때 아버지는 그 칼로 생선 다루는 수업을 받았다.

아버지는 관 위에 하얀 천을 펼치고 거기에 칼을 내려놓았다. 다시 한 번 영정 사진을 올려다보더니 고개 숙여 오래도록 합장을 했다.

그 모습을 지켜보던 가쓰로는 가슴이 뭉클했다. 아버지가 마음속으로 할머니에게 어떤 말을 하는지 짐작이 되었기 때문이다. 아마도 사죄를 하고 있을 터였다. 돌아가신 할아버지에게서 물려받은 가게가 자기 대에서 끊겨버리게 된 것을. 하나뿐인 아들에게 소중한 유물인 그 칼을 건네주지 못한 것을.

가쓰로는 창문 옆을 떠나, 현관으로 가지 않고 그대로 마을회관을 나왔다.

아버지에게 죄송스러운 마음이 가슴에 사무쳤다. 진심으로 그런 생각을 한 것은 처음이었다. 아들이 제 뜻대로 살도록 허락해 준 것은 한없이 감사해야 할 일이었다.

하지만 정말 이대로 밀고 나가도 괜찮을까.

작은아버지도 말했지만 아버지는 아무래도 건강 상태가 여의치 않은 것 같았다. 그 몸으로 과연 언제까지 가게를 계속 꾸려나갈 수 있을지 미심쩍은 상황이다. 우선 당장은 어머니가 그럭저럭 메워나간다 해도 아버지가 자리에 누우면 간병까지 도맡아야 한다. 느닷없이 가게 문을 닫아야 하는 일도 충분히 있을 수 있다.

그러면 어떻게 되는가. 내년 봄이면 에미코는 첫 직장에 나간다. 가까운 신용금고라서 집에서 다닐 수 있을 것이다. 하지만 에미코의 수입만으로 아버지 어머니를 돌봐드린다는 건 어려운 일이다.

어떻게 해야 하나. 음악을 포기하고 내가 우오마쓰를 꾸려나가야 하는가.

그것이 현실적인 선택이기는 하다. 하지만 그렇게 되면 오랜 세월 품어온 꿈은 어떻게 되는가. 어머니 말로는 아버지도 자기 때문에 아들이 꿈을 버리는 건 절대로 안 될 일이라고 한 모양이다.

진한 한숨을 내쉬고 가쓰로는 주위를 둘러보며 걸음을 멈췄다. 전혀 낯선 곳에 와 있었기 때문이다. 새 집들이 부쩍 많아져서 길을 잘못 든 것 같았다.

빠른 걸음으로 주변을 한 바퀴 돌았다. 이윽고 눈에 익은 길이 나왔다. 어렸을 때 친구들과 놀던 공터가 이 근처에 있었다.

그 길은 완만한 언덕길이었다. 가쓰로는 천천히 걸음을 옮겼다. 이윽고 오른편으로 반가운 건물이 나타났다. 문구류를 사러 들락거리던 잡화점. 틀림없었다. 낡아서 흐릿해진 간판에 '나미야 잡화점'이라고 적혀 있었다.

이 잡화점에는 물건을 사는 것 말고도 또 다른 추억이 있다. 가게 주인 할아버지에게 이런저런 고민을 상담하곤 했던 것이다. 물론 지금 생각해보면 고민거리라고 할 만한 것도 아니었다. 운동회 사백 미터 계주에서 일등 하는 방법을 알려달라, 어떻게 하면 세뱃돈을 더 많이 받을 수 있는가, 라는 식의 엉뚱한 얘기였다. 그래도 나미야 잡화점 할아버지는 항상 진지하게 답장을 해주었다.

세뱃돈을 더 받을 수 있는 방법은 분명 이런 것이다. 세뱃돈은 반드시 투명한 봉투에 넣어준다는 법률을 제정한다. 그렇게 속이 훤히 보이면 어른 체면에 세뱃돈을 쩨쩨하게 넣어줄 수는 없기 때문이라는 것이다.

그 할아버지, 아직 건강하실까. 가쓰로는 철없던 어린 시절을 그리워하며 한참이나 잡화점을 바라보았다. 녹슨 셔터 문은 굳게 닫혔고 이 층 살림채의 창문에서도 불빛은 흘러나오지 않았다.

옆의 창고 앞으로 갔다. 이 창고 벽에 낙서를 휘갈기곤 했다. 하지만 할아버지는 한 번도 혼을 내지 않았다. 기왕 낙서를 하려면 좀 더 멋있게 해달라고 말했을 뿐이다.

유감스럽게도 벽에 그린 낙서는 모두 지워지고 없었다. 벌써 십여 년 전의 일이다. 세월에 풍화되어 사라져버린 것이리라.

그때였다. 가게 앞쪽에서 자전거 브레이크를 잡는 소리가 들렸다. 가쓰로는 창고 너머로 얼굴을 내밀었다. 웬 젊은 여자가 자전거에서 내려서는 참이었다.

여자는 자전거를 세우더니 어깨에 엇갈리게 메고 있던 가방에서 뭔가를 꺼냈다. 그것을 나미야 잡화점 셔터에 달린 작은 우편함에 쓱 밀어 넣었다. 그 장면을 본 순간, 가쓰로는 어라 하는 소리를 내고 있었다.

그리 큰 소리를 낸 것도 아닌데 정적에 휩싸여 있었던 탓에 유난히 크게 울렸다. 여자는 깜짝 놀란 얼굴로 가쓰로를 쳐다보았다. 그러더니 당황한 기색으로 급히 자전거에 타려고 했다. 변태 같은 사람이라고 생각했는지도 모른다.

"아, 잠깐. 나, 수상한 사람 아니에요." 가쓰로는 손을 흔들며 가게 앞으로 나갔다. "숨어 있었던 게 아니라 이 잡화점 너무 오랜만이라서 잠시 둘러보고 있었어요."

자전거에 걸터앉은 채 당장이라도 페달을 밟으려던 여자는 경계하는 눈빛으로 가쓰로를 쳐다보았다. 긴 머리를 뒤로 묶고 있었다. 화장기는 거의 없지만 얼굴 생김새는 단정했다. 가쓰로와 동갑이거나 조금 더 어려 보였다. 뭔가 운동을 하는 사람인지 티셔츠 소매 밖으로 나온 팔이 여자치고는 굵직했다.

"방금, 보셨어요?" 여자가 물었다. 약간 허스키한 목소리였다. 무슨 말인지 알 수 없어서 가쓰로가 멀거니 서 있자 여자가 다시 물었다.

"방금 내가 뭐 했는지 보셨냐구요." 뭔가 나무라는 듯한 말투였다.

"편지를 넣는 것 같았는데……?"

가쓰로의 말에 여자는 미간을 찌푸리더니 아랫입술을 깨물며 얼굴을 돌려버렸다. 그러더니 다시 가쓰로에게로 시선을 던졌다.

"부탁인데요, 방금 본 거, 잊어주세요. 나에 대해서도."

"예?"

"그럼 이만." 여자가 자전거 페달을 밟으려고 했다.

"아, 잠깐. 한 가지만 물어봅시다." 가쓰로는 잽싸게 자전거 앞으로 달려 나갔다. "방금 넣은 편지, 혹시 고민 상담?"

여자는 턱을 당기고 눈을 슬쩍 치켜뜨며 가쓰로를 바라보았다. "당신 누구예요?"

"이 잡화점을 잘 아는 사람이에요. 어렸을 때부터 여기 할아버지에게 고민 상담도 자주 했던……."

"이름은요?"

이번에는 가쓰로가 미간을 찌푸렸다. "남의 이름을 묻기 전에 우선 자기가 먼저 이름을 밝혀야 하는 거 아닌가?"

여자는 자전거에 올라탄 채 한숨을 내쉬었다.

"내 이름은 말 못 해요. 방금 넣은 건 고민 상담 편지가 아니에요. 감사 편지예요."

"감사 편지?"

"반년 전쯤에 상담을 했는데 아주 귀한 충고를 해주셨어요. 그 덕분에 문제가 해결된 데 대한 감사예요."

"상담을 해요? 여기 나미야 잡화점에서? 그 할아버지 아직도 여기 사세요?" 가쓰로는 놀라서 여자의 얼굴과 낡은 점포를 번갈아보며 물었다.

여자는 고개를 갸우뚱했다.

"아직도 여기 사시는지는 잘 모르겠어요. 하지만 작년에 내가 상담 편지를 드렸더니 그다음 날에 뒷문 우유 상자에 답장을 넣어주시기는 했어요."

생각났다. 상담 편지를 밤중에 앞쪽 셔터 우편함에 넣어두면 다음 날 아침에는 뒷문 우유 상자에 답장을 넣어주는 방식이다.

"요즘에도 상담을 해주실까요?"

"글쎄 그건 잘 모르겠네요. 나도 마지막 상담을 받은 뒤로 한참 동안 오지 못했어요. 방금 넣은 감사 편지도 어쩌면 할아버지께 전달이 안 될지도 모르죠. 그래도 괜찮다는 생각으로 쓴 편지예요."

아무래도 이 여자는 크게 도움이 되는 충고를 얻은 모양이다.

저기요, 라고 여자가 말했다. "이제 됐나요? 너무 늦게 가면 집에서 걱정하는데."

"아, 네. 어서 가시죠."

가쓰로가 옆으로 비켜섰다. 여자는 페달을 힘껏 밟았다. 자전거가 움직이자마자 속력을 내며 달려갔다. 가쓰로의 시야에서 사라지기까지 채 십 초도 걸리지 않았다.

그는 새삼스럽게 나미야 잡화점을 바라보았다. 인기척은 아예 없다고 해도 좋을 정도였다. 이 잡화점에서 답장을 해주었다면 분명 유령이 하는 짓일 거라는 생각이 들었다. 가쓰로는 코웃음을 쳤다. 흐흥, 무슨 그런 일이. 말도 안 되는 소리. 머리를 슬쩍 내저으며 가쓰로는 그 자리를 떠났다.

집에 들어서자 에미코 혼자 거실에 나와 있었다. 잠이 오지 않아 술 한잔하는 중이란다. 탁자 위에는 위스키병과 유리잔이 있었다.

내 누이동생이 어느 틈에 이렇게 어른이 되었나.

어머니는 먼저 잠자리에 들었다고 한다.

"아버지하고 얘기했어?" 에미코가 물었다.

"아니, 결국 마을회관에는 안 갔어. 그냥 잠깐 산책 좀 했다."

"산책? 이 밤늦은 시간에 어디를?"

"뭐, 여기저기. 아 참, 그보다 나미야 잡화점이라고, 생각나?"

"나미야 잡화점? 그야 생각나지. 엉뚱한 자리에 있는 가게잖아."

"거기, 아직도 누가 살고 있어?"

"에엥?" 에미코는 콧소리에 물음표를 붙이며 말했다. "아무도 안 살지. 한참 전에 가게 문 닫고 내내 빈집일 텐데."

"역시 그렇구나."

"왜, 그 가게에 무슨 일 있어?"

"아니, 아무것도 아니야."

에미코는 의아한 듯 입꼬리가 처졌다.

"그보다 오빠, 어떻게 할 거야, 우리 가게를 이대로 내팽개칠 거야?"

"말투가 그게 뭐냐."

"말투가 어떻든 결국 그거잖아. 오빠가 나서서 꾸려가지 않으면 이 가게는 문 닫을 수밖에 없어. 나야 그래도 괜찮지만 아버지 어머니는 어떡해? 설마 부모까지 내팽개치지는 않을 거지?"

"시끄러워. 나도 고민 중이야."

"어떤 고민인데? 말해봐."

"시끄럽다니까."

계단을 뛰어 올라가 양복 차림 그대로 침대에 몸을 던졌다. 온갖 생각이 머릿속에서 빙글빙글 맴돌았지만 술기운이 남은 탓인지 전혀 정리가 되지 않았다.

이윽고 가쓰로는 느릿느릿 자리에서 일어났다. 책상을 마주하고 앉아 서랍을 열었다. 리포트 용지가 눈에 띄었다. 볼펜도 있었다. 리포트 용지를 펴놓고 '나미야 잡화점 님께'라고 쓰기 시작했다.

6

다음 날의 발인식도 별 탈 없이 진행되었다. 참석자들의 면면은 전날과 그리 다르지 않았다. 이른 시간부터 친척들이 얼굴을 내밀었지만 어젯밤 일이 있어서인지 모두들 가쓰로에게 냉랭한 기색이었다. 작은아버지는 옆에도 오지 않았다.

친척 외에는 상인회와 마을회 사람들이 주로 눈에 띄었다. 가쓰로가 아주 어렸을 때부터 알고 지내던 사람들이다.

그 속에 동창의 모습이 있었다. 상복 차림이라 얼핏 알아보지 못했지만 중학교 때 같은 반이던 친구가 틀림없었다. 우오마쓰와 마찬가지로 이쪽 상점가에서 도장집을 하고 있을 터였다.

그러고 보니 예전에 누군가에게서 들은 이야기가 있다. 어렸을 때 아버지가 돌아가신 그 친구는 할아버지에게서 인감도장 파는 기술을 배웠고 고등학교를 졸업하자마자 가게 일을 거들기로 했다는 것이다. 그러니까 오늘은 그 가게를 대표해서 찾아온 모양이었다.

향을 올린 친구는 유족 앞을 지날 때 공손히 머리를 숙였다. 그 모습은 가쓰로보다 한참 어른스럽고 의젓하게 보였다.

그다음에는 출관과 화장으로 이어졌다. 다른 문상객은 모두 돌아가고 가족과 친척들만 마을회관으로 돌아와 초칠일 법요를 했다. 마지막으로 친척들 앞에서 아버지가 인사말을 하고 모든 장례 절차가 끝이 났다.

돌아가는 친척들을 배웅한 뒤에 가쓰로 가족도 집으로 돌아가기로 했다. 짐이 제법 많았다. 가게 라이트밴의 해치를 열고 제단 세트며 꽃을 실었다. 그 바람에 뒷좌석이 비좁아졌다. 운전은 아버지가 했다.

"가쓰로, 넌 조수석에 타." 어머니가 말했다.

그는 고개를 저었다.

"아니, 어머니가 타요. 난 걸어서 갈 테니까."

어머니는 불만스러운 얼굴이었다. 아버지 옆자리를 꺼리는 거라고 생각한 것이리라.

"잠깐 들를 데가 있어. 금방 다녀올게."

"응, 그래……."

석연치 않은 표정의 식구들에게 등을 돌리고 가쓰로는 재빨리 걸음을 옮겼다. 어디 가느냐고 물으면 대답하기가 귀찮다.

걸으면서 시계를 보았다. 곧 오후 6시가 될 참이었다.

어젯밤 늦게 가쓰로는 집을 빠져나왔다. 나미야 잡화점에 가기 위해서였다. 면바지 주머니에는 갈색 편지 봉투가 들어 있었다. 그 안의 리포트 용지에는 현재 그가 안고 있는 고민이 줄줄이 적혀 있었다. 물론 편지를 쓴 것은 가쓰로 자신이다.

이름을 밝히지는 않았지만 현재 상황을 되도록 감추지 않고 모두 적었다. 그런 다음에 자신이 어떻게 하면 좋겠느냐고 상담하는 내용이었다.

꿈을 향해 달릴 것인가 아니면 포기하고 가업을 이어야 하는가. 한마디로 말하면 그런 얘기였다.

하지만 사실은 아침에 눈을 뜨자마자 후회했다. 무슨 바보 같은 짓인가 싶었다. 그 집에 사람이 있을 리 없다. 어젯밤에 만난 여자는 머리가 이상한 사람이었던 게 아닐까. 혹시 그렇다면 큰일이다. 그 편지를 다른 사람들 눈에 띄게 할 수는 없다.

한편으로는 혹시나 하고 기대하는 마음도 있었다. 어제 만난 그 여자처럼 자신에게도 딱 맞는 충고를 해줄지도 모른다는.

반신반의하는 심정으로 가쓰로는 언덕길을 올라갔다. 이윽고 나미야 잡화점의 낡은 건물이 보였다. 어제 왔을 때는 어두워서 보이지 않았지만 원래 크림색이던 벽면이 거무스레하게 빛이 바래 있었다.

가게와 바로 옆 창고 사이에 좁은 틈새가 있었다. 집 뒤로 가려면 그곳을 통과하는 수밖에 없을 것 같다. 옷이 벽에 스쳐서 더러워질까 봐 조심조심 안으로 걸어 들어갔다.

뒤편에 문이 있고 그 문짝에 분명 나무로 만든 우유 상자가 달려 있었다. 가쓰로는 침을 꿀꺽 삼키며 측면의 뚜껑을 당겼다. 뻑뻑했지만 어떻든 열렸다.

안을 보니 갈색 봉투가 들어 있었다. 가쓰로는 손을 넣어 그 편지를 꺼냈다. 가쓰로가 보낸 편지 봉투를 재활용한 것 같았다. 보내는 사람 칸에 '생선 가게 예술가 님께'라고 검정 볼펜으로 적혀 있었다.

진심으로 놀랐다. 역시 이 집에 누군가 살고 있는 건가. 가쓰로는 뒷문 앞에 서서 귀를 기울여보았다. 하지만 아무 소리도 들려오지 않았다.

어쩌면 답장을 해준 사람은 다른 곳에 살면서 밤마다 상담 편지가 왔는지 점검하는지도 모른다. 그런 거라면 말이 된다. 하지만 왜 굳이 그런 일을 하는 걸까.

고개를 갸웃거리면서도 가쓰로는 편지를 들고 그곳을 나왔다.

그런 것은 어찌 됐건 상관없다.

나미야 잡화점도 뭔가 나름대로 사정이 있는 모양이지. 그보다는 우선 답장의 내용이 더 궁금했다. 편지를 손에 들고 가쓰로는 근처를 한 바퀴 돌았다. 어딘가 마음 편한 자리에서 읽어보고 싶었기 때문이다.

이윽고 공원이 나타났다. 그네와 미끄럼틀과 모래밭만 있는 작은 공원이었다. 사람은 보이지 않았다. 가쓰로는 구석 벤치에 앉아몇 차례 심호흡을 한 뒤에 봉투를 열었다. 안에서 나온 것은 한 장의 편지지였다. 가슴이 두근거리는 가운데 편지를 읽기 시작했다.

생선 가게 예술가 님께

상담 편지는 잘 받았습니다.

이런 사치스러운 고민을 들려주시다니, 참 고맙군요.

좋으시겠네, 대대로 이어온 생선 가게의 외아들이라니. 그냥 가만히 있어도 가게를 물려받는 거잖아요? 옛날부터 드나들던 단골손님이 많을 테니 영업을 하느라 고생할 일도 없겠네요.

한 가지만 묻겠는데, 주위에 취업이 안 되어 고민하는 사람은 없습니까?

만일 없다고 한다면 참 좋은 세상이네요.

앞으로 삼십 년만 지나보세요. 그런 태평한 소리를 하고 있을 때가 아니니까. 일할 데가 있는 것만으로도 다행이에요. 대학을 무사히 졸업해도 취직이 될까 말까 하는 시대가 옵니다. 틀림없이 와요.

내기를 해도 좋아요.

하지만 당신은 대학 중퇴라고요? 자퇴를 한 거예요? 부모가 돈 다 대주면서 어렵사리 보낸 대학을 걷어차다니, 참 내.

그러고는 음악이라고? 예술가가 되시겠다고? 대대로 이어온 가게를 내던지면서까지 기타 하나로 험한 세상과 싸워보겠다는 거군요. 에그, 쯧쯧.

더 이상 어떤 충고도 해줄 마음이 없어요. 당신 좋을 대로 하세요. 세상을 호락호락하게 보는 사람은 어디선가 따끔한 맛을 봐야 정신을 차린다는 생각밖에 안 들어요. 하지만 어쩌다 시작한 일이라고 해도 나미야 잡화점이라는 이름을 걸고 있는 이상 일단 답장을 해드립니다.

내가 나쁘게 될 말을 하겠습니까, 기타 따위는 내려놓고 당장 생선 가게를 물려받으세요. 아버님이 건강도 안 좋으시다면서요. 빈둥빈둥 놀고 있을 때가 아니에요. 노래로는 먹고살기 힘들다는 거, 빤한 일 아닙니까? 그게 가능한 건 아주 특별한 재능이 있는 사람뿐이에요. 당신은 안 돼요. 더 이상 어리석은 꿈에 빠져 있지 말고 현실을 똑바로 보십시오.

나미야 잡화점

편지지를 든 손이 파르르 떨렸다. 물론 분노 때문이다.

이 사람 대체 뭔가. 어떻게 이런 심한 말을 퍼부을 수 있는가.

음악을 포기하고 가업을 이으라는 답장을 해줄 거라고 예상은 했었다. 현실을 따져본다면 그게 가장 무난하기 때문이다. 하지만 아무리 그래도 이런 식으로 사람을 매도할 것까지는 없지 않은가. 무례한 것도 정도가 있어야지.

상담인지 뭔지 정말 괜한 짓을 했다는 후회가 밀려왔다. 편지지와 봉투를 꾸깃꾸깃 뭉쳐서 주머니에 쑤셔 넣고 가쓰로는 벤치에서 일어섰다. 가다가 쓰레기통이 있으면 내던져버리기로 마음먹었다.

하지만 쓰레기통이 눈에 띄지 않아 결국 주머니에 편지를 넣은 채 집에 도착해버렸다. 집에서는 아버지 어머니와 에미코가 불단 앞에 제단을 차리는 참이었다.

"어디 갔었어? 늦었구나." 어머니가 말했다.

"응, 잠깐 저기 좀……." 말끝을 흐리고 이 층 계단으로 향했다.

방에 돌아와 옷을 갈아입고는 편지 뭉치를 쓰레기통에 던져버렸다. 하지만 금세 마음이 바뀌어 다시 꺼냈다. 꾸깃꾸깃한 편지지를 펴서 다시 한 번 읽어보았다. 몇 번을 읽어봐도 분통이 터지는 건 매한가지였다.

이런 충고 따위, 깡그리 무시해버릴 생각이었지만 이대로 아무 소리 없이 넘어가는 것도 너무 화가 났다. 이 편지를 쓴 사람은 뭔가 큰 착각을 하고 있다. 대대로 이어온 생선 가게, 라고 쓴 걸 보면 굉장한 점포를 상상한 모양이다. 부잣집 철없는 아들이 보낸 상담 편지라고 생각한 것이다.

현실을 똑바로 보라고 했지만 가쓰로 역시 현실에 눈을 감아버린 것은 아니다. 현실을 잘 알기 때문에 지금 이렇게 끙끙거리며 고민하는 것인데 이 사람은 그 점을 전혀 이해하지 못하고 있다.

가쓰로는 다시 책상 앞에 앉았다. 서랍에서 리포트 용지와 볼펜을 꺼냈다. 긴 시간을 들여 써낸 편지는 다음과 같은 것이었다.

나미야 잡화점 님께

답장, 고맙습니다. 진짜로 답장을 해주시다니, 놀랍네요.

그런데 막상 편지를 읽고는 크게 실망했습니다. 분명히 말씀드리겠는데 당신은 내가 어떤 고민을 하는지 전혀 이해하지 못했어요. 나도 가게를 물려받는 게 훨씬 더 안전한 길이라는 건 알고 있습니다. 당신이 굳이 말하지 않아도 잘 알고 있다고요.

하지만 현시점에서 안전한 길이라고 해도 반드시 앞으로 잘 풀린다는 보장은 없는 겁니다.

뭔가 크게 오해를 하신 것 같은데 우리 집은 겨우 두 칸짜리 소규모 생선 가게예요. 장사가 그리 잘되는 편도 아니어서 기껏해야 하루하루 먹고사는 정도예요. 그런 가게를 물려받아봤자 멋진 장래가 약속되었다고 할 수는 없겠죠. 그렇다면 마음을 굳게 먹고 또 다른 길을 모색해보는 것도 괜찮지 않습니까? 지난번 편지에서도 밝혔지만 이제는 부모님도 나를 밀어주고 있어요. 그런데 내가 여기서 꿈을 포기한다면 다시 한 번 부모님을 실망시키는 일이 됩니다.

또 한 가지 크게 오해하신 게 있는데요, 나는 음악을 분명한 하나의 직업으로 보고 있습니다. 노래도 하고 연주도 하고 작곡도 해서 먹고살 만큼은 돈을 벌 겁니다. 그저 취미 삼아 노래나 흥얼거리는 사람이라고 생각하신 거 아닙니까? 그래서 '예술가가 되시겠다고?' 라는 식으로 비꼬는 말을 했겠지요. 하지만 그 점에 대해서는 단호히 아니라는 말씀을 드립니다. 내가 지향하는 것은 세속과 동떨어진 예술가 따위가 아니라 직업인으로서의 뮤지션이에요.

특별한 재능이 아니면 성공할 수 없다는 건 나도 잘 알아요. 하지만 나한테는 그런 재능이 없다고 어떻게 단언하실 수 있습니까? 당신은 내 노래를 들어본 적도 없잖아요? 단순한 선입견만으로 사람을 몰아붙이지 마세요. 세상 어떤 일이든 도전해보지 않고서는 모르는 거 아닙니까.

그럼 답장 기다리겠습니다.

생선 가게 뮤지션 드림

7

"너, 언제 도쿄에 갈 거냐?"

장례식 다음 날, 가쓰로가 점심을 먹고 있으려니 머리에 수건을 두른 아버지가 가게에서 안채로 들어온 길에 물었다. 우오마쓰는 그날 아침부터 다시 장사를 시작했다. 이른 새벽에 아버지가 라이트밴을 타고 생선을 떼러 가는 모습을 가쓰로는 자기 방 창가에서 배웅했다.

"아직 모르겠어." 어물어물 대답했다.

"여기서 이렇게 느긋하게 놀아도 돼? 네가 말하는 음악의 길이 그렇게 만만한 일이야?"

"노는 거 아니야. 나도 이래저래 생각하고 있어."

"무슨 생각을 하는데?"

"그런 걸 다 말해야 해?"

"삼 년 전에 네가 그토록 자신 있게 말한 일이야. 죽을 맘을 먹고 할 수 있는 데까지 열심히 해봐."

"그건 아버지가 말하지 않아도 알아." 가쓰로는 젓가락을 내려놓고 일어섰다. 주방에서 어머니가 걱정스럽게 내다보고 있었다.

저녁나절에 가쓰로는 집을 나섰다. 물론 나미야 잡화점에 가보기 위해서였다. 어젯밤 늦게 두 번째 편지를 셔터 우편함에 넣고 온 것이다.

우유 상자를 열자 어제와 마찬가지로 가쓰로가 사용했던 편지 봉투에 답장이 들어 있었다. 역시 그날그날 상담 편지가 왔는지 확인하는 모양이었다.

어제처럼 근처 공원에서 답장을 읽었다. 다음과 같은 내용이었다.

생선 가게 뮤지션 님께

규모가 크든 작든 가게는 가게예요. 그 가게 덕분에 당신이 대학까지 다닌 거 아닙니까. 지금 장사가 잘 안된다면 어떻게든 잘되도록 노력하는 것이 아들로서 할 일이죠. 부모님이 밀어주신다고 했는데 그야 물론 어떤 부모라도 범죄 같은 게 아닌 한, 자식이 하겠다는 건 열심히 밀어주겠지요. 그렇다고 그런 부모님에게 기대는 건 염치 없는 짓이 아닌가요.

음악을 아예 하지 말라는 얘기가 아니에요. 취미로 하면 좋잖아요. 분명히 말하는데 당신은 음악적 재능은 없어요. 당신 노래를 들어본 적은 없지만 그거야 빤한 일이죠. 벌써 삼 년씩이나 해봤는데도 아직 싹수가 보이지 않는다면서요. 그건 재능이 없다는 증거 아닙니까.

잘나가는 사람들 좀 보세요. 주목을 받기까지 별로 시간이 걸리지 않아요. 특별한 빛을 가진 사람은 반드시 누군가 알아봐주는 거예요. 그런데 당신을 알아봐준 사람은 아무도 없잖아요. 그걸 인정해야죠.

예술가라는 말이 듣기 거북했어요? 그렇다면 감각도 시대에 뒤떨어진 것 같네요. 아무튼 당신에게 절대로 해가 될 말이 아니니까 지금 당장이라도 생선 가게로 돌아가세요.

나미야 잡화점

가쓰로는 입술을 깨물었다. 지난번과 마찬가지로 이번 답장도 지독했다. 이건 완전히 사람을 깎아내리는 소리 아닌가.

하지만 이상하게도 그다지 화가 나지는 않았다. 상대가 이렇게까지 노골적으로 말해버리니 오히려 상쾌하기까지 했다.

가쓰로는 다시 한 번 편지를 읽어보았다. 저도 모르게 진한 한숨이 터져 나왔다.

하긴 틀린 말도 아니지.

그런 마음이 자신 안에 있는 것을 인정하지 않을 수 없었다. 말투는 거칠지만 이 편지에 담긴 말들은 진실을 꿰뚫고 있었다.

특별한 빛을 가진 사람은 반드시 누군가 알아봐준다.

가쓰로 스스로 잘 알면서도 지금껏 외면해온 사실이다. 단순히 아직 운이 없었을 뿐이라고 스스로를 위로해왔지만 특별한 재능이 있다면 운 따위는 별로 필요도 없을 것이다.

지금까지 어느 누구도 이런 말은 해주지 않았다. 어려운 길이니 그만두는 게 좋다. 기껏해야 그 정도였다. 자기 말에 책임을 지기가 싫어서 아무도 대놓고 말하지 않은 것이다. 하지만 이 편지를 쓴 사람은 다르다. 말에 전혀 흔들림이 없었다.

아무리 그래도, 라는 생각에 새삼 편지지를 들여다보았다.

이 사람은 대체 누구인가. 남의 기분은 생각할 것도 없이 참 잘도 쏙쏙 내뱉는다. 웬만하면 조금쯤 에둘러가며 말해줄 텐데 이건 뭐, 섬세한 면이라고는 전혀 느껴지지 않는다. 편지를 쓴 사람이 가쓰로가 익히 알고 있는 그 나미야 할아버지가 아니라는 건 분명했다. 나미야 할아버지라면 좀 더 부드러운 표현을 사용할 터였다.

이 사람을 한번 만나보고 싶다. 편지만으로는 미처 전할 수 없는 게 너무 많다. 직접 만나서 이야기해보자.

밤이 되자 가쓰로는 다시 집을 나섰다. 매번 하던 대로 바지 주머니에는 편지가 들어 있었다. 세 번째로 보내는 것이다. 이래저래 궁리한 끝에 다음과 같이 썼다.

나미야 잡화점 님께

두 번째 답장 고맙습니다.

솔직히 말해 큰 충격을 받았어요. 그렇게까지 통렬하게 비난을 받을 줄은 몰랐습니다. 나 스스로는 나름대로 재능이 있다고 생각해왔어요. 언젠가는 빛을 볼 거라는 희망을 품고 있었습니다.

하지만 그토록 분명한 말을 듣고 보니 오히려 속이 시원해지는군요. 다시 한 번 나 자신을 돌아볼 생각입니다. 생각해보면 내 꿈을 위해 그동안 고집으로만 버텨온 것 같아요. 내 마음대로 물러설 수도 없는 상황이라는 면도 있었을 거예요.

다만, 한심한 이야기지만 아직도 결심을 못 했어요. 조금만 더 음악을 해보고 싶다는 마음이 여전히 남아 있습니다.

그래서 깨달았어요. 내 진짜 고민이 무엇인지.

내가 어떻게 해야 하는지는 아주 오래전부터 알고 있었던 거예요. 꿈을 포기할 결심이 서지 않았을 뿐이지요. 그리고 지금도 어떻게 해야 꿈을 포기할 수 있는지 그 방법을 모르겠어요. 예를 들어 말하자면 짝사랑에 빠진 심정이에요. 이루어지지 않을 사랑이라는 것을 잘 알면서도 잊지 못하고 있는.

편지로는 아무래도 내 마음을 정확히 표현할 수가 없군요. 그래서 부탁드립니다. 한번 직접 만나서 제 얘기를 들어주시면 안 될까요? 당신이 어떤 분인지, 그것도 무척 궁금합니다. 어디로 가면 만날 수 있는지, 장소만 알려주시면 어디든지 가겠습니다.

생선 가게 뮤지션 드림

나미야 잡화점은 여느 때처럼 옅은 어둠 속에 조용히 서 있었다. 가쓰로는 셔터 문 앞으로 다가가 우편함의 작은 창을 열었다. 바지 주머니에서 꺼낸 편지를 거기에 반쯤 밀어 넣다 말고 가쓰로는 문득 손을 멈췄다.

셔터 문 안쪽에 누군가 있는 듯한 느낌이 들었기 때문이다.

만일 안쪽에 사람이 있다면 편지를 그쪽에서 빼내 갈 수도 있을 것이다. 그래서 편지를 반만 물려놓은 채 잠시 상황을 지켜보기로 했다.

시계를 확인해보니 오후 11시를 조금 지난 시각이었다.

가쓰로는 다른 쪽 주머니에서 하모니카를 꺼내 손에 들었다. 한 차례 심호흡을 한 뒤에 셔터 쪽을 향해 천천히 불기 시작했다. 안에 있는 사람에게 꼭 들려주고 싶었다.

그가 작곡한 노래 중에서 가장 마음에 든 작품이다. 제목은 〈재생〉. 노랫말은 아직 붙이지 못했다. 적당한 노랫말이 생각나지 않는 것이다. 라이브 무대에서는 항상 하모니카로 연주하곤 했다. 편안한 느낌의 발라드곡이다.

1절을 다 연주하고는 하모니카를 손에 들고 우편함에 꽂아놓은 편지를 가만히 지켜보았다. 하지만 누군가 빼 가는 기척은 없었다. 아무래도 안에 아무도 없는 것 같았다. 상담 편지를 거둬 가는 건 아침에 하는지도 모른다.

가쓰로는 손끝으로 봉투를 밀어 넣었다. 털썩 떨어지는 소리가 희미하게 들렸다.

8

"얘, 가쓰로, 어서 일어나!"

누군가 몸을 흔드는 바람에 가쓰로는 눈을 떴다. 어머니의 새파랗게 질린 얼굴이 눈앞에 있었다.

가쓰로는 얼굴을 찌푸리며 눈을 연거푸 깜빡였다.

"왜 그래?" 물어보면서 베갯머리의 손목시계를 집어 들었다. 오전 7시가 막 지난 참이었다.

"큰일 났어, 네 아버지가 시장에서 쓰러지셨어."

"뭐?" 몸을 일으켰다. 정신이 번쩍 들었다. "언제?"

"방금 시장 사람한테서 연락이 왔어. 병원에 실려 가셨대."

침대에서 벌떡 일어섰다. 손을 내밀어 의자 등받이에 걸어둔 면바지를 잡아챘다.

옷을 주워 입고 어머니, 에미코와 함께 집을 나섰다. 가게 셔터에는 '임시 휴업' 딱지를 붙였다.

택시를 잡아타고 병원으로 달렸다. 어시장 상인회에서 임원으로 일하는 중년 남자가 기다리고 있었다. 어머니와도 잘 아는 사이인 모양이었다.

"짐을 싣는데 어째 힘든 기색이더라고요. 그래서 급하게 구급차를 불렀더니……." 남자가 설명을 해주었다.

"그랬군요. 큰 폐를 끼쳤네요. 이제 우리가 지켜볼 테니까요, 어서 시장에 가보셔야죠." 어머니가 감사 인사를 했다.

응급처치가 끝났다고 해서 담당 의사와 이야기를 나누었다. 가쓰로도 에미코와 함께 동석했다.

"한마디로 말해 과로예요. 그래서 심장에 부담이 된 거죠. 뭔가 짚이는 게 없습니까? 최근에 너무 힘에 부치게 일을 하셨다든가." 백발의 기품 있는 의사가 침착한 어조로 물었다.

며칠 전에 장례를 치렀다고 어머니가 말하자 의사는 알 만하다는 듯 고개를 끄덕였다.

"몸뿐만 아니라 정신적으로도 긴장된 상태가 이어졌을 거예요. 심장이 지금 당장 이렇다 저렇다 할 정도는 아니지만 앞으로 각별히 조심하시는 게 좋아요. 정기적인 검진을 권합니다."

그렇게 하겠노라고 어머니가 대답했다.

면회가 가능하다고 해서 곧바로 병실로 향했다.

아버지는 응급 환자용 침상에 누워 있었다. 아내와 아이들을 보더니 겸연쩍은 표정을 지었다.

"우르르 몰려올 건 뭐냐. 별일도 아닌데." 괜히 강한 척하는 말을 하지만 그 목소리에 힘이 없었다.

"장례 치르고 가게 문을 너무 빨리 열었어. 이삼일 푹 쉬는 게 좋겠어요."

어머니의 말에 아버지는 떨떠름한 얼굴로 고개를 저었다.

"그럴 수야 있나. 괜찮아. 우리가 쉬면 손님들이 헛걸음을 하게 돼. 우리 생선을 기다리는 사람들이 어디 한둘인가."

"그렇게 무리하다가 건강을 해치면 더 안 좋잖아요."

"글쎄 별일 아니라니까 그러네."

"아버지, 당분간 쉬세요." 가쓰로가 말했다. "꼭 가게를 열겠다면 내가 거들 테니까."

세 사람의 시선이 일제히 가쓰로에게로 향했다. 모두 놀란 눈빛이었다.

다들 잠시 조용하던 끝에, 그게 무슨 소리냐고 아버지가 입을 열었다.

"네가 뭘 안다고 가게 일을 거들어? 생선 손질도 제대로 못하면서."

"그렇진 않아. 잊어버리신 모양이네, 나도 고등학교 때까지는 여름방학마다 일 거들었는데."

"그건 전문가 솜씨가 아니야."

"그래도……." 가쓰로는 말을 맺지 못했다. 아버지가 담요 밑으로 가쓰로의 말을 가로막듯이 오른손을 쓱 내밀었기 때문이다.

"너, 음악은 어떻게 하려고?"

"그건 그러니까 포기할까 하고……."

"뭐라고?" 아버지의 입가가 일그러졌다. "고만 내빼겠다는 거야?"

"그게 아니라 역시 내가 가게를 물려받는 게 좋겠다 싶어서."

아버지는 혀를 끌끌 찼다.

"삼 년 전에는 그렇게 큰소리를 치더니만 결국 이런 거였어? 분명히 말해두겠는데 나는 너한테 가게 물려줄 생각 없어."

가쓰로는 놀라서 아버지의 얼굴을 보았다. 여보, 하고 어머니도 걱정스러운 목소리를 냈다.

"네가 무슨 일이 있어도 기필코 생선 가게를 운영하겠다면 얘기가 달라져. 하지만 지금 너는 그게 아니야. 그런 자세로 가게 물려받아봤자 너, 생선 장사 제대로 못 해. 몇 년쯤 해보다가 역시 음악을 할 걸 그랬다고 징징거리는 반편이가 되겠지."

"그럴 일 없어."

"뭐, 훤히 보인다. 변변히 생선 장사도 못 하면 그때 가서는, 아버지가 쓰러지는 바람에 별수 없이 가게를 물려받았다느니, 집안을 위해 희생했다느니, 이래저래 변명을 둘러대겠지. 책임은 하나도 지지 않고 매사 남의 탓으로 돌릴 거라고."

"여보, 그렇게 말할 것까지는 없잖아요."

"당신은 아무 말 말고 있어. ……어때, 할 말 없지? 내 말이 틀렸으면 말을 해봐."

가쓰로는 입을 툭 내밀고 아버지를 보았다. "집안도 좀 생각하겠다는데, 그게 잘못이야?"

아버지는 흥 하고 코를 울렸다.

"그런 훌륭한 말은 뭔가 한 가지라도 성공한 다음에 해야지. 너, 지금까지 음악 하면서 뭐든 하나라도 성과를 냈어? 아직 아무것도 못 했지? 부모 말을 무시하면서까지 한 가지에 몰두하기로 결심을 했으면 그만한 것을 남기라는 말이야, 내 말은. 그것도 제대로 못 한 사람이 생선 가게는 할 수 있다고 생각했다면 그거야말로 크게 실례되는 소리다."

단숨에 말을 쏟아내던 아버지가 힘겨운 듯 가슴을 움켜쥐었다. 여보, 하고 어머니가 달려들었다.

"여보, 괜찮아? 얘, 에미코, 어서 가서 의사 선생님 모셔 와."

"걱정할 거 없어. 별거 아니야. ······가쓰로, 내 말 잘 들어." 아버지는 침대에 누운 채 진지한 눈빛으로 가쓰로를 쳐다보았다. "너한테 도와달라고 할 만큼 나나 우리 가게가 허약하지는 않아. 그러니까 쓸데없는 생각 말고 한 번 더 목숨 걸고 해봐. 도쿄에 가서 열심히 싸워보라고. 그 결과, 싸움에 패한다면 그건 그것대로 괜찮아. 어떻든 너만의 발자취를 남기고 와. 그걸 못 해내고서는 집에 돌아오지 마라. 알았어?"

대꾸할 말이 생각나지 않아 가쓰로가 침묵하고 있자 아버지는 재우쳐 물었다. "알았냐고!"

"예, 알았어요." 가쓰로는 작은 소리로 대답했다.

"정말이지? 사나이 대 사나이의 약속이다."

아버지의 다짐에 가쓰로는 깊숙이 고개를 끄덕였다.

병원에서 돌아와 가쓰로는 곧장 짐을 싸기 시작했다. 도쿄에서 가져온 짐뿐만 아니라 방에 남겨두었던 것도 모두 정리했다. 몇 년째 제대로 치운 적이 없어서 대청소를 하다시피 했다.

"책상하고 침대는 없애도 돼. 책장도 안 쓸 거면 내다버리고." 잠시 쉴 겸 점심을 먹으면서 가쓰로는 어머니에게 말했다. "내 방은 이제 쓸 일 없을 거니까."

"그럼 그 방, 내가 써도 돼?" 당장에 에미코가 나섰다.

"응, 그래."

야호 하며 에미코는 작게 손뼉을 쳤다.

"가쓰로, 아버지가 말은 그렇게 했지만 언제든지 집에 와도 괜찮아. 알지?"

그런 말을 해주는 어머니에게 가쓰로는 쓴웃음을 지었다.

"옆에서 다 들었잖아. 사나이 대 사나이의 약속이야."

"얘, 그래도……." 어머니는 더 이상 말을 잇지 못했다.

방 정리는 저녁이 다 되어서야 끝이 났다. 그 조금 전에 어머니가 병원에 가서 아버지를 데리고 돌아왔다. 아버지는 아침때보다 얼굴빛이 좋아져 있었다.

저녁에는 모두 둘러앉아 전골냄비 요리를 먹었다. 어머니가 큰맘 먹고 제일 좋은 고기를 사 온 모양이었다. 에미코는 어린애처럼 좋아하고 아버지는 이삼일 담배와 술을 삼가라는 의사의 지시 때문에 맥주를 못 마시는 것을 한탄하고 있었다. 가쓰로에게는 장례식 이후로 처음 가져보는 화기애애한 식사 자리였다.

저녁을 먹고는 떠날 준비를 했다. 도쿄로 돌아가는 것이다. 하룻밤 더 자고 날 밝은 뒤에 올라가라고 어머니는 말렸지만, 애가 하자는 대로 하라고 아버지가 나무랐다.

"그럼 그만 가볼게." 양손에 짐을 들고 가쓰로는 부모님과 누이동생에게 작별을 고했다.

"얘, 잘해라, 응?" 어머니가 말했다. 아버지는 아무 말도 없이 서 있었다.

집을 나선 뒤, 곧장 역으로 가지 않고 한 군데 잠깐 들르기로 했다. 마지막으로 나미야 잡화점에 가볼 생각이었다. 어제 넣은 편지에 대한 답장이 우유 상자에 들어 있을지도 모른다.

확인해보니 역시 답장이 있었다. 가쓰로는 편지를 주머니에 챙겨 넣고 폐가 같은 잡화점을 새삼스럽게 바라보았다. 먼지 쌓인 간판이 가쓰로에게 뭔가 말을 건네는 것만 같았다.

도쿄행 기차에 자리를 잡고 앉아 편지를 읽었다.

생선 가게 뮤지션 님께

세 번째 편지, 잘 읽었습니다.

자세한 얘기는 할 수 없지만 아무튼 우리가 직접 만나기는 어려워요. 게다가 만나지 않는 게 나아요. 만난다면 아마 실망할 겁니다. 지금까지 이런 사람에게 상담을 했었나 하고 짜증이 날지도 모릅니다. 그러니까 만나자는 얘기는 없었던 것으로 합시다.

그렇군요. 드디어 뮤지션의 길을 포기하기로 결심한 모양이네요.

하지만 그건 그냥 편지 쓸 때만 얼핏 해본 생각이겠지요. 당신은 역시 뮤지션의 길을 향해 달릴 겁니다. 어쩌면 이 편지를 읽을 때는 벌써 마음이 바뀌었을지도 모르겠네요.

그 결정이 옳은 것인지 어떤지, 미안하지만 잘 모르겠습니다.

다만 한 가지, 당신에게 꼭 해주고 싶은 말이 있습니다.

당신이 음악 외길을 걸어간 것은 절대로 쓸모없는 일이 되지는 않습니다. 당신의 노래에 구원을 받는 사람이 있어요. 그리고 당신이

142

만들어낸 음악은 틀림없이 오래오래 남습니다.

어떻게 이런 말을 할 수 있느냐고 묻는다면 대답하기가 곤란하지만, 아무튼 틀림없는 얘기예요. 마지막까지 꼭 그걸 믿어주세요. 마지막의 마지막 순간까지 믿어야 합니다.

그 말밖에는 할 수가 없네요.

나미야 잡화점 드림

편지를 다 읽자마자 가쓰로는 고개를 갸우뚱했다.

이번 답장은 또 왜 이러는 건가. 묘하게 공손하다. 여태까지 보았던 난폭하기 짝이 없는 말투는 전혀 눈에 띄지 않는다.

무엇보다 이상한 건 가쓰로가 다시 뮤지션의 길을 선택한 것을 미리 알고 있다는 점이었다. 어쩌면 그만큼 남의 마음을 훤히 꿰뚫어보기 때문에 '고민 상담이라면 나미야 잡화점'이라는 명성을 얻었는지도 모른다.

마지막의 마지막 순간까지 믿어야 한다.

이건 무슨 뜻으로 한 말일까. 언젠가는 꿈이 이루어진다는 말인가. 하지만 어떻게 그런 단언을 할 수 있을까.

가쓰로는 편지를 봉투에 넣어 가방 속에 챙겼다. 어쨌거나 큰 용기를 얻었다, 라고 생각했다.

길가의 음반 가게 앞에 파란 재킷의 시디가 산더미처럼 쌓여 있었다. 가쓰로는 그중 한 장을 집어 들고 기쁨을 음미했다. 재킷에는 〈재생〉이라는 제목이 인쇄되어 있었다. 그 옆에 '마쓰오카 가쓰로'라는 글씨도 보였다.

마침내 여기까지 왔다. 정말 이곳까지 허위허위 올라왔다.

참으로 길고 긴 여정이었다. 굳은 결심을 하고 다시 도쿄에 올라온 가쓰로는 더욱더 음악에 몰두했다. 다양한 콘테스트에 도전하고 오디션을 보고 음반 회사에 데모 테이프를 보냈다. 길거리 공연도 셀 수 없을 만큼 많이 했다. 그래도 빛을 보는 일은 없었다.

눈 깜짝할 사이에 시간만 흘러갔다. 점점 더 무엇을 어떻게 해야 좋을지 알 수가 없었다.

그런 때에 우연히 라이브를 들으러 왔던 한 손님이 아동복지시설에서 위문 공연을 해보는 게 어떻겠느냐는 제안을 해왔다.

그런 거 해봤자 뭐 하나 생각하면서도 가쓰로는 승낙했다.

처음에 찾아간 곳은 아이들이 이십여 명밖에 안 되는 작은 시설이었다. 당황스러운 가운데 연주를 했다. 듣고 있는 아이들도 쭈뼛거리는 것 같았다.

이윽고 한 아이가 손뼉을 치며 박자를 맞췄다. 그것을 신호로 다른 아이들도 따라서 손뼉을 쳤다. 가쓰로는 점점 그 분위기에 빠져들었다. 신이 나기 시작했다. 노래를 하면서 진심으로 즐겁다고 생각한 건 정말 오랜만이었다.

그 뒤로 전국의 아동복지시설을 하나하나 돌게 되었다. 어린이들에게 들려줄 가쓰로의 레퍼토리는 천 곡이 넘는다. 끝내 본격적인 데뷔는 하지 못했지만……

가쓰로는 고개를 갸우뚱했다. 데뷔를 못 했다고? 그럼 여기 이시디는 뭐지? 이렇게 데뷔를 했잖아, 내가 가장 좋아하는 노래로.

〈재생〉을 흥얼거려보았다. 하지만 웬일인지 가사가 생각나지 않았다. 이런, 말도 안 돼, 내 노래인데 가사를 모르다니. 아아, 가사가 뭐였더라.

가쓰로는 시디 케이스를 열었다. 재킷을 꺼내 가사를 확인해보려고 했다. 그런데 손가락이 말을 듣지 않았다. 접힌 재킷을 펼칠 수가 없었다. 가게 안에서 귀가 따가울 만큼 볼륨을 높인 음악 소리가 쏟아져 나왔다. 대체 이건 뭔가. 무슨 음악이 이래?

다음 순간, 가쓰로는 번쩍 눈을 떴다. 자신이 어디에 와 있는지 언뜻 깨닫지 못했다. 낯선 천장, 벽, 커튼…… 시선이 거기까지 이동한 다음에야 겨우 환광원에 와 있다는 것을 깨달았다.

벨이 요란하게 울리고 있었다. 비명 소리도 들려왔다. 그리고 "불이야, 불이야!" "침착하게, 침착하게!"라는 황망한 고함 소리들.

가쓰로는 깜짝 놀라 벌떡 일어섰다. 여행 가방과 점퍼를 들고 급히 구두를 신었다. 옷을 입은 채 잠들었던 게 그나마 다행이었다.

기타는 어떻게 할까. 포기하자. 일 초 만에 결론을 내렸다.

방을 나서다가 흠칫했다. 복도에 연기가 가득 차 있었다.

남자 직원이 손수건을 입에 대고 급하게 손짓을 하고 있었다. "이쪽이에요. 이쪽으로 대피해요!"

지시하는 대로 그의 뒤를 따라 허둥지둥 뛰었다. 계단을 두 칸씩 건너뛰어 아래층으로 내려갔다.

하지만 한 층을 내려선 참에 걸음을 멈추었다. 복도에 서 있는 세리의 모습이 보였기 때문이다.

"뭐 하고 있어, 빨리 대피해!" 가쓰로는 고함을 쳤다.

세리는 눈이 빨개져 있었다. 뺨은 눈물로 흠뻑 젖었다.

"내 동생이…… 다쓰가, 없어요."

"뭐라고? 어디 갔는데?"

"모르겠어요. 아마 옥상일 거예요. 잠이 안 올 때는 항상 거기에 가요."

"옥상?"

일순 망설였다. 하지만 다음 행동은 신속했다. 자신의 짐을 세리에게 떠맡겼다. "내가 가볼 테니까 너는 얼른 피해!"

어리둥절 눈이 휘둥그레진 세리를 남겨두고 가쓰로는 계단을 다시 뛰어 올라갔다.

시시각각 연기의 농도가 짙어졌다. 눈물이 줄줄 흘렀다. 목도 쓰라렸다. 눈앞이 온통 뿌옇고 이제는 숨 쉬기조차 힘들었다. 무엇보다 끔찍한 것은 어디서도 불길이 보이지 않는다는 것이었다. 대체 어디서 뭐가 타고 있는 건가.

더 이상 올라가면 위험할지도 모른다. 달아날까.

그렇게 생각했을 때였다. 어디선가 아이의 울음소리가 들려왔다.

"다쓰, 다쓰, 어디야?" 소리를 내질렀다. 그 즉시 연기가 목구멍으로 왈칵 들어왔다. 콜록거리면서 한 걸음씩 앞으로 나아갔다. 뭔가 무너지는 소리가 났다. 동시에 연기가 한층 짙어졌다. 계단 위에 사내애가 웅크리고 있는 게 보였다. 세리의 동생이 틀림없었다.

가쓰로는 아이를 들쳐 업고 계단을 내려가려고 했다. 그 순간, 굉음과 함께 천장이 떨어져 내렸다. 눈 깜짝할 사이에 주위는 불바다가 되었다.

아이가 울부짖었다. 가쓰로는 혼란에 빠졌다.

하지만 멈출 수는 없었다. 계단을 내려가는 것밖에는 살아날 방법이 없는 것이다.

아이를 업은 채 가쓰로는 불길 속을 달렸다. 어디를 어떻게 가고 있는지 스스로도 알지 못했다. 거대한 불덩어리가 차례차례 습격해왔다. 온몸에 아픔이 내달렸다. 숨도 쉬어지지 않았다. 벌건 불빛과 검은 연기, 그것들이 동시에 온몸을 휘감았다.

누군가 자신을 부르는 것 같았다. 하지만 대답할 수 없었다. 손끝 하나 꼼짝할 수 없는 것이다. 아니, 몸뚱이가 있는지 없는지도 알 수 없었다.

의식이 아득해져갔다. 잠들어버릴 것 같다.

그 편지글이 희미하게 뇌리에 떠올랐다.

당신이 음악 외길을 걸어간 것은 절대로 쓸모없는 일이 되지는 않습니다. 당신의 노래에 구원을 받는 사람이 있어요. 그리고 당신이 만들어낸 음악은 틀림없이 오래오래 남습니다.

어떻게 이런 말을 할 수 있느냐고 묻는다면 대답하기가 곤란하지만, 아무튼 틀림없는 얘기예요. 마지막까지 꼭 그걸 믿어주세요. 마지막의 마지막 순간까지 믿어야 합니다.

아, 그런 건가. 지금이 마지막 순간인가. 그래도 나는 꼭 믿고 있으면 되는 건가. 내 음악 외길이 쓸모없지는 않았다는 것을 끝까지 믿으면 되는 건가. 그렇다면 아버지, 나는 발자취를 남긴 거지? 실패한 싸움이기는 하지만 그래도 뭔가 발자취는 남긴 거지?

10

발 디딜 틈 없이 관중이 들어찬 원형 실내 공연장은 조금 전까지 열광적인 환성에 휩싸여 있었다.

앙코르에 응해 부른 노래 세 곡은 팬들의 열기를 한껏 달아오르게 하기 위해 준비한 것이다. 하지만 마지막 곡은 전혀 느낌이 다르다. 가수 세리를 오랜 세월 사랑해온 팬이라면 이미 다 알고 있는 일이다. 그녀가 다시 마이크를 들자 수만 명의 관중이 고요히 숨을 죽였다.

"마지막 곡은 항상 부르는 그 노래예요." 우리 시대 최고의 여가수는 말했다. "이 노래는 저를 가수가 되게 해준 곡이죠. 하지만 그보다 더 깊은 뜻이 있답니다. 이 노래를 작곡하신 분은 제 하나밖에 없는 동생의 생명을 구해주신 은인이에요. 그분을 만나지 못했다면 지금 이 자리에 가수 세리는 없겠지요. 그러니까 저는 평생 이 노래를 부르겠습니다. 그분의 은혜를 갚을 수 있는 유일한 방법이니까요. 여러분, 부디 귀 기울여 들어주세요."

그리고 〈재생〉의 전주가 흘러나오기 시작했다.

제3장

시빅 자동차에서 아침까지

1

개표구를 나와 손목시계를 보자 두 개의 바늘이 오후 8시 30분을 살짝 넘어선 곳을 가리키고 있었다. 뭔가 이상하다 싶어서 주위를 둘러보았다. 아니나 다를까 전차 시간표 위에 붙어 있는 둥근 시계는 8시 45분이었다. 나미야 다카유키는 입가를 일그러뜨리며 혀를 끌끌 찼다. 이런 고물 시계 같으니, 또 틀리네.

대학 합격을 축하하며 아버지가 사주신 시계는 요즘 들어 갑작스레 멈춰버릴 때가 많았다. 이십 년이나 차고 다녔으니 당연한 일인가. 이제 슬슬 퀴츠 전자시계로 바꿔야 할 모양이다. 수정 발진 방식의 이 획기적인 시계는 예전에는 소형차 한 대 값과 비슷하다고 했는데 요즘 급속히 가격이 떨어지고 있다.

역사를 빠져나와 상점가로 접어들었다. 이 시간에도 아직 문을 연 가게가 있는 것에 놀랐다. 바깥에서 보기로는 가게마다 나름대로 장사가 제법 되는 모양이다. 신도시가 들어서고 입주민이 늘어나면서 역 앞 상가의 수요도 높아졌다는 얘기는 다카유키도 들었다.

이런 별 볼 일 없는 지방 도시까지 들썩거리는 것은 뜻밖이었지만 내가 태어난 고향 땅에 활기가 돌아온다는 소식이 그리 싫지는 않았다. 싫기는커녕 우리 가게도 이 상점가 쪽에 있었으면 좋았을 텐데, 라는 아쉬움까지 들었다.

상점들이 처마를 맞대고 이어지는 길에서 옆으로 빠져 잠시 걸어 올라가면 주택가로 들어선다. 이 근처는 올 때마다 경치가 조금씩 달라진다. 차례차례 새 집들을 짓기 때문이다. 그런 집에 들어온 입주민들 중에는 여기서 도쿄까지 출퇴근을 하는 사람도 드물지 않다고 한다. 특급 전차를 이용해도 두 시간은 걸릴 터였다. 나라면 도저히 그렇게는 못 할 텐데, 라고 다카유키는 생각했다. 그가 지금 사는 곳은 도쿄의 임대 맨션이다. 좁기는 해도 방 두 개에 거실과 주방이 딸린 곳에서 아내와 열 살 난 아들까지 셋이서 살고 있다.

하긴 그것도 어쩔 수 없다. 여기서 출퇴근을 하기는 어렵지만, 경우에 따라서는 입지 조건에 대해 약간 타협할 필요도 있는 것이다. 인생이란 내 뜻대로 되지 않는 일이 더 많다. 출퇴근 시간이 늘어나는 것쯤은 참고 견뎌야 하는지도 모른다.

주택가를 빠져나오자 T 자로였다. 오른쪽으로 꺾어 다시 걸었다. 완만한 언덕길이다. 이 근처라면 눈을 감고서도 갈 수 있다. 얼마큼 걸어가면 길이 어느 정도로 굽어드는지 몸이 기억하고 있다. 걸음마를 할 때부터 고등학교 졸업 때까지 내리 드나들던 길이다.

이윽고 오른편 앞으로 작은 건물이 눈에 들어왔다. 가로등이 켜져 있지만 간판의 글씨는 먼지에 찌들어 알아보기가 힘들다. 셔터 문은 닫혀 있었다.

가게 앞에서 발을 멈추고 새삼스럽게 간판을 올려다보았다. 나미야 잡화점. 가까이 다가가면 가까스로 읽혔다.

옆에 선 창고와의 사이에 폭 일 미터쯤의 통로가 있다. 다카유키는 그 골목을 지나서 가게 뒤로 들어갔다. 초등학생 때는 거기에 자전거를 세워두곤 했다. 뒤편에 출입문이 있다. 문짝에는 우유를 넣어두는 나무 상자가 달려 있다. 배달 우유를 받아 마셨던 것은 십여 년 전의 일이다. 어머니가 돌아가시고 얼마 뒤에 끊었다.

하지만 우유 상자는 그대로 있었다. 그 옆에는 버저가 달렸다. 그걸 누르면 예전에는 벨이 울렸다. 지금은 고장 나서 울리지 않는다.

다카유키는 문손잡이를 당겼다. 역시 아무런 저항도 없이 열린다. 항상 이렇다.

현관에는 눈에 익은 샌들과 낡은 가죽 구두가 나란히 놓여 있었다. 둘 다 아버지 것이다.

저 왔어요, 라고 나지막하게 인사를 건넸다. 대답은 없었지만 그러거나 말거나 안으로 들어갔다. 구두를 벗고 집 안으로 올라서면 바로 앞이 주방이다. 그 너머로 안방이 있고 다시 그 너머는 점포였다.

아버지는 안방에서 찻상을 마주하고 있었다. 잠방이에 스웨터 차림으로 정좌를 하고 있다. 천천히 얼굴을 들어 다카유키를 쳐다보았다. 노안경을 코끝에 걸치고 있었다.

"어, 니 왔나?"

"그런 말씀 하실 때가 아니에요. 또 문을 안 잠그셨네. 문단속 잘하시라고 제가 올 때마다 말했잖아요."

"괜찮아. 누구 오면 내가 금세 알아."

"나 오는 거 모르셨으면서. 내 목소리 안 들렸죠?"

"소리가 들리기는 했는데 내가 뭘 좀 생각하느라고 대답을 안 했어."

"또 그런 억지소리를 하시네." 다카유키는 들고 온 작은 종이봉투를 찻상에 내려놓고 그 앞에 마주 앉았다. "이거, 아버지 좋아하시는 기무라야 단팥빵이에요."

오오, 하고 아버지는 눈을 반짝였다. "번번이 미안하다."

"됐어요, 이 정도쯤이야."

아버지는 영차 하고 자리에서 일어나 종이봉투를 집어 들었다. 바로 옆의 불단은 문짝이 열린 채였다. 거기에 단팥빵 봉투를 올려놓더니 선 채로 방울을 두 번 울리고는 다시 찻상 앞에 앉았다. 작은 몸집에 마르기는 했지만 여든 살 가까이 되어서도 자세만은 반듯했다.

"저녁은 먹었냐?"

"회사에서 오는 길에 메밀국수 한 그릇 먹었어요. 오늘은 여기서 자고 가려고요."

"네 집사람한테 말은 했어?"

"예, 집사람도 아버지 걱정하던데. 몸은 좀 어떠세요?"

"덕분에 아무 문제 없다. 굳이 나 보러 올 것도 없어."

"일껏 왔는데 김빠지게 하실 거예요?"

"걱정할 거 없단 얘기야. 아 참, 조금 전에 목욕해서 욕조에 물 그대로 있다. 아직 뜨끈뜨끈할 테니까 언제든지 목욕해."

이야기하는 동안에도 아버지의 시선은 찻상 위에 가 있었다. 거기에는 편지지가 펼쳐져 있었다. 곁에는 편지 봉투도 있었다. 겉봉에 '나미야 잡화점 님께'라고 적혀 있다.

"그건 오늘 온 편지예요?" 다카유키가 물었다.

"아니, 들어온 건 어제 한밤중. 내가 아침에야 알아봤어."

"원래는 오늘 아침에 답장해줘야 하는 거 아니에요?"

나미야 잡화점에 들어온 상담 편지에 대한 답장은 그다음 날 아침에 우유 상자에 넣어둔다. 그것이 아버지가 만든 규칙이었다. 그래서 아버지는 오전 5시 반이면 일어났다.

"아냐, 한밤중에 보낸 거라서 상담자도 내 사정을 좀 봐준 거 같아. 답장이 하루 늦어도 괜찮다고 일부러 편지에 써 보냈어."

"그랬군요."

참 우스운 얘기라고 다카유키는 생각했다. 잡화점 주인이 뜬금 없이 남의 고민을 상담해주고 있는 것이다. 물론 일이 이렇게 된 속사정은 다카유키도 잘 알고 있었다. 아무튼 주간지에서 취재를 하러 왔을 정도인 것이다. 그 직후에는 상담 건수가 부쩍 늘기도 했다. 진지한 내용도 있지만 대개는 장난 비슷한 것이 많았다. 명백히 해코지로 보이는 편지도 적지 않았다. 그중에서도 가장 심했던 것은 하룻밤 새에 서른 통이 넘는 편지가 날아온 일이다. 누가 보더라도 한 사람의 필적이었다. 내용은 모조리 엉터리로 지어낸 것이었다. 그런데도 아버지는 하나하나 답장을 해주려고 했다. 그때만은 다카유키도 아버지를 말렸다.

"이건 어떻게 보건 못된 장난질이에요. 진지하게 대해주는 게 바보짓이죠."

하지만 늙은 아버지는 전혀 짜증스러운 기색을 보이지 않았다. 그러기는커녕 딱하다는 듯이 다카유키를 바라보며 말하는 것이었다.

"너는 아직도 뭘 몰라."

내가 뭘 모르느냐고 짐짓 불끈해서 따지고 들자 아버지는 서늘한 얼굴로 이렇게 말했다.

"해코지가 됐든 못된 장난질이 됐든 나미야 잡화점에 이런 편지를 보낸 사람들도 다른 상담자들과 근본적으로는 똑같아. 마음 한구석에 구멍이 휑하니 뚫렸고 거기서 중요한 뭔가가 쏟아져 나온 거야. 증거를 대볼까? 그런 편지를 보낸 사람들도 반드시 답장을 받으러 찾아와. 우유 상자 안을 들여다보러 온단 말이야. 자신이 보낸 편지에 나미야 영감이 어떤 답장을 해줄지 너무 궁금한 거야. 생각 좀 해봐라. 설령 엉터리 같은 내용이라도 서른 통이나 이 궁리 저 궁리 해가며 편지를 써 보낼 때는 얼마나 힘이 들었겠냐. 그런 수고를 하고서도 답장을 원하지 않는 사람은 절대로 없어. 그래서 내가 답장을 써주려는 거야. 물론 착실히 답을 내려줘야지. 인간의 마음속에서 흘러나온 소리는 어떤 것이든 절대로 무시해서는 안 돼."

실제로 아버지는 그 서른 통의 편지 하나하나에 착실히 답장을 써서 다음 날 아침에 우유 상자에 넣어주었다. 그리고 가게 문을 여는 오전 8시 이전에 분명 그 많은 편지들을 누군가 가져갔다. 그 뒤로 똑같은 장난질은 다시는 없었다. 그 대신 어느 날 밤인가, '잘못했습니다. 죄송합니다. 고맙습니다'라는 세 문장만 적힌 편지가 우편함에 들어와 있었다. 그 글씨체는 서른 통의 편지 때와 거의 동일했다. 그것을 자랑스럽게 아들에게 내보일 때의 아버지의 얼굴 표정을 다카유키는 아직도 잊을 수가 없다.

아마도 삶의 보람이라는 게 이런 것이리라. 십여 년 전에 어머니가 심장병으로 세상을 떠나셨을 때는 아버지도 그만 기력이 쇠한 것 같았다. 자식들은 둘 다 이미 집을 떠난 뒤였다. 혼자 남겨진 고독한 생활은 이제 곧 일흔이 되려는 노인에게서 살아갈 기력을 빼앗기에 충분할 정도로 괴로운 것이었던 모양이다.

다카유키에게는 두 살 터울의 누나 요리코가 있다. 하지만 누나는 시부모를 모시고 사는지라 그쪽에 기댈 수는 없었다. 아버지를 돌봐주기로 하자면 아들인 자신밖에 없었다. 하지만 다카유키도 신혼이던 시절이었다. 좁은 사택에서 사는 처지에 아버지를 모셔올 여유는 없었다.

자식들의 그런 형편을 잘 알고 있었던 것이리라. 아버지는 건강이 전 같지 않은 가운데서도 가게 문을 닫겠다는 말은 결코 하지 않았다. 다카유키도 아버지의 그런 무리한 고집에 못 이기는 척하며 지낼 수밖에 없었다.

그러던 어느 날, 누나 요리코에게서 뜻밖의 전화가 걸려왔다.

"정말 깜짝 놀랐어. 몰라보게 생생해지셨더라고. 어머니 돌아가시기 전보다 오히려 더 펄펄 기운이 나시는 것 같아. 내가 한결 마음이 놓이더라니까. 당분간은 괜찮을 거 같아. 너도 한번 가봐. 틀림없이 놀랄 거야."

오랜만에 아버지에게 다녀왔다는 누나는 신이 난 목소리였다. 게다가 흥분한 어조로 다카유키에게 물었다.

"아버지가 왜 그렇게 생생해졌는지 알아?"

"글쎄 모르겠는데?"

"하긴 그렇지, 알 리가 없어. 나도 그 얘기 듣고는 두 번째로 깜짝 놀랐어."

그러고는 마침내 사정을 이야기해주었다. 아버지가 고민 상담실 비슷한 것을 시작했다는 것이다.

그 이야기를 들었을 때, 다카유키는 선뜻 감이 오지 않았다. 대체 무슨 엉뚱한 짓인가 싶었을 뿐이다. 그래서 그다음 휴일에 곧바로 아버지를 찾아갔다. 그렇게 해서 목격한 광경은 도저히 믿어지지 않는 것이었다. 나미야 잡화점 가게 앞에 사람들이 구름같이 모여 있었던 것이다. 주로 아이들이지만 어른들의 모습도 간간이 섞여 있었다. 아무래도 일제히 가게 벽을 쳐다보는 것 같았다. 벽에는 뭔가 종이쪽들이 나붙었고 모두들 그것을 들여다보며 웃고 있는 것이다.

다카유키는 가까이 가서 아이들 머리 너머로 벽을 살펴보았다. 다양한 편지지며 리포트 용지가 붙어 있었다. 작은 메모지도 있었다. 내용을 읽어보니, 이를테면 가운데 메모지에는 이런 내용이 적혀 있었다.

'고민 상담이에요. 공부하지 않고도 시험에서 백 점을 맞고 싶어요. 커닝도 안 되고 속임수도 안 돼요. 어떻게 하면 될까요?'

명백히 아이가 쓴 글씨였다. 그에 대한 답장이 아래에 붙어 있었다. 이건 늘 보던 아버지의 필체였다.

'선생님께 부탁해서 당신에 대한 시험을 치게 해달라고 하세요. 당신에 관한 문제니까 당신이 쓴 답이 반드시 정답입니다.'

이게 대체 뭐야, 라고 생각했다. 고민 상담이라기보다 재치 문답 아닌가.

다른 고민 상담도 훑어봤지만, 산타클로스가 왔으면 좋겠는데 굴뚝이 없어서 고민이라든가, 지구가 원숭이의 혹성이 되었을 때 누구에게서 원숭이 말을 배워야 하느냐라든가, 아무튼 모두 장난기 가득한 내용이었다. 하지만 어떤 질문에도 아버지는 그야말로 진지하게 답장을 해주고 있었다. 아무래도 그런 점이 사람들에게 통한 것 같았다. 벽 앞에는 길쭉한 구멍이 뚫린 상자가 놓여 있었다. 거기에는 '고민 상담 상자. 어떤 고민이든 망설이지 말고 넣어주세요. 나미야 잡화점'이라고 적힌 알림 종이가 붙어 있었다.

"일종의 놀이야. 이 근처 꼬마들이 자꾸 놀리는 통에 몇 번 대꾸해줬다가 그만 뒤로 물러설 수 없어서 시작한 일인데, 이게 제법 인기가 있는 모양이야. 내 답장을 읽겠다고 멀리서 사람들이 찾아오지 뭐냐. 나도 왜 그리 좋아들 하는지 모르겠다. 그런데 요즘에는 꼬마들도 배배 꼬아서 어려운 고민을 보내는 통에 나도 여간 머리를 쥐어짜야 하는 게 아니야. 꽤 힘들어."

쓴웃음을 지으며 말하는 아버지의 표정에서는 생기가 엿보였다. 어머니를 먼저 보낸 직후와는 명백히 달랐다. 누나의 말은 거짓이 아니었다.

아버지에게 새로운 삶의 보람이 된 고민 상담은 당초에는 놀이 같은 요소가 강했지만 이윽고 진지한 고민이 속속 들어왔다. 그러자 여러 사람의 눈에 띄는 상담 상자에 선뜻 편지를 넣기가 어렵겠다면서 아버지는 셔터 문의 우편함과 뒤쪽 출입문의 우유 상자를 이용한 지금의 방식으로 바꾸었다. 그래도 재미있는 고민거리가 들어왔을 경우에는 지금까지 해왔던 대로 벽보로 내붙이는 모양이었다.

아버지는 찻상 앞에 정좌한 채 팔짱을 끼고 있었다. 편지지를 펼쳐놓았지만 선뜻 펜을 드는 기척은 없었다. 아랫입술을 툭 내밀고 미간에 주름을 짓고 있었다.

"어이쿠, 우리 아버지 고민이 많으시네." 다카유키가 웃으면서 물었다. "무슨 복잡한 내용이에요?"

아버지는 천천히 고개를 끄덕였다.

"어떤 여자한테서 들어온 상담이야. 나는 이런 쪽 문제가 가장 힘들더라니까."

연애 사건이로구나 하고 짐작했다. 아버지는 어머니와 중매로 결혼을 했고 혼례식 당일까지 서로에 대해 잘 알지도 못했다고 한다. 그런 시대를 살아온 아버지에게 연애 문제를 상담하겠다는 사람이 오히려 비상식적이라고 다카유키는 생각했다.

"에이, 대충대충 적어서 보내세요."

"무슨 소리냐, 그럴 수는 없어." 아버지는 적잖이 화난 목소리를 냈다.

다카유키는 어깨를 으쓱해 보이고 자리에서 일어섰다. "맥주 있지요? 한잔 마셔야겠네요."

아버지는 대답이 없었지만 다카유키는 냉장고를 척 열었다. 투 도어의 구식 냉장고다. 이 년 전에 누나가 새집으로 이사할 때, 쓰던 냉장고를 가져다준 것이다. 그 전에 쓰던 냉장고는 원 도어, 60년대에 사들인 물건이다. 그때는 다카유키가 대학생이었다.

중간 사이즈의 맥주 두 병이 시원하게 냉장되어 있었다. 술을 즐기는 아버지는 냉장고 안에 맥주를 떨어뜨리는 일이 없다. 예전에는 단것은 쳐다보지도 않았다. 기무라야의 단팥빵을 좋아하게 된 것은 환갑이 지난 다음부터였다.

우선 한 병을 꺼내 마개를 땄다. 찬장에서 잔도 두 개 꺼내 들고 찻상 앞으로 돌아왔다.

"아버지도 드실 거죠?"

"아니, 지금은 됐다."

"어라, 웬일이시래?"

"답장 다 쓸 때까지는 술 안 마셔. 몇 번이나 말했잖아."

흠 하고 고개를 끄덕이면서 다카유키는 자신의 잔에 맥주를 따랐다.

생각에 잠겨 있던 아버지가 천천히 다카유키 쪽으로 얼굴을 들었다.

"아버지한테 아내와 아이가 있는 모양이야." 느닷없는 소리였다.

다카유키가 어리둥절해서 입을 열었다. "아버지한테 아내와 아이? 무슨 말씀이세요?"

아버지는 곁에 놓인 봉투를 내보였다.

"상담자 말이야. 여자인데, 아버지한테 처자식이 있다는 거야."

역시 무슨 말인지 알 수 없었다. 다카유키는 맥주를 한 모금 마시고 잔을 텅 내려놓았다.

"그야 당연하죠. 우리 아버지도 처자식이 있어요. 처는 세상을 떠났지만 자식은 살아 있죠. 바로 저예요."

아버지는 얼굴을 찌푸리며 답답한 듯 고개를 저었다.

"내 이야기가 아냐. 네 아버지 얘기가 아니라고. 여기서 아버지라는 건 상담자의 아버지가 아니라 아이의 아버지야."

"아이? 누구의?"

"허 참, 그게 그러니까……." 속이 탄다는 듯 아버지가 손을 내저었다. "배 속의 아이 말이야, 상담자의."

엇 하고 말하고 아하 하고 납득했다.

"아하, 상담자가 임신을 했다, 그리고 그 사귀는 남자는 처자식이 있다, 그 얘기군요?"

"그렇지. 내가 아까부터 내내 그 얘기를 했잖아."

"그러면 아버지 말투가 문제지요. 아버지라고 하면 누구든 상담자의 아버지라고 생각하잖아요."

"그런 걸 두고 지레짐작이라는 거야."

"그런가?" 다카유키는 고개를 갸웃갸웃하며 다시 잔을 들었다.

"그래서 넌 어떻게 생각해?" 아버지가 물었다.

"뭘요."

"지금까지 내 얘기를 어디로 들었어? 남자에게 처자식이 있는데 그런 남자의 아이를 임신했다는 거야. 어떻게 해야 좋겠나?"

그제야 상담 내용이 이해가 되었다. 다카유키는 맥주를 마시고 크윽 숨을 토해냈다.

"정말 요새 젊은 여자들은 지조가 없어서 탈이라니까. 게다가 머리도 모자라요. 처자식 있는 남자하고 사귀어서 좋을 일이 뭐가 있겠어요? 대체 무슨 생각을 하고 사는 건지, 원."

아버지는 떨떠름한 표정으로 찻상을 두들겼다.

"설교는 그만하고 어떻게 하면 좋을지 그 대답이나 해."

"그거야 빤한 얘기 아닙니까. 애를 지워야죠. 그거 말고 무슨 답이 있겠어요?"

아버지는 흥 하고 콧방귀를 날리더니 귀 뒤를 긁적였다. "너한테 물어본 내가 잘못이지."

"아이참, 왜요?"

그러자 아버지는 말하기도 지친다는 듯 입을 삐뚜름하게 틀고서 상담자의 편지를 손끝으로 툭툭 쳤다.

"애를 지워라, 그거 말고 무슨 답이 있겠냐, 너만 해도 그런 식으로 말하잖아. 이 여자도 우선 그 생각부터 했겠지. 그런데도 그걸 못 해서 끙끙거리며 고민한다는 걸 모르겠어?"

날카로운 지적에 다카유키는 대꾸할 말이 없었다. 분명 맞는 말이었다.

들어봐, 하고 아버지는 다시 말했다.

"애를 지워야 한다는 건 자기도 잘 알고 있노라고 편지에 써놨어. 그 남자는 책임을 져줄 것 같지도 않고, 여자 혼잣손에 아이를 키우자면 무척 힘들 거라고 냉정하게 분석도 하고 있어. 그런데도 꼭 낳고 싶은 마음을 버릴 수가 없다, 차마 지울 수가 없다, 그런 얘기를 한 거야. 어째서 그런지 알아?"

"나야 모르죠. 아버지는 아세요?"

"알지. 편지를 읽어봤으니까. 이 여자 말에 의하면, 이번이 마지막 기회래."

"마지막 기회요?"

"이번 기회를 놓치면 앞으로 영영 아이를 낳을 수 없다는 거야. 전에 한 번 결혼을 했는데 도무지 애가 들어서지 않아서 진찰을

166

받아봤더니 임신이 어려운 체질이라고 하더란다. 의사가 아이는 포기하는 게 좋겠다는 얘기까지 한 모양이야. 그것 때문에 첫 결혼도 실패했나 봐."

"불임증이군요."

"아무튼 그래서 이 여자에게는 이번이 마지막 기회야. 어때, 얘기를 듣고 보니 너도 간단히 애를 지우라고는 할 수 없겠지?"

다카유키는 잔을 비우고 맥주병에 손을 내밀었다.

"무슨 말씀이신지는 알겠는데 그래도 아이는 포기하는 게 좋지 않겠어요? 아이가 딱하잖아요. 태어나자마자 고생길이 훤한데."

"그러니까 그건 각오를 하고 있다잖아."

"말이야 쉽지만 그게 어디……" 다카유키는 잔에 맥주를 따른 뒤 얼굴을 들었다. "근데 아버지, 이건 상담이 아닌 것 같아요. 그렇게까지 말하는 걸 보면 이미 아이를 낳기로 결심한 거네. 아버지가 어떤 충고를 해주건 상관도 없겠어요."

아버지는 고개를 끄덕였다. "그럴지도 모르지."

"그럴지도 모르겠다니……"

"내가 몇 년째 상담 글을 읽으면서 깨달은 게 있어. 대부분의 경우, 상담자는 이미 답을 알아. 다만 상담을 통해 그 답이 옳다는 것을 확인하고 싶은 거야. 그래서 상담자 중에는 답장을 받은 뒤에 다시 편지를 보내는 사람이 많아. 답장 내용이 자신의 생각과 다르기 때문이지."

다카유키는 맥주를 들이켜고는 캬아 하고 얼굴을 찌푸렸다. "이런 번거로운 일을 벌써 몇 년째 하고 계시다니, 아버지도 참 대단하시네."

"이것도 나름대로 남을 돕는 일이야. 번거로우니까 더 보람이 있지."

"아무튼 유별나시기는. 어쨌거나 그런 거라면 고민할 필요도 없어요. 그 여자는 아이를 낳기로 결심한 모양이니까 부디 건강한 아이를 낳아 잘 키워보라고 써 보내면 되죠."

그러자 아버지는 못마땅한 얼굴로 아들을 바라보며 머리를 절레절레 흔들었다.

"얘가 아직 뭘 모르는구면. 물론 이 편지에는 아이를 낳고 싶은 마음이 간절히 담겨 있어. 하지만 중요한 건 마음과 생각은 별개라는 거야. 어쩌면 이 여자는 아이를 낳고 싶은 마음은 간절하지만 머리로는 애를 지울 수밖에 없다는 걸 잘 알고 있기 때문에 그 결심을 하기 위해서 이 편지를 보냈을 수도 있어. 그런데 내가 섣불리 아이를 낳으라고 해버리면 완전히 역효과가 나지. 괜히 더 괴롭히는 일이 돼."

다카유키는 손끝으로 관자놀이를 지그시 눌렀다. 머리가 지끈거렸다.

"나라면 그냥 맘대로 하라고 쓸 거예요."

"걱정 마라, 너한테 답장 써달라는 사람은 아무도 없어. 어떻든 이 편지에서 상담자의 심리를 잘 파악해내야 해." 아버지는 다시금 팔짱을 꼈다.

이거 보통 힘든 일이 아니구나, 하고 다카유키는 제 일도 아니면서 심란해졌다. 하지만 이렇게 답장을 궁리하는 것이 아버지에게는 무엇보다 즐거운 일인 것이다. 그런 만큼 선뜻 용건을 꺼내기가 어려웠다. 다카유키가 오늘 밤 고향 집에 온 것은 단순히 연로한 아버지의 안부를 묻기 위한 것만은 아니었다.

"아버지, 잠깐만 괜찮겠어요? 나도 드릴 말씀이 있는데."

"뭔데? 보다시피 내가 지금 바빠."

"그리 오래 걸리지 않아요. 게다가 바쁘다고 해봐야 골똘히 생각만 하시면서요, 뭘. 잠깐 머리도 식힐 겸 다른 얘기를 하다 보면 좋은 생각이 떠오를 수도 있죠."

그도 그렇다고 생각했는지 아버지가 부루퉁한 얼굴을 아들에게로 향했다. "뭔데 그래?"

다카유키는 등을 꼿꼿이 세우고 앉았다.

"누나한테서 들었는데요, 우리 가게, 사정이 아주 안 좋다면서요?"

그 즉시 아버지는 얼굴을 찌푸렸다. "요리코는 어째 그런 쓸데없는 소리를."

"누나도 나름대로 걱정이 되어서 한 얘기예요. 딸이니까 당연하죠."

누나 요리코는 전에 세무사 사무실에서 일했다. 그때의 경험을 살려 나미야 잡화점의 확정신고를 도맡아 처리했다. 그런데 며칠 전, 올해분의 확정신고를 마친 누나가 다카유키에게 전화를 했다.

"잡화점, 너무 힘들어. 적자네 뭐네 할 정도가 아니야. 완전히 새빨간 적자야. 이건 누가 확정신고를 하건 똑같아. 애초에 절세 대책 따위는 필요가 없어. 정직하게 신고해도 세금을 한 푼도 안 내도 된다니까."

그렇게 심각하냐고 묻는 다카유키에게 누나는 이렇게 대답했다.

"아버지가 직접 확정신고를 하러 가셨으면 창구 직원이 생활보호 신청하라고 권했을 거야."

다카유키는 아버지 쪽으로 몸을 돌렸다.

"아버지, 가게는 이제 그만 접는 게 어떻겠어요? 요즘 이 근처 손님은 모두 역 앞 상가로 가잖아요. 역이 들어서기 전에는 버스 정류장이 가까워서 장사도 제법 됐지만 이젠 좀 어려워요. 포기하시는 게 좋아요."

아버지는 시큰둥한 표정으로 턱을 슬슬 문질렀다.

"가게 접고, 어쩌라는 거야."

다카유키는 한 호흡 쉬고 나서 말했다. "우리 집으로 오시면 되죠."

아버지의 눈썹이 꿈틀했다. "너희 집?"

다카유키는 방 안을 둘러보았다. 벽에 금 간 데가 눈에 들어왔다.

"장사를 그만하실 거라면 이런 불편한 집에서 사실 필요 없어요. 우리하고 함께 사시면 돼요. 집사람도 좋다고 했으니까."

아버지는 흥 하고 코를 울렸다. "그 좁은 집에서?"

"아뇨, 실은 이사할 생각이에요. 슬슬 내 집을 장만하자고 얘기가 되어서요."

노안경 너머에서 아버지의 눈이 큼직해졌다. "네가 집을?"

"뭐, 이상한 얘기도 아니잖아요? 나도 이제 곧 마흔이에요. 여기 저기 물건을 찾고 있는 중이에요. 그 참에 아버지를 어떻게 할까 하는 얘기가 나왔죠."

아버지는 슬며시 얼굴을 돌리며 손을 내저었다. "내 걱정은 할 거 없어."

"아이, 왜요."

"내 일은 내가 알아서 어떻게든 할 거야. 너희들 신세는 안 진다."

"아무리 그러셔도 이건 아니죠. 변변한 수입도 없이 어떻게 사시 려고요."

"괜한 참견 마라. 내가 어떻게든 하겠다잖아."

"어떻게 하시려고……."

"글쎄 시끄럽다." 아버지의 목소리가 날카로워졌다. "너, 내일 여 기서 회사로 곧장 출근하지? 그럼 일찍 일어나야겠네. 쓸데없는 소리 말고 얼른 목욕하고 자. 내가 지금 바빠. 할 일이 있다고."

"할 일이라니, 그 답장 편지 쓰는 거요?" 다카유키가 턱을 쑥 내 밀며 물었다.

아버지는 말없이 편지지를 노려보고 있었다. 더 이상 대답할 마 음이 없는 것 같았다.

한숨을 내쉬며 다카유키는 자리에서 일어났다. "그럼 목욕할게 요."

하지만 여기에 대해서도 대답은 없었다.

나미야 잡화점의 욕실은 좁다. 오래된 스테인리스 욕조 안에 웅크리듯이 팔다리를 접고 앉아서 다카유키는 창밖을 바라보았다. 바로 옆에 큰 소나무가 있어서 그 가지가 살짝 보였다. 어렸을 때부터 눈에 익은 풍경이다.

아마도 아버지는 잡화점이 아니라 고민 상담 쪽에 미련이 있는 것 같았다. 가게를 접고 이곳을 떠나버리면 상담도 함께 끝난다고 생각하는 것이다. 그건 당연히 그렇다고 다카유키도 생각했다. 그동안에는 상담자들이 가까운 데 잠깐 놀러 오는 기분이라서 마음 편히 상담도 할 수 있었다.

지금 당장 아버지의 즐거움을 빼앗는 것은 너무 심한 일인가, 하고 생각했다.

다음 날 아침은 오전 6시에 일어났다. 옛날부터 그 자리에 있던 태엽식 자명종이 도움이 되었다. 이 층 방에서 옷을 갈아입고 있는데 창문 밖에서 무슨 소리가 났다. 슬쩍 내려다보니 누군가 우유 상자 옆을 떠나는 참이었다. 하얀 옷차림에 머리가 긴 여자였다. 얼굴은 보이지 않았다.

다카유키는 방을 나와 일 층으로 내려갔다. 아버지도 벌써 일어나 주방에서 냄비에 물을 끓이고 있었다.

안녕히 주무셨어요, 하고 인사를 건넸다.

"어, 일어났나?" 아버지는 벽시계에 흘끔 눈길을 던졌다. "아침밥 어떻게 할래?"

"됐어요. 지금 바로 나가야 해요. 그보다 어떻게 됐어요, 그 고민 상담?"

아버지는 깡통에서 가쓰오부시를 한 줌 덜어내다가 떨떠름한 얼굴로 다카유키를 보았다.

"답장 썼지. 밤늦도록 쓰고 있었어."

"뭐라고 하셨는데요?"

"그건 알려주면 안 돼."

"아이, 왜요?"

"당연한 거지. 그게 규칙이야. 프라이버시와 관련된 이야기잖아."

어이구 하면서 다카유키는 머리를 긁적였다. 프라이버시, 라는 말을 아버지가 알고 있는 게 뜻밖이었다.

"아까 웬 여자가 우유 상자를 열어 보고 가던데요?"

"뭐라고? 너 그걸 봤어?" 아버지는 나무라는 표정을 보였다.

"그냥 얼핏 눈에 띄었어요. 이 층 창가에서."

"설마 그 여자한테 들킨 건 아니지?"

"아닐 거예요."

"아닐 거라니."

"괜찮아요, 슬쩍 본 거니까."

아버지는 아랫입술을 툭 내밀고 고개를 저었다.

"상담자가 누군지 알려고 해서는 안 돼. 그것도 규칙이야. 누군가 지켜본 걸 알면 그 사람은 두 번 다시 상담 편지를 넣지 못해."

"일부러 보려고 한 게 아니라 우연히 눈에 띄었다니까요."

"허 참, 오랜만에 아들놈이 나타났나 했더니만 도무지 도움이 안 되네." 투덜투덜하면서 아버지는 가쓰오부시 국물을 내기 시작했다.

예예, 죄송합니다, 작은 소리로 말하고 다카유키는 화장실에 들렀다. 볼일을 보고는 세면실에서 이를 닦고 얼굴을 씻는 것으로 출근 준비를 마쳤다. 주방에서는 아버지가 달걀 프라이를 하고 있었다. 혼자 사신 세월이 길어서 그런지 익숙한 손놀림이었다.

"그럼 우선은 괜찮은 거죠?" 아버지의 등에 대고 다카유키는 말했다. "아직은 우리하고 같이 사시지 않아도."

아버지는 아무 말이 없었다. 대답할 필요도 없는 일이라는 뜻인 모양이다.

"알았어요. 그럼 저는 이만 갈게요."

음, 하고 아버지가 낮게 대답했다. 등을 돌린 채였다.

다카유키는 뒷문으로 집을 나섰다. 우유 상자를 슬쩍 열어 보니 안이 텅 비어 있었다.

아버지는 어떻게 답장을 썼을까.

조금, 아니, 아주 많이 궁금했다.

2

다카유키의 직장은 신주쿠에 있다. 야스쿠니 거리를 내려다보는 빌딩의 오 층이다. 업무 내용은 사무기기의 판매와 임대, 고객은 주로 중소기업이 많다. 젊은 사장은 "앞으로는 마이크로컴퓨터 시대"라며 콧김을 내뿜으며 기세를 올리고 있다. 마이크로컴퓨터를 직장마다 한 대씩 들여놓는 게 상식이 되는 시대가 곧 도래할 거라고 한다. 그런 것을 대체 무엇에 쓰나 싶어 문과 출신인 다카유키는 뜨악했지만 사장의 주장에 따르면 그 용도는 무한대란다.

"그러니까 우리도 지금부터 열심히 지식을 쌓아둬야 해." 요즘 사장이 입버릇처럼 하는 말이다.

회사로 누나 요리코의 전화가 걸려온 것은 다카유키가 『마이크로컴퓨터 입문』이라는 책을 읽고 있을 때였다. 뭐가 뭔지 도통 알아먹을 수가 없어서 그만 책을 내던지려던 참이었다.

"미안해, 직장에까지 전화를 해서." 요리코는 미안하다는 듯이 말했다.

"아냐, 괜찮아. 근데 무슨 일이야? 또 아버지?" 누나가 전화를 걸었다면 그것 말고는 없다.

아니나 다를까 누나는, 그렇다니까, 라고 말했다.

"어제 아버지한테 가봤는데 가게 문을 안 열었더라고. 혹시 무슨 얘기 못 들었니?"

"엇, 난 아무 말도 못 들었어. 무슨 일이지?"

"웬일이냐고 물어봤더니 그냥 별일 아니라고만 하시는 거야. 가끔 쉬는 날도 있다고."

"그럼 그런 모양이지."

"근데 그렇지를 않아. 돌아오는 길에 이웃 사람을 붙잡고 내가 물어봤거든. 요즘 나미야 잡화점은 어떠냐고. 그랬더니 일주일 전쯤부터 문을 열지 않았다는 거야."

다카유키는 미간을 좁혔다. "거, 이상하네."

"그치, 이상하지? 게다가 아버지 안색이 좋지 않았어. 어째 부쩍 여위신 것 같고."

"어디 편찮으시면 우리한테 얘기하지 않았을까?"

"나도 그렇게 생각하기는 하는데……"

분명 마음에 걸리는 이야기였다. 지금 아버지에게는 고민 상담이 삶의 가장 큰 보람이다. 그것을 계속하기 위해서는 잡화점이 건재하다는 게 첫째 조건인 것이다.

가게를 접는 게 어떠냐고 설득하러 갔던 게 재작년이다. 그때의 아버지를 생각하면 병이 난 것도 아닌데 가게 문을 열지 않는다는 건 있을 수 없는 일이다.

"알았어. 오늘 회사 일 끝나고 가봐야겠네."

"바쁘겠지만 그렇게 좀 해줄래? 너한테라면 사실대로 말해주실지 모르니까."

글쎄 그러실까, 하고 고개를 갸웃거리면서도 "응, 물어볼게"라고 대답하고 수화기를 내려놓았다.

퇴근 시간에 회사를 나와 아버지 집으로 향했다. 중간에 공중전화로 집에 연락했다. 사정을 이야기하자 아내도 걱정스러운 목소리였다.

올 들어서는 정월 초하루에 만나고 이번이 두 번째였다. 아내와 아들을 데리고 내려갔던 것이다. 그때는 아버지도 건강해 보였다. 그로부터 반년이 지났다. 그사이에 무슨 일이 있었던 걸까.

나미야 잡화점에 도착한 것은 오후 9시를 조금 지났을 즈음이었다. 다카유키는 걸음을 멈추고 가게를 바라보았다. 셔터 문이 내려진 것은 그렇다 쳐도 가게 전체에서 생기가 사라진 것처럼 느껴졌다.

뒤편으로 돌아가 문손잡이를 돌렸다. 웬일로 문이 잠겨 있었다. 다카유키는 여벌 열쇠를 꺼냈다. 이 열쇠를 써보는 게 몇 년 만인가.

문을 열자 주방 불이 꺼져 있었다. 안에 들어가보니 안방에서 아버지가 이불을 덮고 누워 있었다.

소리를 들었는지 부스스 몸을 돌려 이쪽을 보았다. "어, 웬일이냐."

"웬일은요, 누나가 전화했더라고요. 가게 문 안 열었다면서요, 게다가 일주일씩이나."

"요리코가? 걔는 참말로 쓸데없는 소리를."

"쓸데없는 소리가 아니에요. 아버지, 무슨 일이에요, 어디 편찮으세요?"

"별거 아니야."

그 말은 역시 어딘가 몸이 좋지 않다는 얘기다.

"어디가 아프신데요?"

"글쎄 별거 아니라니까. 딱히 어디가 아프거나 힘들지는 않아."

"그럼 뭔데요, 왜 가게 문을 안 여셨어요? 말씀을 해보세요."

그래도 아버지는 묵묵부답이었다. 또 괜한 고집을 부리신다고 생각했다. 하지만 아버지의 얼굴을 보고는 흠칫했다. 미간에 깊은 주름이 지고 입은 한일자로 굳게 닫혀 있었다. 그 표정에 깊은 고뇌의 빛이 배어 있었다.

"아버지, 대체 왜……."

"다카유키." 아버지가 입을 열었다. "방 있냐?"

"방? 무슨 방?"

"너 사는 데 말이야, 도쿄에."

아, 예, 하고 고개를 끄덕였다. 작년에 도쿄 미타카의 단독주택을 사들였다. 오래된 집이지만 입주 전에 리모델링을 했다. 물론 아버지도 새집을 보러 왔었다.

"남는 방, 없는 거 아니야?"

아버지가 무슨 말을 하는지 알아들었다. 그와 동시에 의외라는 마음이 들었다.

있죠, 하고 다카유키는 말했다.

"아버지 방은 벌써 준비해뒀어요. 일 층 다다미방, 지난번에 오셨을 때 보여드렸죠? 조금 좁긴 하지만 햇볕도 잘 들어요."

아버지는 크게 한숨을 내쉬고 눈썹 위를 긁적였다.

"네 집사람은 어때, 정말로 이해해주겠어? 어렵사리 내 집 장만해서 군식구 없이 잘 살고 있는데 이런 영감이 밀고 들어가면 폐가 될 거 아니냐."

"그건 괜찮아요. 집 살 때, 아버지 모시기로 하고 거기에 맞는 집을 골랐는데요, 뭐."

"……그러냐."

"함께 살기로 하신 거예요? 아버지, 우리는 언제라도 좋아요."

"그래, 알았다." 아버지는 심각한 표정인 채로 말했다. "그럼 신세 좀 져야겠다."

다카유키는 가슴이 미어지는 것 같았다. 마침내 이런 날이 왔구나. 하지만 그런 마음을 겉에 드러내지 않도록 조심했다.

"마음 편히 오셔도 돼요. 그나저나 어쩐 일이시래. 전에는 아직 한참 더 가게 계속할 거라고 하셨는데. 역시 어디 불편하신 거 아니에요?"

"그렇지 않아. 괜한 걱정 하지 마라. 뭐랄까, 그게……" 아버지는 잠시 뜸을 들이다가 말을 이었다. "이제 슬슬 빠질 때가 된 게야."

다카유키는 고개를 끄덕였다. 예에, 라고 대답했다. 아버지가 그렇다고 말씀하시니 대꾸할 말이 없었다.

아버지가 나미야 잡화점을 떠난 것은 그로부터 일주일 뒤였다. 이삿짐센터에 맡기지 않고 식구들끼리 이사를 했다. 우선 꼭 필요한 물건만 가져가고 나머지는 가게에 남겨두었다. 건물을 어떻게 처분할지 정해지지 않았기 때문이다. 매물로 내놓아도 살 사람이 나설 리 없었다. 당분간은 그대로 두자고 얘기가 되었다.

도쿄 집으로 향하는 도중, 빌려온 트럭의 라디오에서는 서던 올스타즈의 〈사랑스러운 엘리〉가 흘러나왔다. 3월에 발매된 노래인데 대단한 인기를 얻고 있었다.

아내와 아들은 함께 살게 된 할아버지를 환영해주었다. 물론 다카유키는 알고 있었다. 아들은 그렇다 쳐도 아내는 내심 어려워할 터였다. 하지만 그런 속마음을 겉으로 드러내지 않는 현명함과 착한 성품이 아내에게는 있었다. 그래서 결혼한 것이다.

아버지도 아들 집에서의 새로운 생활이 마음에 든 눈치였다. 방 안에서 책을 읽거나 텔레비전도 보고 때로는 산책을 나가기도 했다. 특히 손자 얼굴을 날마다 볼 수 있는 것에 진심으로 흐뭇해하는 것 같았다.

하지만 그런 나날도 그리 길게 이어지지 않았다. 함께 산 지 얼마 안 되어 아버지가 돌연 쓰러지신 것이다. 한밤중에 몹시 힘들어하는 바람에 구급차로 병원에 실려 갔다. 아버지는 극심한 복통을 호소했다. 그런 일은 처음이라서 다카유키는 크게 당황했다.

다음 날, 병원에서 의사의 설명을 들었다. 자세한 검사가 필요하지만 아마 간암일 거라는 말이었다. 게다가 말기예요, 라고 안경을 쓴 의사는 냉철한 어조로 말했다. 치료가 안 된다는 뜻이냐고 다카유키는 다시 물었다. 그렇게 생각하고 준비하시는 게 좋다고 의사는 변함없는 어조로 대답했다. 수술은 무의미하다는 것이었다. 물론 그 자리에 아버지는 없었다. 마취 주사를 맞고 잠들어 있는 동안에 나눈 대화였다.

아버지에게는 병명을 알리지 않기로 이야기가 마무리되었다. 적당히 다른 병명을 의사가 알려주기로 했다. 얘기를 듣고 누나는 꺼이꺼이 울었다. 좀 더 일찍 병원에 모시고 왔어야 한다고 스스로를 책망했다. 그 말을 듣고 다카유키도 괴로웠다. 어쩐지 기운이 없어 보인다는 생각은 했지만 설마 그런 큰 병을 안고 계실 줄은 상상도 못 했다.

아버지의 투병 생활이 시작되었다. 하지만 다행이라고 할까, 고통을 호소하는 일은 거의 없었다. 병문안을 갈 때마다 점점 여위어가는 게 눈에 보여서 괴로웠지만 그래도 침대 위에서나마 비교적 건강하게 지내고 있었다.

그렇게 한 달여가 지났을 즈음이었다. 다카유키가 퇴근길에 병원에 들렀더니 아버지가 웬일로 침대에서 일어나 앉아 창밖을 바라보고 있었다. 이 인실이지만 다른 한 개의 침대는 비어 있었다.

"와아, 좋아 보이시네?" 일부러 환하게 말을 건넸다.

아버지는 아들을 올려다보고는 흐흐 하고 입속웃음을 흘렸다.

"평소에 워낙 바닥을 기고 있잖아. 간간이 올라가는 날도 있어야지."

"살 만하시다니 다행이네. 이거, 단팥빵." 종이봉투를 옆의 선반에 내려놓았다.

아버지는 종이봉투에 시선을 던진 뒤, 새삼 아들의 얼굴을 빤히 쳐다보았다.

"너한테 부탁할 게 좀 있는데."

"뭔데요?"

으응 하고 머뭇거리며 아버지는 시선을 떨구었다. 그렇게 한참을 망설이던 끝에 나온 말은 다카유키가 예상도 못 한 것이었다.

가게에 돌아가고 싶다, 라는 것이었다.

"에이, 거기 가서 뭐 하시게요. 그 몸으로 다시 장사해서 떼돈 버시려고?"

다카유키의 말에 아버지는 고개를 저었다.

"변변한 물건도 없는데 가게를 어떻게 열어. 그건 됐고, 그냥 잠깐 그 집에 돌아가고 싶어서 그래."

"집에 가서 뭐 하시려고요?"

아버지는 다시 입을 다물었다. 말해야 하나 말아야 하나 망설이는 것처럼 보였다.

"아버지, 상식적으로 생각하셔야지. 그 몸으로 혼자 지내실 수는 없잖아요. 누군가 곁에서 아버지를 돌봐드려야 해요. 근데 그러기는 좀 힘들다는 거, 잘 아시면서."

그러자 아버지는 미간을 좁히며 고개를 저었다.

"누가 돌봐주지 않아도 돼. 나 혼자서도 괜찮아."

"그럴 수가 있나요. 몸도 성치 않으신데 혼자 버려두다니, 그건 안 될 말씀이에요. 절대 그런 소리는 하지 마시고."

아버지는 뭔가를 호소하는 듯한 눈빛을 지그시 던져왔다. "딱 하룻밤이면 돼."

"하룻밤?"

"그래, 하룻밤이야. 하룻밤만 나를 그 집에서 혼자 있게 해달라고."

"그게 무슨 말씀이세요?"

"내가 말해봐야 소용없어. 필시 넌 이해를 못 할걸. 아니, 꼭 네가 아니라 다른 사람이라도 그건 이해를 못 해. 터무니없는 소리라고 귓등으로도 안 듣겠지."

"그거야 얘기를 들어보지 않고서는 모르는 일이잖아요."

아니, 아냐, 하고 아버지는 고개를 돌렸다. "안 돼. 내 말을 안 믿을 거야."

"안 믿을 거라니, 뭘요?"

하지만 그 질문에는 대답하지 않은 채 아버지는 정색을 하고 다카유키를 돌아보았다.

"의사 선생이 얘기 안 하더냐? 언제든 퇴원해도 좋다, 어차피 치료는 못 하니까 본인이 원하는 대로 해줘라, 그런 얘기 안 했어?"

이번에는 다카유키가 침묵할 차례였다. 아버지가 하는 말은 사실이었다. 손대볼 도리도 없고 이제는 언제 어떻게 되실지 모른다는 선고를 받았다.

"얘, 부탁한다, 제발 그렇게 좀 해줘." 아버지가 손을 맞대며 사정했다.

다카유키는 울먹거리는 얼굴이 되었다. "그러지 마세요, 아버지."

"이제 시간이 없어. 아무 말 말고, 아무것도 묻지 말고, 내가 하자는 대로 해줘."

늙은 아버지의 말이 다카유키의 가슴에 뭉클하게 다가왔다. 도무지 무슨 영문인지 알 수 없었지만 아버지의 소원을 들어주고 싶다는 마음이 절로 들었다.

다카유키는 한숨을 내쉬었다. "언제 가면 돼요?"

"가능한 한 빠른 편이 좋아. 오늘 밤은 어떠냐?"

"오늘 밤?" 저도 모르게 눈을 둥그렇게 떴다. "어째 또 그렇게 급하게……."

"글쎄 시간이 없다니까."

"그래도 식구들한테 설명도 해야 하고……."

"그럴 필요 없어. 요리코에게는 아무 말 마라. 병원에는 잠시 집에 다녀온다고 하면 돼. 여기서 직접 가게로 가자."

"아버지, 대체 왜 그러시는지 이유를 말씀해보세요."

아버지는 고개를 돌려버렸다. "얘기 들으면 너는 안 된다고 할 게야."

"안 그래요. 약속할게요. 가게에는 제가 꼭 모시고 갑니다. 그러니까 얘기해보세요."

아버지가 천천히 얼굴을 들어 다카유키를 바라보았다. "정말이지? 내가 하는 얘기, 믿어줄 거지?"

"그럼요, 아버지 말씀 믿을게요. 사나이 대 사나이로 약속해요."

좋아, 하고 아버지는 고개를 끄덕였다. "그렇다면 얘기하마."

3

조수석에 앉은 아버지는 차 안에서 거의 말이 없었다. 그렇다고 잠이 든 것 같지도 않았다. 병원을 나와 세 시간쯤 달려서 눈에 익은 풍경이 보이자 반가운 듯 빤히 창밖을 내다보기 시작했다.

오늘 밤 아버지를 병원 밖으로 모시고 나왔다는 얘기는 아내에게만 했다. 몸이 아픈 아버지를 지하철에 태울 수는 없으니 차가 필요한 데다 오늘 안으로 집에 돌아가지 못할 가능성이 있었다.

저만치 나미야 잡화점이 보였다. 다카유키는 작년에 사들인 시빅 자동차를 천천히 가게 앞에 붙였다. 사이드브레이크를 당긴 뒤에 시계를 보니 오후 11시를 조금 넘어선 시각이었다.

"자, 다 왔습니다."

키를 빼고 운전석에서 일어나려고 하자 아버지의 손이 그의 허벅지를 지그시 눌렀다.

"여기까지, 됐다. 너는 그만 돌아가."

"아뇨, 그래도……."

"내가 몇 번이나 말했지. 나 혼자서도 괜찮아. 곁에 누가 있는 거, 원하지 않아."

다카유키는 시선을 떨구었다. 아버지의 심정은 이해가 되었다. 그 기묘한 이야기를 믿는다면 그렇다는 말이지만.

미안하다, 라고 아버지가 말했다.

"여기까지 데려다줬는데 나 좋을 대로 고집만 부리고."

"아뇨, 그건 괜찮은데……." 다카유키는 코 밑을 쓱 비볐다. "그럼 날이 훤해지면 다시 올게요. 그때까지 어디서 시간을 때우면 되니까요."

"차 안에서 자려고? 그건 안 돼. 몸에 안 좋아."

다카유키는 혀를 차며 말했다.

"지금 그런 걱정 하실 때예요? 아버지가 중환자면서. 아니, 내 입장도 좀 생각해주셔야죠. 몸도 아픈 아버지를 폐가 같은 곳에 혼자 두고 내가 어떻게 집에 갑니까. 어쨌거나 날 밝으면 내가 와야 해요. 그러느니 차 안에서 기다리는 게 더 편해요."

아버지의 얼굴이 일그러지면서 주름이 한층 깊어졌다. "……미안하다."

"정말 혼자서도 괜찮지요? 아침에 보러 갔더니만 깜깜한 데서 길게 뻗어 계시거나 그러면 안 돼요, 진짜."

"응, 안 그러마. 게다가 전기를 끊지 않았으니까 집 안이 깜깜할 일도 없어." 그러더니 아버지는 조수석 문을 열고 두 발을 땅바닥에 내렸다. 위태위태한 동작이었다.

아 참, 하면서 아버지가 돌아보았다.

"중요한 걸 잊을 뻔했다. 너한테 이걸 전해줘야 하는데." 다카유키에게 내민 것은 한 통의 편지였다.

"이건 뭐예요?"

"사실은 유언장으로 남길 생각이었어. 그런데 아까 너한테 모두 다 얘기했으니까 지금 건네줘도 문제없을 게야. 아니, 오히려 그게 더 좋겠다. 내가 안에 들어간 다음에 읽어봐라. 그리고 거기 적힌 대로 해주겠다고 맹세해. 그러지 않으면 지금부터 하는 일이 아무 의미도 없게 돼."

다카유키는 봉투를 받아 들었다. 앞면에도 뒷면에도 아무것도 적혀 있지 않았다. 하지만 안에 편지가 들어 있는 것 같았다.

"그럼 잘 부탁한다." 아버지는 차에서 내려 병원에서 가져온 지팡이를 짚으며 걷기 시작했다.

다카유키는 아무 말도 건넬 수 없었다. 할 말이 생각나지 않았다. 아버지는 아들을 한 번도 돌아보는 일 없이 가게와 창고 틈새의 통로로 사라져갔다.

한참 동안 다카유키는 멍하니 앉아 있었다. 문득 정신이 들어서 손에 든 봉투를 확인했다. 역시 편지가 들어 있었다. 그곳에 적혀 있는 것은 참으로 기묘한 내용이었다.

다카유키에게

이것을 읽을 즈음에는 이미 나는 이 세상 사람이 아닐 것이다. 참으로 섭섭하기가 이루 말할 수 없다만 어찌할 도리가 없구나. 게다가 섭섭하다고 느낄 줄 아는 내 마음도 이미 사라지고 없을 것이다.

너에게 이 편지를 남긴 이유는 다름 아니라 꼭 부탁할 일이 있기 때문이다. 무슨 일이 있어도 반드시 내 부탁을 들어주어야 한다.

부탁할 일이란 한마디로 말하면 '공고문'을 내달라는 것이다. 내 서른세 번째 제삿날이 다가오면 어떤 방법으로든 상관없으니 세상 사람들에게 꼭 알려주기 바란다. 어떤 공고문인가 하면 아래와 같은 것이다.

○월　○일(여기에는 제사 날짜를 기입하도록 해라) 오전 0시부
터 새벽까지 나미야 잡화점의 상담 창구가 부활합니다. 예전에 나미
야 잡화점에서 상담 편지를 받으셨던 분들에게 부탁드립니다. 그 편
지는 당신의 인생에 어떤 영향을 끼쳤습니까? 도움이 되었을까요.
아니면 아무 도움도 되지 못했을까요. 기탄없는 의견을 보내주시면
고맙겠습니다. 그때처럼 가게의 셔터 우편함에 편지를 넣어주십시
오. 꼭 부탁드립니다.

　　너로서는 무슨 영문인지도 모르는 부탁일 것이다. 하지만 내게는
무척 중대한 문제다. 괴이한 일로 생각되겠지만 부디 내 소원을 들
어주기 바란다.

아비 씀

두 번을 거듭 읽고 다카유키는 혼자서 쓴웃음을 지었다.

미리 아무 설명도 듣지 못한 채 이런 이상한 유언장을 받았다
면 나는 어떻게 했을까. 그 답은 명백하다. 아마도 무심히 넘겨버
렸을 것이다. 죽음이 코앞에 닥친 상황에서 아버지가 약간 정신이
혼미해졌던 거라고 해석하고 그걸로 그냥 끝이다. 처음에야 약간
마음에 걸리겠지만 그것도 금세 흐지부지되었을 것이다. 금세 잊
지는 않더라도 삼십 년 후라면 기억 한 조각조차 남김없이 사라질
것이다.

하지만 이제 그 기이한 부탁을 흘려 넘길 수는 없다. 아버지의

이야기를 들어버렸기 때문이다. 그리고 그건 아버지의 심각한 고뇌이기도 했다. 그 이야기를 털어놓기 전에 아버지는 오려낸 신문기사 하나를 꺼내 왔다. 이거부터 읽어봐, 라면서 다카유키 쪽으로 내밀었다.

그것은 석 달 전의 기사였다. 이웃한 도시에서 살던 어느 여자의 사망을 알리는 내용이었다. 기사에 의하면, 소형자동차 한 대가 항구에서 바다로 추락하는 것을 많은 사람들이 목격했다. 신고를 받은 경찰과 소방대가 달려왔지만 운전석에 있던 여자는 이미 사망한 뒤였다. 하지만 함께 타고 있던 생후 일 년쯤 된 아기는 차가 추락한 직후에 밖으로 튕겨져 나왔는지 바다에 떠 있는 것이 발견되어 기적적으로 구조되었다. 운전자는 가와베 미도리라는 29세의 여자, 아직 미혼이었다. 차는 아이를 병원에 데려가야 한다면서 친구에게서 빌린 것이었다. 이웃 사람들의 말에 따르면, 어딘가 직장에 나가는 기색도 없고 생활이 곤궁해 보였다고 한다. 실제로 월세가 밀려 그달 말에는 집을 비워줘야 할 형편이었다. 현장에 브레이크를 밟은 흔적이 없는 점 등에 따라 경찰은 이 미혼모가 아기와 함께 동반 자살을 꾀했을 가능성이 높은 것으로 보고 수사하고 있다. 기사는 그렇게 끝이 났다.

이 기사가 우리와 무슨 관계냐고 다카유키는 물었다. 그러자 아버지는 괴로운 듯 미간을 일그러뜨리며 말했다. 그때 그 여자야, 라고.

"임신을 했는데 애아버지가 처자식 있는 사람이라 망설이고 있다는 상담 편지를 보냈던 여자가 있었지? 분명 그때 그 여자야. 사건이 일어난 곳이 이웃 도시, 아이가 생후 일 년이라는 점도 일치해."

에이, 설마요, 라고 다카유키는 말했다. 그저 단순한 우연 아닐까.

하지만 아버지는 고개를 저었다.

"그때 상담한 여자는 '그린 리버'라는 가명을 사용했어. 그리고 이 사고로 죽은 여자의 이름은 가와베 미도리川边緑…… 한자 그대로 해석하면 초록색 강이라는 뜻이야. 이게 우연이겠냐? 나는 그렇지 않다고 생각한다."

다카유키는 아무 말도 할 수 없었다. 분명 우연이라고 하기에는 지나치게 맞아떨어진다.

게다가, 라고 아버지는 말을 이었다.

"이 여자가 그때의 상담자냐 아니냐는 그리 큰 문제가 아니야. 중요한 것은 그때의 내 답장이 정말로 옳은 답이었느냐는 것이지. 아니, 그때뿐만이 아니야. 지금까지 보낸 무수한 답장이 각 상담자들에게 어떤 영향을 끼쳤는지, 그게 중요해. 나로서는 매번 열심히 머리를 짜서 답장을 써왔다고 생각한다. 대충 써 보낸 적은 한 번도 없다고 단언할 수 있어. 하지만 과연 그 답장이 상담자들에게 도움이 되었는지는 전혀 모르고 있어. 어쩌면 내 충고대로 했다가 어처구니없이 불행해진 경우가 있을 게야. 그것을 깨달은 순간, 나는 참말로 어떻게 해야 할지 모르겠더라. 더 이상 마음 편히 답장을 쓸 마음이 나지 않았어. 그래서 가게를 걷어치웠다."

그랬구나, 하고 다카유키는 이제야 깨달았다. 가게 문은 닫을 수 없다고 고집하던 아버지가 왜 갑작스럽게 마음이 바뀌어 장사를 접어버렸는지 내내 큰 수수께끼였다.

"너희 집에서 신세를 지게 된 뒤에도 내내 그 생각이 머릿속을 맴돌았어. 내가 보낸 답장으로 누군가의 인생이 뒤틀렸는지도 모른다고 생각하면 잠이 오지 않았지. 병으로 쓰러졌을 때도 이건 천벌이 아닌가 싶더라."

너무 지나친 생각이라고 다카유키는 말했다. 어떤 답장을 보냈든 마지막 결단을 내린 것은 상담자 자신이다. 설령 불행한 결과를 낳았다 해도 아버지가 책임을 느낄 필요는 없는 일이다.

하지만 아버지는 그렇게는 받아들일 수 없는 모양이었다. 다음 날도 그다음 날도 병실 침대에서 내내 그 생각만 하고 있었다. 그러더니 언제부터인가 이상한 꿈을 꾸었다. 다름 아닌 나미야 잡화점의 꿈이었다.

"한밤중이야. 누군가 가게 셔터 우편함에 편지를 넣고 있어. 그리고 내가 그 모습을 어디선가 바라보고 있어. 어딘지는 모르겠어. 하늘에서인 것도 같고 그 사람 바로 옆인 것 같기도 해. 아무튼 지켜보고 있어. 게다가 그게 한참 세월이 지난 뒤, 이를테면 몇십 년 뒤의 일이야. 어떻게 그런 줄 알았느냐고 하면 막상 대답은 못 하겠지만 아무튼 그래."

그 꿈을 거의 매일 밤 꾼다는 것이다. 이윽고 아버지는 깨달았다. 이건 단순한 꿈이 아니다. 미래에 일어날 일을 예지하는 것이다, 라고.

"셔터 우편함에 편지를 넣는 이들은 예전에 내게 상담 편지를 보내고 답장을 받았던 사람들이야. 내 답장으로 자신의 인생이 어떻게 바뀌었는지, 그걸 알려주려는 거야."

그 편지를 받으러 가야겠다, 라고 아버지는 말하는 것이었다.

미래의 편지를 어떻게 받겠다는 것이냐고 다카유키는 물었다.

"내가 가게에 가면 그 사람들이 보낸 편지를 받을 수 있어. 이상한 얘기지만 나는 그걸 분명하게 알아. 그러니 반드시 가게에 가봐야 해."

아버지의 말투는 분명 이성적이고 견실했다. 노인네의 망상에서 나온 허언은 아닌 것 같았다.

도저히 믿어줄 수 있는 말은 아니었다. 하지만 다카유키는 믿겠노라고 약속했다. 아버지의 소원을 들어주지 않을 도리가 없었다.

4

다카유키가 좁은 시빅 자동차 안에서 눈을 떴을 때, 주위는 아직 어슴푸레했다. 차내등을 켜고 시각을 확인했다. 몇 분만 지나면 오전 5시다.

공원 옆 길가에 차를 세우고 그곳에서 밤을 새웠다. 뒤로 한껏 젖혀둔 등받이를 다시 세우고 우두둑 소리 나게 목 돌리기를 한 다음에 차에서 내렸다.

공원 화장실에서 볼일을 보고 얼굴을 씻었다. 어렸을 때 날마다 뛰어놀던 공원이다. 화장실을 나와 공원 안을 둘러보고 생각보다 훨씬 좁은 곳이라는 것에 좀 놀랐다. 이렇게 좁은 곳에서 어떻게 야구를 했었는지, 신기했다.

차에 돌아와 시동을 걸었다. 헤드라이트를 켜고 천천히 출발했다. 여기서부터 집까지는 거리로 불과 수백 미터다.

하늘이 부옇게 밝아왔다. 나미야 잡화점 앞에 도착했을 때는 간판 글씨가 보일 만큼 훤해져 있었다.

다카유키는 차에서 내려 가게 뒤로 돌아갔다. 뒷문은 닫혔고 안에서 잠겨 있었다. 주머니에 여벌 열쇠가 있었지만 노크를 해보기로 했다. 문을 두드리고 기다리기를 수십 초, 문짝 너머에서 희미하게 소리가 들려왔다. 자물쇠가 열리는 소리였다. 문이 열리고 아버지 얼굴이 보였다. 온화한 표정이었다.

"이제 슬슬 괜찮겠다 싶어서 왔어요." 다카유키는 그렇게 말을 건넸다. 목소리가 컬컬해져 있었다.

"응, 일단 들어와라."

다카유키는 안에 들어서서 뒷문을 탁 닫았다. 그 순간, 공기가 출렁 흔들리는 것을 감지했다. 외부 세계와 단절되는 듯한 느낌이었다.

구두를 벗고 올라섰다. 몇 달째 방치해두었는데도 실내는 별로 상한 데가 없었다. 먼지도 각오했던 만큼 많지 않았다.

"의외로 깨끗하네. 창문 열고……."

창문 열고 환기를 하신 것도 아닐 텐데, 라고 뒤를 이으려다가 다카유키는 그 말을 꿀꺽 삼켰다. 주방 식탁 위의 광경이 눈에 띄었기 때문이다.

식탁 위에는 편지 봉투들이 나란히 놓여 있었다. 십여 통이나 될까. 모두 깨끗한 봉투였다. 그 대부분이 받는 사람 칸에 '나미야 잡화점 님께'라고 적혀 있었다.

"이, 이게, 간밤에 온 편지들?"

아버지는 고개를 끄덕이며 의자에 앉았다. 편지들을 잠시 바라본 뒤에 다카유키에게로 시선을 돌렸다.

"내 짐작이 맞았어. 여기 와서 앉자마자 편지들이 셔터 우편함으로 차례차례 들어오더라. 마치 내가 돌아오기를 기다린 것처럼 말이야."

다카유키는 고개를 가로저었다.

"아버지 들어가신 뒤에 내가 한참이나 가게 앞에 있었는데? 계속 지켜봤는데 찾아온 사람은 아무도 없었어요. 누가 오기는커녕 그 앞을 지나간 사람도 없었다니까."

"그랬냐? 하지만 나는 이렇게 편지를 받았어." 아버지는 두 팔을 펼쳤다. "미래에서 온 답장이야."

다카유키는 의자를 당겨 아버지와 마주 앉았다. "진짜 믿을 수가 없네……."

"어허, 내 말을 믿는다고 하더니?"

"아니, 그거야 뭐, 믿기는 믿었지만 그래도……."

아버지가 쓴웃음을 지었다.

"속으로는 설마 그런 일이 있겠냐고 생각했구먼? 근데 막상 이 편지들을 보니까 어때, 혹시 이것도 다 내가 미리 준비한 것이라고 할 테냐?"

"아이, 아니죠. 시간적으로 이런 걸 준비할 만한 여유가 없었는데요, 뭘."

"편지 봉투며 편지지를 이만큼이나 준비하기도 힘들지. 혹시 오해할까 봐 말해두는데, 여기 이 편지지나 봉투 중에 우리 잡화점에서 팔던 물건은 하나도 없다."

"네, 알아요. 모두 다 처음 보는 것들이네요."

다카유키는 적잖이 혼란스러웠다. 이런 옛날이야기 같은 일이 과연 가능할까. 누군가의 교묘한 속임수에 넘어간 게 아닌가 하는 의심까지 들었다. 하지만 굳이 이런 번거로운 짓을 해가며 사람을 속일 이유가 없다. 죽음을 눈앞에 둔 노인네를 속여서 무슨 득을 볼 것인가.

미래에서 온 편지. 그런 기적이 일어났다고 생각하는 게 오히려 합리적일지도 모른다. 그리고 이게 사실이라면 참으로 엄청난 일이다. 정말로 미래에서 온 것이라면 크게 흥분해야 할 순간이다. 하지만 마음이 냉정을 잃지 않았다. 약간 혼란스럽기는 하지만 스스로도 뜻밖일 만큼 침착했다.

"그래서, 다 읽어보셨어요?" 다카유키는 물었다.

고개를 끄덕이더니 아버지는 편지 봉투 하나를 집어 들었다. 안에서 편지를 꺼내 다카유키에게 내밀었다. "읽어봐라."

"봐도 돼요?"

"그건 별문제 없을 게야."

다카유키는 편지를 펼쳐 보았다. 어라 하는 소리가 나온 것은 손으로 쓴 편지가 아니었기 때문이다. 하얀 종이에 활자가 인쇄된 것이었다. 그 말을 하자 아버지는 고개를 끄덕였다.

"반절 넘는 편지가 그런 식으로 인쇄된 편지야. 아무래도 미래에는 사람들이 쉽게 인쇄할 수 있는 기계를 각자 갖고 있는 모양이야."

그것만으로도 미래에서 온 편지라는 게 입증되었다. 다카유키는 한 차례 심호흡을 하고 편지를 읽어 내려갔다.

나미야 잡화점 님께

정말 상담 창구가 부활할까요. 하룻밤뿐이라고 하던데 그건 어째서일까요. 어떻게 할까 한참을 망설였지만, 속는 셈 치고 보내보자는 생각에 이 편지를 쓰고 있습니다.

벌써 사십여 년 전의 일이군요. 저는 다음과 같은 질문을 보냈었습니다.

공부하지 않고도 시험에서 백 점을 맞으려면 어떻게 해야 할까요?

초등학생 때의 일이지만 참으로 어리석은 질문이었어요. 그래도 이 질문에 대해 나미야 씨는 훌륭한 답을 주셨습니다.

'선생님께 부탁해서 당신에 대한 시험을 치게 해달라고 하세요. 당신에 관한 문제니까 당신이 쓴 답이 반드시 정답입니다. 그러면 백 점 만점을 받을 수 있어요.'

이 답장을 읽었을 때는 단순한 말장난이라고 생각했었죠. 국어나 산수 과목에서 백 점 맞는 방법을 알고 싶었으니까요.

하지만 나미야 씨의 답장은 제 기억 속에 오래도록 남았습니다. 중고등학생이 되어서도 시험을 볼 때마다 생각났어요. 그만큼 인상 깊었다는 얘기입니다. 어린아이의 짓궂은 질문을 진지하게 대해주신 게 기뻤던 것이겠지요.

하지만 그 대답이 정말 훌륭했구나 하고 실감한 것은 학교에서 아이들을 가르치게 된 다음입니다. 그렇습니다, 저는 교사가 되었습니다.

교단에 선 지 얼마 안 되었을 때, 저는 벽에 부딪혔습니다. 반 아이들이 제게 마음을 열지 않고 좀처럼 제 말을 듣지 않았습니다. 아이들끼리도 별로 사이가 좋지 않아서 뭔가를 시도해봐도 전혀 진척되지 않았습니다. 아이들은 제각각 따로따로 놀고 몇몇 친한 친구 외에는 서로가 데면데면한 분위기였습니다.

나름대로 다양한 방법을 써봤습니다. 모두 함께 운동이나 게임도 해보고 토론회를 갖기도 했습니다. 하지만 하는 족족 실패였습니다. 다들 그리 내키는 얼굴이 아니었어요.

그러던 중에 한 아이가 말하더군요. 이런 건 하고 싶지 않다, 시험에서 백 점이나 맞게 해주면 좋겠다, 라고요.

그 말을 듣고 아하 싶었습니다. 괜찮은 생각이 떠오른 것입니다.

이미 짐작하셨겠지만, 약간 특이한 필기시험을 실시한 것이에요. 명칭은 '친구 시험'입니다. 우리 반 아이들 중 한 명을 무작위로 선정해서 그 아이에 관해 다양한 문제를 풀어보는 것입니다. 생년월일, 주소, 형제 관계, 보호자의 직업 같은 것에서부터 취미, 특기, 좋아하는 탤런트 같은 것도 문제로 만들었습니다. 시험이 끝나면 해당 학생이 나서서 정답을 말합니다. 채점은 각자가 합니다.

처음에는 아이들이 당황하는 기색이었지만 두세 번 하는 사이에 점점 흥미를 보였습니다. 이 시험에서 높은 점수를 얻는 비결은 딱 한 가지, 반 친구에 대해 잘 알아두는 것입니다. 그러니 갈수록 서로서로 긴밀하게 커뮤니케이션을 하게 되었지요.

햇병아리 교사였던 저에게는 정말 큰 경험이었습니다. 괜찮은 선생님이 될 수 있겠다는 자신감이 붙었고, 실제로 지금까지 잘 헤쳐 나왔습니다.

모두 나미야 씨 덕분입니다. 항상 감사드리고 싶은 마음은 있었는데 그 방법을 알 수 없었어요. 이번에 이런 기회를 얻어서 참으로 기쁘게 생각합니다.

백 점짜리 꼬마 드림

PS. 이 편지는 나미야 씨의 가족분께서 가져가시는지요.
그렇다면 부디 나미야 씨의 제단에 올려주십시오. 잘 부탁드립니다.

다카유키가 편지를 다 읽고 고개를 들자마자 아버지가 물었다.

"어떠냐, 네 생각에는?"

"아휴, 참 잘됐네요." 우선 그렇게 말했다. "이 질문, 나도 기억나요. 공부 안 하고 백 점 맞는 방법을 알려달라던 녀석. 그때 그 꼬마가 이런 편지를 보낼 줄이야."

"나도 놀랐어. 게다가 감사 인사까지 해주다니. 반쯤 장난삼아 보내온 질문이라서 나도 그저 순간적인 기지를 발휘해 대답해주었을 뿐인데."

"그걸 이 사람은 지금껏 잊지 않은 거군요."

"그런 모양이야. 잊지 않았을 뿐만 아니라 자기 나름대로 새겨서 인생에 되살렸어. 이 사람은 나한테 감사하다는데 그럴 필요가 없는 일이야. 일이 잘 풀린 건 전적으로 이 사람의 힘이야."

"그래도 이 사람은 기뻤을 거예요. 농담 삼아 보낸 질문을 무시하지 않고 진지하게 대해준 거. 그래서 계속 기억하고 있었겠죠."

"그런 거야 참 별일도 아닌데 말이야." 아버지는 편지들을 둘러보았다. "다른 편지도 그래. 대부분 내 답장에 감사하고 있어. 물론 고마운 일이지만, 가만 읽어보니 내 답장이 도움이 된 이유는 다른 게 아니라 본인들의 마음가짐이 좋았기 때문이야. 스스로 착실하게 살자, 열심히 살자, 하는 마음이 없었다면 아마 내 답장도 아무 소용이 없었겠지."

다카유키는 고개를 끄덕였다. 동감이었다.

"그걸 알게 되셨으니 다행이죠. 아버지가 하신 일이 잘못된 게 아니었다는 뜻이니까."

"흠, 그런가." 아버지는 손끝으로 뺨을 긁적이더니 다시 편지 하나를 집어 들었다. "네가 읽어봐야 할 편지가 하나 더 있어."

"제가요? 왜……".

"읽어보면 알아."

다카유키는 편지를 꺼내 펼쳐 들었다. 이번에는 직접 쓴 편지였다. 단정한 글씨가 빼곡히 이어졌다.

나미야 잡화점 님께

오늘 밤 단 하루 상담 창구가 부활한다는 소식을 인터넷을 통해 접하고 가만히 있을 수 없어 이렇게 펜을 들었어요.

사실 저는 나미야 잡화점에 대해서는 얘기로만 들었습니다. 나미야 님에게 상담 편지를 보낸 사람은 제가 아니고 다른 사람이에요. 그게 누구인지 밝히기 전에 우선 제가 자라온 과정을 말씀드릴게요.

어렸을 때, 저는 아동복지시설에 있었습니다. 언제부터 그곳에 있었는지 전혀 기억이 나지 않아요. 그저 깨닫고 보니 다른 아이들과 함께 거기서 살고 있었죠. 그것이 특별한 일이라는 생각도 해본 적이 없었어요.

하지만 학교에 입학하면서 의문을 갖기 시작했습니다. 왜 나한테는 부모님이 없을까. 왜 나한테는 집이 없을까.

어느 날인가, 가장 마음을 터놓고 지내던 시설의 여직원이 내가 그곳에 맡겨진 사연을 들려주었습니다. 그분 말에 의하면, 내가 한 살 때 어머니가 사고로 돌아가셨다고 합니다. 아버지는 원래부터 없었다고 하더군요. 자세한 사정은 좀 더 크면 알려주겠다고 했어요.

대체 무슨 사연일까. 왜 나한테는 아버지가 없을까. 뭔가 석연치 않은 채, 세월만 흘러갔죠.

그리고 중학생 때였어요. 사회 시간에 자신이 태어난 해를 조사해보라는 숙제를 내줬어요. 그래서 도서관에 가서 축쇄판 신문을 뒤적이다가 우연히 한 가지 기사를 발견했습니다.

소형차가 바다에 추락하여 운전자 가와베 미도리라는 여자가 사망했다는 기사였어요. 생후 일 년 된 아기와 함께 타고 있었고 브레이크를 밟은 흔적이 없는 것으로 보아 동반 자살을 꾀했을 가능성이 높다고 나와 있었습니다. 어머니 이름도 알고, 예전에 어느 동네에서 살았는지도 알고 있었기 때문에 이 기사는 나와 어머니에 대한 것이 틀림없다고 확신했어요.

나는 큰 충격을 받았습니다. 어머니의 죽음이 사고사가 아니라 자살이라는 것도 충격이었지만, 동반 자살을 꾀했다는 것, 그러니까 어머니가 나를 죽게 하려고 했다는 것에 정말 큰 충격을 받았어요.

도서관을 나온 뒤, 나는 시설에 돌아가지 않았습니다. 그러면 어디로 갔느냐고 물어도 저는 대답할 수 없습니다. 나 스스로도 잘 기억이 나지 않기 때문이에요. 그때 제 머릿속에는 나는 이미 죽었어야 할 인간이고 더 이상 살아봤자 별 볼 일 없는 인간이라는 생각뿐이었습니다. 이 세상에서 나를 가장 사랑해야 할 내 어머니의 손에 나는 자칫 죽을 뻔한 거예요. 그렇게 어머니에게조차 버림받은 인간이 살아봤자 무슨 가치가 있을까요.

내가 경찰의 보호조치를 받은 것은 그로부터 사흘째 되던 날입니다. 백화점 옥상의 작은 놀이터 한쪽에서 쓰러진 채로 발견된 거예요. 왜 그런 곳에 갔는지 전혀 모르겠어요. 다만 높은 데서 뛰어내리면 편하게 죽을 수 있을 거라고 생각했던 기억이 납니다.

나는 병원에 실려 갔습니다. 몹시 쇠약한 데다 손목을 무수히 그어놓은 상처가 있었기 때문이죠. 항상 소중한 물건처럼 품고 다니던 가방에서는 피 묻은 커터 칼이 발견되었습니다.

한참 동안 나는 어느 누구와도 말을 나누지 못했습니다. 아니, 사람과 얼굴을 마주하는 일조차 고통스러웠어요. 밥을 거의 먹지 않아 하루하루 여위어갔습니다.

그러던 중에 병실에 손님이 찾아왔습니다. 시설에서 가장 친하게 지내던 친구였어요. 나와 동갑이고, 그 친구에게는 장애아 남동생이 있었어요. 부모의 폭력에 시달리다가 둘이 함께 시설에 왔다고 들었습니다. 그 친구는 노래를 잘하고 나도 음악을 좋아해서 그것 때문에 서로 친해졌습니다.

그 친구 앞에서라면 나도 말을 할 수 있었습니다. 그저 그런 평범한 이야기를 나눈 뒤에 그 친구가 갑작스럽게 그러더군요. 오늘 아주 중요한 것을 알려주러 왔다, 라고요. 시설 여직원에게서 나의 출생에 대해 자세히 들었고, 그걸 얘기해주고 싶다고 했습니다. 아마 그쪽에서 부탁을 하신 것 같았어요. 그 친구 말고는 내가 다른 어느 누구에게도 입을 열지 않았기 때문이겠지요.

이미 다 아는 얘기다, 더 이상 듣고 싶지 않다, 라고 했어요. 그랬더니 친구는 아니라고 고개를 저었습니다. 네가 알고 있는 것은 그야말로 아주 조금이고, 실제로는 다른 일들이 아주 많다는 것이었죠.

이를테면 어머니가 돌아가실 당시의 몸무게를 알고 있느냐고 그 친구가 물었습니다. 그런 걸 내가 어떻게 알겠느냐고 했더니, 삼십 킬로였다는 거예요. 그래서 뭐가 어떻다는 거냐고 말하려다가 나는 다시 확인했습니다. 삼십 킬로? 겨우 삼십?

그 친구는 고개를 끄덕이며 다음과 같은 이야기를 해줬어요.

사체로 발견되었을 때, 가와베 미도리는 몹시 마른 상태였다. 경찰이 그녀의 방을 조사해본바, 먹을 것이라고는 분유 외에는 거의 없었다. 냉장고에도 이유식이 담긴 그릇 하나가 남아 있었을 뿐이다. 관계자의 말에 따르면, 가와베 미도리는 직장도 없고 가진 돈도 바닥이 난 것 같았다. 월세가 밀려 곧 집을 비워줘야 할 처지였다. 하지만 그것뿐이라면, 생각다 못해 동반 자살을 꾀했다는 게 맞는 얘기일 것이다.

하지만 큰 수수께끼가 있었다. 바로 아기였다. 어떻게 아기는 기적적으로 목숨을 건졌는가.

사실 그건 기적 같은 게 아니었다, 라고 그 친구는 말했어요. 하지만 자세한 얘기를 하기 전에 먼저 읽어볼 게 있다면서 친구는 한 통의 편지를 내밀더군요.

그 편지는 어머니 방에서 발견된 것이라고 합니다. 탯줄 같은 것과 함께 어머니가 소중히 챙겨둔 것이어서 줄곧 시설 측에서 보관하고 있었다는 거예요. 시설 직원들은 상의 끝에 때가 되면 내게 그것을 건네주기로 했던 모양이에요.

그 편지는 봉투 속에 들어 있었습니다. 봉투 앞면에 '그린 리버 님에게'라고 적혀 있었고요.

머뭇머뭇 편지를 읽어보았습니다. 훌륭한 글씨체의 편지였어요. 일순 어머니가 쓴 것인 줄 알았죠. 하지만 내용을 읽어보니 그게 아니었어요. 그 편지는 누군가 어머니에게 보낸 것이었어요. 그린 리버는 어머니를 가리키는 또 다른 이름이었던 거예요.

편지 내용은 한마디로 말하면 어머니에게 충고를 해주는 것이었어요. 아마 어머니 쪽에서 그 사람에게 상담을 했던 것 같아요. 내용으로 짐작해보면 어머니는 처자식이 있는 사람의 아이를 임신했고, 낳아야 할지 지워야 할지 고민했던 모양이에요.

출생의 비밀을 알고 나는 다시금 충격을 받았습니다. 불륜 끝에 태어난 목숨이라고 생각하니 참으로 비참한 마음뿐이었어요.

친구 앞에서 나는 어머니에 대한 분노를 내뱉었어요. 왜 나를 낳았는가, 그때 지워버렸더라면 좋았을 텐데, 그랬으면 이렇게 고생할일도 없고 동반 자살 같은 사건도 없었을 텐데, 라고.

그러자 친구는 절대 그렇지 않다면서 편지를 잘 읽어보라고 했어요.

편지를 보낸 사람은 어머니에게 이런 충고를 했습니다.

중요한 것은 태어나는 아이가 행복해질 수 있느냐 하는 점이다. 반드시 부모가 다 있어야만 행복해진다고 할 수는 없다. 아이를 행복하게 해주기 위해서라면 어떤 어려움도 견뎌내겠다는 각오가 있어야 한다. 그런 각오가 없다면 설령 남편이 있다고 해도 아이는 낳지 않는 게 좋다고 말하겠다. 그렇게 끝을 맺고 있었어요.

그러니까 너의 어머니는 너를 행복하게 해주겠다는 각오가 섰기 때문에 너를 낳은 것이라고 그 친구는 말했습니다. 이 편지를 소중히 간직했던 것이 무엇보다 큰 증거라면서요. 그런 어머니가 동반 자살 따위, 절대로 할 리 없다, 라고 친구는 말했습니다.

바다에 추락한 차는 운전석 쪽 창문이 완전히 내려져 있었다고 합니다. 그날은 아침부터 비가 왔기 때문에 차를 몰고 가던 중에 창문을 열었을 리는 없고, 그렇다면 바다에 떨어진 뒤에 열었다고 생각하는 게 타당하다는 것이었어요.

즉 그것은 동반 자살이 아니라 사고였다. 밥을 제대로 먹지 못한 가와베 미도리는 영양실조로 운전 중에 빈혈을 일으킨 게 아닌가 싶다. 자동차를 빌린 것은 아마도 그녀가 말했던 대로 아이를 병원에 데려가기 위해서였을 것이다. 빈혈 때문에 일시적으로 정신을 잃은 그녀는 바다에 추락한 뒤에 퍼뜩 정신이 돌아왔다. 머릿속이 혼란스러운 가운데, 온 힘을 다해 창문을 열었다. 그리고 우선 딸아이부터 차 밖으로 내보냈다. 누군가 구조해주기를 기도하면서.

사체로 발견된 가와베 미도리는 안전벨트조차 풀지 못한 상태였다. 빈혈 때문에 의식이 몽롱했던 것이리라. 참고로 당시 아이는 몸무게가 십 킬로가 넘었다. 가와베 미도리는 자신은 굶으면서도 아기에게는 어떻게든 충분히 먹을 것을 챙겨주었던 것으로 보인다.

그런 이야기를 해준 뒤에 친구는 내게 어떻게 생각하느냐고 물었어요. 그래도 이 세상에 태어난 것을 원망하느냐고요.

내 마음을 저 스스로도 잘 모르겠더군요. 애초에 어머니라고는 한 번도 본 적이 없어요. 원망하는 마음도 그저 추상적인 것이었어요. 그걸 금세 감사의 마음으로 바꾸려고 해봤자 그저 당황스러울 뿐이었지요. 그래서 나는 딱히 아무 생각도 없다고 내뱉었습니다.

차가 바다에 추락한 것은 자업자득이고, 영양실조에 걸릴 만큼 돈이 없었다는 것도 문제다. 아이를 먼저 구해내려는 것은 부모로서 당연한 일이고, 자신이 미처 빠져나오지 못한 것은 머리가 모자라서 그렇다.

제가 그런 말들을 했습니다. 그러고는 친구에게서 뺨을 얻어맞았습니다. 소중한 목숨을 그렇게 하찮게 여겨서는 안 된다면서 엉엉 울더군요. 삼 년 전의 화재를 잊었느냐고 소리치면서요. 저는 그 말을 듣고 아차 싶었습니다.

삼 년 전에 우리 시설에서 화재가 났었어요. 크리스마스 날 밤이었고, 나에게도 몹시 무서운 경험이었죠.

그 친구의 경우에는 남동생이 미처 빠져나오지 못해 자칫하면 목숨을 잃을 뻔했어요. 가까스로 구조된 것은 죽음을 무릅쓰고 구해준 사람이 있었기 때문입니다. 그 사람은 크리스마스 위문 공연을 하러 시설에 찾아온 아마추어 뮤지션이었어요. 저도 기억이 나요. 착해 보이는 얼굴의 남자였지요. 모두 밖으로 대피하는 가운데, 그 사람만은 친구의 부탁을 받고 어린아이를 찾으러 도리어 위층으로 올라갔어요. 그리고 친구의 남동생은 구해냈지만 그 사람은 온몸에 화상을 입고 병원에서 숨을 거두었습니다.

자신과 남동생은 죽을 때까지 그 사람에게 감사하며 빚을 갚을 거라고 친구는 말했습니다. 사람의 목숨이 얼마나 소중한지 아느냐면서 울었어요.

저는 왜 시설 직원들이 그 친구를 내게 보냈는지 그제야 깨달았어요. 어머니에 대해 어떻게 생각해야 하는지, 그 친구보다 더 잘 알려줄 사람은 없다고 생각했겠지요. 그건 정확한 판단이었어요. 그 친구의 눈물을 보고 저도 울었습니다. 함께 추억할 것이 아무것도 없는 내 어머니에게 그제야 순수한 마음으로 감사드릴 수 있었습니다.

그날 이후로 나는 이 세상에 태어난 것을 원망하는 일은 단 한 번도 없었습니다. 지금까지 살아온 여정이 결코 평탄하지는 않았지만, 살아 있어서 비로소 느끼는 아픔도 있다고 생각하며 하나하나 극복해왔습니다.

그런데 항상 마음에 걸렸던 것이 있습니다. 어머니에게 편지를 보내준 분에 대한 것이었어요. 편지 말미에는 나미야 잡화점이라고 적혀 있었죠. 이분은 누구일까. 잡화점이라니, 이건 무슨 뜻일까.

그게 고민을 상담해주던 할아버지라는 얘기는 최근에야 인터넷을 통해 알았습니다. 블로그에 어렸을 때의 추억을 올린 사람이 있었거든요. 그 밖에도 또 없을까 하고 여기저기 찾아보다가 이번 공고를 알게 되었죠.

나미야 잡화점 님.

어머니에게 보내주신 조언, 진심으로 감사드립니다. 저의 감사의 마음을 꼭 전해드리고 싶었어요. 정말 고맙습니다. 저는 지금 자신 있게 말할 수 있어요. 이 세상에 태어나서 정말 좋았다, 라고요.

PS. 저는 요즘 그 친구의 매니저로 일하고 있습니다. 그녀는 음악적 재능을 발휘하여 최고의 인기를 누리는 가수가 되었어요. 그녀도 은혜를 갚고 있는 거예요.

5

두툼한 편지지를 조심조심 접어 다카유키는 봉투에 다시 넣었다.

"참 잘됐네요. 아버지의 조언은 틀리지 않았어요."

아버지는, 아니, 아니, 라고 고개를 저었다.

"조금 전에도 말했잖아. 중요한 건 본인의 마음가짐이야. 내가 보낸 답장이 누군가를 불행하게 만들었을까 봐 마음이 괴로웠는데, 가만 생각해보니 우스운 얘기다. 나처럼 평범한 영감의 답장이 남의 인생을 좌지우지할 힘 따위, 있을 리 없어. 그건 완전히 기우였어." 말은 그렇게 하면서도 아버지의 얼굴은 흐뭇해 보였다.

"이 편지, 모두 다 아버지의 보물이에요. 소중히 간직해야겠어요."

다카유키의 말에 아버지는 잠시 생각에 잠기는 표정이었다. "그래서 말인데, 너한테 부탁이 있어."

"뭔데요?"

"이 편지는 네가 좀 보관해줬으면 한다."

"왜요?"

"너도 알다시피 나는 이제 살날이 별로 남지 않았어. 이런 편지를 내가 갖고 있다가 다른 사람들 눈에 띄기라도 하면 큰일 아니냐. 편지마다 모두 미래의 일이 적혀 있으니까 말이야."

다카유키는 끄응 신음 소리를 흘렸다. 그러고 보니 분명 맞는 말이었다. 실감은 전혀 나지 않지만 이건 미래에서 온 편지인 것이다.

"언제까지 보관하면 될까요?"

흠 하고 이번에는 아버지가 신음 소리를 흘렸다. "역시 내가 죽을 때까지인가."

"아, 그럼 관에 넣어드리는 건 어떨까요? 그러면 재가 될 테니까."

"옳지, 그거 좋네." 아버지는 무릎을 쳤다. "그렇게 해라."

다카유키는 고개를 끄덕이고는 새삼 편지를 바라보았다. 이 편지들을 미래의 사람이 썼다는 게 도무지 믿어지지 않았다.

"그나저나 인터넷이라는 게 뭐죠?"

"아, 그래, 그거." 아버지가 손끝으로 다카유키를 가리켰다. "나도 도통 무슨 소리인지 모르겠더라. 실은 다른 편지에도 그 인터넷이라는 말이 여러 번 나왔어. 인터넷에서 나미야 잡화점 이야기를 봤다나 어쨌다나. 그리고 휴대폰이라는 말도 자주 나오더라."

"휴대폰? 그건 또 뭐예요?"

"글쎄 모르겠다니까. 미래의 신문 같은 건가." 그렇게 말하고 아버지는 눈이 가느스름해지도록 웃으며 다카유키를 보았다. "그나저나 아까 준 편지, 너도 읽었지? 아무래도 네가 내 소원대로 서른 세 번째 제삿날에 공고문을 잘 내준 모양이야."

"그 인터넷인가 휴대폰이라는 것에?"

"음, 아마 그렇겠지."

다카유키는 얼굴을 찌푸렸다. "그게 뭐죠? 왠지 <u>으스스하네</u>."

"걱정할 거 없어. 미래가 되면 저절로 알게 될 게야. 자아, 그럼 이만 물러갈까."

그때였다. 가게 쪽에서 희미한 소음이 들려왔다. 털썩하고 뭔가가 떨어지는 소리였다. 다카유키는 아버지와 얼굴을 마주 보았다.

"또 왔네!" 아버지가 말했다.

"편지……?"

응, 하고 아버지는 고개를 끄덕였다. "네가 가서 좀 보고 와."

다카유키는 가게 쪽으로 내려갔다. 미처 정리하지 못한 상품이 아직도 선반에 남아 있었다.

셔터 앞에 놓인 상자 속을 들여다보니 꼭꼭 접힌 종이가 들어 있었다. 아무래도 봉투 없는 편지인 것 같았다. 그걸 들고 방으로 돌아왔다. "이런 게 들어 있던데요."

아버지가 편지를 펼쳤다. 그 즉시 얼굴에 의아한 빛이 떠올랐다. 왜 그러느냐고 다카유키가 물었다.

입을 한일자로 굳게 다문 채 아버지는 편지를 내보였다. 다카유키는 저도 모르게 어라 하는 소리를 흘렸다. 편지에 아무것도 적혀 있지 않았기 때문이다.

"이건 또 어떻게 된 거예요?"

"나도 모르지."

"그냥 장난삼아 넣은 건가?"

"그럴지도 모르지. 하지만⋯⋯." 아버지는 편지를 노려보았다. "내 예감으로는 그렇지 않은 것 같아."

"그러면⋯⋯."

아버지는 편지를 식탁에 내려놓고 팔짱을 꼈다.

"어쩌면 아직 답을 찾지 못한 사람일 수도 있어. 여전히 헤매고 있는 거야. 길을 찾지 못해서."

"그렇다고 백지 편지를 넣다니⋯⋯."

아버지가 다카유키를 바라보았다.

"미안하지만 잠깐 밖에서 좀 기다려라."

다카유키는 눈을 깜작였다. "어쩌시려고요?"

"뻔하잖아, 이 편지에 답장을 써야지."

"백지 편지에? 아니, 아무 얘기도 없는데 어떻게 답장을 써요?"

"그건 지금부터 생각해봐야지."

"지금 그걸 어떻게⋯⋯."

"오래 걸리지 않아. 먼저 가 있어라."

아무래도 아버지는 결심을 굳힌 것 같았다. 다카유키는 이내 마음을 접었다. "그럼 최대한 빨리 끝내셔야 해요."

알았다고 아버지는 편지지를 응시한 채로 대답했다. 이미 아들의 말 따위, 건성으로 흘려듣고 있었다.

밖으로 나와보니 아직 날이 훤하게 밝지 않았다. 이상하다는 생각이 들었다. 제법 오랜 시간 집 안에 있었던 것 같은데.

시빅 차에 앉아서 우두둑우두둑 스트레칭을 하고 있으려니 갑작스레 하늘이 말짱하게 밝아졌다. 역시 나미야 잡화점 안과 밖은 시간이 흐르는 방식이 다른지도 모른다고 다카유키는 깨달았다. 이 기묘한 일은 누나에게도 아내에게도 비밀로 하자고 생각했다. 얘기해봤자 어차피 믿어주지도 않을 터였다.

연달아 하품을 한 직후, 집 쪽에서 소리가 들리더니 좁은 골목에서 나오는 아버지의 모습이 보였다. 지팡이를 짚고 천천히 걸어오는 참이었다. 다카유키는 얼른 차에서 내려 달려갔다.

"다 쓰셨어요?"

"응."

"편지는 어떻게 하셨어요?"

"물론 우유 상자에 넣었지."

"그래도 되나? 정말 그 사람에게 전달될까요?"

"응, 내 예감으로는 틀림없이 전달될 것 같아."

다카유키는 고개를 갸웃거렸다. 아버지가 전혀 다른 세계의 존재처럼 보였다.

"뭐라고 쓰셨대?" 차에 탄 뒤에 다카유키는 물었다. "그 백지 편지에는 어떤 조언을?"

하지만 아버지는 고개를 저었다. "뭐라고 썼는지 말하면 안 돼. 규칙이야. 내가 예전에도 그런 얘기 했었잖아."

다카유키는 어깨를 으쓱 쳐들어 보이고는 시동을 걸었다. 하지만 차가 출발하기 전에 아버지가 잠깐만, 이라고 말했다. 다카유키는 급히 브레이크를 밟았다.

조수석에서 아버지가 지그시 가게를 올려다보았다. 수십 년 동안 가족의 생계를 책임져준 가게다. 아쉬운 마음이 어찌 없을까. 게다가 아버지에게는 단순히 장사만 하던 곳이 아니었다.

이윽고 아버지가 나지막히 중얼거렸다. "됐다. 그만 가자."

"흡족하셨어요?"

"음, 이제 다 끝냈어." 그리고 아버지는 조수석에서 눈을 꾸욱 감았다.

다카유키는 시빅 차를 출발시켰다.

6

먼지에 절어 '나미야 잡화점'이라는 글씨가 제대로 보이지 않는게 안타까웠지만 그대로 셔터를 눌렀다. 앵글을 바꾸어 다시 몇장 더 찍었다.

카메라는 그리 잘 다루는 편이 아니다. 제대로 찍혔는지 어쨌는지 전혀 모르겠다. 그래도 상관없다. 누구한테 보여주려고 찍는 사진도 아니니.

건너편 길에 서서 낡아빠진 건물을 바라보며 다카유키는 일 년 전의 일을 떠올렸다. 아버지와 둘이서 함께 밤을 보낸 그날.

그날 밤을 돌아보면 아직도 실감이 나지 않는다. 아니, 그저 잠깐 꿈을 꾼 게 아닌가 하는 의심까지 든다. 미래에서 정말로 편지가 왔었단 말인가. 그날 밤의 일에 대해서는 그 뒤로 아버지와 다시 얘기를 나눠본 적이 없다.

하지만 그날 맡아둔 편지 다발을 아버지의 관에 넣어드린 것은 틀림없는 사실이었다. 누나와 다른 식구들이 그건 무슨 편지냐고 묻는 바람에 다카유키는 둘러댈 말을 찾느라 진땀을 흘렸다.

기묘하다고 하면 아버지의 죽음 자체도 기묘했다. 언제 돌아가실지 모른다는 선고를 받은 가운데서도 딱히 고통을 호소하는 일 없이 낫토의 실이 길게 이어지듯이 생명의 불길이 가늘게 가늘게 타올랐다. 의사조차 깜짝 놀란 눈치였다. 제대로 드시지도 못하고 거의 내내 잠만 잤지만 그로부터 실로 일 년 가까이 생을 이어 갔던 것이다. 마치 아버지의 몸에서만 시간이 느리게 흘러가는 것 같았다.

다카유키가 멀거니 회상에 잠겨 있으려니 옆에서 누군가 말하는 소리가 들려왔다. 퍼뜩 정신을 차리고 옆을 돌아보았다. 운동복 차림의 키가 큰 여자가 자전거를 붙잡고 서 있었다. 뒤쪽의 짐칸에는 스포츠 백이 실려 있었다.

"저어, 잠깐 말씀 좀 묻겠는데요."

네, 라고 다카유키는 대답했다. "무슨 일이지요?"

여자는 머뭇거리는 기색으로 물었다. "혹시 나미야 씨의 가족분이세요?"

다카유키는 빙긋이 미소를 지었다.

"아들이에요. 여기는 아버님 가게."

그녀는 놀란 듯 입을 헤벌리고 눈을 깜빡였다. "어머, 그러시군요."

"우리 가게를 알아요?"

"네, 잘 알아요. 아, 하지만 물건을 사러 온 건 아니고……." 여자는 미안하다는 듯 어깨를 움츠렸다.

사정을 짐작하고 다카유키는 고개를 끄덕였다. "고민 상담 쪽이군요."

네, 라고 그녀는 대답했다. "정말 귀중한 조언을 해주셨어요."

"그렇군. 거참, 다행이네. 언제쯤의 일이지요?"

"작년 11월쯤이에요."

"작년 11월?"

"이 가게, 다시 열지는 않나요?" 여자가 가게를 돌아보며 물었다.

"그건 좀……. 아버님이 돌아가셔서."

여자가 숨을 헉 삼키는 눈치였다. 안타까운 듯 양쪽 눈썹 끝이 처졌다.

"아아, 언제요?"

"지난달에 떠나셨죠."

"저런. 삼가 조의를 표합니다."

"고마워요." 다카유키는 고개를 끄덕이고는 스포츠 백을 보며 물었다. "뭔가 운동을 하시는 분인가?"

"네, 펜싱을 하고 있어요."

"펜싱?" 다카유키는 눈이 둥그레졌다. 보기 드문 종목이다.

"일반인에게는 아직 낯선 운동이지요?" 여자는 미소를 지으며 자전거에 올랐다. "바쁘신데 죄송해요. 이만 실례하겠습니다."

"잘 가요."

자전거로 멀어져가는 모습을 다카유키는 조용히 지켜보았다. 펜싱이라면 아닌 게 아니라 낯선 운동이다. 올림픽 같은 때에 텔레비전을 통해서 보는 정도다. 그나마 주요 장면만 편집한 것으로. 올해는 일본이 모스크바 올림픽을 보이콧하는 바람에 그것조차 볼 수 없었다.

방금 그 여자는 조언을 받은 게 작년 11월이라고 했지만 분명 뭔가 착각한 모양이다. 그즈음이라면 아버지가 병원 침대에 누워 계시던 때다.

문득 생각나는 게 있어서 다카유키는 길을 건너 가게 옆 통로로 들어갔다. 뒤쪽으로 가 우유 상자의 뚜껑을 열어 보았다.

하지만 안은 텅 비어 있었다. 그날 밤, 백지 편지에 대해 아버지가 써 보낸 답장은 무사히 미래로 전달되었을까.

7

2012년 9월.

나미야 슌고는 컴퓨터 앞에서 한참을 망설이고 있었다. 역시 관둘까. 이상한 짓을 했다가 자칫 일이 커져버리면 큰일이다. 집에서 쓰는 개인 컴퓨터라서 경찰이 조사에 나서면 단박에 알아내게 된다. 게다가 인터넷 범죄는 의외로 처벌이 엄중하다고 하지 않는가.

하지만 할아버지가 그런 이상한 짓을 하라고 부탁하셨을 리는 없다. 돌아가시는 마지막 순간까지 치매기 같은 건 없었다. 자신에게 그 얘기를 할 때, 몸도 정신도 정정하고 말투도 또렷하셨다.

슌고의 할아버지 나미야 다카유키는 작년 연말에 세상을 떠나셨다. 위암이었다. 할아버지의 아버지도 암으로 돌아가셨다고 하는 걸 보면 암 유전자가 있는 집안인지도 모른다.

그 할아버지가 병원에 입원하기 전에 슌고를 방으로 불러들였다. 느닷없이 정색을 하고서 "부탁이 있다"라고 하는 것이었다. 게다가 다른 사람에게는 비밀로 해달라고 했다.

어떤 건데요, 라고 슌고는 물었다. 호기심을 이기지 못한 것이다.

"슌고, 너는 컴퓨터를 아주 잘 다룬다면서?" 할아버지가 물었다.

"뭐, 꽤 잘하는 편에 속하죠." 슌고는 중학교에서 수학 동아리 활동을 했다. 자연히 컴퓨터를 사용하는 일이 많았다.

그러자 할아버지는 한 장의 종이를 꺼냈다.

"내년 9월이 되면 여기 적힌 내용을 인터넷에 올려줬으면 좋겠는데."

순고는 종이를 받아 읽어보았다. 뭔가 수상쩍은 내용이었다.

"이게 뭐예요? 무슨 얘기죠?"

할아버지는 고개를 저었다.

"너무 깊이 알려고 할 거 없어. 아무튼 거기 적혀 있는 대로, 최대한 널리 알려지게 해다오. 어때, 우리 순고라면 할 수 있지?"

"그야 뭐 할 수는 있는데……."

"사실은 내 손으로 직접 하고 싶구나. 그러기로 약속을 했으니까."

"약속? 누구하고요?"

"아버님하고. 순고 너에게는 증조부님이야."

"할아버지의 아버지……?"

"하지만 나는 병원에 가야 해. 게다가 언제까지 살 수 있을지 모르는 상황이야. 그래서 우리 순고에게 이렇게 미리 부탁해두기로 했다."

순고는 대답할 말이 떠오르지 않았다. 할아버지에게 남은 시간이 이제 그리 많지 않다는 건 아버지 어머니의 대화에서도 짐작할 수 있었다.

잘 알겠습니다, 라고 순고는 대답했다. 할아버지는 만족스러운 듯 몇 번이나 고개를 끄덕였다.

결국 할아버지는 얼마 뒤에 세상을 떠나셨다. 순고도 물론 장례식에 참석했다. 관에 안치된 할아버지가 너한테 맡겼으니 알아서 잘해라, 라고 말씀하시는 것만 같았다.

그 뒤로 할아버지와의 약속은 한시도 머릿속에서 떠난 적이 없다. 어쩌지, 어쩌지 고민하는 사이에 약속한 9월이 되었다.

순고는 들고 있던 종이를 새삼 들여다보았다. 할아버지에게서 받은 종이. 내용은 다음과 같은 것이다.

나미야 잡화점을 기억하시는 분들에게

9월 13일 오전 0시부터 새벽까지 나미야 잡화점의 상담 창구가 부활합니다. 예전에 나미야 잡화점에 상담 편지를 보내고 답장을 받으셨던 분들에게 부탁드립니다. 그 답장은 당신의 인생에 어떤 영향을 끼쳤습니까? 도움이 되었을까요. 아니면 아무 도움도 되지 못했을까요. 기탄없는 의견을 보내주시면 고맙겠습니다. 그때처럼 가게 셔터의 우편함에 편지를 넣어주십시오. 꼭 부탁드립니다.

그리고 이 글과 함께 할아버지에게서 받은 물건이 있었다. 나미야 잡화점을 찍은 사진이다. 순고는 아직 가본 적이 없지만 잡화점은 아직도 그 자리에 있는 모양이었다.

나미야 집안이 오래전에 잡화점을 했다는 말은 할아버지에게서 들었기 때문에 순고도 알고 있었다. 하지만 자세한 사정에 대해서는 들은 적이 없었다.

상담 창구라는 건 뭘까. 부활합니다, 라는 건 또 무슨 말인가.

역시 관둘까. 인터넷상에서 문제가 되기라도 하면 일이 여간 복잡한 게 아닌데.

순고는 노트북을 덮어버리려고 했다. 하지만 그 순간 그의 눈에 들어오는 것이 있었다.

책상 한 귀퉁이를 장식하고 있는 손목시계. 그것은 어려서부터 너무도 좋아하고 따랐던 할아버지가 자신에게 물려준 유품이었다. 하루에 오 분씩이나 틀려버리는 이 시계는 할아버지의 대학 합격을 기념하여 증조할아버지가 선물하신 것이라고 들었다.

순고는 노트북을 노려보았다. 검은 액정 모니터에 자신의 얼굴이 비쳤다. 그것이 할아버지의 얼굴과 겹쳐졌다.

사나이 대 사나이의 약속은 지켜야지.

순고는 노트북의 전원을 켜기 위해 손을 내밀었다.

제4장

묵도黙禱는 비틀스로

1

역을 빠져나와 상점이 늘어선 거리를 걸으면서 와쿠 고스케는 심술 사나운 감정이 가슴속에 번지는 것을 느꼈다. 예상했던 대로 역시 이 지역도 한산한 거리로 변해버렸다. 타지 사람들이 속속 들어와 집을 짓고 역 앞 상점가가 활황을 누린 건 70년대의 일이다. 그로부터 약 사십여 년이 지났다. 시대는 바뀌었다. 지방 도시는 어디든 셔터 문이 굳게 닫힌 점포가 곳곳에서 눈에 띄었다. 이곳이라고 예외일 리 없다.

옛날에 본 풍경과 조합해가면서 천천히 걸음을 옮겼다. 이 도시의 기억은 이미 희미해졌을 줄 알았는데 실제로 와보니 생각나는 곳이 의외로 많아서 스스로도 놀랐다.

물론 이 도시도 전혀 변하지 않은 건 아니다. 어머니가 자주 찾던 생선 가게는 상점가에서 자취를 감췄다. 분명 '우오마쓰'라는 상점이었다. 구릿빛으로 그을린 주인아저씨는 길거리를 향해 항상 기운이 넘치는 목소리로 외치곤 했다.

손님, 오늘은 최상품 굴이 들어왔어요. 안 사시면 손햅니다. 아저씨께 이런 걸 대접하셔야죠!

어떻게 되었을까, 그 생선 가게. 물려받을 아들이 있다고 들었던 것 같은데 기억이 가물가물하다. 어쩌면 또 다른 가게와 착각한 것인지도 모른다.

상점가를 따라 잠시 걸은 뒤, 대강 이 근처라고 짐작하고 오른쪽 길로 꺾어 들었다. 목적지까지 제대로 찾아갈지 어떨지는 알 수 없었다.

어슴푸레한 길을 고스케는 걸었다. 가로등이 있었지만 모두 켜있지는 않았다. 작년의 대지진 이후, 반강제로 전국적인 절전이 시행되고 있다. 발밑이 보이기만 하면 가로등쯤은 충분하다는 건가.

고스케가 어렸을 때에 비하면 주택이 꽤 밀집된 것처럼 보였다. 자신이 초등학생 때쯤에 이곳이 신도시 개발계획으로 흥청거렸던 게 희미하게 기억났다. 같은 반 친구가 흥분해서 영화관이 들어온다는 소식을 떠들고 다녔다.

분명 그 개발계획은 어느 정도까지는 잘 풀려나갔다. 이윽고 거품 경기도 찾아왔다. 이곳이 도쿄의 베드타운으로 인기를 끌었던 게 그즈음일 것이다.

걸어가던 길이 T 자로에 부딪혔다. 예상 밖의 길이 아니다. 오히려 기억 속에 있는 그대로여서 뜻밖이었다. 고스케는 오른쪽 길로 꺾어 들었다.

한참 걸어가자 완만한 언덕길이 나타났다. 이것 또한 기억과 일 치했다. 조금 더 가면 그 가게가 있을 터였다. 만일 그 정보가 사기 가 아니라면 그렇다는 얘기지만.

고스케는 발밑을 보며 내쳐 걸어갔다. 앞을 내다보며 간다면 그 가게가 정말 그곳에 있는지 좀 더 빨리 알 수 있으리라. 하지만 그 는 얼굴을 들지 않았다. 답을 알아버리는 것이 어쩐지 두려웠다. 설령 사기라고 해도 아슬아슬한 순간까지는 기대를 품고 있고 싶 었다.

이윽고 걸음을 멈췄다. 그 가게 근처라는 감이 왔기 때문이다. 수없이 지나다녔던 길인 것이다.

고스케는 얼굴을 들었다. 그리고 크게 숨을 들이쉬었다가 다시 내쉬었다.

그 가게가 건재하고 있었다. 나미야 잡화점. 고스케의 운명을 크 게 뒤흔든 잡화점이다.

느린 걸음으로 다가갔다. 간판 글씨는 퇴색해서 보이지 않았다. 셔터는 온통 녹이 슬었다. 하지만 나미야 잡화점은 서 있었다. 마 치 고스케가 오기를 기다리기라도 한 것처럼.

손목시계를 보니 아직 오후 11시도 안 되었다. 너무 일찍 와버린 것이다.

고스케는 주위를 둘러보았다. 인기척은 없었다. 이 가게에서 누군가 살고 있는 것 같지는 않았다. 과연 그 정보를 믿어도 될까. 어차피 인터넷에 올라온 일개 블로거의 글일 뿐이다. 일단 의심해보는 게 무난하기는 하다.

하지만 요즘 시대에 '나미야 잡화점'이라는 명칭으로 거짓 정보를 올려본들 무슨 이득이 있을까. 이 가게를 알고 있는 사람도 얼마 되지 않을 터였다.

아무튼 좀 더 상황을 지켜보자고 고스케는 생각했다. 게다가 아직 편지도 쓰지 않았다. 기묘한 이벤트에 동참한다고 해도 이래서는 얘기가 안 된다.

고스케는 온 길을 다시 되짚어 걸었다. 주택가를 빠져나와 역앞 상점가로 돌아왔다. 대부분의 가게는 문을 닫은 뒤였다. 스물네시간 영업하는 패밀리 레스토랑이 있었으면 했는데 아무래도 그기대는 어그러진 것 같다.

편의점이 눈에 띄어서 안으로 들어갔다. 우선 사야 할 게 있었다. 문구 코너에서 물건들을 집어 들고 계산대로 가져갔다. 점원은 젊은 남자였다.

"이 근처에 늦게까지 영업하는 데 있어요? 주점이라든가." 계산을 마친 뒤에 물어보았다.

"저 앞에 바가 몇 군데 있어요. 가본 적은 없지만." 점원은 퉁명스러운 어조로 말했다.

"그래요, 고마워요."

편의점을 나와 한참 걸어가니 분명 작은 바와 주점들이 이어졌다. 모두들 장사가 그리 잘되는 것 같지는 않았다. 기껏해야 이 지역 상인들이 아지트로 이용하는 정도일 것이다.

하지만 한 가게의 간판을 보고 고스케는 걸음을 멈췄다. 'Bar Fab 4'였다. 그냥 지나쳐버릴 수 없는 이름이다.

검은색 문을 열고 안을 들여다보았다. 앞쪽에 테이블석이 두 개, 안쪽은 카운터석이었다. 검은 민소매 원피스를 입은 여자가 스툴에 앉아 있었다. 약간 짧은 보브 머리를 하고 있다. 그 밖에 다른 사람이 없는 것을 보면 이 여자가 마담인가.

여자가 조금 놀란 듯 고개를 돌려 이쪽을 보았다. "손님이세요?"

나이는 사십 대 중반쯤일까. 동양적인 얼굴이었다.

"그렇긴 한데, 영업 끝났어요?"

고스케가 묻자 여자는 옅은 웃음을 띠며 스툴에서 내려섰다.

"아니에요, 일단 12시까지가 영업시간이니까요."

"그렇다면 한잔 마셔볼까." 고스케는 안으로 들어가 카운터의 가장 끝자리에 앉았다.

"굳이 구석 자리로 가지 않아도 돼요." 마담이 쓴웃음을 지으며 물수건을 내왔다. "오늘은 더 이상 다른 손님들은 안 올 거 같은데요."

"아니, 괜찮아요. 한잔하면서 할 일이 있어서." 물수건을 받아 손을 닦았다.

"할 일이라니요?"

"뭐, 그냥 잠깐." 말끝을 흐렸다. 설명하기가 어려웠다.

마담은 더 이상 캐묻지 않았다.

"그럼 방해 안 할 테니까 편하게 일 보세요. 술은 뭘로 하시겠어요?"

"아, 맥주로 할까. 흑맥주 있어요?"

"기네스, 괜찮아요?"

"물론 좋죠."

카운터 안에서 마담이 몸을 웅크리고 앉았다. 냉장고가 아래쪽에 있는 모양이다.

기네스 병맥주가 나왔다. 마담이 마개를 따 텀블러에 흑맥주를 따랐다. 따르는 솜씨가 능숙했다. 크림 같은 거품이 이 센티쯤 떠올랐다.

고스케는 한 모금 꿀꺽 마시고 손등으로 입가를 훔쳤다. 독특한 쓴맛이 입안에 퍼졌다.

"마담도 괜찮으면 한잔해요."

"고마워요." 그녀는 땅콩이 든 접시를 고스케 앞에 챙겨주더니 작은 잔을 꺼내 와 거기에 흑맥주를 따랐다. "잘 마실게요."

"그래요."

고스케는 편의점에서 사 온 것을 주섬주섬 카운터에 꺼내놓았다. 편지지와 수성 볼펜이다.

마담이 어라 하는 얼굴을 했다. "편지 쓰는 거예요?"

"그냥 좀 그럴 일이 있어서."

마담은 알았다는 듯 고개를 끄덕이고 약간 떨어진 자리로 이동

했다. 나름대로 신경을 써주려는 것이리라.

고스케는 기네스 잔을 기울이며 가게 안을 둘러보았다.

시들어가는 도시의 주점치고는 촌스러움이 없었다. 의자며 테이블의 디자인도 심플하고 세련되었다. 벽에는 포스터며 일러스트가 장식되어 있었다. 사십여 년 전에 세계에서 가장 유명했던 네 명의 젊은이를 표현한 것이다. 팝 분위기의 노란 잠수함 그림도 보였다.

'Fab 4'라는 건 'Fabulous 4'를 줄인 것이다. 번역하자면 '멋진 네 사람'이라는 뜻이다. 비틀스의 별명.

"비틀스 전문 음악 바라는 건가요?"

그녀는 슬쩍 어깨를 쳐들어 보였다.

"일단 그걸 특징으로 내걸고 있죠."

흐음, 하고 새삼 가게 안을 살펴보았다. 벽에는 LCD 화면이 붙어 있었다. 비틀스의 어떤 영상을 틀어줄지 은근히 궁금했다. 〈하드 데이스 나이트A Hard Day's Night〉인가. 아니면 〈헬프Help!〉 정도일까. 어떻든 고스케가 알지 못하는 비장의 영상이 이런 시골 바에 있을 것 같지는 않았다.

"마담 세대라면 비틀스는 잘 모르지 않아요?"

고스케의 질문에 그녀는 다시 어깨를 슬쩍 치켜들었다.

"아니에요. 내가 중학생 때, 비틀스가 해체하고 이 년 정도밖에 안 된 때였거든요. 우리 사이에서는 오히려 한창 붐이었죠. 여기저기서 이벤트도 하고."

고스케는 그녀의 얼굴을 바라보았다.

"여자분께 이런 질문은 실례겠지만……"

곧바로 눈치를 챘는지 그녀는 쓴웃음을 지었다.

"아이, 그런 거 신경 쓸 나이도 아니죠. 돼지띠예요."

"돼지띠라면……." 고스케는 눈을 깜빡였다. "나보다 두 살 아래?"

하지만 마담은 전혀 오십 대로는 보이지 않았다.

"어머, 그래요? 손님, 젊어 보이시네." 오히려 마담이 놀랍다는 듯이 말했다. 이건 물론 공치사일 것이다.

"정말 그 나이로는 안 보이는데." 고스케가 중얼거렸다.

마담이 명함을 내밀었다. '하라구치 에리코'라고 인쇄되어 있었다.

"손님은 이 근처 분 아니죠? 이쪽에는 일 때문에?"

고스케는 대답을 망설였다. 적당한 거짓말이 얼른 떠오르지 않았다.

"일 때문이 아니고 잠시 고향에 내려온 길이에요. 옛날에 이 도시에서 살았죠. 한 사십 년 전이기는 하지만."

"어머, 그렇구나." 마담은 눈이 둥그레졌다. "그럼 어디선가 만났을 수도 있겠네요."

"그럴지도." 고스케는 맥주를 입에 머금었다. "근데 바에 음악이 없군요."

"아, 미안해요. 우선 항상 틀어놓는 시디 음악이라도 괜찮을까요?"

"뭐든 좋아요."

마담은 카운터로 돌아가 옆의 기기를 만지작거렸다. 잠시 뒤에 벽에 붙은 스피커에서 그리운 멜로디의 첫 부분이 흘러나왔다. 〈러브 미 두Love Me Do〉였다.

첫 기네스 한 병은 금세 비웠다. 두 병째를 주문했다.

"비틀스가 일본에 왔던 거, 생각나요?" 고스케가 물었다.

그녀는 글쎄요, 라며 고개를 갸웃거렸다.

"텔레비전에서 본 것 같기도 하고……. 어쩌면 착각일 수도 있어요. 오빠들이 하는 얘기를 내 기억처럼 생각하는 건지도 모르겠어요."

고스케는 고개를 끄덕였다. "예, 가끔 그럴 때가 있죠."

"손님은 생각나세요?"

"대충. 하긴 나도 어렸어요. 하지만 내 눈으로 본 건 확실해요. 생방송은 아니었지만 비틀스가 비행기에서 내려 캐딜락을 타고 수도 고속도로를 달리는 녹화 영상을 본 기억이 나거든요. 하긴 그 차가 캐딜락이었다는 건 한참 나중에야 알았어요. 그때 흐르던 배경음악이 〈미스터 문라이트Mr. Moonlight〉였다는 것도 생각나요."

"미스터 문라이트……." 마담이 다시 한 번 제목을 따라 했다. "그 노래는 비틀스의 오리지널 곡은 아니지요?"

"그렇죠, 일본에서는 그 공연 덕분에 유명해진 노래라서 오리지널인 줄 아는 사람이 많지만, 아니에요." 저도 모르게 열을 내어 설명한 것을 깨닫고 고스케는 문득 입을 다물었다. 이런 이야기로 신이 난 건 정말 오랜만이다.

"참 좋은 시절이었어요." 마담이 말했다.

"누가 아니랍니까." 고스케는 텀블러를 비우고 곧바로 다시 흑맥주를 따랐다.

생각이 사십여 년 전으로 날아갔다.

2

비틀스가 일본에 왔을 때, 고스케는 아직 그들에 대해 잘 알지 못했다. 아는 것이라고는 외국의 유명한 사 인조 그룹이라는 것뿐이었다. 그래서 방문 상황을 중계방송하는 텔레비전 화면 앞에서 사촌 형이 눈물까지 글썽이는 것을 보고는 진심으로 놀랐다. 사촌 형은 당시 고등학생이었지만 그때 겨우 아홉 살이던 고스케에게는 까마득한 어른이었다. 정말 굉장한 사람들이구나 싶었다. 일본에 와줬다는 것만으로 다 큰 어른이 감격의 눈물을 흘리다니.

그 사촌 형이 갑작스레 죽은 것은 그로부터 삼 년 뒤의 일이었다. 오토바이 사고 때문이었다. 형의 아버지 어머니는 아들에게 오토바이 면허를 따게 해준 것을 울면서 후회하고 있었다. 게다가 그 시끄러운 음악에 빠지면서 나쁜 친구들과 어울리게 되었다, 라고 장례식 때 말했다. 비틀스 얘기다. 그간 모은 레코드판은 모조리 쓰레기통에 처넣겠다고 사촌 형의 어머니는 강한 어조로 내뱉었다.

버리실 거라면 내가 가져가겠다, 라고 고스케는 말했다. 삼 년 전의 일이 생각났기 때문이다. 사촌 형을 그토록 푹 빠져들게 한 비틀스가 대체 어떤 자들인지 자신의 귀로 확인해보고 싶었다. 고스케는 이제 곧 중학생이 되려는 참이었다. 음악에 흥미가 생기는 나이였다.

모두들 그건 안 좋다고 고스케의 아버지 어머니를 말렸다. 사촌 형처럼 불량소년이 되기 쉽다는 것이었다. 하지만 그들의 말에 아버지와 어머니는 따르지 않았다.

"유행하는 음악을 듣는다고 애가 불량해지는 건 아니에요. 애초에 데쓰오는 불량한 애도 아니었어요. 오토바이는 힘깨나 쓰는 고등학생 남자애라면 다들 타고 다니는데요, 뭘."

아버지는 그렇게 말하면서 노인네들의 걱정을 일소에 부쳤다.

"그럼요. 우리 애는 괜찮아요."

어머니도 곁에서 거들었다.

고스케의 아버지와 어머니는 둘 다 새로운 것을 받아들이는 게 빨랐다. 머리만 조금 길러도 불량학생으로 점찍어버리는 다른 보통 부모들과는 사고방식이 달랐다.

사촌 형은 그때까지 일본에서 발매된 비틀스의 음반을 거의 모두 갖고 있었다. 그 유품에 고스케는 흠뻑 빠져들었다. 비틀스의 음악은 아직 들어본 적이 없는 전혀 새로운 것이었다. 처음으로 맛보는 멜로디, 처음으로 경험해보는 리듬은 그의 몸속의 뭔가를 확실하게 자극했다.

비틀스의 일본 방문을 계기로 전자기타 중심의 밴드가 우후죽

순처럼 생겨나 한때 음악계를 석권했지만 그딴 것은 비틀스의 모방에도 이르지 못했다, 라고 생각했다. 단순히 완성도가 떨어지는 가짜일 뿐이다. 아니나 다를까 그 붐은 눈 깜짝할 사이에 사라졌다.

중학교에 들어가자 반 친구들 중에 비틀스 팬이 많았다. 고스케는 이따금 그들을 집으로 불러들였다.

고스케의 방을 찾은 친구들은 음향 기기를 보면 하나같이 감탄의 소리를 올렸다. 당연한 일이다. 최신형 앰프와 스피커를 조합한 음향 시스템이 그들의 눈에는 미래의 기계로 비쳤던 것이리라. 그런 음향 기기가 아이 방에 따로 있다는 것 자체를 친구들은 기이하게 생각했다. 당시는 제법 부유한 집이라도 가구 같은 앙상블 타입의 전축을 거실에 놓고 온 가족이 함께 듣는 것이 일반적이었기 때문이다.

"예술에는 돈을 아끼지 않는다는 게 우리 아버지의 지론이야. 기왕 음악을 즐길 거면 좋은 음향으로 듣지 않고서는 의미가 없다는 거야."

고스케의 말에, 정말 굉장하다고 친구들은 부러워했다.

최첨단 음향 기기로 고스케는 그들에게 비틀스를 들려주었다. 국내에서 발매된 음반이라면 모조리 다 있었다. 그 사실에도 친구들은 놀라곤 했다.

"너희 아버지, 대체 무슨 일을 하시냐?" 집에 온 친구들은 반드시 그런 질문을 했다.

"자세한 건 나도 모르겠지만 다양한 상품을 사고파는가 봐. 싸게 구입해서 비싸게 팔면 돈이 되잖아. 그런 회사야."

"그럼 사장이야?"

그 질문에 대해서는 "뭐, 그렇지"라고 대답했다. 자랑처럼 들리지 않도록 하기가 무척 어려웠다.

고스케 스스로도 '우리 집은 부자'라고 생각했다.

집은 고급 주택가에 자리 잡고 있었다. 서양식 이 층 단독주택, 정원에는 잔디가 깔려 있었다. 날씨가 좋을 때는 그 잔디 위에서 바비큐 파티를 했다. 그럴 때면 아버지 회사의 직원들이 오는 일도 많았다.

"일본은 지금까지 세계 시장에서 일개 평사원이었어." 부하 직원들 앞에서 아버지는 자주 얘기하곤 했다. "하지만 앞으로는 달라. 평사원이 아니라 리더가 되어야지. 그러기 위해서는 세계를 좀 더 알아둘 필요가 있어. 우리의 경쟁 상대는 외국이야. 하지만 사업 파트너도 외국이지. 그걸 잊어서는 안 돼."

우렁찬 바리톤 목소리로 아버지가 하는 말을 들을 때마다 고스케는 자랑스러웠다. 아버지가 하는 말은 무조건 신뢰했고 아버지만큼 믿음직스러운 사람은 없다고 생각했다.

자신의 집이 부자라는 것을 고스케는 털끝만큼도 의심하지 않았다. 프라모델, 게임기, 음반, 원하는 것은 거의 다 사주었다. 값비싼 옷이나 손목시계처럼 고스케가 딱히 원하지 않는 것들까지 아버지와 어머니는 사주었다.

그리고 아버지 어머니도 마음껏 사치를 누렸다. 아버지는 손목에 금시계를 차고 항상 고급 시가를 입에 물고 있었다. 자동차도 뻔질나게 갈아치우곤 했다. 물론 어머니도 지지 않았다. 백화점 영업 사원을 집에 불러들여 카탈로그의 상품을 싹쓸이로 주문하곤 했다.

"싸구려 옷이나 액세서리를 몸에 걸치면 사람까지 싸구려로 보여." 어머니는 그런 식으로 말하곤 했다. "싸구려로 보이는 것뿐만이 아니야. 정말 그런 사람이 되는 거야. 인간성이 비루해져간다고나 할까? 그러니까 몸에 걸치는 건 최고급이 아니면 안 돼."

어머니는 미용에도 공을 들였다. 덕분에 비슷한 나이의 다른 여자들보다 때로는 열 살이나 젊어 보이기도 했다. 학교 수업 참관일에 어머니가 나타나면 반 친구들이 모두 놀랐다. 좋겠다, 엄마가 저렇게 젊고 예뻐서. 그런 말을 몇 번이나 들었는지 모른다.

우리 머리 위에는 온통 푸른 하늘이 펼쳐져 있다. 언제라도 눈부신 햇살이 쏟아진다. 그렇게 믿고 지냈다. 하지만 언젠가부터 미묘한 변화가 감지되었다. 그 변화가 이른바 암운의 기척이었다는 것을 깨달은 건 70년대가 시작된 해의 일이었다.

그해의 가장 큰 화제는 만국박람회였다. 이 국제적인 행사를 앞두고 전국이 온통 들썩거리고 있었다.

고스케는 그해 4월이면 중학교 2학년에 올라갈 참이었다. 3월 봄방학을 이용해 만국박람회에 가기로 했다. 누구보다 빨리 다녀와야 친구들에게 자랑할 수 있다. 아버지도 봄방학이 시작되면 함께 가자고 약속해주었다.

3월 14일, 만국박람회가 화려하게 개막했다. 그 모습을 고스케는 텔레비전으로 지켜보았다. 브라운관에 방영된 개막 행사는 엄청나게 화려한 것치고는 내용이 약간 부실했지만, 고도 경제성장을 이뤄낸 것을 전 세계에 과시한다는 의미에서는 충분히 목적을 달성한 것 같았다. 아버지 말이 맞는다고 고스케는 생각했다. 일본이 세계의 리더로 커나가는 것이다.

하지만 그 아버지가 왜 그런지 만국박람회에 가자는 말을 좀체 꺼내지 않았다. 어느 날 저녁에 무심코 박람회에 가자는 말을 꺼냈더니 아버지는 얼굴을 찌푸렸다.

"만국박람회? 지금은 안 돼. 일이 바빠." 무뚝뚝한 말투였다.

"지금 안 되면, 그럼 5월 연휴 때 갈까?"

아버지는 대답이 없었다. 뭔가 화가 난 듯 경제 신문만 읽고 있었다.

"만국박람회, 별로 볼 것도 없어." 옆에서 어머니가 말했다. "각 나라별로 자기 나라를 자랑하는 전시일 뿐이야. 거기에 오종종하게 놀이공원을 좀 꾸며놓았지. 이제 중학교 2학년인데 아직도 그런 데 가고 싶니?"

그렇게 밀어붙이니 대꾸할 말이 없었다. 고스케도 딱히 구체적인 목적이 있어서 가려고 한 건 아니었다. 친구들에게 미리 자랑해놓은 터라서 가지 않으면 좀 폼이 나지 않는다고 생각했을 뿐이다.

"아무튼 올해는 공부가 최우선이야. 내년이면 3학년이니까 이제 슬슬 고입 준비도 해야지. 일 년은 눈 깜짝할 사이에 지나가. 만국박람회 따위에 신경 쓸 시간 없어." 어머니는 다시금 고스케가 대꾸할 수 없는 말로 밀어붙였다. 고스케는 입을 다물 수밖에 없었다.

하지만 이변을 감지한 것은 그때뿐만이 아니었다. 다양한 장면에서 고스케는 뭔가 변하고 있다는 것을 직감했다.

이를테면 체육복이었다. 한창 크는 때였기 때문에 금세 옷이 작아졌다. 그럴 때마다 얼른 새 체육복을 사주곤 했는데 어머니가 처음으로 특이한 반응을 보였다.

"벌써 작아졌어? 작년 가을에 새로 샀잖아. 얘, 조금만 더 입어. 새로 사도 금세 또 작아져서 못 입을 텐데." 마치 아들이 키가 크는 게 잘못이라는 듯한 말투였다.

정원에서 열리던 바비큐 파티도 사라졌다. 휴일에 회사 직원이 집에 놀러 오는 일도, 아버지가 골프를 치러 나가는 일도 없었다. 그 대신 집 안에서 말다툼이 끊이지 않았다. 아버지와 어머니가 걸핏하면 부부싸움을 하는 것이다. 자세한 내용은 모르겠지만 돈과 관련된 이야기라는 건 알았다.

당신이 조금만 더 야무졌으면, 이라고 아버지가 투덜거리면, 당신이 무능해서 이렇게 되었다고 어머니는 쏘아붙였다.

아버지가 애지중지하던 포드 선더버드는 어느 틈에 차고에서 보이지 않았다. 이제 아버지는 전차를 타고 회사에 나갔다. 어머니는 더 이상 쇼핑을 나가지 않았다. 그리고 두 분 모두 항상 화가 나 있었다.

그런 속에서 고스케에게 믿을 수 없는 정보가 날아들었다. 비틀스가 해체한다는 것이었다. 영국의 신문이 보도한 모양이었다.

급히 친구들과 정보를 교환했다. 인터넷도 SNS도 없던 시절이다. 결국 매스컴에 의지하는 수밖에 없었다.

이런 뉴스를 보았다, 라디오에서 이런 얘기를 하더라, 외국 신문에는 이런 식으로 실린 것 같더라……

뭔가 미덥지 않은 정보들을 집약해본 결과, 아무래도 해체는 사실인 것 같았다.

설마, 라고 생각했다. 왜 일이 그렇게 되었는가.

해체 이유에 관한 정보는 더욱더 뒤죽박죽이었다. 폴 매카트니의 부인과 오노 요코가 사이가 안 좋았다느니 조지 해리슨이 가수 활동에 진절머리를 냈다느니, 아무튼 뭐가 사실이고 뭐가 거짓인지 알 수가 없었다.

"너, 그거 알아?" 한 친구가 고스케에게 말했다. "비틀스 멤버들은 일본 공연은 전혀 할 생각이 없었대. 근데 돈을 많이 벌 수 있다고 회사에서 억지로 밀어붙인 거야. 그즈음에 멤버들은 콘서트에 완전 지쳐 있었던 모양이야. 실제로 일본 공연 직후부터 더 이상 콘서트는 하지 않잖아."

그런 이야기는 고스케도 들은 적이 있었다. 하지만 믿지 않았다. 아니, 믿고 싶지 않았다고 하는 게 옳을 것이다.

"그래도 일본 공연은 콘서트 열기가 굉장했어. 비틀스도 열정적으로 연주했다던데."

"아니라니까. 처음에는 제대로 연주할 마음도 없었대. 어차피 관객은 큰 소리로 떠들 테고 그러면 노래고 악기 소리고 들리지도 않아. 그냥 적당히 연주하고 적당히 노래해도 아무도 눈치 못 챌 거라고 얕잡아본 거야. 근데 관객들이 의외로 얌전히 연주에 귀를 기울여주니까 중간부터 허둥지둥 정식으로 연주를 했다더라."

고스케는 고개를 저었다. "그럴 리 없어."

"네가 아무리 그래 봤자 사실이 그런 걸 어떡해? 실은 나도 그런 얘기, 믿고 싶지 않아. 하지만 어쩔 수 없잖아. 비틀스도 인간이야. 그들에게 일본이란 저 변방의 작은 나라야. 슬슬 연주 흉내나 내다가 냉큼 귀국해버리면 된다고 생각했겠지."

고스케는 고개를 저었다. 방문 실황을 중계해주던 텔레비전 방송이 머릿속에 되살아났다. 그 장면을 보고 울먹이던 사촌 형의 옆얼굴도 떠올랐다. 친구의 말이 사실이라면 사촌 형의 그 눈물은 뭐가 되는가.

학교에서 돌아오자마자 방에 틀어박혀 비틀스의 노래만 들었다. 그들이 이제 더 이상 새로운 곡을 내놓지 않는다는 사실이 아무래도 믿어지지 않았다.

혼자 끙끙 고민하는 동안에 시간이 흘렀다. 여름방학이 시작되었지만 전혀 신나지 않았다. 비틀스 일이 계속 마음에 걸려 있었다. 이윽고 〈렛 잇 비Let It Be〉라는 영화를 개봉한다는 정보가 들어왔지만 고스케가 사는 도시에는 개봉관이 없었다. 들리는 말에 의하면 그 영화를 보면 비틀스가 해체한 이유를 알 수 있다는 것이었다. 어떤 영화일지, 생각만 해도 잠이 오지 않았다. 인생 최대의 결단을 내려야 하는 순간이 다가온 것은 그렇게 시대의 바람이 거칠게 불어치던 무렵이었다.

어느 날 저녁, 방에서 비틀스의 음반을 듣고 있는데 노크도 없이 문이 벌컥 열렸다. 어머니였다. 고스케는 노크 좀 하라고 항의하려고 했지만 그 말이 입 밖에 나오지 않았다. 어머니가 몹시도 어두운 표정이었기 때문이다.

"할 얘기가 있어. 잠깐 내려오너라."

고스케는 말없이 고개를 끄덕이고 스테레오를 껐다. 무슨 일인지 전혀 짐작도 가지 않았지만 이런 날이 오리라는 것은 오래전부터 알고 있었던 듯한 마음이 들었다. 분명 좋은 이야기는 아닐 것이라는 예상도 하고 있었다.

거실에 내려가자 아버지가 브랜디를 마시고 있었다. 고급 브랜디다. 외국에 갔을 때, 면세점에서 사 온 술이었다.

고스케가 자리에 앉자 아버지는 조용히 입을 열었다. 그 말은 고스케를 당혹감에 빠뜨리기에 충분했다.

이달 말에 이사할 테니 그렇게 알고 준비해라.

게다가 그런 얘기를 다른 어느 누구에게도 말해서는 안 된다는 것이었다.

왜 그러는지 도무지 알 수가 없었다. 대체 무슨 일이냐고 물었다. 왜 갑자기 이사를 하느냐고. 그 물음에 아버지는 이렇게 대답했다.

"나는 장사하는 사람이야. 장사라는 건 전쟁 같은 거야. 적에게서 돈을 얼마나 많이 빼앗아내느냐가 중요해. 그건 너도 알지?"

항상 듣던 말이라서 고스케는 고개를 끄덕였다. 아버지는 말을 이었다.

"전쟁을 하다 보면 때로는 도망쳐야 하는 경우도 있어. 당연하지, 목숨을 빼앗기면 모든 게 끝이니까. 내 말, 알겠지?"

고스케는 고개를 끄덕일 수 없었다. 진짜 전쟁이라면 그럴 것이다. 하지만 장사하는 사람이 목숨을 빼앗길 만한 일이 과연 있을까.

하지만 아버지는 아랑곳하지 않고 말했다.

"이달 말에 우리 가족은 일단 도망치기로 했어. 이 집을 떠나야 해. 하지만 괜찮아. 넌 걱정할 거 없어. 아무 말 말고 따라오기만 하면 돼. 전학을 해야겠지만 그것도 아무 문제 없어. 마침 여름방학이잖아. 2학기부터 새 학교로 나가면 시기가 딱 좋아."

고스케는 어안이 벙벙할 뿐이었다. 갑작스럽게 낯선 학교로 옮기라는 건가.

"전학쯤은 별일도 아니야." 아버지는 그야말로 별일 아니라는 듯 가볍게 말했다. "아버지 직장 때문에 수없이 전학하는 애들이 얼마나 많은데? 꼭 너만 그런 게 아니라고."

아버지의 말에 고스케는 태어나서 처음으로 불안을 느꼈다. 인생에 대한 불안이다.

다음 날, 어머니가 요리를 하고 있을 때 고스케는 주방 문 앞에 서서 물었다.

"우리, 야반도주하는 거야?"

프라이팬에서 뭔가를 볶던 어머니의 손이 흠칫 멈췄다.

"너, 혹시 누구한테 그런 말, 했니?"

고스케는 고개를 저었다.

"아니, 안 했어. 하지만 아버지 말을 들어보면 그건 분명 야반도 주잖아."

어머니는 한숨을 내쉬며 다시 요리를 했다. "아무튼 아무한테도 말하면 안 돼."

희미하게나마 기대했던 부정의 말은 돌아오지 않았다. 고스케는 눈앞이 캄캄해졌다.

"어쩌다 그렇게 됐어? 우리 집, 그렇게 돈이 없어?"

그 말에 대한 대답은 없었다. 어머니는 묵묵히 손만 움직이고 있었다.

"어떻게 된 거냐니까? 고등학교는 어떻게 돼? 나, 어떤 고등학교 에 가?"

어머니의 고개가 흠칫 흔들렸다.

"그건 그쪽에 간 다음에 생각해볼 테니까 걱정 마."

"그쪽이라는 게 어딘데? 우리는 이제 어디서 살아?"

"아이, 얘가 왜 이리 말이 많아." 등을 돌린 채 어머니는 말했다. "할 말 있으면 네 아빠한테 해. 아빠가 정한 일이니까."

고스케는 그만 말문이 막혀버렸다. 화를 내야 하는지 슬퍼해야 하는지도 알 수 없었다.

방에 틀어박혀 비틀스만 듣는 날이 이어졌다. 헤드폰을 쓰고 볼름을 한껏 높였다. 그러면 두려운 일은 생각하지 않을 수 있었다.

하지만 그런 유일한 즐거움도 빼앗기는 날이 돌아왔다. 아버지가 스테레오를 팔겠다고 한 것이다.

물론 고스케는 반발했다. 절대로 안 된다고 대들었다. 하지만 들어주지 않았다.

"이사할 때 그런 큰 짐은 힘들어. 좀 잠잠해지면 새로 사줄게. 그때까지만 참아." 아버지는 냉담한 어조로 말했다.

역시나 불끈 화가 났다. "이사가 아니잖아!" 저도 모르게 말해버렸다. "밤중에 몰래 도망치는 거지!"

아버지가 험악한 표정으로 노려보았다.

"너, 그런 말, 밖에서 했다가는 죽을 줄 알아." 마치 야쿠자 같은 말투였다.

"아버지, 우리 그런 거 하지 말자. 나는 몰래 도망치고 싶지 않아."

"입 다물어. 네가 뭘 안다고 떠들어?"

"그래도……."

"자칫하면 다 죽어!" 아버지는 눈을 허옇게 뜨며 말했다. "밤에 도망치다가 들키기라도 하면 우린 다 죽어. 넌 그래도 괜찮아? 기회는 딱 한 번뿐이야. 실수 없이 빠져나가야 해. 이 기회를 놓치면 우리 세 식구, 목을 매고 죽는 수밖에 없어. 그만큼 상황이 절박해. 그러니까 너도 협조 좀 하라고!"

아버지의 눈에 핏발이 서 있었다. 고스케는 할 말을 잃었다. 마음속에서 뭔가가 와장창 소리를 내며 무너졌다.

그로부터 며칠 뒤, 낯선 사람들이 고스케의 방에 있던 음향 기기를 모조리 실어 갔다. 그중 한 사람이 어머니에게 돈을 건네고 있었다. 그 자리에 아버지는 없었다.

스테레오가 사라진 방을 바라보며 고스케는 가슴이 휑하니 뚫린 기분이었다. 더 이상 살아야 할 의미도 없는 것만 같았다.

비틀스도 듣지 못하는데 집에 틀어박혀 있을 이유는 없었다. 그날부터 고스케는 밖으로 나도는 일이 많아졌다. 하지만 친구들과 어울리지도 않았다. 친구들을 만나면 자칫 밤에 몰래 도망치기로 했다는 말을 해버릴 것 같아 두려웠기 때문이다. 스테레오를 팔아버린 사실을 감춰야 하는 것도 괴로웠다.

하지만 수중에 돈이 없으니 오락실에도 오래 있을 수는 없었다. 가장 많이 간 곳은 도서관이었다. 시내의 중앙 도서관은 늘 한산했다. 다만 열람실은 예외여서 냉방된 곳을 찾아온 학생들로 항상 붐볐다. 그들 대부분은 대학 입시를 앞둔 고등학생이나 재수생이었다. 그 모습을 바라보며 과연 내게도 저런 날이 올까 하고 더욱더 불안해졌다.

부모, 특히 아버지에 대한 실망감이 컸다. 그때까지 고스케는 아버지를 누구보다 자랑스럽게 생각했다. 아버지가 하는 일은 항상 옳고 그 지시를 따르기만 하면 언젠가는 자신도 아버지처럼 성공할 수 있다고 믿었다.

하지만 현실은 달랐다. 이따금 들려오는 아버지와 어머니의 대화를 통해 고스케도 대강 사정을 짐작할 수 있었다. 아버지는 성공은커녕 엄청나게 비겁한 사람이었다. 불어날 대로 불어난 빚을 그대로 둔 채 도망치려고 하는 것이다. 회사는 회복이 불가능할 만큼 막다른 궁지에 몰렸다. 그런 재정 상태가 다음 달이면 발각되는 모양이었다. 직원들에게까지 비밀로 한 눈치였다. 자기만 살려고 하는 것이다.

나는 어떻게 해야 할까. 이대로 아버지 어머니의 지시에 따를 수밖에 없는 건가. 하지만 아무리 내키지 않아도 그것 말고는 다른 선택의 길이 없었다.

도서관에서 비틀스 관련 서적을 훑어보면서 고스케는 내내 고민했다. 어떤 책에도 답은 나와 있지 않았다.

3

야반도주할 날이 하루하루 다가왔지만 고스케는 어떻게도 할 수 없었다. 아버지 어머니는 어서 짐을 싸라고 했지만 전혀 일이 손에 잡히지 않았다.

그러던 어느 날이었다. 도서관으로 가는 길이 공사로 통행금지가 되었다. 별수 없이 다른 길로 돌아갔다. 그런데 그 길목의 한 가게 앞에 아이들이 우르르 몰려와 있었다. 모두 가게 안의 벽을 바라보며 웃고 있었다.

고스케는 그쪽으로 다가가 아이들 뒤에서 안을 들여다보았다. 벽에 종이 몇 장이 붙어 있었다.

질문: '우주 괴수 가메라'('고질라'와 함께 어린이들에게 큰 인기를 끌었던 영화 속 괴수—옮긴이)는 빙글빙글 회전하면서 나는데 눈이 어지럽지 않을까요?

가메라의 친구 드림

답장: '우주 괴수 가메라'는 분명 발레를 배웠을 거예요. 발레리나는 아무리 빠르게 회전해도 눈이 어지럽지 않다고 합니다.

나미야 잡화점

질문: 야구 선수 오 사다하루처럼 한 발로 서서 공을 때려봤는데 전혀 홈런이 나오지 않아요. 어떻게 하면 좋을까요?

우익수 8번 드림

답장: 우선 두 발로 연습해서 홈런을 잘 치게 된다면 그때부터 한 발에 도전해보는 게 좋겠습니다. 두 발로 해서도 안 된다면 하나 더 늘려서 세 발로 시도해보는 건 어떨까요. 아무튼 처음부터 무리하게 해서는 안 되겠지요.

나미야 잡화점

아, 이 가게였구나, 하고 고스케는 그제야 알아보았다. 나미야 잡화점에 대한 이야기는 친구에게서 들은 적이 있다. 어떤 고민이든 척

척 상담해준다는 이야기였다. 그런데 진지한 고민이 아니라 잡화점 할아버지를 쩔쩔매게 할 만한 내용들이 대부분이었다. 그런 엉뚱한 질문에 할아버지가 어떤 답을 해주는가, 그게 관전 포인트라고 했다.

우스운 짓이라고 생각하며 고스케는 발걸음을 돌렸다. 어린애 장난 같은 짓이다.

하지만 다음 순간, 머리에 번뜩 떠오르는 게 있었다.

고스케는 다시 집으로 돌아왔다. 회사에 나간 아버지는 물론 이고 어머니도 집에 없었다. 방으로 올라가 리포트 용지를 꺼냈다. 글을 쓰는 데는 그다지 소질이 없었다. 그래도 삼십여 분 만에 다음과 같은 편지를 써냈다.

우리 아버지 어머니는 엄청난 빚을 갚지 못해 나를 데리고 야반도 주를 하려고 합니다.

빚이 너무 많은데 그걸 갚지 못해 회사가 망해버린 것 같아요.

이달 말일에 아무도 모르게 이 동네를 떠날 예정입니다.

나는 전학을 시켜줄 거래요.

하지만 나는 야반도주를 못 하게 하고 싶어요. 빚쟁이는 어디까지 든 쫓아온다고 들었어요. 앞으로 끝도 없이 도망치면서 살아야 할 것 같아서 두렵기만 합니다.

나는 어떻게 해야 좋을까요.

폴 레논 드림

몇 번이나 다시 읽어본 뒤에 리포트 용지를 반의반으로 접어 바지 주머니에 넣고 다시 집을 나섰다.

조금 전 그 길로 나미야 잡화점까지 갔다. 조금 떨어진 곳에서 가게 안을 관찰해보니 물건을 사러 온 아이들은 없었다. 잡화점 할아버지는 안에서 신문을 읽고 있었다. 지금이 기회라고 생각했다.

고스케는 한 차례 심호흡을 하고 가게로 다가갔다. 상담 편지를 넣어두는 상자는 아까 미리 확인해두었다. 할아버지가 앉은 자리에서는 보이지 않는 곳에 놓여 있다. 물론 일부러 그렇게 놓아둔 것이리라.

할아버지 쪽을 슬슬 살피면서 안으로 들어갔다. 할아버지는 계속 신문을 펼쳐놓고 읽고 있을 뿐이었다.

고스케는 바지 주머니에서 반의반으로 접은 편지를 꺼내 들고, 벽에 붙은 질문과 답장을 올려다보는 척하며 그 앞에 섰다. 상자가 바로 앞에 있었다. 심장이 두근거렸다. 망설임이 가슴속에 번졌다. 이런 편지를 보내도 정말 괜찮을까.

그때, 아이들 소리가 들려왔다. 한두 명이 아닌 것 같았다. 아차 싶었다.

아이들이 가게로 몰려오면 기회는 사라진다.

마음을 굳게 먹고 내던지듯이 편지를 상자에 넣었다. 털썩하고 유난히 큰 소리가 나서 고스케는 저절로 몸이 오그라들었다.

마침내 아이들이 우르르 가게 안으로 들어왔다.

"할아버지, '게게게의 기타로'(70년대 초에 큰 인기를 끈 유령 만화의 주인공—옮긴이) 필통, 들어왔어요?" 5학년쯤으로 보이는 아이가 댓바람에 물었다.

"응, 도매점 몇 군데에 연락해서 받아 왔다. 이거, 맞지?"

아이가 와아 하고 탄성을 올렸다.

"맞아요. 만화에서 본 거하고 똑같아요. 할아버지, 지금 집에 가서 돈 가져올 테니까 잠깐만 기다리세요."

"응, 그래라. 조심해서 다녀와."

그들이 주고받는 대화를 등 뒤로 들으며 고스케는 가게를 나왔다. 아마 그 아이가 만화 〈게게게의 기타로〉 일러스트가 그려진 필통을 미리 주문한 모양이었다.

다시 길로 나와 걸음을 옮기기 직전에 고스케는 딱 한 번 뒤를 돌아보았다. 그랬더니 잡화점 할아버지의 얼굴이 고스케 쪽을 향하고 있었다. 일순 눈이 마주치는 바람에 고스케는 황급히 고개를 돌리고 총총걸음으로 그 자리를 떠났다.

급하게 걸으면서도 벌써부터 후회가 밀려들었다. 그런 편지는 보내지 말았어야 했다. 그 할아버지가 내 얼굴을 봐버렸다. 편지를 넣을 때 소리도 났다. 할아버지가 나중에 상자 안에서 그 편지를 발견했을 때, 내가 보낸 편지라는 것을 눈치채지 않을까.

하지만 걱정을 하면서도 한편으로는 그래도 상관없다는 마음이 있었다. 어찌 됐건 그 할아버지는 항상 하던 대로 '폴 레논'이 보낸 질문 편지를 벽에 붙일 것이다. 할아버지가 어떤 답을 내려줄지는 알 수 없다. 중요한 것은 이 동네 사람들의 눈에 편지 내용이 고스란히 드러난다는 것이다.

이 동네의 누군가가 야반도주를 꾀하고 있다.

그 얘기는 사람들 사이에 퍼질 것이다. 그 소문이 아버지 회사에 돈을 빌려준 사람들의 귀에 들어간다면 어떻게 될까. 그들은 야반도주를 꾀하는 사람이 와쿠 사장 가족이 아닌지 의심할 것이다. 그러면 그들은 어떤 식으로든 대책을 세울 터였다.

물론 아버지 어머니가 그런 소문을 먼저 듣고 야반도주 계획을 포기해주는 것이 가장 바람직하다.

고스케는 거기에 내기를 걸어본 것이었다. 중학교 2학년이 할 수 있는 한 머리를 쥐어짜 만들어낸 도박이었다.

다음 날 오후, 고스케는 집을 나와 곧장 나미야 잡화점으로 갔다. 다행히 가게 안에 할아버지의 모습은 없었다. 화장실에라도 간 모양이었다. 이 틈에 얼른, 이라고 생각하며 고스케는 벽을 올려다보았다. 어제보다 종이가 한 장 더 늘어나 있었다. 하지만 그것은 고스케가 보낸 편지가 아니었다. 그 종이에는 다음과 같이 적혀 있었다.

폴 레논 님에게

상담 편지, 잘 받았습니다.

답장은 우리 가게 뒷문의 우유 상자에 넣어두었어요. 가게 뒤로 돌아가보세요.

다른 분들에게

우유 상자 안의 편지는 나미야 잡화점에서 폴 레논 님에게 보내는 편지입니다.

다른 사람은 그 누구도 편지에 손을 대서는 안 됩니다. 남의 편지를 마음대로 뜯어보거나 훔쳐 가는 짓은 범죄입니다. 잘 부탁드립니다.

나미야 잡화점

고스케는 당황스러웠다. 생각지도 않은 전개였다. 자신의 편지는 벽에 나붙지 않았다. 내기를 걸었는데 완전히 허탕으로 끝나버렸다.

하지만 어떤 답장을 해주었는지 궁금했다. 자신이 보낸 편지에 할아버지는 무슨 조언을 해주셨을까.

고스케는 밖으로 나와 주위에 사람이 없는 것을 확인한 뒤에 재빨리 가게 옆의 폭 일 미터쯤 되는 골목으로 들어갔다. 잽싸게 안으로 뛰었다. 집 뒤에 출입문이 있고 거기에 나무로 된 낡은 우유 상자가 붙어 있었다.

머뭇머뭇 뚜껑을 열어 보았다. 안에는 우유병이 아니라 편지 한 통이 들어 있었다. 앞면을 보니 '폴 레논 님께'라고 적혀 있었다. 편지를 움켜쥐고 다시 골목을 내달렸다. 가게 앞으로 나서려는데 누군가 지나가는 바람에 얼른 고개를 움츠렸다. 그 사람이 지나간 것을 확인하고 나서야 길로 나와 냅다 뛰었다.

도착한 곳은 도서관이었다. 하지만 안에 들어가지 않고 그 앞

작은 공원 벤치에 자리를 잡았다. 새삼 편지 봉투를 찬찬히 살펴보았다. 풀칠을 해서 단단히 봉한 것은 다른 사람들이 훔쳐보지 못하게 하기 위해서일 터였다. 고스케는 풀칠한 부분을 조심조심 뜯었다.

봉투 안에는 편지지가 몇 장이나 들어 있었다. 그리고 고스케가 보낸 리포트 용지도 함께 들어 있었다. 편지를 펼쳐 보니 검은 만년필로 쓴 글씨가 빽빽했다.

폴 레논 님에게

편지 잘 읽었습니다.

솔직히 말해, 깜짝 놀랐어요. 아이들이 우리 가게를 나야미(고민) 잡화점이라고 놀려대는 바람에 우연히 고민 상담실이란 걸 시작했지만, 지금까지는 모두 퀴즈 문답 같은 편지였지요. 그런데 폴 레논 씨가 보내준 편지에는 아주 진지하고 절박한 진짜 고민이 적혀 있었어요. 그 편지를 읽으면서 나는 폴 레논 씨가 뭔가 착각을 한 것이 아닌가 하는 생각이 들었습니다. 어떤 고민이든 척척 해결해주는 나미야 잡화점이라는 소문을 곧이곧대로 믿고서 이런 진지한 내용을 써 보낸 것이 아닌가요? 만일 그렇다면 이 편지는 돌려주어야 한다고 판단했습니다. 누군가 다른 분, 좀 더 이런 일에 적합한 분에게 정식으로 상담을 해보는 게 옳기 때문이에요. 폴 레논 씨가 보내준 편지를 함께 넣은 것은 그런 이유 때문입니다.

하지만 이대로 아무 대답도 하지 않는 건 어쩐지 무책임한 것 같군요. 설령 착각이라고 해도 나미야 잡화점의 이 할아버지에게 고민을 털어놓은 것이니 나도 나름대로 뭔가 답을 적어서 보내야겠다고 생각했습니다.

상당히 고민을 많이 했어요. 폴 레논 님은 과연 어떻게 해야 하는가. 이제 나이 들어 혈액순환도 잘되지 않는 머리지만 아주 열심히 생각해봤습니다.

가장 바람직한 것은 역시 부모님이 야반도주를 단념하시도록 하는 것이겠지요. 야반도주한 사람을 나도 몇 명 알고 있습니다. 그들이 어떻게 되었는지는 잘 알지 못하지만 아마 그다지 행복하지는 않은 것 같아요. 도망을 쳐서 잠시 잠깐 편할 수도 있겠으나 폴 레논 님의 말처럼 채권자를 비롯하여 수많은 사람들에게 계속 쫓기게 됩니다.

하지만 부모님을 설득하는 건 어려울지도 모르겠네요. 부모님 역시 그런 것을 잘 알면서도 결정을 했을 테니까요. 그리고 부모님이 그 결정을 바꾸실 것 같지 않아서 폴 레논 님도 고민하고 있는 것이겠지요.

그래서 이 할아버지가 한 가지 질문을 하겠습니다. 폴 레논 님은 부모님에 대해 어떻게 생각합니까? 좋아합니까, 싫어합니까, 신뢰하고 있습니까? 아니면 더 이상 신뢰할 수 없다는 마음입니까?

폴 레논 님의 질문은, 우리 가족은 어떻게 해야 하는가, 라는 것이 아니라 폴 레논 님 자신이 어떻게 해야 하는가, 라는 것이지요? 그러니 우선 폴 레논 님과 부모님의 관계에 대해 알아보려는 것입니다.

처음에 밝힌 대로 나미야 잡화점에서 진지한 고민을 받은 것은 이번이 처음이에요. 그래서 아직은 쓸 만한 대답을 못 하겠군요. 시시한 상담실이라고 실망했다면 미안합니다. 하지만 다시 한 번 상담을 받아보고 싶다면 내가 보낸 질문에 꼭 솔직하게 대답해주기 바랍니다. 그렇게 해준다면 다음에는 제대로 된 답장을 해주고 싶습니다.

그런데 이번에는 편지를 상자에 넣지 않아도 됩니다. 우리 가게는 오후 8시에 장사를 끝내고 문을 닫으니까 그다음에 셔터 우편함에 상담 편지를 넣어주세요. 답장은 그다음 날, 이른 새벽에 우유 상자에 넣어두겠습니다. 가게 문을 열기 전이든 가게 문을 연 다음이든 언제라도 좋으니 답장을 가져가면 됩니다. 참고로, 가게는 오전 8시 30분에 문을 엽니다.

이런 어중간한 답장을 해서 미안하지만, 이 할아버지도 열심히 고민한 결과입니다. 부디 너그럽게 받아주세요.

나미야 잡화점 드림

답장을 읽고 고스케는 생각에 잠겼다. 그리고 내용을 이해하기 위해 다시 한 번 읽어보았다.

우선 알게 된 점이 있었다. 할아버지가 이 편지를 벽에 붙이지 않은 이유였다. 생각해보면 당연한 일이었다. 지금까지는 장난기 가득한 편지였으니까 그게 재미있어서 아이들에게 일부러 보여준 것이다. 하지만 이번처럼 심각한 상담은 그럴 수 없다고 판단한 것이리라.

게다가 잡화점 할아버지는 진지한 고민은 받지 못하겠다고 내친 것이 아니라 어떻게든 진지하게 상담을 해주려 하고 있었다. 그것이 우선 고마웠다. 자신의 어려운 상황을 알아주는 사람이 있다고 생각하니 조금쯤 마음이 편안해졌다. 편지 보내기를 잘했다, 라고 생각했다.

하지만 잡화점 할아버지는 아직 명확한 답을 알려준 것은 아니다. 그 전에 한 가지 질문에 대답해달라고 했다. 그러면 어떤 식으로든 답을 내려줄 모양이다.

그날 밤 고스케는 방에 틀어박혀 다시 리포트 용지를 마주했다. 잡화점 할아버지의 질문에 답하기 위해서였다.

폴 레논 님은 부모님에 대해 어떻게 생각합니까?

고스케는 고개를 갸우뚱했다. 나는 아버지 어머니를 어떻게 생각하는 걸까. 잘 알 수 없었다.

중학생이 된 뒤로 아버지 어머니를 짜증스럽게 느끼는 일이 많아졌다. 하지만 싫어한 것은 아니다. 자꾸 간섭하고 어린애 다루듯이 하는 게 싫었을 뿐이다.

하지만 이번 야반도주 일이 터지면서 아버지 어머니에게 실망한 것은 사실이다. 좋아하느냐 싫어하느냐, 라고 묻는다면 지금의 부모님은 싫다고 대답할 수밖에 없다. 그다지 신뢰할 수도 없었다. 그래서 아버지 어머니의 지시를 따라도 정말 괜찮을지, 자꾸만 불안한 것이다.

아무리 생각해도 그런 대답밖에 떠오르지 않았다. 어쩔 수 없이 고스케는 그것을 그대로 글로 옮겼다. 다 쓴 편지를 반의반으로 접어 바지 주머니에 넣고 집을 나섰다. 어머니가 어디 가느냐고 물어서 친구 집이라고만 대답했다. 야반도주 계획으로 머릿속이 복잡한 탓인지 어머니도 더 이상 캐묻지 않았다. 아버지는 아직 돌아오지 않았다.

오후 8시가 지났기 때문에 나미야 잡화점의 셔터는 닫혀 있었다. 고스케는 편지를 우편함에 밀어 넣자마자 잽싸게 뛰었다.

다음 날 아침에는 7시쯤 일어났다. 실은 잠이 오지 않아 밤새 뒤척였다. 아버지와 어머니는 아직 자고 있는 것 같았다. 고스케는 몰래 집을 빠져나왔다.

나미야 잡화점의 셔터 문은 아직 닫혀 있었다. 주위에 아무도 없는 것을 확인한 뒤에 가게 옆 좁은 골목으로 들어갔다. 우유 상자를 슬쩍 열어 보았다. 어제와 똑같이 편지가 있었다. 앞면에 적힌 이름을 확인하고 즉시 그 자리를 떠났다.

도서관에 도착하기까지 도저히 기다릴 수 없었다. 길가에 소형 트럭이 주차되어 있어서 그 뒤에 숨어 답장을 읽기 시작했다.

폴 레논 님에게

폴 레논 님이 지금 어떤 마음인지는 잘 알았습니다.

분명 현재 상황에서는 아무래도 부모님을 신뢰할 수 없겠지요. 충분히 이해합니다. 부모님이 싫어진 것도 당연한 일이지요.

하지만 나로서는 '그런 부모님은 일찌감치 포기하고 폴 레논 님이 옳다고 생각하는 길을 가야 한다'라는 말은 결코 할 수가 없군요.

가족에 대한 나의 기본적인 생각은, 좋은 일로 잠시 헤어져야 하는 경우를 제외하고는 항상 함께 있어야 한다는 것입니다. 싫어져서, 그만 지겨워져서, 라는 이유로 서로 뿔뿔이 헤어진다는 것은 가족의 참모습이 아니라고 생각합니다.

폴 레논 님의 편지에는 '지금의 부모님은 싫다'라고 적혀 있었어요. 나는 그렇게 '지금의'라는 한 마디를 덧붙였다는 것에서 희망을 느꼈어요. 즉 예전에는 폴 레논 님도 부모님을 좋아했다는 뜻이지요. 그렇다면 앞으로 일이 어떻게 흘러가느냐에 따라 폴 레논 님은 다시 부모님을 좋아할 가능성도 있겠지요.

그렇다면 폴 레논 님이 선택해야 할 길은 한 가지밖에 없다고 생각합니다.

야반도주는 옳은 일은 아닙니다. 가능하다면 중지시켜야겠지요. 하지만 어떻게 해도 중지시킬 수 없다면 폴 레논 님은 부모님을 따라가는 수밖에 없다, 라는 것이 내 의견입니다.

부모님에게도 나름대로 계획이 있으실 거예요. 도망쳐봤자 문제가 해결되지 않는다는 건 부모님도 잘 알고 있을 것입니다. 일단 어딘가로 피신한 다음에, 기회를 봐서 조금씩 문제를 해결해나가자는 것이 아닐까요.

어쩌면 문제가 해결될 때까지 시간이 필요한 것인지도 모릅니다. 아마 앞으로 수많은 고난을 겪게 되겠지요. 하지만 그렇기 때문에 더더욱 가족은 함께 있어야 합니다. 폴 레논 님 앞에서는 별말씀이 없었겠지만, 아버님은 엄청난 각오를 하셨을 것입니다. 그건 다름 아닌 가족을 지키기 위한 일념 때문입니다. 그런 아버님을 도와주고 격려해주는 것이 폴 레논 님이나 어머님이 할 일입니다.

가장 큰 불행은 야반도주로 인해 가족이 뿔뿔이 흩어지는 것이지요. 그래서는 모든 게 끝입니다. 야반도주는 결코 올바른 선택은 아니지만, 온 가족이 같은 배에 타고 있기만 하면 언젠가 함께 올바른 길로 돌아오는 것도 가능합니다.

폴 레논 님이 몇 살인지는 잘 모르지만, 편지글로 보면 중학생이나 고등학생이 아닌가 하고 짐작해봅니다. 언젠가 폴 레논 님이 나이 드신 부모님을 모셔야 하는 때도 오겠지요. 그날을 대비하여 미리 연습을 한다고 생각해주기 바랍니다.

부디 내 말을 믿어보세요. 아무리 현실이 답답하더라도 내일은 오늘보다 멋진 날이 되리라, 하고요.

나미야 잡화점 드림

4

비틀스를 좋아하는 친구가 전화를 해온 것은 여름방학이 일주일밖에 남지 않은 때였다. 언젠가 비틀스의 공연 후일담을 들려준 친구다.

지금 집에 놀러 가도 되겠냐고 묻는 전화였다. 매번 그랬던 것처럼 비틀스의 음악을 멋진 음향으로 감상하고 싶은 모양이었다. 그 친구는 비틀스의 팬이기는 해도 음반은 한 장도 없었다. 집에 플레이어가 없는 것이다. 그래서 비틀스를 듣고 싶으면 고스케의 집을 찾곤 했다.

"미안하지만 당분간 어렵겠다. 우리 집, 내부 인테리어 공사 중이라서 스테레오를 쓸 수 없어." 음향 기기를 팔아치운 뒤, 친구들에게 둘러댈 말을 미리 생각해두었기 때문에 막힘없이 대답할 수 있었다.

"아, 그렇구나." 친구는 실망한 목소리였다. "비틀스, 지금 꼭 듣고 싶은데. 그것도 좋은 음향으로."

"무슨 일 있었어?"

고스케가 묻자, 응 하고 짤막하게 대답하고 뭔가 속셈이 있는 듯 잠시 뜸을 들인 뒤에야 "방금 영화 보고 왔거든"이라고 친구는 말했다. "오늘 개봉했잖아."

엇 하는 소리가 저절로 흘러나왔다. 영화 〈렛 잇 비〉 얘기라는 것을 금세 알아들었다.

"좋겠다. 영화는 어땠어?" 고스케는 물었다.

"글쎄 뭐랄까, 이것저것 많이 알게 됐지."

"알게 됐다니, 뭘?"

"그냥 이것저것. 어째서 해체했는가 하는 것도."

"해체 이유를 누군가 말한 거야?"

"그런 게 아냐. 그 영화를 촬영하던 시점에는 해체 얘기는 없었던 거 같아. 근데 왠지 감이 딱 잡히더라. 아, 그래서 그랬구나 하고. 뭔가 말로 설명하기는 어려워. 아무튼 너도 영화 보면 알 거야."

"……그래?"

어딘가 애매한 채로 통화가 끝이 났다. 고스케는 방으로 돌아와 음반 재킷을 한 장 한 장 들여다보았다. 사촌 형에게서 물려받은 것에다 자신이 직접 사들인 것까지 총 오십 장이 넘었다.

이 음반들만은 남의 손에 넘기고 싶지 않았다. 어떻게든 다음에 살 곳까지 가져가기로 마음먹었다. 아버지 어머니는 이삿짐을 줄여야 한다고 했지만 이것만은 결코 양보할 수 없다.

야반도주에 대해서는 되도록 깊이 생각하지 않기로 했다. 반대해봤자 아버지 어머니가 계획을 변경해줄 리 없다. 그렇다고 고스케 혼자만 따로 남을 수도 없었다. 결국 나미야 할아버지의 조언대로 부모님에게도 나름대로 계획이 있고 언젠가 문제를 해결할 것이라고 믿는 수밖에 없다.

그나저나 그 친구는 왜 그런 말을 했을까. 영화 〈렛 잇 비〉를 보면 대체 무엇을 알게 된다는 것인가.

그날 저녁밥을 먹은 뒤에 아버지는 야반도주에 대한 구체적인 계획을 처음으로 밝혔다. 8월 31일 자정쯤에 출발할 예정이라는 것이다.

"31일이 월요일이니까 그날 아침에는 회사에 갈 거야. 9월 1일부터 일주일은 휴가라고 미리 말해놨으니까 그다음 날 내가 출근하지 않아도 아무도 이상하게 생각하지 않아. 하지만 그다음 주에는 여기저기서 어음이 돌아와. 그러면 우리가 없어졌다는 게 금세 밝혀져. 한참 동안 새 거처에서 숨을 죽이고 사는 수밖에 없어. 하지만 걱정할 거 없어. 우리 가족 셋이서 일이 년은 먹고살 만큼 현금을 확보했어. 그사이에 어떻게든 다시 일어설 방법을 강구해야지."

아버지의 말투는 자신만만하게 들렸다.

"학교는? 나는 어떤 중학교로 가?"

고스케의 물음에 아버지의 표정이 흐려졌다.

"그 문제는 나도 계속 고민하고 있어. 하지만 당장 어떻게 해결될 일이 아니야. 자리 잡힐 때까지 당분간은 네 나름대로 공부해봐."

"내 나름대로 공부하라니, 그럼 학교에 못 다녀?"

"그런 게 아니라 당장은 좀 어렵다는 얘기야. 하지만 괜찮아, 중학교까지는 의무교육이야. 틀림없이 보내줄 거야. 쓸데없는 걱정은 할 거 없어. 담임선생에게 직장 때문에 온 가족이 일주일쯤 해외에 나간다고 연락해둘게." 아버지는 화난 표정으로 무뚝뚝하게 내뱉었다.

그럼 고등학교는 어떻게 할 거냐고 물어보고 싶었다. 하지만 고스케는 입을 다물었다. 아버지가 어떤 대답을 할지 예상이 되었다. 그 문제라면 나도 고민하고 있다, 너는 쓸데없는 걱정 하지 마라. 그런 정도일 것이다.

정말 아버지 어머니를 따라가도 괜찮을까. 다시금 불안감이 머리를 쳐들었다. 달리 선택의 여지가 없다는 것을 잘 알면서도 막상 각오를 할 수가 없었다.

그렇게 하루하루 시간만 흘러갔다. 문득 깨닫고 보니 8월 31일이 내일로 다가와 있었다. 저녁때 고스케가 짐을 확인하고 있는데 갑작스럽게 문이 열렸다. 놀라서 돌아보니 아버지가 방문 앞에 서 있었다.

"잠깐 괜찮겠냐?"

"응······."

아버지는 고스케 옆에 양반다리를 하고 앉았다. "짐은 다 챙겼어?"

"대충. 일단 교과서는 다 가져가야 할 것 같아."

"그래, 교과서는 필요하지."

"그리고 이것도 꼭 가져갈 거야." 고스케는 옆의 상자를 끌어당겼다. 비틀스 음반으로 채워진 상자였다.

아버지는 상자 안을 살펴보더니 미간을 찌푸렸다. "이렇게나 많아?"

"다른 건 다 버렸어. 그 대신 이것만은 가져가야 해." 고스케는 강한 어조로 말했다.

아버지는 애매하게 고개를 끄덕이더니 방 안을 한 바퀴 둘러본 뒤에 고스케에게로 시선을 돌렸다.

"고스케, 아버지를 어떻게 생각해?" 갑작스러운 질문이었다.

"뭘?"

"아버지한테 화났지? 일이 이렇게 되어버려서. 한심한 아버지라고 생각하지?"

"한심하다기보다······." 어물어물 말을 이었다. "어떤 계획이 있는지 잘 모르니까 솔직히 불안하긴 해."

아버지는 고개를 끄덕였다. "그렇겠지."

"아버지, 정말 괜찮아? 우리, 다시 예전처럼 살 수 있어?"

아버지는 천천히 눈을 깜빡이면서 괜찮아, 라고 말했다.

"언제까지 어떻게 하겠다고 지금은 말할 수가 없지만, 아버지가 꼭 예전처럼 잘살게 해줄 거야. 그건 약속한다."

"정말이지?"

"정말이고말고. 아버지한테 가장 소중한 건 우리 가족이야. 가족을 지키기 위해서라면 아버지는 뭐든지 할 수 있어. 목숨이라도 바칠 각오야. 그래서……." 아버지는 지그시 고스케의 눈을 응시하며 말했다. "그래서 야반도주도 하는 거야."

그것은 아버지의 본심에서 나온 말로 들렸다. 고스케가 처음으로 들어본 말이었다. 그래서 더더욱 가슴에 뭉클하게 울렸다.

고스케는 대답했다. "알았어요."

"좋아!" 아버지는 양쪽 무릎을 탁 치더니 자리에서 일어섰다. "내일 낮에는 어떻게 할래? 하루밖에 안 남았지만 아직은 여름방학이잖아. 꼭 만나고 싶은 친구, 있지?"

고스케는 고개를 저었다. "그런 거, 이젠 상관없어." 어차피 앞으로 만나지도 못할 테니까, 라는 말은 꿀꺽 삼켰다.

"아 참!" 고스케는 언뜻 생각이 나서 아버지를 보았다. "내일 도쿄에 잠깐 갔다 와도 돼?"

"도쿄에? 뭐 하려고?"

"영화. 꼭 보고 싶은 영화가 있어. 도쿄 유라쿠초의 스바루자 극장에서 하는 거."

"꼭 내일 봐야 하는 영화야?"

"우리가 가는 곳에는 그 영화를 상영하는 데가 없을지도 모르고……."

아버지는 아랫입술을 툭 내밀고 고개를 끄덕였다. "아, 그런가?"

"갔다 와도 되지?"

"그래라. 하지만 저녁때까지는 꼭 돌아와야 해."

"알았어."

그럼 잘 자, 라고 말하고 아버지는 방을 나갔다.

고스케는 상자 안에서 LP판 한 장을 꺼냈다. 올해 새로 사들인 〈렛 잇 비〉였다. 비틀스 네 사람의 다양한 얼굴 사진이 가로세로 네모난 칸에 들어 있었다.

오늘 밤은 이 영화에 대한 상상을 하면서 자자고 생각했다.

5

다음 날, 아침을 먹고 고스케는 집을 나섰다. 어머니는 하필 오늘 같은 날에 영화를 보러 가는 건 뭐냐고 못마땅해했지만 아버지가 옆에서 잘 얘기해주었다.

도쿄에는 친구와 몇 번 가본 적이 있다. 하지만 혼자 가는 건 처음이었다.

도쿄 역에 도착해 야마노테 선으로 갈아타고 유라쿠초에서 내렸다. 역의 지도에서 찾아보니 영화관은 바로 옆이었다.

여름방학 마지막 날이라 그런지 영화관 앞에는 사람들이 많았다. 고스케는 줄을 서서 티켓을 샀다. 상영 시각은 신문에서 미리 확인하고 왔다. 다음 회까지 삼십 분쯤 시간이 있었다. 모처럼 유라쿠초에 온 김에 주위를 돌아보기로 했다. 도쿄에 와본 적은 있어도 유라쿠초와 긴자 쪽은 처음이었다.

잠시 주위를 돌아본 고스케는 저절로 입이 떡 벌어졌다. 이렇게 거대한 곳이 있다니, 라고 생각한 것이다. 유라쿠초 주위만 해도 사람이 너무 많고 빌딩은 너무 높아서 깜짝 놀랐다. 하지만 긴자의 거대함은 유라쿠초와는 비교도 되지 않았다. 특별한 행사라도 있는가 싶을 만큼 상점들은 화려하고 사람으로 북적거렸다. 오가는 사람들은 하나같이 세련된 부자처럼 보였다. 다른 도시라면 그런 번화가가 한 군데만 있어도 대단한 것이다. 사람들이 그곳만 노리며 몰려든다. 하지만 긴자는 어디를 가든 모두 번화가였다. 도시 여기저기서 축제가 벌어지는 것만 같았다.

이윽고 고스케는 곳곳에서 만국박람회 포스터를 발견했다. 아, 그렇지, 하고 다시 생각났다. 지금 오사카에서는 만국박람회가 열리고 있다. 그것 때문에 전국이 들썩거리는 것이다.

고스케는 자신이 바다로 나가는 길목에 잘못 섞여든 작은 강의 물고기인 것만 같았다. 이런 거대한 세상이 있다. 이런 곳에서 인생을 구가하는 사람들이 있다. 하지만 자신과는 인연이 없는 세계였다. 자신은 좁고 어두운 강에서 살 수밖에 없는 존재였다. 게다가 당장 내일부터는 남의 눈에 띄지 않는 강 밑바닥에서 살아야 한다.

고개를 떨구고 그곳을 떠났다. 내가 있을 곳이 아니야, 라고 생각했다.

영화관으로 돌아오자 마침 적당한 시각이었다. 티켓을 내보이고 안으로 들어가 자리를 잡았다. 영화관 안은 그다지 붐비지 않았다. 혼자 온 관람객이 많은 것처럼 느껴졌다.

잠시 뒤에 영화가 시작되었다. 'THE BEATLES'라는 자막이 서서히 올라가는 것이 첫 장면이었다.

고스케는 심장이 두근거리는 것을 느꼈다. 비틀스의 연주를 볼 수 있다니. 그것만으로도 몸이 후끈 달아올랐다.

하지만 그렇게 달아오른 마음은 영화가 펼쳐질수록 점점 침울하게 가라앉았다. 영화를 보는 동안 고스케는 희미하게나마 속사정을 짐작할 수 있었다.

〈렛 잇 비〉는 리허설과 라이브 영상을 조합한 다큐멘터리 형식이었다. 하지만 이런 영화를 만들겠다는 의도에서 촬영한 건 아닌 것 같았다. 그러기는커녕 멤버들은 영화를 만드는 것 자체에 소극적인 모습이었다. 이런저런 사정이 복잡하게 얽혀 어쩔 수 없이 촬영을 허가한 듯한 분위기였다.

어중간한 리허설 사이사이에 멤버들 간의 대화가 삽입되었다.

그것 역시 어중간해서 무슨 뜻인지 애매하기만 했다. 자막을 열심히 눈으로 따라잡았지만 어느 누구의 진심도 읽어낼 수 없었다.

하지만 영상에서 감지되는 것은 있었다. 마음이 뿔뿔이 흩어졌다는 것이다. 아무도 직접 다투거나 하지는 않는다. 연주를 거부하는 것도 아니다. 일단 네 사람은 눈앞에 떨어진 과제를 해내려고 노력한다. 하지만 거기서 아무것도 창조해내지 못한다는 것을 모두들 이미 알고 있다…… 그런 식으로 보였다.

영화 끝부분에서 네 명의 멤버는 애플 빌딩 옥상으로 이동한다. 거기에는 악기며 음향 기기가 설치되어 있다. 스태프도 모두 대기 중이다. 겨울철이라 다들 추운 기색이다. 존 레논은 아예 모피 재킷을 걸치고 있다.

그런 가운데 〈겟 백Get Back〉 연주가 시작된다.

이 라이브가 정식으로 신고한 공연이 아니라는 게 금세 밝혀진다. 빌딩 옥상에서 엄청난 볼륨으로 비틀스의 육성이 들려오자 주위에서 일대 소동이 벌어지고 경찰도 달려온다.

〈돈 렛 미 다운Don't Let Me Down〉, 〈아이브 갓 어 필링I've Got A Feeling〉 등으로 노래가 이어진다. 하지만 그 연주에서 열정은 느껴지지 않았다. 그것이 비틀스로서는 마지막 라이브 공연인데도 멤버 어느 누구도 감상에 젖는 기색은 없는 것 같았다.

그렇게 영화는 막을 내렸다.

조명이 환하게 켜진 뒤에도 고스케는 한참이나 멍하니 자리에 앉아 있었다. 일어설 힘이 없었다. 납덩이를 삼킨 것처럼 배 속이 묵직했다.

이게 뭔가. 기대했던 것과 너무도 다르다. 멤버들끼리 제대로 토론이 이루어지는 일도 없고 대화는 번번이 어긋난다. 그들의 입에서는 불만과 미움, 그리고 차가운 미소가 흘러나올 뿐이다.

들려오는 말로는 이 영화를 보면 비틀스가 해체한 이유를 알게 된다고 했다. 하지만 영화를 보고서도 뭐가 뭔지 알 수 없었다. 왜냐하면 스크린에 등장한 것은 실질적으로 이미 끝나버린 비틀스였기 때문이다. 어쩌다가 그렇게 되었는지, 고스케는 그걸 알고 싶었다.

하긴 이별이란 그런 것인지도 모른다.

돌아오는 기차 안에서 고스케는 생각했다. 사람과 사람 사이의 인연이 끊기는 것은 뭔가 구체적인 이유가 있어서가 아니다. 아니, 표면적인 이유가 있었다고 해도 그것은 서로의 마음이 이미 단절된 뒤에 생겨난 것, 나중에 억지로 갖다 붙인 변명 같은 게 아닐까. 마음이 이어져 있다면 인연이 끊길 만한 상황이 되었을 때 누군가는 어떻게든 회복하려 들 것이기 때문이다. 그렇게 하지 않는 것은 이미 인연이 끊겼기 때문이다. 그래서 침몰하는 배를 그저 멍하니 바라볼 뿐 네 명의 멤버들은 비틀스를 구하려 하지 않은 것이다.

크게 배신을 당한 느낌이었다. 자신이 무엇보다 소중히 간직해온 것을 누군가 여지없이 망가뜨린 듯한 기분이었다. 이윽고 고스케는 한 가지 결심을 했다.

역에 도착하자 공중전화 부스로 들어갔다. 친구에게 전화를 걸었다. 지난주에 영화 〈렛 잇 비〉를 봤다고 했던 친구다.

그 친구는 마침 집에 있었다. 전화를 받자마자 고스케는 말을 건넸다.

"너, 음반 살래?"

"음반이라니, 무슨 음반?"

"물론 비틀스지. 너도 언젠가 다 사고 싶다고 했잖아."

"그야 사고 싶긴 한데, 어떤 거?"

"모두 다. 내가 가진 비틀스 음반 모두 다."

"뭐? 모두 다, 라니……."

"만 엔에, 어때? 그거 다 사려면 원래 그 돈으로는 어림없어."

"그거야 나도 알지. 근데 갑자기 그런 얘기를 하면 어떡하냐. 우리 집은 전축도 없는데."

"알았어. 그럼 다른 친구한테 물어봐야겠다." 고스케는 그만 수화기를 내려놓으려고 했다. 그러자 친구의 다급한 목소리가 들려왔다.

"아, 잠깐, 잠깐. 생각 좀 해보고 내일 대답할게. 그러면 되지?"

고스케는 수화기를 귀에 댄 채 고개를 저었다. "내일은 안 돼."

"왜?"

"아무튼 안 돼. 시간이 없어. 지금 바로 살 거 아니면 그만 전화 끊을게."

"잠깐. 그럼 조금만 기다려. 오 분, 딱 오 분만."

고스케는 한숨을 내쉬었다. "알았어. 오 분 뒤에 내가 다시 전화할게."

수화기를 내려놓고 일단 공중전화 부스를 나왔다. 하늘을 올려다보니 해가 조금씩 기울고 있었다.

왜 비틀스 음반을 모조리 팔아치우려는지 고스케 스스로도 알 수 없었다. 어쩐지 이제 자신은 더 이상 비틀스를 들어서는 안 될 것 같았다. 하나의 계절이 끝나버린 듯한 기분, 이라고 하면 될까.

오 분이 지났다. 고스케는 부스에 들어가 다시 그 친구에게 전화를 했다.

"그거, 내가 살게." 친구는 말했다. 흥분한 기색이 역력한 말투였다. "아버지한테 얘기했어. 그랬더니 돈 주겠대. 근데 전축은 나중에 나더러 사라더라. 아무튼 내가 지금 음반 가지러 가면 되겠냐?"

"그래, 기다릴게."

거래 성립이었다. 비틀스 음반을 모두 다 내놓는다. 생각만 해도 가슴이 일그러지는 것 같다. 하지만 고스케는 고개를 저었다. 이런 일쯤은 별것도 아니야.

집에 돌아와 상자에 든 음반들을 가져가기 편하게 종이봉투 두 개에 나눠 담았다. 한 장 한 장, 재킷을 바라보았다. 한 장 한 장, 추억으로 가득 채워져 있었다.

고스케의 손이 멈춘 것은 〈서전트 페퍼스 론리 하츠 클럽 밴드 Sergeant Pepper's Lonely Hearts Club Band〉라는 LP판을 꺼냈을 때였다.

음악적으로 다양한 실험을 하던 시기의 집대성이라고 일컬어지는 음반이다. 재킷도 기발해서 컬러풀한 군복 차림의 멤버 네 사람, 그리고 그 주위를 동서고금의 유명 인사들의 초상화가 둘러싸고 있다.

오른쪽 끝에는 메릴린 먼로의 초상화가 있었다. 그런데 그 옆의 그늘진 부분은 검은 매직으로 까맣게 칠해져 있다. 원래 그 자리에 음반의 주인이던 사촌 형의 얼굴 사진이 붙어 있었다. 비틀스의 열렬한 팬이던 형은 자신도 이 재킷의 일원이 되고 싶었던 모양이다. 그 사진을 고스케가 벗겨내려다가 인쇄한 부분이 찢어지는 바람에 검은 매직으로 대충 칠해둔 것이다.

형, 소중한 음반들을 팔아버려서 미안해. 하지만 어쩔 수가 없어.

하늘에 있는 사촌 형에게 마음속으로 용서를 빌었다.

음반 봉투를 들고 현관으로 내려갔더니 어머니가 무슨 일이냐고 물었다. 감출 이유도 없는 일이라서 고스케는 사정을 이야기했다. 별로 관심도 없는 얼굴로 어머니는 무심히 고개를 끄덕였다.

그리고 잠시 뒤에 친구가 찾아왔다. 만 엔짜리 돈 봉투와 맞바꾸어 고스케는 음반 봉투를 내밀었다.

"우와, 굉장하다!" 친구는 봉투 안의 음반을 들여다보며 말했다. "근데 진짜 괜찮아? 네가 그렇게 열심히 모은 것들인데."

고스케는 얼굴을 찡그리며 목덜미를 긁적였다.

"갑자기 싫증이 나더라. 비틀스는 이제 그만 끝내려고. 실은 나도 그 영화 보고 왔어."

272

"〈렛 잇 비〉?"

"응."

"그랬구나……." 친구는 반쯤은 이해가 되고 반쯤은 석연치 않다는 표정으로 고개를 끄덕였다.

묵직한 봉투를 양손에 든 친구를 위해 고스케는 현관문을 열어주었다. 고마워, 라고 중얼거리며 친구는 문 앞으로 나섰다. 그러고는 고스케를 돌아보며 말했다. "그럼 내일 보자."

내일?

순간적으로 대답이 늦어버렸다. 내일부터 2학기가 시작된다는 것을 깜빡 잊고 있었던 것이다.

의아한 눈빛으로 쳐다보는 친구에게 고스케는 허둥지둥 대답했다. "응, 내일 학교에서."

현관문을 닫으면서 고스케는 굵은 한숨을 내쉬었다. 그 자리에 털썩 주저앉고 싶은 것을 겨우겨우 참았다.

6

아버지는 오후 8시경에 돌아왔다. 최근에는 이렇게 늦게 돌아온 일이 없었다.

"회사 일, 마지막으로 정리하고 왔어. 일이 불거지는 거 최대한 늦추려고." 넥타이를 풀면서 아버지는 말했다. 와이셔츠가 땀으로 흥건히 젖어 살에 찰싹 달라붙어 있었다.

그러고는 늦은 저녁 식사를 했다. 그 집에서의 마지막 식사는 전날 먹다 남은 카레라이스였다. 냉장고 안은 이미 텅 비었다.

밥을 먹으면서 아버지와 어머니가 이삿짐에 대해 낮은 목소리로 상의했다. 귀중품과 옷가지, 즉시 필요한 일용품, 고스케가 공부할 것들. 짐은 기본적으로 그것뿐이었다. 다른 것은 모두 두고 간다. 이미 몇 번이나 주고받은 이야기를 마지막으로 다시 한 번 확인하는 것이었다.

중간에 어머니가 고스케의 음반 이야기를 했다.

"팔았다고? 그걸 전부? 왜?" 아버지는 진심으로 놀란 눈치였다.

"그냥." 고스케는 고개를 숙인 채 대답했다. "어차피 스테레오도 없고."

"그래, 팔았구나. 응, 잘했어. 다행이다, 그게 짐이 꽤 컸는데." 그러고는 고스케에게 물었다. "그래서 얼마에 팔았어?"

고스케가 냉큼 대답하지 않고 어물거리자 어머니가 대신 말했다. "만 엔 받았대요."

"만 엔? 단돈 만 엔?" 그 즉시 아버지의 말투가 홱 바뀌었다. "너, 바보냐? 그게 몇 장이었어? LP판도 많았잖아. 그걸 다 사들이려면 얼마나 비싼데? 이삼만 엔으로도 어림없어. 근데 그걸 단돈 만 엔에…… 너, 대체 생각이 있는 놈이냐?"

"그걸로 이익 볼 생각은 없어." 고스케는 고개를 숙인 채 대답했다. "게다가 거의 다 데쓰오 형한테서 받은 거야."

아버지가 큰 소리로 혀를 끌끌 찼다.

"정말 철없는 소리 하고 있네. 물건을 팔 때는 단돈 십 엔이라도 더 받아낼 생각을 해야지. 이제 우리는 지금까지처럼 흥청망청 살 수가 없어. 알겠니?"

고스케는 고개를 들었다. 누구 때문에 그렇게 됐느냐고 쏘아붙이고 싶었다.

하지만 아버지는 아들의 표정을 어떻게 받아들였는지 다시 한 번 다짐을 했다. "알았어?"

고스케는 고개를 끄덕이지 않고 밥 먹던 숟가락을 내려놓았다. 잘 먹었습니다, 라고 말하고 자리에서 일어났다.

"고스케, 대답을 해."

"알았어, 알았다고."

"뭐라고? 아버지한테 말버릇이 그게 뭐야?"

"여보, 이제 그만해요." 옆에서 어머니가 말렸다.

"그만하기는 뭘? 고스케, 돈은 어쨌어?" 아버지가 말했다. "그 만 엔은 어디 있냐고."

고스케는 아버지를 내려다보았다. 관자놀이에 핏줄이 불거져 있었다.

"너, 그 음반들 무슨 돈으로 샀어? 용돈으로 샀지? 그럼 그 용돈은 누가 벌어다줬어?"

"여보, 그만하라니까. 아들한테서 돈을 빼앗겠다는 거예요?"

"애초에 누구 돈인지 알고나 있느냐는 얘기야."

"이제 됐어요. 얘, 고스케, 네 방에 가서 떠날 준비해."

어머니의 말에 고스케는 거실을 나왔다. 계단을 올라와 방에 들어서자마자 침대에 털썩 누웠다. 벽에 붙은 비틀스 포스터가 눈에 들어왔다. 그 포스터를 부욱 뜯어서 두 손으로 발기발기 찢어버렸다.

누군가 문을 두드린 건 두 시간쯤 지난 뒤였다. 얼굴을 내민 것은 어머니였다.

"준비 다 했어?"

"대충." 고스케는 책상 옆을 턱으로 가리켰다. 상자 한 개와 스포츠 백. 그것이 고스케의 전 재산이었다. "지금 나가려고?"

"응, 가야지." 어머니가 고스케 곁으로 다가왔다. "미안해, 고생시켜서."

고스케는 아무 말도 하지 않았다. 대꾸할 말이 떠오르지 않았다.

"근데 틀림없이 잘될 테니까 잠깐 동안만 꾹 참아."

응, 하고 낮게 대답했다.

"나도 그렇지만 네 아빠도 너를 최우선으로 생각하고 있어. 네가 행복해지기만 한다면 무슨 짓이라도 할 거야. 목숨까지도 걸기로 했어."

고스케는 고개를 숙이고 마음속으로 중얼거렸다.

거짓말. 온 가족이 야반도주를 하는데 어떻게 아들이 행복해질 수 있을까.

"그럼 삼십 분쯤 뒤에 짐 갖고 아래층으로 내려와." 그렇게 말하고 어머니는 나갔다.

링고 스타 같다고 고스케는 생각했다. 영화 〈렛 잇 비〉에서 링고 스타는 와해되어가는 비틀스를 어떻게든 되돌리려고 노력하는 것처럼 보였다. 그 노력은 결국 결실을 맺지 못했지만.

그리고 자정이 되자 고스케 가족은 어둠 속에서 출발했다. 아버지가 어디선가 조달해 온 하얀색 낡은 승합차가 도피 수단이었다. 앞 좌석에 셋이 나란히 앉아 아버지가 핸들을 잡았다. 뒤편 짐칸에는 짐 상자와 가방 등이 가득 실려 있었다.

차 안에서 세 사람은 거의 아무 말도 하지 않았다. 차에 타기 직전에 "어디로 가?"라고 고스케가 아버지에게 물어보자 "가보면 알아"라는 대답이 돌아왔다. 대화다운 대화라고는 그것뿐이었다.

이윽고 차는 고속도로로 들어섰다. 어디를 달려가는지 어디로 향하는지 고스케는 전혀 알지 못했다. 이따금 표지판이 나타났지만 처음 보는 지명뿐이었다.

두 시간쯤 달렸을 때, 어머니가 화장실에 가고 싶다고 했다. 아버지가 휴게소에 차를 세웠다. 저만치에서 '후지카와'라는 표지판이 눈에 들어왔다.

한밤중이라 그런지 휴게소 주차장은 비어 있었다. 그래도 아버지는 맨 가장자리에 승합차를 세웠다. 사람들의 눈에 띄는 것을 철저히 피하는 것 같았다.

고스케는 아버지와 둘이서 휴게소 화장실에 갔다. 소변을 보고 손을 씻고 있으려니 아버지가 옆으로 다가왔다. "당분간 용돈은 없으니까 그런 줄 알아."

고스케는 무슨 소리인가 싶어 거울에 비친 아버지를 보았다.

"당연하지." 아버지가 말을 이었다. "너, 만 엔 있잖아. 그거면 충분해."

또 그 얘기인가, 하고 짜증이 났다. 기껏해야 만 엔에, 게다가 아이를 상대로.

아버지는 손을 씻지 않고 화장실을 나갔다.

그 뒷모습을 바라보며 고스케 안에 있던 어떤 끈이 뚝 소리를 내며 끊겼다.

아마도 그건 아버지 어머니와 맞닿아 있기를 바라는 마지막 마음의 끈일 터였다. 그것이 뚝 끊겼다. 그것을 고스케 스스로 분명하게 알 수 있었다.

고스케는 화장실을 나서자 아버지가 차를 세워놓은 곳과는 정반대의 방향으로 뛰었다. 휴게소의 구조 따위는 전혀 알지 못했다. 어떻든 아버지 어머니에게서 최대한 벗어나야 한다는 것밖에는 머릿속에 없었다.

정신없이 달렸다. 방향도 모르고 마구 내달렸다. 문득 깨닫고 보니 어딘가 다른 주차장에 와 있었다. 트럭 몇 대가 서 있었다.

잠시 뒤에 아저씨 하나가 나와서 그중 한 대에 올랐다. 곧 출발할 듯한 분위기였다.

고스케는 그 트럭 뒤로 슬쩍 달려갔다. 포장을 들추고 안을 들여다보니 나무 상자 같은 게 잔뜩 실려 있었다. 냄새도 나지 않고 숨어 있을 만한 공간도 있었다.

갑작스레 트럭의 시동이 걸렸다. 그 소리가 등을 떠밀어주었다. 고스케는 짐칸에 몸을 밀어 넣고 있었다.

잠시 뒤 트럭이 출발했다. 고스케의 심장은 거칠게 두근거렸다. 헉헉거리는 숨이 오래도록 가라앉지 않았다. 무릎을 끌어안고 그 안에 얼굴을 묻은 채 눈을 질끈 감았다. 잠들고 싶었다. 우선 자고 나중 일은 눈이 뜨인 다음에 생각하자. 하지만 엄청난 짓을 저질렀다는 두려움과 앞으로 어떻게 살아가야 할까 하는 불안감이 고스케를 흥분 상태에서 해방시켜주지 않았다.

그 뒤 트럭이 어디를 어떻게 달렸는지, 당연한 일이지만 고스케는 전혀 알지 못했다. 바깥이 깜깜한 탓도 있지만 설령 한낮이었다고 해도 경치만으로 장소를 추정하는 건 불가능했을 것이다.

한숨도 못 잤다고 생각했는데 한참이나 *끄덕끄덕* 졸았던 모양이다. 눈을 떴을 때, 트럭은 이미 멈춰 서 있었다. 신호를 기다리는 게 아니라 목적지에 도착한 느낌이었다.

고스케는 짐칸에서 얼굴을 내밀고 바깥을 살펴보았다. 어딘가 넓은 주차장이었다. 옆에도 트럭이 몇 대나 서 있었다.

주위에 사람들의 시선이 없는 것을 확인하고 짐칸에서 슬그머니 내려왔다. 머리를 한껏 숙인 채 주차장 입구로 보이는 곳을 향해 달렸다. 경비원이 없었던 것은 행운이었다. 밖으로 나온 뒤에야 입구의 간판을 보고 도쿄 에도가와 구의 운송 회사라는 것을 알았다.

아직 날이 컴컴했다. 문을 연 가게 따위는 없었다. 어쩔 수 없이 고스케는 걸었다. 어디로 가는지도 알지 못했지만 무작정 걸었다. 걷다 보면 아무튼 어딘가에 가 닿을 것 같았다.

그렇게 걷고 또 걷는 동안에 날이 부옇게 밝아왔다. 버스 정류장이 띄엄띄엄 눈에 띄었다. 버스의 행선지를 확인해보고는 눈앞이 환히 트이는 것 같았다. 도쿄 역, 이라고 적혀 있었기 때문이다. 좋아, 이대로 걸어가면 도쿄 역에 도착할 수 있어.

하지만 도쿄 역에 도착해서 어떻게 해야 할까. 그다음에는 어디로 가야 하는가. 도쿄 역에서는 온갖 기차들이 떠난다. 그중 어떤 기차를 탈까. 걸으면서 생각했다.

작은 공원에서 잠깐잠깐 쉬면서 고스케는 하염없이 걸었다. 생각 따위는 하지 않으려고 했지만 아버지와 어머니가 머릿속에서 떠나지 않았다. 아들이 없어진 것을 알고 아버지 어머니는 어떻게 했을까. 아들을 찾을 방도는 없다. 그렇다고 경찰에 신고할 수도 없는 처지다. 집으로 다시 가서 확인해볼 수도 없다.

아마도 두 사람은 예정대로 다음 장소로 향했을 것이다. 거기서 자리를 잡은 뒤에 다시 아들을 찾아보기로 했을 것이다. 어떻든 공개적으로 찾아 나설 수는 없다. 친척이나 지인들에게 알아볼 수도 없다. 그런 쪽은 틀림없이 빚쟁이들이 감시하고 있을 것이기 때문이다.

고스케 쪽에서도 부모님을 찾아낼 방법은 없었다. 두 사람은 신원을 감추고 살아갈 것이다. 본명을 쓸 리가 없다.

즉 앞으로 아버지 어머니를 만날 일은 영원히 없는 것이다. 그렇게 생각하니 가슴속이 약간 아렸했다. 하지만 후회하지는 않았다. 아버지와 자신을 이어주던 끈은 이미 끊어진 것이다. 그러면 이제 어떻게 해봐도 관계는 회복되지 않는다. 함께 있어봤자 아무 의미가 없다. 그것을 비틀스가 가르쳐주었다.

시간이 흐르면서 차량 통행이 늘어났다. 인도를 오가는 사람들도 부쩍 많아졌다. 그 속에는 학교 가는 아이들이 있었다. 오늘부터 2학기가 시작된다는 게 생각났다.

고스케는 자신을 앞질러 가는 버스 방향으로 계속 걸었다. 9월의 첫날이지만 아직 여름 무더위가 남아 있었다. 입고 있던 티셔츠가 땀과 먼지 범벅이 되었다.

도쿄 역에 도착한 것은 오전 11시를 지났을 즈음이었다. 처음에는 건물 바로 가까이까지 가서도 그게 도쿄 역이라는 것을 알지 못했다. 붉은 벽돌로 둘러싸인 중세 유럽의 거대한 저택처럼 보였기 때문이다.

역 구내에 들어서자 그 크기에 새삼 압도되었다. 고스케는 여기저기 둘러보았다. 이윽고 신칸센이라는 글씨가 눈에 들어왔다.

오래전부터 신칸센을 타보고 싶었다. 올해는 꼭 타게 될 거라고 기대했었다. 오사카의 만국박람회에 가기로 약속했기 때문이다.

실제로 도쿄 역 곳곳에 만국박람회 포스터가 붙어 있었다. 신칸센을 이용하면 쉽게 만국박람회장에 갈 수 있다고 적혀 있었다. 신오사카 역에서 내려 지하철을 한 번만 갈아타면 되는 것이다.

문득 가보자는 생각이 들었다. 지갑에는 만사천 엔쯤 들어 있다. 만 엔은 비틀스 음반을 판 돈이고 나머지는 정초에 받은 세뱃 돈에서 쓰고 남은 것이다.

만국박람회를 구경한 다음에 어떻게 할지는 정하지 않았다. 일단 거기에 가면 어떻게든 될 것 같았다. 전 국민이, 아니, 전 세계인이 모여 축제를 하는 것이다. 나 한 사람 살아갈 기회쯤은 찾아낼 수 있을 거라고 생각했다.

매표소에 가서 요금을 확인해보았다. 신오사카 옆에 적힌 숫자를 보고 가슴을 쓸어내렸다. 예상만큼 비싸지는 않았기 때문이다. 신칸센 열차에는 '히카리'와 '고다마' 두 가지가 있다. 잠시 망설이다가 그중 저렴한 '고다마'를 타기로 했다. 절약은 필요하다.

창구를 향해 "신오사카까지, 한 명"이라고 말했다. 매표원이 고스케를 흘끗 쳐다보더니 학생 할인은 어떻게 할 거냐고 물었다. "할인 받으려면 학생증이 필요해."

"지금 없는데요."

"그럼 일반으로 해도 되지?"

"네."

몇 시 열차냐, 자유석이냐 지정석이냐, 매표원은 차례차례 질문을 던졌다. 고스케는 어물어물 대답했다.

잠깐 기다리라면서 매표원이 안으로 들어갔다. 고스케는 지갑 속을 확인해보았다. 차표를 산 뒤에 도쿄 역에서 파는 도시락도 하나 사기로 했다.

그때였다. 뒤에서 누군가 어깨를 잡았다. "잠깐 나 좀 볼까?"

돌아보니 양복 차림의 남자가 서 있었다.

"왜요?"

"잠깐 물어볼 게 있어. 이쪽으로 좀 올래?" 남자가 위압적으로 말했다.

"하지만 차표를 사야 하는데……."

"오래 걸리지 않아. 몇 가지만 대답하면 돼."

빨리 가자면서 남자가 고스케의 팔을 잡았다. 세게 끌어당기는 바람에 어떻게 말을 해볼 사이도 없었다.

남자에게 끌려간 곳은 사무실 같은 곳이었다. 오래 걸리지 않는 다고 했지만 실제로는 그로부터 몇 시간이나 그곳에 붙들려 있어 야 했다. 간단한 질문에 대답을 하지 못했기 때문이다.

주소와 이름은?

그것이 첫 질문이었다.

7

매표소 앞에서 고스케의 팔을 잡은 사람은 경시청 청소년과의 형사였다. 여름방학이 끝나면 가출하는 학생들이 많아서 도쿄 역 에 나와 사복 차림으로 감시 활동을 하고 있었던 것이다. 땀과 먼 지에 찌든 모습으로 역 구내를 불안한 듯 헤매는 고스케를 보고 금세 감을 잡았다. 매표소까지 미행한 뒤에 기회를 노려 매표원에게 신호를 보냈다. 매표원이 자리를 뜬 게 우연이 아니었던 것이다.

형사가 그런 이야기를 해준 것은 어떻게든 고스케의 입을 열어보려고 이 방법 저 방법을 써보던 끝의 일이었다. 아마 처음에는 별일 아니라고 대수롭지 않게 여겼을 것이다.

주소와 이름만 알아내면 규정대로 부모나 학교에 연락해 데려가라고 하면 된다.

하지만 고스케는 자신의 신원을 절대로 밝힐 수 없는 속사정이 있었다. 그랬다가는 아버지 어머니가 야반도주를 했다는 것까지 밝혀질 터였다.

도쿄 역 사무실에서 경찰서 상담실로 옮겨진 뒤에도 고스케는 입을 열지 않았다. 주먹밥과 보리차가 나왔을 때도 선뜻 손을 내밀지 못했다. 죽을 만큼 배가 고팠지만 그걸 먹었다가는 질문에 대답해야 할 것 같았기 때문이다. 그런 눈치를 챘는지 형사가 쓴웃음을 지었다.

"일단 먹어야지. 우린 잠시 휴전이야." 그렇게 말하고 형사가 자리를 피해주었다.

고스케는 허겁지겁 주먹밥을 입에 몰아넣었다. 그 전날 저녁에 아버지 어머니와 함께 카레라이스를 먹은 뒤로 처음 먹는 밥이었다. 매실장아찌 하나 넣은 주먹밥이었지만 세상에 이렇게 맛있는 것이 또 있을까 하고 감격했다.

잠시 뒤에 형사가 돌아왔다.

"어때, 얘기 좀 해볼래?" 느닷없이 물었다. 고스케는 고개를 떨구었다. "역시 안 되겠어?" 형사가 한숨을 내쉬었다.

다른 사람이 나타나 형사와 뭔가 말을 주고받았다. 얼핏 주워들은 몇 마디를 통해 전국에서 접수된 가출인 신고서와 대조해보는 중이라는 것을 알았다. 고스케는 역시 학교 쪽이 걱정스러웠다. 전국의 모든 중학교에 문의해본다면 자신이 결석했다는 것도 드러날 터였다.

일주일쯤 온 가족이 해외에 나간다고 아버지가 미리 연락은 했다지만 학교 측에서 그걸 미심쩍게 여기지는 않을까.

이윽고 저녁이 되었다. 고스케는 상담실에서 두 번째 식사를 했다. 저녁에는 튀김덮밥이었다. 그것 역시 정말 맛있었다.

형사는 완전히 저자세가 되었다. 제발 부탁이니 이름만이라도 알려달라고 통사정을 했다. 고스케는 형사가 딱하다는 마음이 들었다.

후지카와, 라고 슬쩍 중얼거려보았다. 그러자 형사가 얼굴을 번쩍 들었다. "방금 뭐라고 했니?"

"후지카와…… 히로시."

"어, 그래." 형사는 급히 종이와 볼펜을 들었다. "그게 네 이름이지? 한자는? 아니, 네가 직접 쓰는 게 좋겠다."

고스케는 볼펜을 받아 '후지카와 히로시藤川博'라고 썼다.

가짜 이름은 미리 생각해두었다. 후지카와라고 한 것은 후지카와 휴게소가 머릿속에 남아 있었기 때문이다. 히로시라는 이름은 만국박람회에서 박博이라는 글자를 따온 것이다.

"주소는?" 형사가 다시 물었다. 그 질문에는 고개를 저었다.

그날 밤은 상담실에서 잤다. 형사가 간이침대를 준비해주었다. 빌려준 담요를 둘둘 감고 아침까지 푹 잤다.

다음 날, 형사는 고스케와 마주하자마자 앞으로 어떻게 할지 정하자고 말했다. "너에 대해 솔직히 말하느냐 아니면 아동상담소에 가느냐, 둘 중 하나야. 계속 이런 식으로 실랑이를 해봤자 결론이 나지 않아."

하지만 고스케는 입을 열지 않았다. 형사는 답답한 듯 머리를 북북 긁었다.

"대체 무슨 일이 있었어? 너희 부모님은 뭐 하고 있지? 아들이 없어진 것도 모르나."

고스케는 묵묵부답인 채 지그시 책상 위만 쳐다보았다.

"허 참, 어쩔 수가 없네." 형사가 포기한 듯 말했다. "어지간히 복잡한 사연이 있는 모양이구나. 후지카와 히로시라는 것도 진짜 이름이 아니지?"

고스케는 흘끔 형사의 얼굴을 쳐다보고 다시 시선을 떨구었다. 딱 맞혔다고 생각했는지 형사는 진한 한숨을 토해냈다.

곧바로 고스케는 아동상담소로 넘겨졌다. 학교 같은 건물을 상상했는데 막상 도착하고 보니 유럽의 낡은 저택 같은 곳이어서 놀랐다. 얘기를 들어보니 실제로 예전에는 누군가의 저택이었다고 한다. 하지만 낡을 대로 낡아서 칠이 벗겨진 벽은 군데군데 떨어지고 마룻바닥은 울퉁불퉁 튀어나온 곳이 많았다.

고스케는 그 보호시설에서 두 달여를 보냈다. 수많은 어른들과 면담을 해야 했다. 그중에는 의사나 심리학자도 있었다. 그들은 어떻게든 후지카와 히로시라는 가짜 이름을 가진 남학생의 정체를 밝혀내려고 했다. 하지만 아무도 성공하지 못했다. 모두들 이상하게 생각한 점은 이 학생을 찾는 것으로 짐작되는 가출인 신고가 전국 어느 경찰서에도 들어오지 않았다는 점이었다. 부모나 그 밖의 보호자는 대체 뭘 하고 있는가. 마지막에는 다들 그런 의문을 밝히곤 했다.

아동상담소를 떠나 고스케가 가게 된 곳은 '환광원'이라는 아동복지시설이었다. 도쿄에서 조금 떨어진 곳이지만 고스케가 살던 집에서는 차로 삼십여 분 거리였다. 처음에는 혹시 정체를 들킨 게 아닌가 하고 불안했지만 어른들의 상황을 살펴본 바로는 단순히 그 시설에 빈자리가 났기 때문인 것 같았다.

환광원은 나지막한 언덕에 자리잡고 있었다. 짙은 녹음에 둘러싸인 사 층짜리 건물이었다. 젖먹이에서부터 수염이 거뭇한 고등학생까지 함께 살고 있었다.

"신원을 밝히고 싶지 않다면 그건 어쩔 수 없어. 하지만 생년월일만은 말해야 해. 몇 년생인지 모르면 학교에 보내줄 수가 없어."
안경을 쓴 중년의 시설 직원이 말했다.

고스케는 머리를 굴렸다. 실제로는 1957년 2월 26일생이다. 하지만 진짜 생년월일을 밝히면 자신의 신원을 들킬까 봐 걱정스러웠다. 그렇다고 실제보다 나이가 많은 척할 수는 없었다. 중 3 교과서는 아직 본 적도 없는 것이다.

궁리 끝에 고스케는 대답했다. 1957년 6월 29일생.

6월 29일. 비틀스가 일본을 방문한 날이었다.

8

두 번째 맥주병도 비었다.

"더 드실래요?" 에리코가 물었다. "아니면 다른 술로 할까요?"

"흠, 글쎄." 고스케는 술병이 늘어선 진열장에 시선을 던졌다. "이번에는 부나하벤 위스키를 온 더 록(위스키 등을 얼음과 섞어 마시는 방법―옮긴이)으로 마셔볼까?"

에리코는 고개를 끄덕이고 온 더 록 잔을 꺼냈다.

바 안에는 〈아이 필 파인I Feel Fine〉이 흐르고 있었다. 고스케는 무심코 손끝으로 카운터를 두드리며 리듬을 맞추다가 얼른 손을 거둬들였다.

그나저나, 하고 가게 안을 둘러보며 다시금 생각했다. 이런 작은 도시에 이만큼 훌륭한 바가 있다는 건 뜻밖이다. 비틀스 팬이라면 고스케 주위에도 꽤 있었지만 자신보다 더 열렬한 마니아는 적어도 이 도시에는 없을 거라는 자부심이 있었는데.

마담이 아이스피크로 얼음을 깨기 시작했다. 그 모습을 바라보며 고스케는 조각도로 나뭇조각을 깎던 시절을 떠올렸다.

아동복지시설에서의 생활은 나쁘지 않았다. 먹는 것도 부족함이 없고 학교도 보내주었다. 특히 처음 일 년 동안은 나이를 속인 탓에 한 학년이 낮아져 학교 공부가 전혀 힘들지 않았다.

이름은 '후지카와 히로시'로 계속 밀고 나갔다. 모두들 그를 '히로시'라고 불렀다. 깜빡 대답이 늦어지는 실수는 처음 한동안뿐이고 금세 그 이름에도 익숙해졌다.

하지만 친구라고 할 만한 사람은 없었다. 아니, 그런 친구를 만들지 않았다는 게 옳을 것이다. 친해지면 진짜 이름을 밝히고 싶어진다. 자신의 처지에 대한 이야기도 하고 싶어진다. 그걸 피하기 위해서라도 한사코 혼자일 필요가 있었다. 그가 소극적이었기 때문인지 다가오는 친구도 거의 없었다. 어쩐지 으스스한 녀석이라고 생각한 모양이었다. 딱히 따돌림을 당한 적은 없지만 시설에서도 학교에서도 고스케는 고립되었다.

친구들과 어울리지 못해도 그리 외롭다고 생각한 적은 없었다. 시설에서 생활하면서 새로운 즐거움을 찾아냈기 때문이다. 그것은 목각이었다. 근처 길가에서 목재를 주워 조각도를 들고 마음 내키는 대로 뭔가를 만들어나갔다. 처음에는 단순한 시간 때우기였다. 하지만 몇 개 만들다 보니 푹 빠져들었다. 동물, 로봇, 인형, 자동차, 무엇이든 조각도로 깎아냈다. 복잡하고 어려운 것일수록 도전하는 보람이 있었다. 설계도도 없이 손끝의 감을 따라 조각하는 게 재미있었다.

완성품은 나이 어린 아이들에게 나눠주었다. 사람 사귐이 서툰

'후지카와 히로시'의 선물에 당황하던 아이들도 조각품을 받아 들면 웃는 얼굴을 보였다. 새 장난감을 받는 일이 거의 없었기 때문일 것이다. 이윽고 아이들 쪽에서 먼저 청해왔다. 다음에는 '무민'(핀란드의 토베 얀손이 그린 그림책 캐릭터. TV 애니메이션으로 제작되었다—옮긴이)을 만들어줘. 나는 가면 라이더가 좋아. 고스케는 그런 요구에 응해주었다. 아이들이 기뻐하는 얼굴을 보는 게 즐거웠다.

고스케의 목각 인형은 직원들 사이에서도 유명해졌다. 어느 날, 직원실에 불려간 그는 관장에게서 생각지도 못한 제안을 받았다. 목공 기술자가 되어보겠느냐는 것이었다. 관장의 지인 중에 목각을 생업으로 하는 사람이 후계자를 찾고 있다는 이야기였다. 그곳에 들어가 제자 수업을 받으면 분명 고등학교에도 보내줄 것이라고 했다.

중학교 졸업이 바짝 다가와 있을 때였다. 고스케를 어떻게 해야 할지, 시설 직원들도 고민스러웠을 터였다.

마침 그즈음에 고스케의 신원에 관한 수속도 마무리 단계에 접어들었다. 호적을 새로 만드는 것이다. 가정 재판소에 호적 취득 허가를 신청했는데 그것이 인정되었다. 일반적으로는 나이 어린 유기 아동 등에 내려지는 조치여서 고스케 정도의 나이에 호적 취득이 인정되는 일은 드물었다. 아니, 정확히 말하자면 고스케처럼 자신의 신원을 고집스럽게 밝히지 않는 데다 경찰에서조차 밝혀내지 못한 경우는 여태까지 없었기 때문에 그런 신청을 할 필요 자체가 없었던 것이다.

고스케는 가정 재판소 직원도 몇 차례나 만났다. 그들 역시 어떻게든 고스케의 출신을 알아내려고 했다. 하지만 고스케는 지금까지와 똑같이 침묵으로 일관했다.

모종의 정신적인 충격으로 인해 자신에 대한 기억이 사라졌을 가능성이 있다. 즉 이 아이는 자신에 대해 말하고 싶어도 말하지 못하는 것이다. 어른들은 그런 시나리오를 만들어냈다. 아마도 그것이 이 귀찮은 안건을 처리하는 데 가장 편한 방법이라고 생각했던 것이리라.

중학교를 졸업하기 직전에 고스케는 '후지카와 히로시'라는 호적을 손에 넣었다. 사이타마 현의 목각 장인의 휘하에 제자로 들어간 것은 그 바로 뒤의 일이었다.

9

목각 기술을 배우는 일은 쉬운 일이 아니었다. 스승은 전형적인 장인 기질을 가진 사람이어서 융통성이라고는 조금도 없는 고집불통이었다. 처음 일 년 동안 고스케는 도구 손질과 재료 관리, 그리고 공방 청소만 도맡았다. 조각도를 만지는 게 허락된 것은 고등학교 2학년에 올라간 다음이었다. 정해진 모양대로 하루에 몇십 개씩 목재를 깎았다. 지시해준 모양과 완전히 똑같은 것이 나올 때까지 수없이 반복하는 것이다. 재미도 뭣도 없는 작업이었다.

하지만 스승은 근본이 선량한 사람이어서 고스케의 장래를 진지하게 배려해주었다. 그를 어엿한 한 몫의 장인으로 키워내는 것이 자신의 사명이라고 생각하는 것 같았다. 그것은 단순히 후계자가 필요하다는 이유 때문만은 아니라고 느껴졌다. 그 부인도 착한 사람이어서 고스케를 살뜰하게 챙겨주었다.

고등학교를 졸업할 무렵부터 본격적으로 스승의 일을 거들었다. 우선 간단한 것부터 시작해서 스승의 마음에 들게 깎아내자 점점 작업 내용이 어려워졌다. 하지만 그만큼 일하는 보람이 있었다.

충실한 하루하루였다. 온 가족이 야반도주를 했던 날 밤의 기억은 머릿속에서 지워지지 않았지만 그 일을 떠올리는 일은 줄어들었다. 그리고 이렇게 생각했다. 그때 내린 결단은 틀리지 않았다, 라고.

그런 부모라면 따라가지 않기를 잘한 것이다. 그날 밤에 결별해버린 것이 정답이었다. 만일 나미야 잡화점 할아버지의 충고를 따랐다면 지금쯤 어떤 꼴로 살고 있을 것인가.

그러던 중에 고스케가 큰 충격을 받은 것은 1980년 12월의 일이었다. 비틀스 멤버였던 존 레논이 살해되었다는 뉴스가 텔레비전에서 흘러나온 것이다.

예전에 비틀스에 푹 빠져 지냈던 나날이 선명하게 되살아났다. 허탈하고 씁쓸한 마음이 밀려들었다. 당연한 일이지만 그 속에는 그리움도 섞여 있었다.

존 레논은 비틀스를 해체한 것을 후회하지는 않았을까. 문득 그런 의문이 떠올랐다. 너무 성급했다고 생각한 적은 없었을까.

하지만 고스케는 고개를 젓고 있었다. 그런 후회를 했을 리 없다. 해체한 뒤에 비틀스 멤버들은 각각 독자적으로 활약하고 있다. 그것은 비틀스라는 속박에서 해방된 덕분인 것이다. 자신이 부모와 자식이라는 속박에서 탈출한 덕분에 행복을 거머쥔 것처럼.

일단 마음의 끈이 끊겨버리면 두 번 다시 이어지는 일은 없다……. 새삼 실감했다.

그로부터 다시 팔 년이 지난 1988년 12월 어느 날, 깜짝 놀랄 신문 기사를 보게 되었다. 환광원에서 화재가 발생했다는 것이다. 사망자도 나온 모양이었다. 스승이 한번 다녀오라고 하는지라 그 다음 날, 가게의 라이트밴을 빌려 타고 환광원으로 향했다. 시설을 방문하는 것은 고등학교 졸업 때 인사를 하러 갔던 게 마지막이니까 십여 년 만이었다.

환광원 건물은 반절쯤이 불에 타서 무너져 있었다. 원아와 직원들은 인근 초등학교 체육관을 빌려 어렵게 지내고 있었다. 스토브 몇 개를 켜놓고 있었지만 모두들 추워 보였다.

그새 노인이 되어버린 관장이 고스케를 반겨주었다. 본명을 끝내 밝히지 않을 만큼 마음의 문을 굳게 닫았던 아이가 화재 피해를 입은 시설을 걱정해줄 만큼 의젓한 어른으로 성장한 것에 놀라고 감격하는 모습이었다.

자신이 할 수 있는 일이라면 무엇이든 힘이 되어드리겠다고 고스케는 말했다. 그 마음만으로도 충분하다, 라는 대답이 돌아왔다.

초등학교 체육관을 나오는 길에 누군가 등 뒤에서 말을 걸었다.

"후지카와 씨?"

돌아보니 젊은 여자가 다가오는 참이었다. 이십 대 중반쯤일까. 고급스러운 모피 코트를 걸치고 있었다.

"역시 맞네요. 후지카와 히로시 씨죠?" 그녀는 눈을 반짝거리며 말했다. "나, 하루미예요, 무토 하루미. 기억나세요?"

유감스럽게도 그런 이름은 기억에 없었다. 그러자 그녀는 자신의 핸드백을 열어 뭔가를 꺼내 들었다.

"이건 어떠세요? 이거라면 생각나실 거 같은데."

앗 하고 저도 모르게 낮은 소리를 흘렸다.

목각 강아지였다. 분명 생각이 났다. 환광원에서 살던 시절에 고스케가 조각한 것이었다.

다시 한 번 여자의 얼굴을 찬찬히 보았다. 분명 낯익은 느낌이었다.

"여기 환광원에서?"

그녀는 고개를 끄덕였다. "네, 여기서 후지카와 씨에게 선물로 받았어요. 내가 5학년일 때였죠."

"이제야 생각나는군요. 막연하기는 하지만."

"아이, 나는 내내 기억하고 있었는데. 이걸 소중한 보물처럼 지금까지 간직했거든요."

"그래요, 이것 참, 미안하네."

그녀는 미소를 짓더니 목각 강아지를 핸드백에 챙겨 넣고 그 대신 명함을 꺼냈다. '오피스 리틀 독─대표 무토 하루미'라고 인쇄된 명함이었다.

고스케도 명함을 건넸다. 하루미의 얼굴이 한층 더 환해졌다.

"목각 조각가……. 역시 프로가 되셨군요?"

"스승님 말씀으로는 아직 한참 부족하다고는 합니다만." 고스케
는 머리를 긁적였다.

체육관 앞에 벤치가 있어서 둘이 나란히 앉았다. 무토 하루미도
화재 뉴스를 듣고 달려온 길이라고 했다. 뭔가 도움이 될까 하고
관장님에게 말씀드리러 온 것이다.

"큰 신세를 졌으니 이번 기회에 은혜를 갚아볼까 해서요."

"그래요, 참 훌륭한 생각이네."

"하지만 후지카와 씨도 그래서 오셨잖아요?"

"아니, 나는 스승님이 한번 가보라고 해서 왔죠." 고스케는 그녀
의 명함에 시선을 떨구었다. "하루미 씨는 회사 경영자? 어떤 회사
예요?"

"그냥 조그만 회사예요. 젊은이들을 대상으로 이벤트며 광고 기
획도 해요."

그렇군요, 라고 애매하게 대답했다. 전혀 감이 잡히지 않는 분야
였다.

"아직 젊은 나이에 대단하시네."

"아이, 대단할 것도 없어요. 그저 운이 좋았을 뿐이죠."

"그것만은 아닌 거 같은데? 애초에 그 나이에 회사를 세운 것
자체가 대단하죠. 남의 밑에서 일하면서 월급쟁이로 사는 게 편하

다고들 생각하는데."

하루미는 고개를 갸웃했다.

"원래 성격이 그런가 봐요. 저는 남의 밑에서 일하는 건 별로 소질이 없어요. 아르바이트도 길게 해본 적이 없거든요. 그래서 환광원에서 나온 뒤에는 뭘 해서 먹고살아야 할지 정말 막막했어요. 그러던 참에 어떤 분께 아주 귀중한 충고를 얻었죠. 그때부터 내인생의 방향이 정해진 것 같아요."

"호오, 어떤 분께서?"

"그게……." 그녀는 잠깐 뜸을 들이다가 말을 이었다. "잡화점 할아버지예요."

"잡화점 할아버지?" 고스케는 미간을 좁혔다.

"아는 언니 집 근처에 잡화점이 있는데 그 주인 할아버지가 고민을 상담해주는 것으로 유명하시거든요. 주간지에서 취재를 나온 적도 있대요. 그래서 일단 속는 셈 치고 상담을 해봤는데 정말좋은 조언을 해주셨어요. 지금 이만한 성공을 거둔 것도 모두 그분 덕분이에요."

고스케는 잠시 할 말을 잃었다. 그녀가 말하는 곳은 분명 나미야 잡화점인 게 틀림없었다. 거기 말고 그런 고민 상담을 해주는 잡화점이 또 있을 리 없었다.

"믿어지지 않지요, 이런 얘기?" 그녀가 물었다.

"아뇨, 그렇지는 않아요. 흠, 그런 잡화점이 있었군요." 전혀 처음 듣는 이야기인 척하며 대답했다.

"재미있죠? 그 잡화점, 아직도 있는지 모르겠네."

"어쨌든 사업이 잘된다니 다행이군요."

"네, 덕분에. 하지만 사실 요즘은 사업보다 부업 쪽에서 돈이 더 많이 들어와요."

"부업이라니, 어떤?"

"투자예요. 주식이나 부동산, 그리고 골프 회원권."

아하 하고 고스케는 고개를 끄덕였다. 최근에 자주 듣는 이야기다. 부동산 가격이 급등하면서 덩달아 경기가 달아올랐다. 덕분에 고스케의 공방에도 주문이 끊이지 않았다.

"후지카와 씨는 주식 같은 것에 관심 있으세요?"

고스케는 쓴웃음을 지으며 고개를 저었다. "아뇨, 전혀."

"네, 그렇다면 다행이네요."

"뭐가요?"

하루미는 잠시 망설이는 표정을 보이더니 입을 열었다.

"혹시 주식이나 부동산에 투자하셨다면 최소한 1990년까지는 남김없이 매각하시는 게 좋아요. 그 이후로는 일본 경제가 하락세로 돌아서니까요."

고스케는 어리둥절해서 무토 하루미의 얼굴을 빤히 바라보았다. 너무도 확신에 찬 말투였기 때문이다.

"어머, 죄송해요." 그녀가 겸연쩍은 웃음을 지으며 말했다. "내가 이상한 소리를 했네요. 그냥 잊어버리세요."

이윽고 손목시계를 들여다보더니 무토 하루미는 자리에서 일어섰다. "오랜만에 만날 수 있어서 정말 반가웠어요. 그럼 언젠가 또."

"그래요." 고스케도 자리에서 일어섰다. "건강하게 잘 지내요."

무토 하루미와 헤어져 고스케는 차로 돌아왔다. 시동을 걸고 차를 출발시켰지만 곧바로 브레이크를 밟았다.

나미야 잡화점이라……

갑작스럽게 그 가게가 궁금해졌다. 그때 고스케는 결국 나미야 할아버지의 충고를 따르지 않았다. 그것이 잘한 선택이라고 지금껏 생각해왔다. 하지만 무토 하루미처럼 아직도 할아버지의 충고를 큰 은혜로 생각하는 사람이 있는 것이다.

그 잡화점, 어떻게 되었을까.

고스케는 다시 차를 출발시켰다. 망설이면서도 공방과는 다른 방향으로 차를 몰고 있었다. 나미야 잡화점을 한번 둘러보고 싶었다. 어쩌면 이미 망해서 문을 닫아버렸는지도 모르지만 그것을 직접 눈으로 확인하면 뭔가 해결된 듯한 마음이 들 것 같았다.

자신이 태어난 동네에 돌아가는 건 열여덟 해 만이었다. 기억을 되살려가며 차를 몰았다. 얼굴만 보고 고스케를 알아볼 사람이 있을 리 없었지만 애써 사람들의 시선을 피했다. 예전에 살던 집 근처에 가는 것은 물론 안 될 일이었다.

동네 분위기가 많이 변해 있었다. 단독주택이 들어차고 길도 정비되었다. 거품 경기의 영향인지도 모른다.

하지만 나미야 잡화점만은 똑같은 자리에 똑같은 모습으로 서 있었다. 너무 낡아서 간판 글씨도 알아보기가 힘들었지만 건물 형태는 꼿꼿이 유지하고 있었다. 녹슨 셔터 문을 열면 아직도 가게 안에 상품이 진열되어 있을 것 같았다.

고스케는 차에서 내려 건물 앞으로 다가갔다. 가슴속에 그리움과 슬픔이 번갈아 밀려들었다. 아버지와 어머니의 야반도주에 따라가느냐 마느냐 하는 문제로 고민하던 끝에 편지를 우편함에 던졌던 그날 밤의 일이 되살아났다.

문득 깨닫고 보니 가게 옆 골목으로 들어서고 있었다. 우유 상자가 그때 그 모습 그대로 문에 붙어 있었다. 뚜껑을 열어 보았지만 텅 비어 있었다.

한숨을 내쉬었다. 이제 됐다고 생각했다. 이 일은 이제 그만 끝을 내자.

그때였다. 뒷문이 불쑥 열리고 누군가 나타났다. 오십 대쯤으로 보이는 남자였다.

그쪽에서도 놀란 기색이었다. 문 앞에 사람이 있을 줄은 생각도 못 했던 것이리라.

"아, 미안합니다." 고스케는 서둘러 우유 상자의 뚜껑을 닫았다. "수상한 사람 아닙니다. 그저 잠깐……." 그럴싸한 해명이 얼른 떠오르지 않았다.

남자는 의아한 얼굴로 고스케와 우유 상자를 번갈아 바라보더니 "혹시 상담 편지를 보냈던 분?"이라고 물었다.

고스케는 다시금 놀라서 남자를 마주 보았다.

"아, 아닌가? 예전에 우리 아버지에게 상담 편지를 보냈던 분인가 했는데."

허를 찔린 듯한 마음으로 고스케는 입을 헤벌렸다. 그 표정 그 대로 고개를 끄덕였다.

"네, 맞습니다. 아주 오래전이기는 합니다만."

남자는 굳어 있던 표정을 풀며 빙긋이 웃었다.

"역시 그렇군. 그런 게 아니라면 이 우유 상자를 열어 보지 않았 겠지."

"죄송합니다. 오랜만에 이 근처에 온 길에 어쩐지 옛날 생각이 나서." 고스케는 머리를 숙였다.

남자는 급히 손을 저으며 말했다.

"죄송하기는요. 나는 이 집 아들이에요. 아버지는 팔 년 전에 돌 아가셨어요."

"아, 그러셨군요. 그럼 이쪽 가게는……."

"지금은 아무도 없어요. 간간이 내가 한 번씩 둘러보고 있죠."

"철거할 예정은 없으시고요?"

남자는 흐음 하고 나지막한 소리를 냈다.

"사정이 있어서 그럴 수가 없어요. 이대로 남겨두기로 했어요."

"예에……."

그 사정이라는 게 무엇인지 궁금했지만 그런 얘기까지 캐묻는 건 실례가 될 것 같았다.

"진지한 상담이었던 모양이죠?" 남자가 물었다. "우유 상자를 열 어 봤다는 건 댁의 편지가 진지한 것이었다는 이야기죠. 장난삼아 보낸 편지가 아니라."

무슨 말인지 이해가 되었다.

"예, 저로서는 아주 진지한 상담이었죠."

남자는 고개를 끄덕이더니 우유 상자를 바라보았다.

"아버지도 참 유별나셨어요. 남의 고민을 상담해줄 시간이 있으면 장사 잘할 연구나 하시면 좋겠다고 나는 항상 불만이었는데. 하지만 아버지는 그게 사는 보람이었던 거 같아요. 그렇게 많은 사람들이 감사 표시를 해주었으니 아버님도 만족하셨겠지요."

"감사 인사를 하러 찾아온 사람들이 있었던 모양이지요?"

"뭐, 말하자면 그런 셈이지요. 편지를 몇 통씩이나 받았으니까. 아버지는 그간에 당신이 보낸 답장이 정말 도움이 되었는지 아니면 도리어 해가 되었는지 크게 걱정하셨는데 그 감사 편지를 받고 안심하시는 눈치였어요."

"감사하는 마음을 편지로 적어 보낸 거군요."

그렇죠, 라고 남자는 진지한 눈빛으로 고개를 끄덕였다.

"어린 시절에 아버지에게서 들은 이야기를 나중에 학교 선생님이 되어 교단에서 멋지게 활용했다는 편지를 보낸 사람이 있었어요. 그리고 상담자 본인이 아니라 따님이 보내준 감사 편지도 있었죠. 그 상담자는 처자식이 있는 남자의 아이를 과연 낳아야 할지 고민하다가 아버지에게 상담을 했던 모양이에요."

"그렇군요. 참 고민도 다양하네요."

"정말 그렇지요? 감사 편지를 읽어보고서야 나도 그걸 절실하게 느꼈어요. 어떻게 그런 일을 그리도 오래 계속하셨는지, 아버지도 참 용하시죠. 부모님이 야반도주를 하는데 따라가야 하느냐는 심각한 고민이 있는가 하면, 학교 선생님을 사랑하게 되었는데 어떻게 하면 좋겠냐는 묘한 고민도 들어오고……."

"아, 잠깐만요." 고스케는 급히 손을 내밀었다. "부모님이 야반도주를 하는데 따라가야 하느냐는 상담도 있었어요?"

"예, 분명 그런 상담도 있었죠." 왜 그걸 확인하는지 의아하다는 얼굴로 남자는 눈을 깜빡였다.

"그럼 그 사람도 감사 편지를?"

남자는 고개를 끄덕였다.

"예, 아버지가 부모님을 따라가는 게 옳다고 충고했던 모양이에요. 그 사람도 아버지의 충고 덕분에 좋은 결과를 얻었다고 감사 편지를 보냈더군요. 곤경에서 벗어나 부모님도 행복하고 본인도 풍족하게 잘 살고 있다는 거예요."

고스케의 미간에 주름이 잡혔다. "언제쯤이죠, 그런 감사 편지를 받은 게?"

남자는 잠시 머뭇거리는 기색을 보인 뒤에 말했다. "아버지 돌아가시기 조금 전이에요. 아, 근데 그것도 좀 사정이 있어서요, 그 사람이 감사 편지를 보낸 게 꼭 그때라는 뜻은 아니고……."

"그건 무슨 말씀이신지?"

"그게 사실은……." 남자는 뭔가 말을 하려다 말고 혼자 중얼거렸다. "이것 참, 내가 쓸데없는 소리를 했네." 그러더니 고스케를 쳐다보았다. "신경 쓸 거 없어요. 딱히 깊은 뜻이 있어서 한 얘기가 아니니까."

뭔가 허둥거리는 기색이었다. 남자는 돌아서서 뒷문에 열쇠를 채웠다.

"이만 실례해야겠네. 얼마든지 괜찮으니까 마음껏 둘러보고 가요. 딱히 볼 것도 없긴 하지만."

남자는 추운 듯 등을 웅크리고 옆의 골목으로 들어갔다. 그 뒷모습을 배웅한 뒤, 고스케는 다시 우유 상자로 시선을 돌렸다.

일순, 상자가 출렁 뒤틀리는 것처럼 보였다.

10

문득 깨닫고 보니 바 안에 〈예스터데이〉가 흐르고 있었다. 고스케는 잔을 비우고 마담에게 말했다. "한 잔 더 줄래요?"

손에 든 편지를 다시 읽어보았다. 머리를 굴려가며 써낸 편지는 다음과 같은 것이었다.

나미야 잡화점 님께

저는 지금부터 사십여 년 전에 나미야 씨께 상담 편지를 보냈던 사람입니다. 그때 '폴 레논'이라는 이름으로 보냈었죠. 기억하고 계시는지요.

그때 상담했던 내용은, 부모님이 야반도주를 할 계획이고 저도 함께 가자고 하는데 어떻게 하면 좋겠느냐는 것이었습니다.

나미야 씨께서는 가족이 뿔뿔이 흩어지는 것은 좋지 않다, 우선은 부모님을 믿고 행동을 함께해야 한다, 라는 뜻의 답장을 해주셨습니다. 그 말씀대로 저도 처음에는 그렇게 하기로 마음먹었습니다. 실제로 부모님과 함께 한밤중에 집을 나섰습니다.

하지만 중간에 도저히 견딜 수가 없었어요. 부모님을, 특히 아버지를 더 이상 신뢰할 수가 없었습니다. 거기에 내 인생을 맡길 수는 없었습니다. 아버지와 나를 이어주던 부자간의 인연의 끈이 이미 끊겼던 것이겠지요.

휴게소에서 나는 아버지 어머니를 피해 달아났습니다. 내 앞길에 어떤 고난이 닥칠지 전혀 짐작도 할 수 없었지만, 아무튼 그들과 함께 있어서는 안 된다는 생각만은 분명했습니다.

그 뒤로 부모님이 어떻게 되었는지는 전혀 알지 못합니다. 하지만 내 경우만 말하자면 그때 내린 결단은 잘못된 것이 아니었다고 단언할 수 있습니다.

이런저런 우여곡절은 있었지만 저는 행복을 손에 넣었습니다. 지금은 정신적으로나 경제적으로나 풍족하게 잘 살고 있습니다.

즉 나미야 씨의 충고를 따르지 않은 것이 옳았다는 얘기가 됩니다.

혹시 오해하실까 봐 미리 양해를 구하고자 합니다. 이 편지는 결코 비꼬려는 마음으로 보내는 것이 아닙니다. 인터넷에 올라온 공고문을 보니까 그때의 충고가 각자의 인생에 어떤 영향을 끼쳤는지 꼭 알려달라고 하셨더군요. 그래서 나미야 씨의 충고와는 다른 방향을 택한 사람도 있다는 것도 일단 알려드리는 게 도리라고 생각했습니다.

결국 인생이란 자기 혼자만의 힘으로 개척해나가는 수밖에 없다고 생각합니다.

이 편지는 나미야 씨의 유족분들께서 받아보시게 될 것 같군요. 혹시 불쾌하게 생각하셨다면 정말 죄송합니다. 너무 개의치 마시고, 조금이라도 불쾌하셨다면 이 편지는 처분해주십시오.

폴 레논 드림

카운터에 새 술잔이 나왔다. 고스케는 잔을 들어 위스키 한 모금을 머금었다.

1988년 연말의 일이 머릿속을 스쳐갔다. 우연히 나미야 잡화점 할아버지의 아들을 만났던 일이다. 그때 들은 이야기로는 고스케와 거의 비슷한 내용의 고민 상담이 있었다고 했다. 게다가 그 상담자는 할아버지의 충고를 받아들여 부모님을 따라갔고 결과적으로 행복해졌다는 것이다.

기묘한 우연이 다 있구나, 하고 생각했다. 비슷한 고민을 안고 있던 아이가 그 동네에 또 있었던 것일까.

대체 그 아이와 부모는 어떻게 행복을 거머쥐었을까. 고스케 자신의 가족이 처했던 상황을 돌이켜보면 그리 쉽게 타개책을 찾아냈을 것 같지 않다. 아무리 생각해도 방법이 없었기 때문에 아버지는 야반도주라는 극단적인 길로 내달린 것이다.

"편지, 다 쓰셨어요?" 마담이 물었다.

"뭐, 그럭저럭."

"정말 오랜만에 보네요. 손으로 쓰는 편지."

"그렇죠. 나도 오랜만에 좀 생각나는 데가 있어서."

그날 낮의 일이었다. 노트북으로 뭔가 검색하다가 우연히 한 블로그에서 그 공고문을 발견했다. '나미야 잡화점'이라는 글자에 머리보다 눈이 먼저 반응한 것이다. 그 내용은 다음과 같았다.

나미야 잡화점을 기억하시는 분들에게

9월 13일 오전 0시부터 새벽까지 나미야 잡화점의 상담 창구가 부활합니다. 예전에 나미야 잡화점에 상담 편지를 보내고 답장을 받으셨던 분들에게 부탁드립니다. 그 답장은 당신의 인생에 어떤 영향을 끼쳤습니까? 도움이 되었을까요. 아니면 아무 도움도 되지 못했을까요. 기탄없는 의견을 보내주시면 고맙겠습니다. 그때처럼 가게 셔터의 우편함에 편지를 넣어주십시오. 꼭 부탁드립니다.

가슴이 철렁했다. 설마, 했다. 누군가 장난을 치는 건가. 하지만 쓸데없이 이런 장난을 칠 이유는 없었다.

원문은 금세 찾아냈다. '나미야 잡화점, 단 하룻밤의 부활'이라는 블로그가 있었던 것이다. 운영자는 자신을 '나미야 잡화점 옛 소유주의 증손자'라고 밝혔다. 9월 13일 증조할아버지의 서른세 번째 기일을 기념하기 위해 이런 이벤트를 한다는 얘기였다.

306

하루 종일 그 공고문이 머릿속에서 떠나지 않았다. 목각 작업에도 집중할 수 없었다. 늘 하던 대로 식당에서 저녁을 먹고 일단 집에 돌아왔지만 역시 자꾸만 마음에 걸렸다. 결국 옷도 갈아입지 않고 다시 집을 나섰다. 혼자 사는 처지인지라 누구에게 어디 다녀온다고 알릴 필요도 없었다.

내내 망설이면서도 전차에 몸을 실었다. 누군가 충동질을 하는 듯한 느낌이었다.

바의 카운터에서 방금 쓴 편지를 다시 읽어보며 고스케는 이런 생각이 들었다. 이것으로 내 인생도 드디어 완결을 향해 달리는 것인가.

바의 음악은 〈페이퍼백 라이터Paperback Writer〉로 바뀌었다. 고스케가 특히 좋아하던 노래다. 무심코 시디플레이어에 시선을 던지다가 그 바로 옆에 턴테이블이 있는 것을 깨달았다.

"와아, 옛날 음반도 들을 수 있어요?" 마담에게 물어보았다.

"네, 어쩌다 한 번씩이지만 LP판도 틀어드려요. 특별히 그런 쪽을 좋아하는 손님이 부탁할 때만."

"그 재킷, 잠깐 구경 좀 할까요? 아, 판은 올리지 않아도 괜찮아요."

좋죠, 라면서 마담은 카운터 뒤편으로 사라졌다.

곧바로 돌아온 그녀는 몇 장의 LP판을 들고 있었다.

"이거 말고도 더 많은데 집에 보관 중이라서 오늘은 이것뿐이네요." 그녀가 음반들을 카운터 위에 펼쳐놓았다.

고스케는 그중 한 장을 집어 들었다. 〈애비 로드Abbey Road〉였다. 〈렛 잇 비〉보다 먼저 발매되었지만 실질적으로는 비틀스가 만든 마지막 음반이다. 네 명의 멤버가 횡단보도를 건너가는 재킷 사진은 이제 전설이 되었다고 할 만큼 유명하다. 폴 매카트니가 왜 그런지 맨발이었고, 그래서 '폴 매카트니는 그 당시 이미 사망한 상태였다'라는 소문이 돌았다.

"정말 그 시절이 그립군요." 저도 모르게 중얼거리고 두 번째 음반에 손을 내밀었다. 〈매지컬 미스터리 투어Magical Mystery Tour〉. 같은 제목으로 개봉한 영화의 사운드트랙인데 막상 영화 내용은 의미 불명의 난해한 것이었다고 한다.

세 번째 음반은 〈서전트 페퍼스 론리 하츠 클럽 밴드〉였다. 군이 설명할 것도 없이 누구나 다 아는 록 음악의 금자탑……

그 순간, 고스케의 시선이 한 지점에 꽂혔다. 재킷 오른쪽 끝부분에 금발 미녀가 자리 잡고 있다. 예전에는 메릴린 먼로라고 생각했다. 사실은 메릴린 먼로가 아니라 여배우 다이애나 도스라는 것은 한참 뒤 어른이 되고 나서야 알았다. 그 여배우의 좀 더 옆쪽, 인쇄가 벗겨진 부분을 매직으로 검게 칠한 흔적이 있었다.

온몸의 피가 수런거렸다. 심장이 급하게 뛰기 시작했다.

"이, 이건……" 목소리가 떨려 나왔다. 침을 꿀꺽 삼키고 마담을 보았다. "이 레코드판, 마담 거예요?"

그녀는 약간 당황하는 표정이었다.

"지금은 내가 갖고 있지만, 원래는 오빠 것이었어요."

"오빠? 근데 왜 마담이?"

그녀는 후우 한숨을 내쉬었다.

"오빠가 이 년 전에 죽었어요. 내가 비틀스를 좋아하게 된 건 오빠 덕분이죠. 오빠가 어렸을 때부터 비틀스의 열렬한 팬이었어요. 언젠가는 비틀스 전문 바를 열겠다고 하더니 결국 삼십 대에 회사에 사표를 던지고 이 가게를 시작했죠."

"……그랬군요. 오빠는 어디 몸이 아파서?"

"네. 폐암." 그녀는 가슴을 살짝 누르며 말했다.

고스케는 조금 전에 받은 그녀의 명함을 보았다. '하라구치 에리코'라는 이름이었다.

"오빠도 하라구치 씨?"

"아뇨, 오빠는 '마에다'예요. 하라구치는 제가 결혼하면서 성이 바뀐 거고요. 하긴 이혼해서 지금은 혼자 살지만 다시 바꾸기도 번거로워서 그냥 그 성을 쓰고 있어요."

"마에다……"

틀림없다고 확신했다. 고스케의 레코드를 사 갔던 친구의 성씨가 '마에다'였다. 즉 지금 손에 들고 있는 음반은 고스케 자신의 것이었다.

어떻게 이런 일이, 하고 놀라면서도 한편으로는 그리 이상한 일도 아니라는 생각이 들었다. 이 조그만 동네에서 비틀스 바를 개업할 사람이라면 대충 손꼽을 정도다. 'Fab 4'라는 바 이름을 처음 보았을 때, 누군가 아는 친구의 가게인지도 모른다고 눈치를 챘어야 했다.

"오빠 이름이 왜요?" 마담이 물었다.

"아니, 아무것도 아니에요." 고스케는 고개를 저었다. "이 음반들, 모두 오빠의 유품이군요."

"네. 아, 하지만 원래 주인의 유품이기도 해요."

무슨 말이냐고 되물었다. "원래 주인이라니……."

"이 음반들은 오빠가 중학교에 다닐 때, 같은 반 친구에게서 사들인 것이거든요. 수십여 장이었다니까 비틀스 음반의 대부분이죠. 그 친구는 오빠보다 더 열렬한 비틀스 팬이었는데 갑자기 이걸 모두 다 팔겠다고 연락이 왔대요. 오빠는 뛸 듯이 좋아하면서도 뭔가 이상하다고 생각했던 모양인데……." 거기까지 말하고 마담은 입가를 손으로 가렸다. "어머, 죄송해요. 재미없죠, 이런 얘기?"

"아뇨, 궁금한데요." 고스케는 위스키를 훌쩍 들이켰다. "얘기해봐요. 그 친구에게 무슨 사연이 있었어요?"

네에, 라고 그녀는 고개를 위아래로 끄덕였다.

"그 친구, 여름방학 끝나고 2학기 시작하면서부터 학교에 나오지 않았대요. 실은 부모님과 함께 야반도주를 한 거였어요. 아버지 회사가 엄청난 빚을 졌던 모양이에요. 근데 결국 끝까지 도망칠 수 없다고 생각했는지, 마지막에는 가엾게도……."

"어떻게 됐는데요?"

마담은 시선을 떨구고 우울한 표정을 짓더니 천천히 고개를 들었다.

"야반도주한 이틀 뒤쯤에 자살했어요. 동반 자살."

"자살? 죽은 거예요? 누구하고 누가?"

"일가족이 모두 죽었어요. 아버지가 아내와 아들을 죽이고 마지막에는 자신도……."

설마, 하는 소리가 저절로 터져 나오려는 것을 고스케는 가까스로 참았다.

"어떻게 죽였을까요, 그…… 아내하고 아들을?"

"자세한 건 모르겠지만, 수면제를 먹여 깊이 잠들게 한 뒤에 배에서 바다로 던졌다고 들었어요."

"배에서?"

"한밤중에 노 젓는 배를 훔쳐 타고 바다로 나갔대요. 하지만 아버지는 미처 죽지 못해서 육지로 올라온 뒤에 다시 목을 매고 죽었다던가……."

"그럼 두 사람의 사체는? 그 아내와 아들의 사체가 발견됐어요?"

글쎄요, 라고 마담은 고개를 갸웃거렸다.

"거기까지는 잘 모르겠어요. 하지만 아버지가 유서를 남겼기 때문에 두 사람이 사망했다는 것도 알게 된 모양이에요."

"으음……."

고스케는 잔을 비우고 한 잔을 더 주문했다. 머릿속이 뒤죽박죽이었다. 그나마 알코올의 힘으로 신경이 둔해져 있지 않았다면 도저히 평정을 유지할 수 없었을 것이다.

설령 바다에서 발견되었다 해도 어머니의 사체 한 구뿐이었을 것이다. 하지만 유서에 아내와 아들을 살해했다고 적혀 있으니까 아들의 사체는 발견하지 못했더라도 경찰에서 유서 내용을 별로 의심하지 않았을 가능성이 높다.

문제는 왜 아버지가 그런 유서를 썼는가, 하는 점이다.

고스케는 사십이 년 전의 그날을 되짚어보았다. 후지카와 휴게소에서 운송업자의 트럭 짐칸에 몰래 숨어 도망쳤던 날 밤의 일이다.

아들이 자취를 감춘 것을 깨달은 아버지와 어머니는 어떻게 해야 할지 고민했을 게 틀림없다. 아들 일은 잊어버리고 예정대로 야반도주를 계속할 것인가, 아니면 아들을 찾는 길을 택할 것인가. 고스케는 아마도 부모님이 야반도주를 계속할 거라고 예상했었다. 아들을 찾으려고 해도 방법이 없었기 때문이다.

하지만 아버지와 어머니는 그중 어느 것도 택하지 않았다. 그들이 선택한 것은 자살이라는 길이었다.

새 잔이 나왔다. 고스케는 잔을 들고 가볍게 흔들었다. 얼음이 부딪히며 소리를 냈다.

일가족 동반 자살은 어쩌면 그 전부터 아버지가 결심했던 일이었는지도 모른다. 물론 마지막 수단으로서. 하지만 고스케가 사라지는 바람에 아버지가 그 결심을 일찌감치 행동에 옮겼다는 건 틀림없는 사실일 것이다.

아니, 아버지뿐만이 아니다. 분명 어머니와 둘이서 상의해서 결정한 것이다.

그렇다고 해도 왜 배를 훔쳐서까지 어머니의 유해를 바다에 빠뜨렸을까.

그 이유에 대해 짐작할 수 있는 것은 한 가지밖에 없었다.

아들도 함께 죽은 것으로 위장하기 위해서……

넓은 바다에서라면 사체가 발견되지 않아도 이상할 게 없다. 자살하기로 결심했을 때, 아버지와 어머니는 고스케의 처지를 무엇보다 걱정한 것이다. 자신들만 죽을 경우, 아들은 대체 어떻게 될까 하고.

고스케가 앞으로 어떻게 살아갈 생각인지, 그들은 예상조차 못했을 것이다. 하지만 어차피 와쿠 고스케라는 이름은 쓰지 못할 터였다. 그렇다면 자신들이 그것을 방해해서는 안 된다. 아버지와 어머니는 그렇게 생각했으리라.

그래서 와쿠 고스케라는 인간을 이 세상에서 없애버리기로 한 것이다.

경시청 청소년과 형사, 아동상담소 직원, 그 밖에 수많은 관계자들이 고스케의 신원을 밝혀내려고 했다. 하지만 아무도 알아내지 못했다. 당연한 일이었다. 와쿠 고스케라는 중학생에 대한 자료는 일찌감치 사망으로 처리된 뒤였으니까.

야반도주 직전에 어머니가 했던 말이 되살아났다.

나도 그렇지만 네 아빠도 너를 최우선으로 생각하고 있어. 네가 행복해지기만 한다면 무슨 짓이라도 할 거야. 목숨까지도 걸기로 했어.

그 말은 거짓말이 아니었다. 그리고 지금의 자신이 존재하는 것은 그런 부모님 덕분이었다.

고스케는 머리를 저으며 위스키를 꿀꺽 들이켰다. 그럴 리가 없
다고 생각했다.

그런 부모 때문에 나는 하지 않아도 될 고생을 했다. 이름까지
버려야 했다. 현재의 풍족함을 거머쥘 수 있었던 것은 온전히 나
혼자만의 노력 덕분이었다. 그것 말고는 아무것도 없었다⋯⋯.

하지만 그렇게 생각하면서도 후회와 가책이 가슴을 덮치는 것
도 사실이었다.

자신이 도망친 탓에 결과적으로 아버지와 어머니는 다른 선택
의 여지조차 없었던 것이다. 그들을 그런 막다른 궁지에 몰아넣은
것은 바로 자신이었다. 도망치기 전에 왜 한 번 더 말해보지 않았
을까. 야반도주 따위는 하지 말고 집으로 돌아가자고. 온 가족이
처음부터 다시 시작해보자고.

"어머, 왜 그러세요?"

말소리에 고개를 들었다. 마담이 걱정스러운 눈빛으로 바라보
고 있었다.

"몹시 힘들어 보이시는데⋯⋯."

아뇨, 라고 고개를 저었다. "아무것도 아니에요. 고마워요."

자신이 써놓은 편지가 눈에 들어왔다. 다시 읽어보니 불쾌감이
가슴속에 번졌다.

자기만족을 늘어놓았을 뿐, 아무 가치도 없는 편지였다. 고민 상
담에 착실히 응해준 분에 대한 경의도 없었다. 뭐가 '인생이란 혼

자만의 힘으로 개척해나가는 수밖에 없다고 생각합니다'인가. 내심 경멸해왔던 부모님의 희생이 없었더라면 지금 어떤 꼴이 되었을지도 모르는 주제에.

편지지를 뜯어내 죽죽 찢었다. 마담이 놀라는 소리를 흘렸다.

"아, 미안해요. 나 여기 좀 더 있어도 괜찮죠?" 고스케가 물었다.

"네, 괜찮고말고요." 마담은 미소를 지어주었다.

볼펜을 들고 다시금 편지지를 내려다보았다.

역시 나미야 할아버지의 충고가 옳았는지도 모른다.

'온 가족이 같은 배에 타고 있기만 하면 함께 올바른 길로 돌아오는 것도 가능합니다.'

할아버지가 보내준 편지의 글귀가 생각났다. 자신이 도망치는 바람에 우리 가족의 배는 갈 곳을 잃었던 것이다.

그러면 이 편지는 어떻게 써야 할까. 충고를 무시하고 부모님에게서 도망쳤고 그 바람에 두 사람이 자살해버렸습니다, 라고 사실대로 쓰면 될까.

그런 짓은 할 수 없다, 아니, 하지 않는 게 좋다, 라고 곧바로 마음을 고쳐먹었다.

와쿠 가족의 동반 자살 사건이 이 동네에서 얼마나 화제가 되었는지는 확실하지 않다. 하지만 만일 나미야 할아버지의 귀에 들어갔다면 어떻게 되었겠는가. 분명 상담자 '폴 레논'의 가족이 아닌가 하고 몹시 걱정했을 것이다. 부모님을 따라가라고 충고한 것을 크게 후회했는지도 모른다.

오늘 밤의 이벤트는 나미야 할아버지의 서른세 번째 기일을 기념하기 위한 것이다. 그렇다면 저승에 계신 할아버지를 안심시켜 드리지 않으면 안 된다. 기탄없는 의견을 보내달라고 했지만 꼭 사실대로 써야 하는 것은 아니다. 요컨대 충고가 올바른 것이었다는 감사의 마음이 전해지면 되는 것이다.

잠시 생각한 끝에 고스케는 다음과 같은 편지를 썼다. 첫머리는 먼저 썼던 편지와 거의 동일하다.

나미야 잡화점 님께

저는 지금부터 사십여 년 전에 나미야 씨께 상담 편지를 보냈던 사람입니다. 그때 '폴 레논'이라는 이름으로 보냈었죠. 기억하고 계시는지요.

그때 상담했던 내용은, 부모님이 야반도주를 할 계획이고 저도 함께 가자고 하는데 어떻게 하면 좋겠느냐는 것이었습니다. 나미야 씨는 제가 드린 편지를 벽에 붙이지 않으셨어요. 진지한 상담이 들어온 것은 그때가 처음이라고 하셨던 것 같아요.

나미야 씨께서는 가족이 뿔뿔이 흩어지는 것은 좋지 않다, 우선은 부모님을 믿고 행동을 함께해야 한다, 라는 뜻의 답장을 해주셨습니다. 온 가족이 같은 배에 타고 있기만 하면 함께 올바른 길로 돌아오는 것도 가능하다, 라는 귀중한 격려의 말씀도 덧붙여주셨습니다.

저는 그 말씀에 따라 부모님과 행동을 함께하기로 했습니다. 그리고 그 선택은 잘한 것이었습니다.

자세한 얘기는 생략합니다만, 결과적으로 우리 가족은 곤경에서 벗어날 수 있었습니다. 부모님은 최근에 돌아가셨지만 두 분 모두 행복한 인생을 보냈다고 생각합니다. 저 또한 풍족하게 잘 살고 있습니다.

모두 나미야 씨 덕분입니다. 감사의 마음을 전하고 싶어 이렇게 몇 자 적어 보냅니다.

이 편지는 나미야 씨의 유족께서 읽게 되실까요. 서른세 번째 기일에 작은 공양이 될 수 있다면 기쁘겠습니다.

폴 레논 드림

다시 읽어보면서 고스케는 신기하다는 생각이 들었다. 나미야 할아버지의 아들이 말해주었던, 또 한 명의 야반도주한 아이의 감사 편지와 자신의 편지 내용이 흡사한 것이다. 물론 단순한 우연이겠지만.

편지지를 접어 봉투에 넣었다. 시계를 보니 이제 곧 오전 0시였다.

"부탁이 있는데." 고스케는 자리에서 일어서며 마담에게 말했다. "지금 이 편지를 근처에 얼른 전해주고 올 테니까, 한잔 더 할 수 있어요?"

마담은 당황스러운 표정으로 편지와 고스케의 얼굴을 번갈아 바라본 뒤에 빙긋 웃으며 고개를 끄덕였다. "네, 알았어요."

고마워요, 라고 말하고 고스케는 지갑에서 만 엔짜리 지폐를 꺼내 카운터에 올려놓았다. 술값을 떼어먹고 도망가는 사람이라는 의심은 받고 싶지 않았다.

바에서 나와 밤길을 걸었다. 주변의 주점이며 스낵바는 이미 문을 닫은 뒤였다.

나미야 잡화점이 저만치에 보였다. 고스케는 걸음을 멈췄다. 가게 앞에 누군가 와 있었기 때문이다.

누구일까, 하면서 천천히 다가갔다. 정장 차림의 여자였다. 삼십대 중반쯤일까. 옆에 벤츠가 주차되어 있었다. 차 안을 흘끗 들여다보니 조수석에 큼직한 상자가 있었다. 안에 어느 여가수의 시디가 가득했다. 모두 똑같은 것이다. 그 가수의 관계자인 모양이었다.

여자는 셔터 우편함에 뭔가를 넣더니 뒤로 물러섰다. 그 참에 고스케를 알아보고 흠칫 놀란 듯 움직임을 멈췄다. 얼굴에 경계의 빛이 떠올랐다.

고스케는 들고 있던 편지 봉투를 내보이고 다른 한 손으로는 셔터 우편함을 가리켰다. 그것으로 사정을 짐작했는지 여자는 표정이 누그러들었다. 말없이 인사를 건네더니 주차된 벤츠에 탔다.

오늘 밤, 얼마나 많은 사람들이 이곳에 찾아올까.

나미야 잡화점의 존재가 자신의 인생에 큰 의미를 갖는 사람이 의외로 많은지도 모른다.

벤츠가 사라진 뒤, 고스케는 편지를 우편함에 넣었다. 털썩 떨어지는 소리가 들렸다. 사십이 년 만에 다시 듣는 소리였다.

가슴에 고인 응어리가 툭 터지는 듯한 느낌이었다. 어쩌면 이제야 마침내 결말이 난 것인지도 모른다고 고스케는 생각했다.

'Fab 4'에 돌아와보니 벽에 붙은 LCD 화면의 전원이 켜져 있었다. 마담이 카운터 안쪽에서 뭔가 기기를 만지고 있었다.

"뭐 해요?" 고스케가 물었다.

"오빠가 귀하게 보관했던 비디오가 있거든요. 정식 비디오는 발매되지 않아서 무슨 해적판의 일부인 것 같아요."

"호오."

"술은 뭘로 하실래요?"

"응, 똑같은 걸로."

부나헨 온 더 록 잔이 고스케 앞에 놓여졌다. 그가 잔을 들었을 때, 비디오가 돌아가기 시작했다. 유리잔이 채 입술에 닿기 전에 그는 손을 멈췄다. 어떤 장면인지 깨달았기 때문이다.

"이건……."

애플 빌딩의 옥상이었다. 찬 바람이 부는 가운데 비틀스가 연주에 들어간다. 영화 〈렛 잇 비〉의 클라이맥스 장면이다.

잔을 내려놓고 고스케는 화면을 응시했다. 그의 인생을 바꿔버린 영화였다. 그것을 보고 인간의 마음을 이어주는 끈이 얼마나 약한 것인지를 통감했었다.

하지만…….

비디오 영상 속의 비틀스는 고스케의 기억과는 조금 달랐다. 옛날에 영화관에서 봤을 때는 그들의 마음이 뿔뿔이 흩어져 있고 연주도 서로 어우러지지 않는 것처럼 느꼈었다. 하지만 지금 이렇게 바라보니 그때와는 전혀 느낌이 달랐다.

네 명의 멤버는 열정적으로 연주하고 있었다. 즐기고 있는 것처럼 보이기도 했다. 설령 해체를 앞두고 있더라도 넷이서 연주할 때만은 예전의 마음으로 돌아갈 수 있었던 것일까.

영화관에서 봤을 때 지독한 연주라고 느꼈던 것은 고스케의 마음 상태가 원인이었는지도 모른다. 인간의 마음이 이어져 있다는 것을 어떻게도 믿을 수가 없었던 것이다.

고스케는 잔을 들어 위스키를 꿀꺽 마셨다. 조용히 눈을 감고 다시금 부모님의 명복을 빌었다.

제5장

하늘 위에서 기도를

1

가게에 나갔던 쇼타가 돌아왔다. 시무룩한 얼굴이었다.

"편지, 안 왔어?" 아쓰야가 물었다.

쇼타는 고개를 끄덕이더니 한숨을 내쉬었다. "바람 때문에 셔터가 잠깐 흔들렸나 봐."

"그렇다니까." 아쓰야는 말했다. "이제 그만해."

"우리가 보낸 답장은 읽었을까?" 그렇게 물은 것은 고헤이였다.

"당연히 읽었겠지." 쇼타가 대답했다. "우유 상자에 넣어둔 편지, 없어졌잖아. 딴 사람이 가져갔을 리는 없어."

"그렇지? 근데 왜 답장이 안 올까?"

"그건⋯⋯." 말을 잇지 못하고 쇼타는 아쓰야 쪽을 보았다.

"야, 그건 그럴 만도 해." 아쓰야가 말했다. "어쨌거나 내용이 좀 이상했잖아. 그 편지를 받은 사람 입장에서는 무슨 뚱딴지같은 소리냐고 생각하지. 게다가 답장이 오면 오는 대로 우리도 골치 아파져. 무슨 뜻으로 하는 말이냐고 꼬치꼬치 따지면 어떡할 거야?"

고헤이와 쇼타는 말없이 고개를 떨구었다.

"어때, 내 말이 맞지? 그러니까 답장이 안 오는 게 좋아."

"그나저나 진짜 놀랍다." 쇼타가 말했다. "어떻게 이런 우연이 다 있어? '생선 가게 뮤지션'이 그 사람일 줄 누가 알았겠어."

"그건 그래." 아쓰야도 고개를 끄덕였다. 아니라는 말은 도저히 할 수 없었다.

올림픽 대표 후보자였던 여자와 편지를 주고받은 직후, 또 다른 사람의 상담 편지가 날아왔다. 그 내용을 보고 아쓰야 일행은 어이가 없고 화가 났다. 아버지가 하는 생선 가게를 물려받아야 할지 자신이 택한 음악의 길로 나가야 할지 망설이고 있다는 고민은 도무지 고민거리로도 보이지 않았다. 풍족한 집에서 자란 철없는 아들이 그저 제멋대로 하려는 것으로밖에는 생각되지 않았다.

그래서 세상을 그렇게 호락호락하게 살아서는 안 된다고 비난하는 답장을 보냈다. 하지만 '생선 가게 뮤지션'이라는 그 상담자는 그게 뜻밖의 말이었는지 곧바로 반론 편지를 보내왔다. 거기에 대해 아쓰야 일행은 다시금 단칼에 매도하는 답장을 보냈다. 그리고 그에게서 또 한 번 편지가 날아온 참에 아주 기묘한 일이 일어났다.

그때 아쓰야 일행은 가게 안에 있었다. 생선 가게 뮤지션이 보내 줄 편지를 기다리고 있었던 것이다. 잠시 뒤 한 통의 편지가 우편함으로 들어오다가 중간에서 딱 멈췄다. 놀랄 만한 일이 일어난 것은 그다음 순간이었다.

우편함을 통해 하모니카 소리가 들려온 것이다. 게다가 그것은 아쓰야 일행이 잘 아는 멜로디의 노래였다. 제목도 알고 있다. 〈재생〉이라는 노래다.

그 노래는 미즈하라 세리라는 여가수의 데뷔곡으로 널리 알려져 있지만, 그것 말고도 유명한 일화가 있었다. 그리고 그건 아쓰야 일행과도 무관한 것이 아니었다.

미즈하라 세리는 남동생과 함께 아동보호시설 환광원에서 자랐다. 그녀가 초등학생 때 환광원에서 화재가 발생했고, 그때 미처 대피하지 못한 남동생을 한 남자가 구해주었다. 그 남자는 크리스마스 위문 공연을 위해 초대된 아마추어 뮤지션이었다. 안타깝게도 그는 온몸에 화상을 입고 병원에서 숨을 거두었다.

〈재생〉은 그 아마추어 뮤지션이 작곡한 노래였다. 그런 은혜를 갚고자 미즈하라 세리는 끊임없이 그 노래를 불렀고, 결과적으로 그녀는 가수로서 굳건하게 자리를 잡게 되었다.

이 일화는 아쓰야 일행도 어려서부터 자주 들어서 알고 있었다. 왜냐하면 그들도 환광원에서 자랐기 때문이다. 미즈하라 세리는 그곳 아이들의 자랑이자 희망이었다. 나도 언젠가는 저렇게 빛나는 스타가 되고 싶다는 꿈을 꿀 수 있게 해준 존재였다.

그런데 그 〈재생〉이라는 노래가 들려왔으니 아쓰야 일행은 놀라지 않을 수 없었다. 하모니카 연주가 끝나고 편지는 그제야 우편함 아래로 털썩 떨어졌다. 그쪽에서 밀어 넣은 것 같았다.

이게 대체 어떻게 된 일이냐고 깜짝 놀라서 셋이 상의를 했다. 상담자가 살고 있는 시대는 1980년일 터였다. 미즈하라 세리는 태어나기는 했지만 아직 어린아이다. 당연히 〈재생〉도 아직 세상에 알려지지 않았다.

생각할 수 있는 것은 한 가지밖에 없었다. 생선 가게 뮤지션이 바로 〈재생〉의 작곡가라는 것. 미즈하라 세리와 그 남동생의 은인이 바로 이 사람인 것이다.

편지에는, 나미야 잡화점 님께서 보내준 답장에 충격을 받았으나 어떻든 다시 한 번 자신을 돌아볼 생각이라고 적혀 있었다. 게다가 직접 만나 이야기하고 싶다는 말도 덧붙어 있었다.

세 사람은 고민했다. 생선 가게 뮤지션에게 미래에 닥칠 재난을 알려주어야 할까. 1988년 크리스마스이브 밤에 당신은 환광원이라는 아동복지시설에서 일어난 화재로 죽게 됩니다, 라고 알려주는 게 좋을까.

알려주자고 주장한 것은 고헤이였다. 그러면 그는 죽지 않을 수 있다는 것이다.

하지만 쇼타가 의문을 제기했다.

"그랬다가는 그 사람 대신 미즈하라 세리의 남동생이 죽는 거 아니야?"

여기에는 고헤이도 반론을 할 수 없었다.

최종적인 결론은 아쓰야가 내렸다. 화재에 대해서는 알려주지 않기로 한 것이다.

"그런 얘기를 해봤자 그 사람이 진지하게 받아들일 리가 없어. 괜히 재수 없는 소리를 들었다고 불쾌하게 생각하겠지. 그러다가 머지않아 그 말도 싹 잊어버릴 거고. 게다가 환광원에서 화재가 일어난 것도, 미즈하라 세리가 〈재생〉으로 유명해진 것도 이미 일어난 사실이야. 그렇다면 이건 어떻게 해봐도 결국 바뀌지 않는다는 뜻이야. 우리가 편지에 어떻게 써서 보내든 일어날 일은 일어나는 거라고. 그렇다면 최소한 그 사람을 따뜻하게 격려해주는 말을 해주는 게 더 낫잖아."

쇼타와 고헤이는 고개를 끄덕였다. 그럼 마지막으로 어떤 말을 해주어야 할까.

"나는…… 고맙다는 인사를 하고 싶다." 그렇게 말한 것은 고헤이였다. "그 사람이 아니었으면 미즈하라 세리는 유명한 가수가 되지 못했을 거고, 그럼 우린 〈재생〉이란 노래도 듣지 못했을 거야."

아쓰야도 동감이었다. 쇼타도 그걸로 가자고 말했다.

셋이서 함께 편지를 써 내려갔다. 말미에는 다음과 같이 썼다.

당신이 음악 외길을 걸어간 것은 절대로 쓸모없는 일이 되지는 않습니다. 당신의 노래에 구원을 받는 사람이 있어요. 그리고 당신이 만들어낸 음악은 틀림없이 오래오래 남습니다.

어떻게 이런 말을 할 수 있느냐고 묻는다면 대답하기가 곤란하지만, 아무튼 틀림없는 얘기예요. 마지막까지 꼭 그걸 믿어주세요. 마지막의 마지막 순간까지 믿어야 합니다.

그 말밖에는 할 수가 없네요.

편지를 우유 상자에 넣고 잠시 지난 뒤에 열어 보았다. 편지는 사라지고 없었다.

'생선 가게 뮤지션'의 손에 건너간 것이다. 어쩌면 또 답장이 올지도 모른다고 기대했다. 그래서 뒷문을 닫아둔 채 지금까지 기다리고 있었다.

하지만 생선 가게 뮤지션의 편지는 더 이상 오지 않았다. 지금까지는 우유 상자에 답장을 넣으면 그 직후에 그쪽에서 보낸 편지가 우편함으로 들어왔다. 생선 가게 뮤지션은 아쓰야 일행이 보낸 답장을 읽고 뭔가 결단을 내렸는지도 모른다.

"이제 그만 뒷문은 열어놓자." 아쓰야가 자리에서 일어섰다.

"아, 잠깐." 고헤이가 아쓰야의 바지 자락을 붙잡았다. "조금만 더, 안 될까?"

"뭘?"

그러니까, 라면서 고헤이는 입술을 악물었다. "뒷문, 좀 더 닫아뒀으면 좋겠는데."

아쓰야는 미간을 찌푸렸다.

"왜 그래? 생선 가게 그 사람은 이제 편지 안 해줄 거야."

"그건 나도 알아. 그 사람 일은 이제 됐어."

"근데 왜?"

"그게 그러니까…… 또 다른 사람한테서도 상담 편지가 올 거 같아서."

"뭐야?" 아쓰야는 입을 다물지 못한 채 고헤이를 내려다보았다. "너, 대체 왜 그래? 뒷문을 계속 닫아두면 시간이 멈춰버린단 말이야. 그거 알기나 해?"

"알지, 물론."

"그럼 지금 그런 소리 할 때가 아니란 것도 알겠네. 어차피 떠난 배라고 치고 생선 가게 뮤지션까지는 나도 함께 편지를 써줬어. 하지만 이제 그만해. 고민 상담실 놀이는 이걸로 끝내자고."

고헤이의 손을 뿌리치고 아쓰야는 뒷문으로 향했다. 문을 열고 밖으로 나가 시각을 확인했다. 오전 4시를 조금 지난 참이었다.

이제 두 시간쯤 남았는가.

오전 6시에는 이 집을 나갈 생각이었다. 그때쯤이면 첫 전차도 출발할 터였다.

안으로 돌아오자 고헤이가 시무룩한 얼굴로 앉아 있었다. 쇼타는 휴대폰을 만지작거리고 있었다. 아쓰야는 주방 의자에 자리를 잡고 앉았다. 식탁에 세워놓은 촛불이 흔들렸다. 밖에서 바람이 들어오기 때문일 것이다.

그나저나 진짜 신기한 집이다, 하고 빛바랜 벽을 바라보며 아쓰야는 생각했다.

대체 무슨 이유로 이런 기이한 현상이 일어나는 걸까. 그리고 왜 하필 우리가 이런 일에 휘말려 들었을까.

"뭔가 설명은 잘 못하겠지만……." 고헤이가 우물우물 말했다.
"지금까지 살아오면서 오늘 밤 처음으로 남에게 도움 되는 일을
했다는 실감이 들었어. 나 같은 게. 나 같은 바보가."

아쓰야는 얼굴을 찌푸렸다.

"그래서 고민 상담실을 계속하겠다고? 땡전 한 푼 안 들어오는
일을?"

"돈이 문제가 아니야. 돈 버는 일이 아니니까 오히려 더 좋은 거
야. 이익이니 손해니 그런 건 다 빼고 다른 누군가를 위해 진지하
게 뭔가를 고민해본 적이 지금까지 한 번도 없었어."

아쓰야는 큰 소리로 혀를 끌끌 찼다.

"그렇게 고민 고민해서 답장 보내주고, 그래서 어떻게 됐는데?
우리가 보낸 답장이 실제로 도움이 된 것도 없잖아. 올림픽 후보
라는 여자는 우리가 보낸 답장을 자기 좋을 대로 해석했을 뿐이
고, 생선 가게 뮤지션한테는 결국 아무것도 해주지 못했어. 애초에
내가 말했잖아. 우리 같은 쭉정이 백수들이 다른 사람의 고민을
상담해준다는 것 자체가 주제넘은 짓이라고."

"그래도 달 토끼 씨가 보내준 마지막 편지에는 아쓰야 너도 흐
뭇했잖아."

"그야 기분이 나쁘지는 않았지. 하지만 난 착각하지는 않아. 우
리는 남에게 충고를 해줄 만한 인물들이 못 돼. 우리는……." 아쓰
야는 방구석에 뒹굴고 있는 가방을 가리켰다. "우리는 기껏해야 좀
도둑이잖아."

고헤이가 상처 입은 표정으로 고개를 떨구었다. 그 모습을 보고 아쓰야는 흥 콧방귀를 날렸다.

그때였다. 쇼타가 어엇 하고 큰 소리를 올렸다. 아쓰야는 깜짝 놀라 저도 모르게 의자에서 엉거주춤 몸을 일으켰다.

"뭐야, 왜 그래?"

"이, 이거 봐!" 쇼타가 휴대폰을 내보였다. "인터넷에 나미야 잡화점 얘기가 올라와 있어."

"인터넷에?" 아쓰야는 미간을 좁혔다. "그야 뭐, 옛날 추억 속의 이야기를 올리는 사람도 있겠지."

"그런 사람이 있을 것 같아서 나도 '나미야 잡화점'이라고 검색 해봤어. 혹시 누가 글을 올린 게 없나 하고."

"그랬더니 옛날에 자기가 겪은 이야기가 올라와 있었다고?"

"그게 아니야." 쇼타가 다가와 휴대폰을 쓱 내밀었다. "잘 좀 봐."

뭔데 그러나 하고 떨떠름하게 휴대폰을 받아 급히 훑어보았다. '나미야 잡화점, 단 하룻밤의 부활'이라는 블로그였다. 거기에 실린 글을 읽어가는 사이에 쇼타가 펄쩍 뛸 듯이 흥분한 것이 이해가 되었다. 아쓰야 역시 몸이 후끈 달아오르는 느낌이었다.

그것은 다음과 같은 글이었다.

나미야 잡화점을 기억하시는 분들에게

9월 13일 오전 0시부터 새벽까지 나미야 잡화점의 상담 창구가 부활합니다. 예전에 나미야 잡화점에 상담 편지를 보내고 답장을 받으셨던 분들에게 부탁드립니다. 그 답장은 당신의 인생에 어떤 영향을 끼쳤습니까? 도움이 되었을까요. 아니면 아무 도움도 되지 못했을까요. 기탄없는 의견을 보내주시면 고맙겠습니다. 그때처럼 가게 셔터의 우편함에 편지를 넣어주십시오. 꼭 부탁드립니다.

"이게 뭐냐. 어떻게 된 거야?"

"나도 잘 모르겠지만 9월 13일에 나미야 잡화점 할아버지의 서른세 번째 기일을 기념하기 위해 이런 이벤트를 한다고 적혀 있어. 주최자는 그 할아버지의 증손자래."

"뭐라고?" 고헤이가 다가왔다. "뭐가 어떻다는 거야?"

쇼타는 고헤이에게 휴대폰을 건네주면서 말했다.

"아쓰야, 오늘이 바로 9월 13일이야."

아쓰야도 눈치채고 있었다. 9월 13일 오전 0시부터 새벽까지…… 지금이 그야말로 딱 그 시간이다. 그 한복판에 자신들이 있는 것이다.

"어라, 이게 뭐야? 고민 상담실 부활이라니……." 고헤이가 연거푸 눈을 깜빡였다.

"지금까지의 신기한 현상이 이거랑 관계있는 게 아닐까?" 쇼타가 말했다. "틀림없어. 오늘은 특별한 날이고 그래서 현재와 과거가 연결된 거야."

아쓰야는 얼굴을 쓱쓱 문질렀다. 논리적으로는 말이 안 되지만 아마도 쇼타가 하는 말이 맞을 터였다. 아쓰야는 활짝 열려진 뒷문을 바라보았다. 바깥은 아직 깜깜한 어둠이었다.

"문을 열어두면 과거와의 연결이 끊기는 거야. 아쓰야, 새벽까지 아직 시간이 남아 있어. 어떻게 하지?" 쇼타가 물었다.

"어떻게 하기는 뭘……."

"어쩌면 우리가 뭔가를 방해하고 있는지도 몰라. 우리가 이 집에 숨지 않았다면 저 문은 계속 닫혀 있었을 거라고."

고헤이가 자리에서 일어났다. 아무 말 없이 뒷문으로 가더니 탕하고 문을 닫았다.

"야, 왜 네 맘대로 문을 닫는 거야!" 아쓰야가 소리쳤다.

고헤이가 돌아보며 고개를 가로저었다. "아니, 이 문은 닫아둬야 해."

"왜 그래야 하는데? 그랬다가는 시간이 멈춰버려. 너, 아예 여기서 눌러살래?" 그렇게 말한 직후, 아쓰야의 머릿속에 한 가지 생각이 번쩍 떠올랐다. 그는 고개를 끄덕였다. "좋아, 알았어. 뒷문은 닫아두자. 단 우리는 여기서 나가는 거야. 그러면 만사가 다 해결돼. 누군가를 방해할 일도 없고. 어때, 그렇지?"

하지만 두 사람은 고개를 끄덕이지 않았다. 둘 다 여전히 떨떠름한 표정이었다.

"뭐야, 아직도 불만 있어?"

이윽고 쇼타가 입을 열었다.

"나는 여기 있을 거야. 아쓰야, 가고 싶으면 너는 가도 돼. 밖에서 기다려도 좋고 먼저 피신해도 좋아."

"나도 남을래." 고혜이가 그 즉시 말했다.

아쓰야는 제 머리를 부여잡았다. "여기서 대체 뭘 어쩔 건데!"

"뭘 어쩐다는 게 아니야." 쇼타가 대답했다. "그냥 지켜보고 싶어. 이 신기한 집이 어떻게 되는지."

"너희들, 그거 알아? 새벽까지 앞으로 한 시간쯤 남았어. 바깥 세계의 한 시간은 이 집에서는 며칠인 셈이야. 그동안 먹지도 마시지도 않고 계속 버틸 거야? 그건 불가능하잖아."

쇼타는 시선을 피했다. 아쓰야의 말이 이치에 맞는 말이라고 생각했던 것이리라.

"이쯤에서 포기해." 아쓰야는 말했다. 하지만 쇼타는 대답하지 않았다.

셔터 문이 흔들리는 소리가 들려온 것은 그때였다. 아쓰야와 쇼타는 서로를 마주 보았다.

고혜이가 잰걸음으로 가게로 향했다.

"야, 그냥 바람이야." 그 등에 대고 아쓰야는 말했다. "이번에도 바람 때문에 흔들린 거라고."

이윽고 고혜이가 어슬렁어슬렁 돌아왔다. 손에는 아무것도 없었다.

"역시 바람이지?"

고혜이는 곧바로 대답하지 않았다. 하지만 아쓰야와 쇼타에게로 다가오더니 헤벌쭉 웃으면서 손을 허리 뒤로 가져갔다. 그러더니 짜잔 하고 내민 손에 하얀 편지 봉투가 들려 있었다. 뒷주머니에 슬쩍 감춰 온 모양이다.

아쓰야는 저절로 얼굴이 찌푸려졌다. 일이 진짜 귀찮게 됐다, 라고 생각했다.

"아쓰야, 이번만 하고 끝낼게." 쇼타가 봉투를 가리키며 말했다. "이번 편지까지만 답장해주고 그다음에 떠나자. 약속할게."

아쓰야는 한숨을 내쉬며 의자에 털썩 주저앉았다. "우선 편지부터 읽어본 다음에 얘기해. 우리가 감당 못 할 고민거리일 수도 있으니까."

고헤이가 신중하게 봉투를 뜯기 시작했다.

2

안녕하세요, 나미야 잡화점 님.

고민거리를 상담하려고 이렇게 펜을 들었어요.

저는 올봄에 여상을 졸업하고 지난 4월부터 도쿄 소재의 회사에 다니는 직장 여성이에요. 대학에 가지 않은 것은 집안 사정상 최대한 빨리 돈을 벌고 싶었기 때문입니다.

하지만 막상 회사 생활을 시작하고 보니, 아무래도 잘못 생각했다는 생각이 들어요. 회사에서 고졸 여직원을 채용한 것은 그저 자잘한 업무를 맡기려는 것이었어요. 내가 날마다 하는 일이라고는 커피 심부름, 복사, 남자 직원이 휘갈겨 쓴 서류 다시 쓰기 같은, 누구라도 할 수 있는 단순한 업무뿐이에요. 중학생, 아니, 글씨만 좀 잘

쓴다면 초등학생도 할 수 있는 일이죠. 그래서 나는 일하는 보람을 전혀 느낄 수가 없습니다. 부기 2급 자격증도 있는데 이대로 가다가는 제대로 한번 써먹지도 못할 것 같아요.

회사 쪽에서는 여자가 직장에 나오는 건 결혼 상대를 찾기 위해서고, 적당한 남자를 찾아 결혼하면 금세 그만둘 거라고 생각하는 모양이에요. 단순 작업만 시킬 거니까 학력 따위는 어떻든 상관도 없겠지요. 게다가 좀 더 젊은 여직원으로 자주 바뀌는 게 남자 직원들 신붓감 찾기에도 도움이 되고 월급을 적게 줘도 되니까 오히려 좋다고 생각하는 거 같아요.

하지만 나는 그런 마음으로 직장에 들어온 게 아니에요. 나는 탄탄한 경제력을 갖고 자립하는 사람이 되고 싶어요. 결혼 전에 잠시 다니다가 때려치우는 직장 여성이 되고 싶은 마음 따위, 털끝만큼도 없습니다.

앞으로 어떻게 하면 좋을지 고민하던 참에 어느 날 길거리에서 어떤 사람이 나를 부르더라고요. 자기네 가게에서 일해보겠느냐는 거예요. 가게라는 건 신주쿠의 클럽입니다. 맞아요, 그 사람은 호스티스를 찾는 스카우트 맨이었어요.

얘기를 들어보니까 조건이 깜짝 놀랄 만큼 좋았어요. 지금 다니는 회사하고는 수준이 완전히 달라요. 너무 좋은 조건이라서 혹시 흑심이 있는 건 아닌가, 의심했을 정도예요. 한번 견학도 할 겸 놀러 오라고 해서 마음을 굳게 먹고 나가봤어요. 그리고 거기에서 큰 문화적 충격을 받았어요.

클럽이니 호스티스니 해서 좀 외설스러운 곳을 상상했는데 막상 눈에 들어온 것은 화려한 어른들의 세계였어요. 여자들은 그저 아름답게 꾸미는 것만이 아니라 어떻게 하면 고객을 만족시킬 수 있는지 열심히 연구하고 누구보다 노력하는 것처럼 보였어요. 내가 과연 잘할지는 모르겠지만 도전해볼 가치가 있다고 생각했습니다.

　그렇게 낮에는 회사에 다니고 밤에는 호스티스로 클럽에 나가는 생활이 시작되었습니다. 실제로는 열아홉 살이지만 클럽에는 스무 살이라고 말했어요. 체력적으로 힘도 들고 손님을 상대하는 일은 생각보다 훨씬 어렵지만 나름대로 보람 있는 하루하루라고 생각해요. 경제적인 면에서도 훨씬 더 편해졌고요.

　하지만 두 달이 지나면서 또 고민이 생겼어요. 호스티스 일에 대해서가 아니라 회사에 계속 다녀야 하는가에 대한 고민이에요. 계속 단순 업무만 할 거라면 굳이 기를 쓰고 회사에 다닐 필요는 없지 않을까, 그러느니 호스티스 일에 전념한다면 돈도 더 많이 벌 수 있으니까 그게 더 효율적이 아닌가 싶어요. 다만 클럽에서 일한다는 건 주위 사람들에게는 내내 비밀로 해왔어요. 그래서 갑자기 회사를 그만둔다면 여기저기 적잖이 폐를 끼칠 우려가 있습니다.

　하지만 나는 이제야 내 길을 찾은 것 같아요. 어떻게 하면 주위 사람들을 잘 설득해서 무리 없이 회사를 그만둘 수 있을까요. 부디 좋은 충고를 해주시면 고맙겠습니다.

　잘 부탁드립니다.

길 잃은 강아지 드림

편지를 읽고 아쓰야는 흥 콧방귀를 뀌었다. "이건 뭐, 말도 안 되는 소리네. 마지막 상담 편지가 하필이면 이런 거야?"

"이건 진짜 좀 그렇다." 쇼타도 입을 비죽거렸다. "어떤 시대에나 이런 여자들이 있다니까. 물장사를 부러워하는 경박한 여자들."

"그나저나 이 여자, 아주 예쁜가 봐." 고헤이가 왠지 흐뭇한 얼굴로 말했다. "길거리에서 스카우트를 할 정도면 아주 예쁘겠지. 게다가 클럽에 나간 지 두 달 만에 돈도 꽤 벌었다잖아."

"지금 그런 감탄을 할 때냐? 야, 쇼타, 당장 답장 써."

"뭐라고 쓸까?" 쇼타가 볼펜을 들었다.

"뻔하지. 정신 나간 소리 작작 하라고 써."

쇼타는 얼굴을 찌푸렸다. "아무리 그래도 열아홉 살 아가씨한테 그건 너무 심한 말 아니야?"

"좀 따끔하게 말해야지, 안 그러면 못 알아들어, 이런 바보 같은 여자는."

"그야 그렇지만 좀 더 부드러운 말로 타일러야지."

아쓰야는 혀를 끌끌 찼다. "쇼타, 너는 사람이 너무 물렁해서 탈이야."

"너무 심하게 몰아붙이면 도리어 반발심이 생기는 거야. 아쓰야 너도 그럴 때 많잖아?"

그렇게 해서 쇼타가 써낸 편지는 다음과 같은 것이었다.

길 잃은 강아지 님께

편지 잘 받았습니다.

한마디로 분명하게 말하지요. 호스티스 일은 당장 그만두세요.
무모한 짓입니다.

그야 물론 일반 사무직보다는 돈을 많이 벌겠지요. 게다가 아주
편하고 쉽게 사치스러운 생활을 누릴 수 있으니까 이 일이 보람 있다
고 생각하는 것도 무리는 아니에요.

하지만 그런 달콤함은 젊은 시절 한때뿐이에요. 아직 나이도 어
리고 그런 곳에 나간 지 두 달밖에 안 되었으니까 당신은 그게 얼마
나 힘든 일인지 모르는 겁니다. 손님들 중에는 별별 사람들이 다 있
어요. 당신 몸을 노리는 남자들이 앞으로 수없이 나타나겠죠. 그런
남자들을 당신이 잘 따돌릴 수 있겠어요? 아니면 당신, 그 남자들
모두하고 해버릴 거예요? 몸이 못 당하죠, 그건.

그리고 호스티스 일에 전념하시겠다고? 그거, 몇 살까지나 가능
할까요? 자립하는 사람이 되고 싶다고 했는데, 나이 좀 들어봐요,
어디서도 써주지 않아요. 그렇게 계속 호스티스로 일하다가 나중에
는 어떻게 되겠어요? 클럽 마담? 네, 그런 거라면 아무 말도 않겠습
니다. 열심히 해보세요. 하지만 설령 내 가게를 갖게 된다고 해도 경
영이란 게 얼마나 힘든지 알아요?

당신도 좋은 사람 만나 결혼하고 아이도 낳고 행복한 가정을 꾸
리고 싶겠지요. 내가 당신한테 해가 될 소리를 왜 하겠어요. 호스티
스 일은 당장 그만두세요. 그 일을 계속하다가 대체 어떤 남자와 결

혼할 생각입니까? 손님하고? 당신 가게에 오는 손님들 중에 독신자
가 과연 몇 퍼센트나 될까요?

부모님 심정도 좀 생각해야지요. 그런 일을 시키려고 지금껏 고이고
이 길러온 것도 아니고, 애써 고등학교까지 보내준 것도 아니잖아요.

결혼 전에 잠시 다니다가 때려치우는 직장 여성, 아주 좋잖아요. 회
사에서 별로 대단한 일을 하는 것도 아닌데 월급 다 주고, 게다가 주위
에서 다들 예쁘다고 해주고, 그러다가 괜찮은 남자 직원과 결혼도 할
수 있는 거 아닙니까. 그다음에는 더 이상 바깥일은 안 해도 되고요.

그게 뭐가 불만이에요? 최상의 조건인데.

길 잃은 강아지 씨에게 꼭 알려주고 싶은데, 이 세상에는 일자리가
없어 쩔쩔매는 아저씨들도 너무 많아요. 그런 아저씨들은 고졸 여직원
이 받는 월급의 반만 줘도 커피 심부름이든 뭐든 다 할 거라고요.

당신을 비웃자고 이런 얘기를 하는 게 아니에요. 이건 모두 당신
을 위해서 하는 소리예요. 내 말을 믿고, 꼭 하라는 대로 하세요.

나미야 잡화점

"그래, 이 정도면 됐다." 다 쓴 편지를 확인해보고 아쓰야는 고개
를 끄덕였다. 부모가 고등학교까지 보내주고 그 덕분에 무사히 취
직까지 했으면서 이제 와서 호스티스가 되고 싶다니, 그걸 말이라
고 하느냐고 직접 만나 따끔하게 혼을 내주고 싶은 심정이었다.

쇼타가 답장을 우유 상자에 넣으러 갔다. 뒷문을 닫자 그 즉시
앞쪽의 셔터 문 밖에서 희미한 소리가 들려왔다. 내가 가져올게,

라면서 쇼타가 그길로 가게로 내려갔다.

돌아온 쇼타는 싱글벙글하고 있었다. "왔다, 왔어." 그렇게 말하며 편지를 팔랑팔랑 흔들었다.

나미야 잡화점 님께

빠른 답장, 감사드립니다. 어쩌면 답장이 없을지도 모른다고 생각한 참이라서 일단 마음이 놓였어요.

하지만 편지를 읽고는 내가 뭔가 실수를 했다고 생각했어요. 나미야 님은 여러 가지로 오해를 하신 것 같아요. 사정을 좀 더 자세히 말씀드렸어야 했어요.

나는 단순히 사치스럽게 살기 위해 호스티스 일을 하는 게 아니에요. 내가 원하는 것은 탄탄한 경제력입니다. 다른 어느 누구에게도 기대지 않고 살아갈 수 있는 나만의 무기가 필요한 거예요. 잠시 다니다가 때려치울 직장에서 대충 일하고 있어서는 그런 경제력은 얻을 수 없겠죠.

그리고 결혼은 하지 않을 생각이에요. 아이를 낳고 평범한 가정주부가 되는 것도 행복의 한 방법이겠지만, 나는 그런 인생을 선택할 마음은 없어요.

호스티스 일의 어려움에 대해서도 나름대로 잘 알고 있습니다. 주위의 호스티스 선배들을 보면 앞으로 어떤 어려움이 기다리고 있을지, 쉽게 짐작할 수 있어요. 하지만 그걸 다 알면서도 이 길을 선택하기로 결심한 거예요. 나중에 내 가게를 갖는 것도 생각하고 있고요.

잘할 자신이 있어요. 겨우 두 달 일했지만 벌써 나를 지정해서 찾아주는 고객이 아주 많아요. 다만 그런 고객들에게 충분한 접대를 해드리지 못하는 게 현실이에요. 가장 큰 원인은 낮에 회사에 나가야 하기 때문이죠. 회사 일이 끝난 뒤에야 클럽에 나가니 고객과 식사 한번 제대로 할 수가 없어요. 회사를 그만두고 싶은 건 그런 이유도 있습니다.

그리고 한 가지 미리 말씀드리겠는데, 나미야 님이 걱정하시는 일, 즉 손님과 사적인 관계를 맺은 일은 지금껏 한 번도 없어요. 청하는 분들이 없다고는 할 수 없지만, 그때그때 잘 넘기고 있습니다. 나는 그렇게까지 철이 없지는 않아요.

지금까지 나를 키워주신 어른들께는 죄송스럽게 생각하고 있어요. 무척 걱정하시겠지요. 하지만 이번 일은 결과적으로 그 은혜를 갚는 일이 될 거예요.

그래도 역시 내 생각이 무모한 걸까요?

길 잃은 강아지 드림

PS. 저는 주위 사람들을 설득하려면 어떻게 해야 하는지 상담했을 뿐이에요. 호스티스 일을 그만둘 생각은 없습니다. 그 점에 동의하실 수 없다면 이 편지는 그냥 무시하셔도 돼요.

"그래, 무시해버리자." 다 읽은 편지를 내밀며 아쓰야가 말했다. "잘할 자신이 있어요, 라고? 쳇, 이렇게도 세상 물정을 몰라서야, 원."

고헤이가 떨떠름한 표정으로 편지를 받아 들며 대답했다. "이 아가씨, 정말 한심하다."

"하지만 이 여자 말도 그리 틀린 건 아니야." 그렇게 말한 건 쇼타였다. "고졸 여자가 경제적으로 자립하려면 술장사가 가장 손쉽기는 하잖아. 이거, 의외로 똑똑한 생각이야. 역시 세상은 돈이야, 돈! 돈이 없으면 아무것도 못 해."

"그딴 건 네가 일부러 말하지 않아도 알아." 아쓰야가 쏘아붙였다. "똑똑한 생각이건 말건, 잘 풀릴 일과 잘 풀리지 않는 일이라는 게 있는 법이야."

"어떻게 이 여자가 잘 풀리지 않는다고 단언할 수 있어? 그건 모르는 일이잖아." 쇼타가 입을 툭 내밀었다.

"그쪽으로는 잘 풀리는 사람보다 잘 풀리지 않는 사람이 훨씬 더 많기 때문에 하는 얘기야." 아쓰야는 즉각 대답했다. "잘나가는 호스티스가 독립해서 술집을 낸 것까지는 좋았는데 반년도 안 되어 망해버렸다는 얘기를 하도 많이 들어서 귀가 아플 지경이야. 애초에 장사라는 게 그리 쉽게 시작할 수 있는 것도 아니야. 돈은 물론 필요하지만 돈만 있다고 다 되는 것도 아니라고. 이 여자도 지금이니까 이런 소리를 하지. 아직 철없는 어린애일 뿐이야. 하루하루 사치스러운 생활에 푹 빠져들면 틀림없이 처음 마음먹은 건 싸악 잊어버릴걸? 그러다 문득 정신이 들면 이미 때는 늦어. 혼기는 놓쳤지, 호스티스 일을 하기에는 나이가 많지, 그때서야 후회해 봤자 이미 버스는 떠난 뒤야."

"이 여자는 아직 열아홉 살이야. 그렇게 나중 일까지 미리 앞당겨서 걱정할 것까지는⋯⋯."

"아직 어리니까 내가 이런 말을 하는 거야!" 아쓰야가 목소리를 높였다. "아무튼 바보 같은 생각 말고 호스티스 따위는 집어치우고 회사에서 남편감이나 열심히 찾아보라고 써서 보내."

쇼타는 식탁에 놓인 편지지를 가만히 쳐다보다가 조용히 고개를 저었다.

"아니, 나는 격려해줄 거야. 이 여자는 가벼운 생각으로 이런 편지를 보낸 건 아니야."

"가볍다느니 무겁다느니 하는 문제가 아니잖아. 현실적이냐 아니냐 하는 문제라니까."

"나는 충분히 현실적이라고 생각한단 말이야."

"뭐가 어떻게 현실적인데? 그럼 우리 내기하자. 너는 이 여자가 클럽 마담으로 성공하는 쪽에 걸어. 나는 호스티스로 일하다가 못된 남자한테 걸려서 결국 아비 없는 자식을 낳고 주위 사람들을 힘들게 한다는 쪽에 걸겠어."

쇼타가 꿀꺽 숨을 삼키는 기척이 들렸다. 그러더니 난처한 얼굴로 고개를 떨구었다.

무거운 침묵이 방 안을 가득 채웠다. 아쓰야도 시선을 떨구고 있었다.

"그러지 말고⋯⋯." 입을 연 것은 고헤이였다. "우선 확인부터 해보는 건 어떨까?"

"뭘 확인해?" 아쓰야가 쏘아붙였다.

"좀 더 자세히 알아보자고. 너희 얘기하는 거 들어보니까 둘 다 맞는 것 같아. 그러니까 이 여자가 얼마나 진지하게 얘기한 건지 알아본 다음에 다시 생각해보는 건 어때?"

"그야 물론 자기는 진지하다고 대답하겠지. 지금은 그럴 각오일 테니까." 아쓰야가 내뱉었다.

"그럼 좀 더 구체적인 질문을 해보자." 쇼타가 고개를 번쩍 들며 말했다. "왜 그렇게 경제적으로 자립하려고 하느냐, 결혼해서 행복한 가정을 꾸리는 건 왜 싫다는 것이냐, 그런 식으로 물어보자. 그리고 앞으로 자신의 가게를 갖겠다고 했는데 구체적으로 어떤 계획을 세웠는지 물어보는 거야. 아쓰야 말대로 장사를 시작한다는 게 쉬운 일은 아니니까 말이야. 만일 그런 질문에 제대로 대답하지 못하면 나도 이 여자의 꿈은 비현실적이라고 판단할게. 그때는 호스티스 일을 당장 집어치우라고 답장할 거야. 자, 어때?"

아쓰야는 코를 훌쩍 들이켜고는 고개를 끄덕였다.

"물어봤자 쓸데없는 일이지만, 뭐, 좋아, 그걸로 가자."

좋았어, 라면서 쇼타가 볼펜을 들었다.

간간이 생각을 정리해가며 쇼타는 편지를 썼다. 그 모습을 바라보며 아쓰야는 방금 자신이 했던 말을 곱씹고 있었다.

호스티스로 일하다가 못된 남자한테 걸려서 결국 아비 없는 자식을 낳고 주위 사람들을 힘들게 한다……. 그건 다름 아닌 그의 어머니 얘기였다. 그것을 잘 알기 때문에 쇼타와 고헤이도 아무 말하지 못한 것이다.

아쓰야의 어머니가 그를 낳은 것은 스물두 살 때였다. 아버지는 같은 클럽에서 바텐더로 일하던 연하의 남자였다. 하지만 출산 직후에 그 남자는 행방을 감춰버렸다. 젖먹이 아이를 떠안게 된 아쓰야의 어머니는 그 뒤에도 술장사를 계속했다. 아마 그것 말고는 할 줄 아는 게 없었던 것이리라.

철이 들었을 때, 이미 어머니 곁에는 딴 남자가 있었다. 하지만 아쓰야가 그 사람을 아버지라고 느껴본 일은 없었다. 이윽고 그 사람은 어디론가 사라지고 잠시 뒤에 또 다른 남자가 집에 들어왔다. 어머니는 그 남자에게 돈을 건네주곤 했다. 그는 일을 하지 않았다. 그리고 그 남자도 이윽고 자취를 감추더니 다시 또 다른 남자가 들어왔다. 그런 일이 몇 번이나 반복되었다. 그리고 몇 번째만에 나타난 것이 그 남자였다.

그자는 이유도 없이 아쓰야에게 폭력을 휘둘렀다. 아니, 그자로서는 나름대로 이유가 있었는지도 모르지만 아쓰야는 그게 뭔지 도무지 알 수가 없었다. 얼굴이 마음에 들지 않는다면서 때린 적도 있었다. 초등학교 1학년 때였다. 어머니는 아쓰야를 지켜주지 않았다. 오히려 그자의 기분을 상하게 한 아들이 나쁘다고 생각하는 것 같았다.

몸 어딘가에는 반드시 멍 자국이 있었지만 그걸 아무에게도 들키지 않게 조심했다. 학교에서 그런 걸 들켰다가는 괜히 시끄러워진다. 그러면 더욱더 끔찍한 일을 당한다는 것도 알고 있었다.

그자가 도박으로 체포된 것은 아쓰야가 초등학교 2학년 때의 일이었다. 집에도 형사 몇몇이 들이닥쳤다. 그중 한 명이 러닝셔츠 차림의 아쓰야의 몸에서 멍 자국을 알아보았다. 형사가 추궁하자 어머니는 부자연스러운 말을 했다. 그 거짓말은 금세 들통이 났다.

경찰에서 아동상담소로 연락이 갔다. 곧바로 직원이 찾아왔다. 직원의 질문에 어머니는 자기가 키울 수 있다고 대답했다.

왜 어머니가 그런 식으로 대답했는지 아쓰야는 지금도 알 수가 없다. 애 키우는 일 따위 정말로 싫다, 아이는 괜히 낳았다, 라고 전화로 얘기하는 것을 수없이 들었다.

아동상담소 직원은 그대로 돌아갔다. 아쓰야는 어머니와 둘이서만 살게 되었다. 이제는 더 이상 얻어맞지 않아도 되겠다고 생각했다. 분명 얻어맞는 일은 없어졌다. 하지만 정상적인 생활로 돌아온 것도 아니었다. 어머니는 그 전보다 더 집에 들어오지 않았다. 그렇다고 밥을 챙겨두는 것도 아니고 돈을 주고 가는 것도 아니었다. 학교 급식만이 생명줄이었다. 그래도 이런 곤궁한 상황을 아쓰야는 아무에게도 말하지 않았다. 왜 그랬는지 아쓰야 스스로도 알 수 없었다. 동정을 받는 것이 싫었는지도 모른다.

계절이 겨울로 바뀌었다. 아쓰야는 크리스마스 날도 혼자였다. 학교는 겨울방학에 들어갔다. 하지만 어머니는 이 주일이 넘도록 집에 들어오지 않았다. 냉장고 안에는 아무것도 없었다. 배고픔을 견디지 못한 아쓰야가 노점의 닭 꼬치구이를 훔쳐 먹다가 잡혀 들어간 것은 12월 28일의 일이었다. 겨울방학이 시작된 뒤로 그날까지 무엇을 먹고 살았는지 아쓰야는 기억이 나지 않는다. 사실을 말하자면 닭 꼬치구이를 훔친 것도 확실하게는 생각나지 않았다. 너무 쉽게 잡힌 것도 닭 꼬치를 들고 달아나다가 빈혈을 일으켜 길바닥에 쓰러졌기 때문이다.

아쓰야가 아동복지시설 '환광원'에 맡겨진 것은 그로부터 석 달 뒤의 일이었다.

3

길 잃은 강아지 님께

두 번째 편지, 잘 받았습니다.

당신이 단순히 사치스럽게 살 목적으로 호스티스 일을 하는 게 아니라는 것은 잘 알았습니다. 언젠가 가게를 갖는 게 꿈이라는 것도 대단한 일이에요.

다만 나로서는 당신이 그런 일을 하면서 행여 화려함과 풍족함에 취해 있는 게 아닌가 하는 의심도 듭니다.

이를테면 앞으로 가게를 열기 위한 자금은 어떤 식으로 모을 계획입니까? 언제까지 이만한 정도의 돈을 모으겠다는 식으로 기본적인 계획이 있습니까? 그리고 그다음에는 어떤 식으로 개업을 준비할 예정입니까? 가게를 경영하려면 일하는 사람도 거느려야 합니다. 그런 경영 노하우는 어디서 배울 생각입니까? 호스티스로 일하다 보면 어떻게든 될 거라고 막연하게 생각하는 건 아닌가요? 그런 계획으로 성공할 자신이 있습니까? 있다고 한다면 그 근거는 무엇입니까?

물론 경제적으로 자립하겠다는 마음가짐은 훌륭해요. 하지만 경제력이 탄탄한 남자와 결혼해서 안정된 가정을 꾸리는 것도 훌륭한 방법이잖아요? 밖에 나가 일하지 않더라도 집에서 남편을 내조하는 것 또한 어떤 의미에서는 여자로서 자립이라고 할 수 있겠죠.

당신은 부모님의 은혜를 갚겠다고 했는데, 꼭 돈으로 갚아야만 하는 것은 아니에요. 당신이 행복해지기만 한다면 분명 부모님께서도 흡족해하고 자식 키운 보람을 느끼실 거예요.

당신의 생각에 동의할 수 없다면 무시해도 좋다고 했지만 도저히 이대로 넘어갈 수 없어서 이런 편지를 보냅니다. 부디 질문에 솔직하게 대답해주세요.

나미야 잡화점 드림

"오, 괜찮은데? 이 정도면 됐어." 편지를 쇼타에게 돌려주며 아쓰야는 말했다.

"이제 그 여자 쪽에서 어떻게 나오느냐에 달렸어. 장래에 대한 분명한 계획이 있는지가 문제야."

쇼타의 말에 아쓰야는 고개를 저었다. "야, 그런 게 있겠나?"

"왜 그래? 근거도 없이 일방적으로 몰아붙이는 건 안 돼."

"계획 비슷한 게 있다고 해도 분명 꿈같은 얘기일 거야. 자기를 좋아하는 연예인이나 프로야구 선수가 짠 하고 나타나서 도와줄 거라든가."

"와아, 그것도 좋네!" 고헤이가 눈치 없이 맞장구를 쳤다.

"이런 바보, 그런 걸 바라?"

"아무튼 편지 넣고 올게." 쇼타가 편지지를 봉투에 넣더니 자리에서 일어섰다.

뒷문 밖에서 우유 상자의 뚜껑을 여는 소리가 들렸다. 이어서 탁 하고 닫히는 소리. 오늘 밤에 대체 저 소리를 몇 번째 듣는 건가, 하고 아쓰야는 문득 생각했다.

쇼타가 돌아왔다. 뒷문은 완전히 닫았다. 그 직후, 앞쪽 셔터 문이 흔들리는 소리가 들려왔다.

"내가 가져올게." 고헤이가 급한 걸음으로 내려갔다.

아쓰야는 쇼타를 바라보았다. 눈이 마주쳤다.

"어떻게 될까?" 아쓰야가 물었다.

"글쎄……." 쇼타는 어깨를 으쓱 치켜들었다.

돌아오는 고헤이의 손에 편지가 들려 있었다. "내가 먼저 읽어봐도 돼?"

그러라고 아쓰야와 쇼타는 동시에 대답했다.

고헤이가 편지를 읽기 시작했다. 처음에는 표정이 환하더니 점점 심각하게 변해갔다. 엄지손톱을 물어뜯는 것을 보고 아쓰야는 쇼타와 서로 마주 보았다. 고헤이가 패닉에 빠졌을 때마다 나오는 버릇이다.

편지지는 여러 장인 것 같았다. 도저히 기다릴 수가 없었다. 고헤이가 다 읽은 첫 장을 아쓰야가 냉큼 가로챘다.

나미야 잡화점 님께

두 번째 답장, 잘 받았습니다. 그리고 이번에도 또 후회했어요.

화려함과 풍족함에 취해 있는 게 아니냐고 의심하시는 것에 솔직히 화가 났습니다. 어느 누가 사치스럽게 살고 싶어서 이런 일을 하겠어요?

하지만 냉정하게 생각해보니 나미야 님의 말씀도 맞는 거 같아요. 열아홉 살짜리 여자가 가게를 갖고 싶다고 말해봤자 아무도 믿어주지 않는 건 당연하겠죠. 결국 내가 어떤 부분을 숨기려고 했던 게 잘못인 거 같아요. 기왕 일이 이렇게 되었으니 모두 솔직하게 털어놓으려고 합니다.

몇 번이나 말씀드렸지만 나는 경제적으로 자립해야 합니다. 그것도 상당한 경제력이어야 해요. 한마디로 말해 돈을 엄청나게 많이 벌고 싶은 거예요. 하지만 그건 나 하나 잘 살자고 하는 일이 아니에요.

실은 내가 어렸을 때 부모님이 돌아가셔서 초등학교를 졸업할 때까지 육 년 동안 아동복지시설에서 지냈어요. 환광원이라는 곳에요. 하지만 그곳 아이들에 비하면 나는 그나마 행복한 편이었어요. 초등학교를 졸업한 뒤에는 이모할머니가 나를 거둬주셨기 때문이에요. 고등학교까지 다닐 수 있었던 것도 이모할머니 덕분입니다. 시설에서 지낼 때, 친부모에게서 학대받은 아이들을 많이 봤어요. 혹은 아이를 받아준 친척이 보조금만 노리고 정작 아이에게는 먹을 것조차 제대로 주지 않은 사건도 있었죠. 그에 비하면 나는 정말 큰 은혜를 받은 사람이에요.

언젠가는 꼭 그 은혜를 갚아야 한다고 생각하면서 살았어요. 하지만 이제는 시간이 별로 없어요. 연로하신 이모할머니 부부는 직장도 없이 얼마 남지 않은 저금으로 겨우겨우 살아가는 형편이에요. 그분들을 도와줄 수 있는 사람은 나밖에 없습니다. 그렇기 때문에 나는 회사에서 커피나 타고 복사만 하고 있어서는 안 되는 거예요.

내 가게를 내기 위한 계획은, 있습니다. 저금은 당연히 하고 있고, 게다가 의지할 만한 조언자도 있어요. 우리 클럽의 손님인데 몇 군데 음식점 개업에 관여한 경력이 있는 분이에요. 그리고 본인도 가게를 갖고 있고요. 언젠가 내가 가게를 열게 되면 그분이 나서서 도와주겠다고 했습니다.

하지만 분명 나미야 님은 이 점에 대해서도 의아하게 생각하시겠지요. 그 사람이 왜 그렇게 친절하게 해주느냐고요.

솔직히 말할게요. 그분이 나에게 애인이 되어달라고 하고 있어요. 내가 오케이 하기만 하면 다달이 수당도 주겠대요. 결코 적은 금액이 아니에요. 나는 오케이 하는 쪽으로 생각하고 있습니다. 나도 그분이 싫지는 않거든요.

이상이 나미야 님의 질문에 대한 답변입니다. 결코 잠시 들뜬 기분으로 호스티스 일을 하는 게 아니라는 점, 이해하셨는지요. 아니면 이렇게까지 말씀드렸는데도 역시 내 계획에서 진지함이 느껴지지 않을까요. 아직도 철없는 여자의 꿈같은 이야기라고 생각하실까요. 그렇다면 무엇이 잘못되었는지, 무엇이 부족한지 알려주시면 고맙겠습니다.

그럼 잘 부탁드립니다.

길 잃은 강아지 드림

4

"잠깐 저기 역 앞에 다녀올게요." 하루미는 주방에 있는 할머니에게 말했다. 가쓰오부시의 맛난 냄새가 풍겨왔다.

"응, 그래라." 할머니가 뒤를 돌아보며 고개를 끄덕였다. 작은 접시에 국물을 떠서 한참 간을 보는 중이었다.

집을 나서서 문 옆에 세워놓은 자전거에 올랐다.

천천히 페달을 밟으며 달렸다. 올여름 들어 이렇게 이른 아침에 외출하는 게 벌써 세 번째다. 할머니가 뭔가 수상쩍게 느꼈는지도 모른다. 그래도 별다른 잔소리를 하지 않는 것은 하루미를 믿기 때문일 것이다. 실제로 나쁜 짓을 하고 있는 것도 아니다.

지난번에 갔던 길을 따라 지난번과 비슷한 속도로 달렸다. 이윽고 목적지가 저만치에 보였다.

간밤에 비가 내린 탓인지 나미야 잡화점 주위에는 보얗게 안개가 서렸다. 하루미는 주위에 사람이 없는 것을 확인하고 가게 옆 골목으로 들어섰다. 처음에는 왠지 가슴이 두근거렸지만 이제는 익숙해졌다.

가게 뒤편에 문이 있고 거기에 낡은 우유 상자가 붙어 있다. 한 차례 깊은 숨을 들이쉬고 상자 뚜껑을 조심스레 열어 보니 지난번과 마찬가지로 편지가 있었다. 저절로 안도의 한숨이 흘러나왔다.

다시 골목을 빠져나와 자전거를 타고 집으로 향했다. 세 번째 답장은 어떤 내용일까. 한시바삐 확인해보고 싶어서 페달을 밟는 발에 저절로 힘이 들어갔다.

무토 하루미가 도쿄 자취 집에서 할머니 댁으로 내려온 것은 8월 둘째 주 토요일이었다. 낮에 일하는 회사와 밤에 나가는 신주쿠 클럽의 추석 연휴 기간이 맞물린 것은 정말 행운이었다. 날짜가 어긋났다면 명절에 고향에도 내려오지 못할 뻔했다. 회사 쪽은 추석 전후로는 휴가를 신청하기가 어렵다. 클럽 쪽은 미리 말하면 쉽게 해주지만 하루미 본인이 일을 쉬고 싶지 않았다. 돈을 벌 수 있을 때 최대한 많이 벌어두고 싶은 것이다.

고향 집이라고는 해도 이곳은 그녀가 태어난 집이 아니다. 대문에는 '다무라'라는 이모할아버지의 이름이 적힌 문패가 달려 있다.

다섯 살 때, 하루미는 교통사고로 부모님을 잃었다. 반대편에서 달려오던 트럭이 중앙분리대를 넘어 덮치든, 보통은 일어나기 힘든 사고였다. 그때 하루미는 유치원에서 학예회 연습을 하고 있었다. 부모님의 사망 소식을 들었던 순간이 그녀는 지금도 전혀 생각나지 않는다. 너무도 큰 슬픔 때문인지 그 부분의 기억만 뭉텅 빠져버렸다. 자신이 반년 가까이 말을 하지 않았다는 것도 나중에 다른 사람을 통해 알았을 뿐이다.

주위에 가까운 친척이 없었던 것은 아니지만 서로 왕래가 거의 없었다. 당연히 하루미를 받아주겠다는 친척이 없었다. 그런 때에 손을 내밀어준 분들이 바로 다무라 부부였다.

그냥 할머니라고 부르고 있지만 실은 하루미의 외할머니의 언니, 즉 이모할머니다. 외할아버지는 전사하셨고 외할머니도 전후에 병으로 돌아가셨기 때문에 이모할머니는 하루미를 마치 친손녀처럼 사랑해주었다. 그 밖에 의지할 만한 친척이라고는 없는 처지였으니까 그야말로 천우신조였다. 이모할아버지도 착한 분이다.

하지만 행복한 시간도 그리 오래가지 않았다. 이모할머니에게는 외동딸이 있는데 그 딸이 남편이며 아이들을 이끌고 친정으로 밀고 들어왔기 때문이다. 나중에 들은 이야기로는, 사위가 사업에 실패해 엄청난 빚을 지고 집마저 내놓은 모양이었다.

초등학교에 입학할 즈음에 결국 하루미는 아동복지시설로 가야 했다.

곧바로 데리러 오마. 조금만 참고 기다려라. 헤어지는 날, 할머니는 그렇게 하루미를 달랬다.

그 약속은 육 년 후에 지켜졌다. 딸 일가가 마침내 집을 얻어 나간 것이다. 하루미를 다시 맞아들인 날, 이모할머니는 불단을 바라보며 말했다.

"여러 가지 의미에서 이제야 어깨를 짓누르던 짐을 내려놓은 것 같구나. 죽은 여동생에게도 얼굴을 들 수 있게 되었어."

할머니네 맞은편 집에는 하루미보다 세 살 많은 기타자와 시즈코라는 이웃 언니가 살고 있었다. 처음 할머니 집에 들어갔을 때, 그 언니가 함께 놀아주곤 했다. 육 년 만에 다시 돌아와보니 하루미가 중학생이 된 것처럼 시즈코는 그새 고등학생이 되어 있었다. 어린 하루미의 눈에 시즈코는 한참 어른처럼 보였다.

그녀는 하루미와 다시 만난 것을 누구보다 기뻐해주었다. 진짜로 걱정했다면서 눈에 눈물까지 글썽였다. 그날 이래로 두 사람은 급속히 친해졌다. 시즈코는 하루미를 친동생처럼 귀여워하고 하루미도 친언니처럼 따랐다. 바로 이웃집이라서 언제라도 만날 수 있었다. 이번에 고향 집에 오면서도 시즈코를 만나는 것이 가장 큰 기쁨이었다.

현재 시즈코는 체육대학 4학년, 고등학교 때부터 시작한 펜싱으로 올림픽 출전을 노릴 만큼 훌륭한 선수로 성장했다. 평소에는 집에서 학교에 다녔지만 올림픽 대표 후보자 명단에 오른 뒤부터 연습으로 바쁜 데다 해외 원정도 있어서 장기간 집을 비우는 일이 많았다.

하지만 그런 시즈코도 이번 여름에는 집에서 느긋한 시간을 보내고 있었다. 그동안 열심히 연습해온 보람도 없이 일본 정부가 모스크바 올림픽을 보이콧하는 바람에 큰 충격을 받은 건 아닌지 걱정했는데 기우였다. 오랜만에 만난 시즈코는 얼굴 표정이 환했다. 올림픽에 대한 화제를 굳이 피하는 일도 없었다. 그녀의 말에 의하면, 대표 선수 선발전에서 탈락했지만 그 시점에 이미 속이 후련했다고 한다.

"하지만 올림픽 대표로 뽑힌 선수들은 너무 딱하게 됐어." 성품이 착한 시즈코는 그때만은 목소리가 침울하게 가라앉았다.

하루미가 시즈코를 만난 것은 거의 이 년 만이었다. 예전에는 호리호리한 몸매였는데 이제는 운동선수답게 탄탄해져 있었다. 어깨가 넓어지고 두 팔의 알통은 웬만한 남자들보다 굵었다. 올림픽을 목표로 뛰는 사람은 역시 다르다고 생각했다.

"우리 엄마는 나하고 있으면 방이 비좁게 느껴진대." 그렇게 말하며 시즈코는 코를 찡긋했다. 오래전부터의 버릇이었다.

하루미가 시즈코에게서 나미야 잡화점 이야기를 들은 것은 둘이 근처에서 열린 추석 축제의 춤을 보고 돌아오는 길목에서였다. 장래의 꿈이며 결혼 등에 대한 이야기를 나누던 중에 하루미가 불쑥 물었다.

"펜싱과 남자 친구, 둘 중에 하나를 선택하라면 언니는 어느 쪽이야?"

시즈코를 잠깐 놀려주려는 생각에서 해본 짓궂은 질문이었다. 그러자 시즈코는 걸음을 멈추고 하루미를 바라보았다. 그 눈에 깃든 반짝임은 가슴이 철렁할 만큼 진지했다. 그녀는 조용히 눈물을 흘리기 시작했다.

"언니, 왜 그래? 내가 괜히 이상한 소리를 했나 봐. 미안해, 기분 상했다면 정말 미안해." 하루미는 깜짝 놀라 급히 사과했다.

시즈코는 고개를 젓더니 유카타 옷소매로 눈물을 훔쳤다. 웃는 얼굴로 되돌아와 있었다.

"아무것도 아냐. 미안해, 놀라게 해서. 별일 아니니까 걱정하지 마." 몇 번이나 고개를 저은 뒤, 그녀는 걸음을 옮기기 시작했다.

두 사람은 한참이나 말이 없었다. 집에 가는 길이 유난히 멀게 느껴졌다.

다시금 시즈코가 걸음을 멈췄다.

"하루미, 잠깐 어디 좀 들렀다 갈까?"

"응, 난 괜찮아. 근데 어디 가려고?"

"가보면 알아. 걱정 마, 그리 멀지 않으니까."

시즈코를 따라간 곳은 낡고 작은 가게 앞이었다. '나미야 잡화점'이라는 간판이 걸려 있었다. 셔터가 내려진 것이 영업시간이 끝나서인지 아니면 이제는 장사를 하지 않아서인지, 겉만 보고서는 알 수 없었다.

"이 가게, 알고 있니?" 시즈코가 물었다.

"나미야 잡화점…… 어디선가 들어본 것 같긴 한데."

"어떤 고민이든 상담해드립니다, 나미야 잡화점." 시즈코는 노래하듯이 말했다.

아하, 하는 소리가 저절로 흘러나왔다. "맞아, 나도 들었어. 언젠가 친구가 얘기해줬는데, 와아, 여기가 거기구나."

그 얘기는 중학교 때 들었다. 하지만 와본 적은 없었다.

"이 가게, 이제 장사는 안 하는데 고민 상담실은 계속하고 있어."

"정말?"

시즈코는 고개를 끄덕였다.

"실은 바로 얼마 전에 내가 상담을 했었거든."

하루미는 눈을 둥그렇게 떴다. "진짜?"

"아무에게도 말하지 않은 건데 하루미 너한테만 말할게. 우는 걸 들켜버렸으니." 그렇게 말하는 시즈코의 눈에 다시금 눈물이 고였다.

시즈코가 들려준 이야기는 하루미에게는 충격이었다. 펜싱 코치였던 남자와 사랑에 빠져 결혼까지 생각했다는 것도 놀라웠지만, 가장 놀라운 건 그 사람이 지금은 이 세상 사람이 아니라는 것, 그리고 그것을 각오하고 시즈코가 올림픽 출전을 위해 훈련을 받았다는 것이었다.

"언니, 나라면 못 했을 거야." 하루미는 말했다. "사랑하는 사람이 불치병에 걸렸는데 훈련을 받다니, 난 정말 못 했을 거 같아."

"그건 하루미 네가 우리 사이를 잘 모르기 때문이야." 시즈코는 온화한 표정으로 말했다. "그 사람은 살날이 얼마 남지 않은 것을 이미 알고 있었어. 그래서 더욱더 그 얼마 안 되는 시간을 기도하는 데 바쳤어. 내 꿈이자 그 사람의 꿈이 이루어지기를. 그걸 내가 누구보다 잘 아니까 더 이상 망설일 게 없더라."

그 망설임을 말끔히 없애준 사람이 나미야 잡화점 할아버지라고 시즈코는 말했다.

"정말 대단한 분이야. 애매하게 넘어가거나 은근슬쩍 속이는 게 전혀 없어. 머리가 멍해질 만큼 꾸지람을 들었어. 하지만 그 덕분에 눈이 번쩍 뜨였지. 나는 나 자신을 속이고 있었어. 그걸 깨닫고는 망설임 없이 펜싱 훈련에 뛰어들었어."

"그랬구나." 하루미는 나미야 잡화점의 낡아빠진 셔터 문을 바라보며 신기한 느낌이 들었다. 아무리 봐도 사람이 사는 것처럼 보이지 않았다.

"그렇지?" 시즈코가 말했다. "하지만 사실이야. 평소에는 아무도 없지만 밤중에 누군가 편지를 가져가는가 봐. 답장은 아침이 되기 전에 우유 상자에 넣어주고."

"……대단하다."

왜 굳이 그런 일을 하는지 의아했다. 하지만 시즈코가 하는 말이니 사실일 터였다.

그날 밤부터 나미야 잡화점이 하루미의 머릿속에서 떠나지 않았다. 왜냐하면 하루미 역시 주위의 어느 누구와도 상의할 수 없는 고민거리를 안고 있었기 때문이다.

그건 한마디로 말하면 돈에 관한 것이었다.

할머니가 직접 그런 말을 한 적은 없지만 지금 다무라 집안의 경제 상황은 최악이다. 배에 비유하자면 침몰 직전이라고 해야 할 정도다. 선실에 들어찬 물을 양동이로 퍼내면서 겨우겨우 버티고 있는 것이다. 물론 그런 방법이 오래갈 리 없다.

원래 할머니 부부는 상당한 자산가였다. 주위에 꽤 많은 토지를 소유하고 있었다. 하지만 그 대부분을 최근 몇 년 사이에 팔아치워야 했다. 이유는 단 한 가지, 딸과 사위의 부채를 청산하기 위해서였다. 그것을 청산해준 덕분에 딸네 식구는 따로 나가 살게 되었고 결과적으로 하루미도 이 집에 다시 돌아올 수 있었다.

하지만 다무라 집안의 재앙은 그것으로 끝나지 않았다. 작년 연말에 할아버지가 뇌경색으로 쓰러진 것이다. 그 후유증으로 오른쪽 몸을 제대로 가누지 못했다. 그런 가운데 하루미는 도쿄에 취직을 한 것이다. 당연히 자신이 이모할머니 부부를 부양해야 한다고 생각했다.

하지만 월급 대부분이 자신의 생활비로 사라져버리는 상황에서 할머니를 돕는다는 건 그저 꿈일 뿐이었다. 스카우트 맨을 만난 것은 그런 식으로 속을 끓이고 있던 때였다. 거꾸로 말하면, 그런 상황이 아니었다면 호스티스 일 따위는 생각도 하지 않았을 것이다. 솔직히 그런 일에 대해서는 하루미도 편견을 갖고 있었다.

하지만 이제는 다르다. 할머니의 생활비를 댈 수만 있다면 회사는 그만두고 호스티스 일에 전념하는 게 좋지 않을까, 생각하고 있었다.

이런 상담은 너무 엉뚱한 것일까. 상담해주는 쪽에서 몹시 난감해하지 않을까. 중학교 때부터 쓰던 책상 앞에 앉아 하루미는 망설였다.

하지만 시즈코의 고민 역시 어려운 문제였다. 그런데도 나미야 잡화점 할아버지는 훌륭하게 해결해주었다. 내 문제에 대해서도 정확한 해결 방법을 알려주시지 않을까.

꾸물꾸물 망설여봤자 좋을 게 없다. 일단 써보자.

그렇게 하루미는 상담 편지를 썼던 것이다.

하지만 그 편지를 나미야 잡화점 우편함에 넣을 때는 일말의 불안을 느꼈다.

정말 답장을 받을 수 있을까. 시즈코가 상담 편지를 주고받은 건 작년이라고 했다. 그렇다면 이제 이 잡화점에는 아무도 없고 하루미가 쓴 편지만 폐가에 덩그러니 남을 우려가 있다.

아무튼 저질러보자, 하고 편지를 밀어 넣었다. 편지에 이름 같은 건 쓰지 않았다. 혹시 다른 사람이 읽더라도 누가 보낸 편지인지 모를 것이다.

하지만 다음 날 아침에 가보니 우유 상자에 분명히 답장이 들어 있었다. 전혀 응답이 없었다면 그것도 실망스러웠겠지만 막상 답장을 받고 보니 뜻밖이라는 생각이 들었다.

그 답장을 읽고 하루미는 역시나, 하고 생각했다. 시즈코가 들려준 말이 맞았다. 듣기 좋게 에둘러 표현하는 일 없이 직접적인 답변을 해준 것이다. 말을 조심하거나 예의를 차리는 것도 없었다. 일부러 화를 돋우고 싸움을 거는 것처럼 느껴질 정도였다.

"그게 나미야 할아버지의 상담 방식인가 봐. 직설적으로 꾸짖어서 상담자의 진심을 이끌어내고 스스로 올바른 길을 찾아갈 수 있게 하려는 거야." 시즈코는 그렇게 말했었다.

그렇긴 해도 이건 너무 무례한 게 아닌가 하는 마음도 들었다.

하루미가 필사적인 심정으로 털어놓은 이야기를 단순히 겉만 화려한 호스티스 생활에 잠시 들떠서 하는 소리라는 식으로 단정하고 있었다.

즉시 반론의 편지를 보내기로 했다. 회사를 그만두고 호스티스 일에 전념하려는 것은 사치스럽게 살기 위해서가 아니다, 언젠가는 내 가게를 경영하고 싶은 꿈도 있다는 이야기를 써 보냈다.

그런데 거기에 대한 나미야 잡화점 할아버지의 답장은 하루미를 한층 더 답답하게 만들었다. 하필 그녀의 진지함을 의심한 것이다. 게다가 어른들에게 은혜를 갚겠다면 결혼해서 행복한 가정을 꾸려나가는 방법이 더 좋다는 식으로 초점이 맞지 않는 말까지 하고 있었다.

어쩌면 편지를 잘못 썼기 때문인지도 모른다고 하루미는 생각했다.

중요한 일을 밝히지 않으니까 그쪽에서 내 진심을 이해하지 못하는 것이다. 그래서 세 번째 편지에서는 집안 환경에 대해 솔직히 털어놓았다. 그간 살아온 과정이며 이모할머니가 지금 얼마나 힘든 상황인지, 모두 써서 보냈다. 나아가 앞으로 자신의 계획에 대해서도 구체적으로 밝혔다.

이 편지를 받고 과연 나미야 잡화점 할아버지가 어떤 답장을 해줄까. 기대 반, 우려 반의 심정으로 편지를 우편함에 넣었던 것이다.

집에 돌아오자 그새 아침밥이 차려져 있었다. 할머니가 가져다준 밥상을 마주하고 하루미는 아침을 먹었다. 옆방에는 거동이 불편한 할아버지가 누워 있었다. 할머니가 숟가락으로 일일이 죽을 떠먹이고 할아버지 입에 빨대를 넣어 차를 마시게 해주었다. 그 모습을 바라보며 하루미는 새삼 마음이 급해졌다.

할머니 할아버지에게 하루빨리 경제적인 도움을 드려야 한다. 내 손으로 어떻게든.

아침을 먹자마자 하루미는 방으로 돌아왔다. 의자에 앉아 주머니에서 편지를 꺼냈다. 지난번처럼 삐뚤빼뚤한 글씨였다.

하지만 그 내용은 지금까지와는 전혀 다른 것이었다.

길 잃은 강아지 님께

세 번째 편지, 잘 읽었습니다.

당신이 지금 몹시 힘든 상황이고, 진지하게 이모할머님을 도와주려 한다는 건 충분히 잘 알았습니다. 거기에 더하여 몇 가지 질문이 있습니다.

• 당신에게 애인이 되어달라고 하는 사람은 정말로 믿을 만한 사람입니까? 음식점 개업에 관여했다고 하는데 어떤 음식점에 어떤 식으로 관여했는지 구체적으로 물어본 적이 있습니까? 만일 그런 가게를 구경할 수 있다면 영업시간이 아닐 때에 가보고 거기서 일하는 스태프들의 말도 꼭 들어보시기 바랍니다.

• 당신이 가게를 열 때 그 사람이 반드시 도와준다는 보장이 있습니까? 이를테면 두 사람의 관계가 본처에게 알려졌을 경우에도

그 약속은 변함이 없습니까?

• 당신은 그 사람과의 관계를 앞으로도 계속 이어갈 생각입니까? 혹시 당신이 좋아하는 사람이 생겼을 때는 어떻게 할 생각입니까?

• 돈을 많이 벌기 위해서 호스티스 일을 하고 나중에 가게도 하고 싶다고 했는데, 만일 돈만 잘 벌린다면 호스티스가 아니라 다른 일이라도 괜찮습니까? 아니면 반드시 호스티스 일을 해야 하는 특별한 이유라도 있습니까?

• 만일 그 일 이외에 당신이 부자가 될 수 있는 방법이 있고, 그 방법을 나미야 잡화점에서 알려준다면 당신은 그 지시에 전적으로 따를 수 있습니까? 단 그 지시에는 '호스티스 일을 그만둘 것', '이상한 남자의 애인이 되지 않을 것' 등이 포함될 가능성이 있습니다.

이상의 질문에 대해 다시 한 번 답장해주세요. 당신이 어떻게 대답하느냐에 따라 나미야 잡화점에서는 반드시 성공하는 길을 알려드릴 수 있습니다.

물론 이런 말은 선뜻 믿기가 어렵겠지요. 하지만 절대로 당신을 속이려는 게 아니에요. 이런 일로 당신을 속여봤자 무슨 이득이 있겠습니까. 그러니 꼭 내 말을 믿어보세요.

한 가지 주의 사항이 있습니다.

당신과 이렇게 편지를 주고받는 것은 9월 13일까지입니다. 그 뒤에는 일절 연락을 취할 수 없습니다.

부디 잘 생각해보시기 바랍니다.

나미야 잡화점 드림

5

세 번째 팀의 손님을 배웅한 뒤, 마야가 직원용 휴게실로 하루미를 끌고 갔다. 마야는 하루미보다 네 살 많은 호스티스 선배다.

휴게실에 들어서자마자 마야는 하루미의 머리채를 휘어잡았다.

"너, 나이 좀 어리다고 이렇게 우쭐해서 기어오를래?"

하루미는 너무 아파서 얼굴이 저절로 찡그려졌다. "마야 언니, 왜 이래요?"

"왜 이러는지 몰라? 네가 내 손님한테 은근슬쩍 꼬리를 쳤잖아!" 빨간 립스틱을 반들거리게 칠한 마야의 입술이 뒤틀렸다.

"누구한테요? 난 그런 적 없어요."

"시치미 떼지 마. 사토 씨한테 살랑살랑 애교를 떨었으면서. 그 아저씨는 내가 예전 가게에서 물고 온 손님이란 말이야!"

사토? 그 뚱보 아저씨에게 내가 애교를 떨었다고? 정말 어처구니없는 소리였다.

"나한테 말을 거니까 대답했을 뿐이에요."

"거짓말, 실실 눈웃음을 쳤잖아!"

"호스티스인데 손님에게 상냥하게 대하는 건 당연하죠."

"이게 어디서 말대꾸야?" 마야는 머리채를 놓고 이번에는 가슴팍을 떠밀었다. 하루미는 벽에 등을 찧었다. "너, 또 그러면 가만 안 둘 줄 알아. 잘 기억해."

흥 하고 콧방귀를 뀌며 마야는 휴게실을 나갔다.

하루미는 거울을 보았다. 머리칼이 흐트러져 있었다. 얼른 매만 지면서 굳은 표정도 애써 원래대로 되돌렸다. 이런 일로 기가 죽을 수는 없다.

휴게실에서 나오자 새 테이블에 나가라는 지시가 떨어졌다. 위세 좋은 손님 세 명이 기다리는 테이블이었다.

"와아, 또 젊은 아가씨가 들어왔네?" 대머리 아저씨가 하루미를 올려다보며 능글맞은 웃음을 흘렸다.

"미하루라고 해요, 잘 부탁드립니다." 남자를 촉촉한 눈빛으로 바라보며 옆자리에 앉았다. 먼저 와 있던 선배 호스티스가 억지웃음을 지은 채 하루미를 흘끗 노려보았다. 이 선배에게서도 얼마 전에 너무 눈에 띄지 말라는 잔소리를 들었다. 상관없어, 라고 생각했다. 이런 일을 하는 이상, 어떻게든 손님 마음에 들지 않고서는 아무 의미도 없다.

잠시 뒤에 도미오카 신지가 혼자서 훌쩍 나타났다. 회색 양복에 빨간 넥타이를 매고 있었다. 배가 나오지 않아서 마흔여섯 나이가 전혀 느껴지지 않는다.

당연한 일처럼 하루미가 불려 나갔다.

"아카사카 쪽에 아주 세련된 바가 있어." 술을 한 모금 마시고 도미오카가 목소리를 낮춰 말했다. "새벽 5시까지 영업하고 전 세계 와인을 다 모아놓은 곳이야. 최고급 캐비아가 들어왔으니 꼭 와 달라고 연락이 왔지 뭐야. 여기 일 끝나고, 어때?"

함께 가고 싶은 마음은 있었다. 하지만 하루미는 두 손을 맞대며 말했다.

"미안해요. 내일 회사에 지각하면 안 되거든요."

도미오카는 떨떠름한 얼굴로 한숨을 내쉬었다.

"그러니까 회사는 얼른 그만두라고 했잖아. 무슨 회사였지?"

"문구 회사."

"거기서 대체 뭘 하는데? 단순 사무직이잖아?"

네, 하고 고개를 끄덕였다. 실제로는 사무직조차도 아니다. 이런 저런 잡무를 할 뿐이다.

"그런 쥐꼬리만 한 월급에 매여 있어서야 무슨 큰일을 하겠어. 젊은 시절은 다시 오지 않아. 미하루의 꿈을 위해서라도 시간을 최대한 효과적으로 활용해야지."

네, 하고 다시 한 번 고개를 끄덕인 뒤에 도미오카를 보았다.

"아 참, 지난번에 긴자의 다이닝 바에 함께 가자고 하셨죠? 개점할 때 도미오카 씨가 일을 봐줬다는 거기요."

"그 가게? 좋아, 가자고. 언제 갈까?" 도미오카는 몸을 앞으로 내밀며 물었다.

"근데 가능하면 영업시간 아닐 때가 좋은데."

"영업시간 아닐 때?"

"네. 스태프들 얘기도 좀 들어보려고요. 뒤쪽 주방 같은 데도 구경하고 싶고."

그 즉시 도미오카의 얼굴이 어두워졌다. "그건 글쎄……."

"안 돼요?"

"나는 일과 사생활은 구별하자는 주의야. 아무리 친한 사이라도 외부인에게 가게 뒤편을 보여주면 스태프들도 불쾌해할 거고……."

"아, 그런가? 알았어요, 무리한 부탁을 해서 미안해요." 하루미는 고개를 숙였다.

"뭐, 손님으로 가는 거라면 아무 문제 없어. 가까운 시일 내에 가보자고." 도미오카의 표정에 환한 기색이 돌아왔다.

그날 밤, 하루미가 집에 돌아온 것은 오전 3시를 넘긴 시각이었다. 도미오카가 택시로 집 앞까지 바래다주었다.

"집에 초대해달라는 말, 내 쪽에서는 절대 안 할 거야." 택시 안에서 도미오카는 항상 하는 말을 입에 올렸다. "그리고 그 얘기, 잘 생각해봐."

애인 계약에 관한 얘기였다. 하루미는 애매하게 웃으며 얼버무렸다.

집에 들어서자마자 우선 컵에 물부터 따라 마셨다. 클럽에 나가는 건 일주일에 나흘이다. 돌아오면 대개 새벽녘이다. 목욕탕에는 일주일에 세 번밖에 갈 수 없다.

화장을 지우고 얼굴을 씻은 뒤 수첩을 들여다보며 그날의 일정을 확인했다. 회사에서 아침부터 회의가 있어서 커피며 복사 등을 준비하려면 평소보다 삼십 분은 일찍 출근해야 한다. 잠잘 시간은 기껏해야 네 시간쯤인가.

수첩을 다시 가방에 넣었다. 그 참에 편지를 꺼내 펼쳐 보고는 한숨을 내쉬었다. 이미 수없이 읽어서 내용은 완전히 머릿속에 들어 있다. 그래도 하루에 한 번씩은 이 편지를 펼쳐 보았다. 나미야 잡화점 할아버지가 보내준 세 번째 답장이다.

당신에게 애인이 되어달라고 하는 사람은 정말로 믿을 만한 사람입니까.

그건 하루미도 내심 걱정하는 부분이었다. 실은 의심을 하면서도 애써 그런 생각은 하지 않으려고 해왔다. 도미오카의 말이 모두 거짓이라면 자신의 꿈은 점점 멀어져간다.

하지만 냉정하게 생각해보면 나미야 잡화점 할아버지의 지적은 정확한 것이었다. 만일 하루미가 도미오카의 애인이 된다고 치고, 그런 관계가 본처에게 알려진 다음에도 변함없이 하루미의 일을 도와줄까. 분명 그건 어려운 얘기라고 누구든 생각할 터였다.

게다가 오늘 밤 도미오카의 태도도 마음에 걸렸다. 일과 사생활은 구별한다는 말은 이상할 게 없지만, 자신이 일하는 모습을 보여주고 싶으니 다이닝 바에 꼭 데려가겠다는 말을 먼저 꺼낸 건 도미오카 쪽이었다.

역시 그에게 기댈 수는 없겠다는 생각이 솔솔 들었다. 하지만 그렇다면 나는 앞으로 어떻게 해야 할까.

새삼 편지를 들여다보았다.

'만일 그 일 이외에 당신이 부자가 될 수 있는 방법이 있고, 그 방법을 나미야 잡화점에서 알려준다면 당신은 그 지시에 전적으로 따를 수 있습니까?'라고 했다. 그 밑에는 '당신이 어떻게 대답하느냐에 따라 나미야 잡화점에서는 반드시 성공하는 길을 알려드릴 수 있습니다'라고 적혀 있다.

이건 대체 무슨 뜻일까. 뭔가 아주 미심쩍은 말이다. 마치 악덕 상술로 사람을 홀리는 사기꾼의 말 같다. 아마 보통 때였다면 이런 말은 한 귀로 듣고 한 귀로 흘려버렸을 것이다.

하지만 답장을 보내준 사람이 다름 아닌 나미야 잡화점 할아버지다. 시즈코의 고민을 훌륭하게 해결해준 분이다. 아니, 딱히 그게 아니더라도 지금까지 주고받은 편지만으로도 하루미는 이 사람을 믿어보고 싶었다. 애매하게 빙빙 돌려서 말하는 일 없이 속 시원하게 직격탄을 날리는 자세에서 서투름과 동시에 성실함이 느껴졌다. 편지에 적혀 있는 그대로다. 이런 일로 하루미를 속여봤자 그쪽에는 아무 이득도 없다. 하지만 그 말을 덥석 받아들일 수도 없었다. 만일 반드시 성공하는 방법이라는 게 있다면 이 세상에 고생할 사람은 아무도 없다. 그런 방법을 알고 있다면 우선 나미야 잡화점 할아버지부터 큰 부자가 되었어야 할 게 아닌가.

추석 연휴가 끝나서 결국 이 편지에 대한 답장은 하지 못한 채 하루미는 도쿄로 돌아왔다. 그리고 클럽 일을 다시 시작했다. 회사원과 호스티스, 영 어울리지 않는 두 직장을 겹치기로 뛰는 일상으로 돌아온 것이다. 정말이지 몸이 힘든 하루하루였다. 회사 따위 당장 때려치우자고 사흘에 한 번씩은 생각했다. 게다가 마음에 걸리는 일이 또 한 가지 있었다.

하루미는 테이블 위의 달력을 확인했다. 오늘은 9월 10일 수요일이다. 상담 편지를 할 수 있는 건 9월 13일까지라고 했다. 그 이

후에는 일절 연락할 수 없다는 것이다. 13일이라면 이번 주 토요일이다. 왜 그날 이후에는 편지 왕래가 안 된다는 걸까. 고민 상담실을 그 날짜에 딱 그만둘 생각일까.

어떻든 이 편지에서 일러준 대로 해보는 것도 나쁘지 않을 것 같다. 자세한 얘기를 먼저 들어보는 것이다. 그런 다음에 지시를 따를지 말지 결정하면 된다. 이런 약속은 반드시 지켜야만 하는 것은 아니다. 설령 약속을 깨고 호스티스 일을 계속한다고 해도 나미야 잡화점 할아버지는 그걸 알 수도 없는 것이다.

잠들기 전에 거울을 보니 양쪽 입가에 뾰루지가 나 있었다. 요 며칠 제대로 잘잘 시간이 없었기 때문이다. 회사를 그만두면 그때는 점심때까지 늘어지게 자야지, 라고 생각했다.

9월 12일 금요일, 회사 일을 끝내자마자 전차를 타고 고향 집으로 향했다. 신주쿠의 클럽은 하루 쉬기로 했다.

추석 연휴에 다녀가고 아직 채 한 달도 안 되었는데 하루미가 다시 나타나자 할머니 할아버지는 반색을 하면서도 웬일이냐고 놀라는 기색이었다. 지난번에는 할아버지와 여유 있게 이야기할 시간도 없었던 터라서 이번에는 저녁을 함께하면서 요즘 도쿄에서 어떻게 지내는지 등의 이야기를 해드렸다. 물론 클럽에 나간다는 건 두 분에게는 비밀이었다.

"집세며 수도세며, 꼬박꼬박 잘 내고 살아? 돈이 모자라면 언제든지 얘기해." 할아버지가 잘 돌아가지도 않는 입으로 오히려 하루미를 걱정해주었다. 살림을 모두 할머니에게 맡겨서 할아버지는 집안 형편이 어떤지 모르고 있었다.

"괜찮아요. 절약하면 그럭저럭 살 만해요. 게다가 바빠서 놀러 다닐 시간이 없으니까 돈 쓸 일도 없어요." 하루미는 시원시원하게 대답했다. 놀러 다닐 시간이 없다, 라는 건 사실이었다.

저녁을 먹은 뒤에는 욕조에 들어가 목욕을 했다. 방충망이 쳐진 창문으로 밤하늘에 동그란 달이 떠 있는 게 보였다. 내일도 날씨가 맑을 것 같다.

어떤 답장이 올까……

실은 할머니 집에 오는 길에 나미야 잡화점에 들렀다. 꼭 호스티스 일을 하고 싶은 것은 아니다, 꿈을 이룰 수 있는 다른 방법이 있다면 애인 계약 따위 맺지도 않을 것이고 클럽은 당장 그만둘 것이다, 나미야 잡화점을 전적으로 믿는다, 라는 내용의 편지를 셔터 우편함에 넣고 온 것이다.

내일이 13일이다. 어떤 답장이든 받을 수 있는 건 이번이 마지막이다. 하루미는 그 답장을 읽어본 뒤에 앞으로의 일을 결정하기로 마음먹었다.

다음 날 아침은 7시가 되기도 전에 잠이 깼다. 아니, 잠이 깼다기보다 밤새 뒤척거리다가 답답해서 얼른 일어나버렸다는 게 적절할 것이다.

할머니는 벌써 일어나 아침밥을 차리고 있었다. 안방에서 희미한 냄새가 풍겨왔다. 할아버지의 대소변 시중을 들어드린 모양이다. 이제 혼자 힘으로는 화장실 출입도 못하신다.

아침 공기를 쐬고 오겠다고 말하고 하루미는 집을 나섰다. 자전거를 타고 추석 때 갔던 그 길을 달렸다.

이윽고 나미야 잡화점 앞에 도착했다. 한 시대 이전의 분위기에 휩싸인 채 조용히 하루미를 기다리고 있는 것처럼 보였다. 하루미는 옆의 좁은 골목으로 들어갔다.

뒷문에 붙은 우유 상자를 열어 보니 편지가 있었다. 기대와 불안, 의심과 호기심이 한꺼번에 밀려들었다. 복잡한 감정들을 미처 정리하지 못한 채 편지를 집어 들었다. 집에 도착할 때까지 도저히 견딜 수가 없었다. 근처 공원을 지나가는 길에 자전거 브레이크를 잡았다. 주위에 사람이 없는 것을 확인한 뒤 자전거에 탄 채로 봉투에서 편지를 꺼냈다.

길 잃은 강아지 님께

편지는 잘 읽었습니다.

나미야 잡화점을 전적으로 믿겠다는 말에 마음이 놓였습니다. 하긴 그 말이 진심인지 아닌지, 나로서는 알 도리가 없어요. 우선 답장을 받고 싶어 그렇게 말했을 가능성도 있겠지요. 하지만 시간도 촉박하고 이제 어쩔 수 없으니 당신이 내 말을 믿는다는 것을 전제로 하고 이 편지를 보냅니다.

자, 당신이 꿈을 이루기 위해서는 어떻게 하면 되는가.

우선 공부를 해야 합니다. 그리고 저금을 해야 합니다. 앞으로 오

년 동안 경제 관련 공부를 철저히 하십시오. 구체적으로 말하자면, 증권 거래와 부동산 매매에 대한 공부. 그걸 위해서라면 회사에는 사표를 내고 클럽 일은 슬슬 계속하는 것도 괜찮아요.

저금을 하는 건 부동산 매입을 위한 준비예요. 최대한 도쿄 중심부와 가까운 곳이 좋습니다. 땅이든 맨션이든 단독주택이든 상관없어요. 오래된 집이든 소형 평수든 아무 문제 없어요. 어떻게든 1985년 이전에 부동산을 매입해야 합니다. 단 이 부동산은 당신이 들어가서 살기 위한 곳이 아니에요.

1986년 이후에 일본은 사상 유례없는 호경기로 부동산 가격이 급등합니다. 그러면 즉시 되팔아 더 비싼 부동산을 사들이세요. 그 부동산도 틀림없이 가격이 뜁니다. 그렇게 부동산의 매입과 전매를 거듭하여 벌어들인 돈은 주식에 투자하면 됩니다. 그날에 대비하여 증권 거래에 대한 지식을 익혀두어야 해요. 1985년부터 1989년까지는 아마 어떤 종목의 주식을 사도 손해 보는 일은 없을 겁니다.

골프 회원권도 유망한 투자처예요. 구입은 빠르면 빠를수록 좋습니다.

하지만 명심해야 할 게 있어요. 투자로 돈을 벌 수 있는 건 기껏해야 1988년이나 1989년까지, 라고 꼭 기억해둘 것. 1990년이면 상황이 갑작스럽게 변해요. 그러니까 아직 가격이 더 뛸 듯한 기미가 보이더라도 1989년 이전에 모든 투자에서 손을 떼야 합니다. 그때는 말하자면 '폭탄 돌리기' 같은 상황이 됩니다. 성공하느냐 실패하느냐의 중요한 갈림길이에요. 아무튼 내 말을 믿고 꼭 하라는 대로 하세요.

그 이후로 일본 경제는 악화 일로를 내달립니다. 햇볕 들 날이라고는 없을 테니까 투자 따위로 돈 벌 생각은 하지 마세요. 그때부터는 뭔가 사업을 해서 착실히 돈을 버는 수밖에 없습니다.

하지만 이런 말을 들으면 당신은 당황스럽겠지요. 어떻게 미래의 일을 이렇게 정확하게 단언할 수 있는가, 어떻게 일본 경제의 앞날을 이렇게 분명하게 예언할 수 있는가 하고요. 그 점에 대해서는 안타깝지만 설명해줄 수 없습니다. 설명해봤자 당신은 믿어주지도 않을 거예요. 그러니까 아주 잘 맞히는 족집게 점쟁이 정도로 생각하세요.

기왕 말이 나온 김에 좀 더 나중 일도 알려드리지요. 일본 경제는 악화 일로를 내달린다고 말했지만 그렇다고 꿈도 희망도 없는 건 아니에요. 90년대에는 새로운 비즈니스가 호황을 누리는 기회의 시대이기도 합니다. 그때는 사회 전반에 컴퓨터가 보급될 거예요. 한 집에 한 대, 아니, 한 사람당 한 대씩 개인 컴퓨터를 소유하는 시대가 반드시 옵니다. 그런 컴퓨터들이 이어져 전 세계인이 정보를 공유합니다. 나아가 사람들은 휴대 가능한 전화기를 갖게 됩니다. 그 전화기도 컴퓨터 네트워크와 연결됩니다.

즉 컴퓨터 네트워크를 이용한 비즈니스에 한발 앞서 뛰어드는 것이 성공의 조건이라는 얘기예요. 이를테면 컴퓨터 네트워크를 활용해 회사, 가게, 상품을 광고하거나 판매하는 등의 새로운 사업이에요. 그 가능성은 그야말로 무한합니다.

믿느냐 마느냐는 당신 자유예요. 하지만 잊지 말기를 바랍니다. 맨 처음에 말한 것처럼 당신을 속여봤자 나한테는 아무 이득도 없어요. 오로지 당신의 인생에 가장 좋은 길이 무엇인지 심각하게 고민한 끝에 나온 것이 바로 이 답장입니다.

사실은 좀 더 도와주고 싶어요. 하지만 시간이 없습니다. 이것이 마지막 편지가 될 거예요. 당신이 보내주는 편지를 받을 수도 없습니다.

믿느냐 마느냐는 당신에게 달려 있습니다. 하지만 부디 믿어주십시오. 믿어주기를 진심으로 기도합니다.

나미야 잡화점 드림

편지를 읽고 하루미는 잠시 멍해졌다. 그야말로 허를 찌르는 내용이었기 때문이다.

이건 말 그대로 예언의 글이다. 게다가 강한 확신에서 나온 예언이다.

1980년 현재, 일본 경제는 결코 호조를 보인다고는 할 수 없었다. 오일쇼크의 여파가 아직도 길게 이어지고 있고, 대학 졸업자의 취업도 여의치 않은 편이다. 그런데 앞으로 몇 년 뒤에는 사상 유례없는 호경기라니. 도저히 믿어지지 않았다. 어이없는 속임수나 장난처럼 보였다.

하지만 편지에서 말한 대로 이런 일로 하루미를 속여봤자 나미야 잡화점 할아버지에게는 아무 이득도 없다. 그렇다면 이게 모두 사실일까. 나미야 잡화점 할아버지는 무슨 근거로 이런 말을 하는 걸까.

일본 경제뿐만이 아니다. 이 편지는 미래의 과학기술까지 예측하고 있다. 아니, 예측이라기에는 지나치게 단정적인 말투다. 이미 누구나 다 알고 있는 사실이라는 식이다.

컴퓨터 네트워크, 휴대 가능한 전화기…… 얼른 감이 잡히지 않는 이야기였다. 분명 21세기까지 앞으로 남은 시간은 이십 년, 그때까지 다양한 꿈의 기술이 실현된다고 해도 이상할 것은 없다. 하지만 이 편지 얘기는 SF나 애니메이션의 세계 같은 것으로밖에는 생각되지 않았다.

하루미는 하루 종일 고민했다. 고민하고 고민한 끝에 밤늦은 시간에야 책상 앞에 앉아 새 편지지를 꺼냈다. 물론 나미야 잡화점 할아버지에게 편지를 쓰기 위해서다. 더 이상 편지는 받지 못한다고 했지만 아직 13일이다. 잘하면 자정 전까지 또 한 번의 기회가 있을지도 모른다.

편지 내용은 예언의 근거를 알고 싶다, 라는 것이었다. 설령 믿을 수 없는 이야기라도 괜찮으니 그 근거를 알려달라, 그 얘기를 들은 다음에 앞으로의 일을 결정하고자 한다, 그렇게 썼다.

오후 11시가 다 된 시간이었지만 하루미는 조용히 집을 빠져나왔다. 자전거를 타고 나미야 잡화점으로 향했다.

근처에 도착했을 때 하루미는 시각을 확인했다. 11시에서 오 분쯤 지난 참이었다.

좋아, 아직은 괜찮을 거야.

하지만 다음 순간, 걸음을 멈춰버렸다.

저만치 나미야 잡화점이 눈에 들어온 순간, 모든 게 끝났다는 것을 감지했기 때문이다. 지금까지 그 건물을 감싸고 있던 신비한 기운이 사라지고 없었다. 그곳에 서 있는 것은 폐업해버린 평범한 잡화점 이외의 아무것도 아니었다. 왜 그렇게 느꼈는지는 설명할 수 없다. 하지만 하루미는 그렇게 확신했다.

그런 곳의 우편함에 편지를 넣을 수는 없었다. 하루미는 다시 자전거를 타고 집으로 돌아왔다.

자신의 판단이 옳았다는 것은 그로부터 넉 달쯤 뒤에 알았다. 연말연시 휴가를 받아 할머니 댁에 내려온 하루미는 설날 새벽에 시즈코와 둘이서 근처 절을 찾았다. 시즈코는 취직자리가 정해져서 봄부터 대형 슈퍼마켓 회사에서 일하게 되었다고 한다. 당연히 그 회사에는 펜싱부가 없었다. 운동을 계속할 수 없다는 얘기였다.

너무 아깝다고 하루미는 말했지만 시즈코는 웃는 얼굴로 고개를 저었다.

"펜싱은 원 없이 해봤으니까 이제 됐어. 모스크바 올림픽을 목표로 내 안의 모든 것을 다 쏟아부었어. 저세상의 그 사람도 아마 허락해줄 거야." 그렇게 말하고 하늘을 올려다보았다. "이제는 다음을 생각해야지. 우선 회사 일을 열심히 할 거야. 그리고 좋은 사람도 찾아볼 거고."

"좋은 사람?"

"응, 결혼해서 건강한 아기를 낳아야지." 시즈코는 장난스럽게 웃으며 코를 찡긋했다. 그 표정에는 일 년 전에 연인을 잃은 슬픔의 빛은 없었다. 참 강한 사람이라고 하루미는 감탄했다.

절에서 돌아오는 길에 문득 생각났다는 듯 시즈코가 말했다.

"여름에 내가 얘기했던 거, 생각나니? 고민을 상담해주는 신기한 잡화점 얘기."

"그럼, 생각나지. 나미야 잡화점이잖아." 가슴을 두근거리며 하루미는 대답했다. 자신도 고민 상담을 했다는 건 시즈코에게도 말하지 않았다.

"그 잡화점, 완전히 문 닫아버렸어. 주인 할아버지가 돌아가셨다나 봐. 가게 사진을 찍는 사람이 있어서 물어봤더니 그 할아버지의 아드님이시더라고."

"그랬구나. 그게 언제쯤이야?"

"아드님을 만난 건 분명 지난 10월이었어. 그때 말하기를 지난달에 돌아가셨다고 했어."

하루미는 헉하고 숨을 삼켰다. "그럼 그 할아버지가 돌아가신 게 9월?"

"그렇지."

"9월 며칠?"

"그것까지는 물어보지 않았는데. 왜?"

"아니, 그냥 좀 궁금해서."

"내내 가게 문이 닫혀 있었던 건 건강이 안 좋으셔서 그랬나 봐. 그런데도 고민 상담은 계속하신 거야. 마지막으로 상담한 사람은 아마 나였던 거 같아. 어쩐지 가슴이 뭉클해지더라." 시즈코는 절절한 어조로 말했다.

아니야, 언니, 마지막으로 상담한 사람은 나야. 그렇게 말하고 싶은 것을 하루미는 꾹 참았다. 그리고 나미야 잡화점 할아버지가 돌아가신 게 9월 13일이 아닐까 하고 혼자서 짐작했다. 할아버지는 자신의 목숨이 13일까지라는 것을 미리 알고 있었고, 그래서 그날 이후로는 편지를 못 받는다고 했던 게 아닐까. 만일 그렇다면 할아버지는 놀랄 만한 예지 능력을 갖고 있었다는 얘기다. 자신의 죽음까지 미리 내다본 것이다.

설마, 하면서도 혹시, 하는 상상이 점점 부풀어 올랐다.

그 편지의 내용은 모두 사실일지도 모른다.

6

1988년 12월.

그럴싸한 유화가 걸려 있는 사무실에서 하루미는 계약을 하고 있었다. 부동산 매매계약이다. 최근 몇 년 동안 수없이 거듭해온 일이었다. 억 단위의 돈을 다루는 일쯤은 이제 아무것도 아니었다. 게다가 이번 건은 그리 비싼 부동산도 아니다. 하지만 그녀는 전에 없이 긴장하고 있었다. 이 집에 기울인 정성은 지금까지 다루었던 여느 부동산들과는 전혀 차원이 다른 것이다.

"이상으로 이의가 없으시면 서류에 서명과 날인을 해주세요." 이십만 엔은 됨 직한 고급 양복 차림의 부동산 회사 직원이 선탠 살

롱에서 태운 구릿빛 얼굴로 하루미를 보며 말했다.

하루미 회사의 주거래은행 신주쿠 지점의 한 사무실에서였다. 이 자리에는 던힐 양복 차림의 부동산 회사 직원 외에 매도자인 할머니, 그리고 딸과 사위까지 모두 모였다. 할머니의 딸은 작년에 오십 대에 접어들었다. 드문드문 흰머리가 섞여 있었다.

하루미는 매도인 쪽의 얼굴들을 차례로 훑어보았다. 할머니와 딸은 고개를 숙이고 있고 사위는 부루퉁하게 얼굴을 돌리고 있었다. 참 한심한 사내라고 하루미는 생각했다. 불만이 있으면 차라리 정면으로 쏘아보면 될 게 아닌가.

가방에서 펜을 꺼냈다. "이의 없습니다." 그렇게 말하고 서명과 날인을 마쳤다.

"수고하셨습니다. 이것으로 계약이 체결되었습니다. 감사합니다." 던힐 양복 차림의 직원이 높직한 목소리로 선언하고 서류를 정리했다. 그리 큰 일거리는 아니지만 중개 수수료가 확정되어 나름대로 흡족한 눈치였다.

쌍방이 서류를 받아 들자 사위가 가장 먼저 자리에서 일어섰다. 하지만 딸은 아직도 고개를 떨구고 있었다. 그런 그녀의 얼굴 앞에 하루미는 조용히 손을 내밀었다. 의아하다는 듯 딸이 고개를 들었다.

"계약 체결을 축하하는 악수예요." 하루미가 말했다.

"……응." 그녀가 하루미의 손을 마주 잡았다. "하루미, 미안해."

"미안하기는요." 하루미는 웃음을 건넸다. "다 잘됐잖아요. 서로에게 좋은 모양새로 일이 처리됐어요."

"그건 그렇지만……." 그녀는 하루미와 눈을 마주치려고 하지 않았다.

어이, 하고 사위가 돌아보며 아내를 불렀다. "뭐 해? 빨리 가자고."

딸은 고개를 끄덕이더니 옆에 있는 어머니를 돌아보았다. 그 표정에 머뭇거리는 기색이 보였다.

"아, 할머니는 제 차로 모실게요." 하루미가 나서서 말했다. 정확하게는 이모할머니지만 오래전부터 그냥 할머니라고 불러왔다. "걱정 말고 어서 가보세요."

"그래, 그럼 부탁 좀 할까? 엄마, 그래도 괜찮지?"

"응, 나는 괜찮다." 할머니는 힘없는 소리로 대답했다.

"알았어. 하루미, 잘 부탁한다."

하루미가 아직 대답도 하기 전에 사위는 휑하니 사무실을 나갔다. 딸은 미안하다는 듯 슬쩍 목례를 건네고 종종걸음으로 남편의 뒤를 따랐다.

은행을 나서자 하루미는 할머니를 모시고 근처 주차장으로 갔다. 거기서 BMW 차를 타고 할머니 집으로 향했다. 하지만 정확히 말하면 이제 더 이상 '할머니 집'이 아니다. 다무라가의 집이 '하루미의 집'이 된 것이다. 방금 체결한 계약이 그것이었다.

올봄에 이모할아버지가 돌아가셨다. 노환으로 돌아가셨다고 해야 할 것이다. 마지막 순간에는 이부자리에 오줌을 지리고 있었다. 그 순간, 오랜 세월에 걸친 할머니의 간병 생활도 끝이 났다.

할아버지의 여생이 길지 않다는 것을 알게 되면서 하루미는 마음에 걸리는 일이 있었다. 유산 문제였다. 좀 더 구체적으로 말하면 할아버지의 집이다. 예전에는 자산가였지만 이제 남은 재산이라고는 그 집 말고는 없었다. 최근 이삼 년 동안 부동산 가격은 계속 뛰었다. 도쿄에서 두 시간 거리라서 약간 불편하기는 해도 자산 가치가 충분한 집이다. 딸 부부, 특히 사위 쪽에서 눈독을 들일 거라고 내심 짐작은 했다. 그는 여전히 수상쩍은 사업에 손을 대고 있지만 아직껏 성공했다는 이야기는 들은 적이 없다.

아니나 다를까 이모할아버지의 사십구재를 치렀을 즈음, 할머니에게서 연락이 왔다. 딸 부부가 유산 상속 문제로 상의를 하자고 했다는 것이다.

딸 부부의 제안은 이런 것이었다. 재산이라고는 집밖에 없으니 그것을 모녀가 반씩 상속한다. 하지만 가옥을 잘라 나눠 가질 수는 없으니까 집 명의는 딸 쪽으로 옮기고 전문가에게 감정을 받아 그 평가액의 절반에 해당하는 금액을 딸이 어머니에게 지불한다. 물론 어머니는 계속 이 집에서 살아도 된다. 다만 그럴 경우에는 딸에게 임대료를 내야 한다. 즉 딸이 어머니에게 드릴 돈을 분할로 해서 그 임대료와 상쇄하자는 것이었다.

법적으로는 별문제 없이 공평한 것처럼 보인다. 하지만 그 제안을 할머니에게서 전해 듣고 하루미는 수상쩍은 기미를 감지했다. 한마디로 집에 대한 소유권은 일단 딸 쪽으로 옮겨놓되 딸은 어머니에게 한 푼도 내지 않겠다는 것이다. 그렇다면 딸 쪽에서는 언제라도 집을 매각할 수 있다. 이 집에서 살고 있는 어머니를 다른 곳으로 보내는 것쯤은 그리 어렵지 않다. 물론 그렇게 되면 임대료로 상쇄한 금액만큼은 어머니에게 지불해야 할 의무가 발생한다. 하지만 그때는 돈이 생기는 대로 슬슬 갚아나가겠다고 버티겠다는 속셈이다. 어머니가 차마 소송까지는 못 하리란 걸 알기 때문이다.

이런 몹쓸 짓을 친딸이 제안했다고는 생각하고 싶지 않았다. 사위가 뒤에서 조종하는 거라고 하루미는 짐작했다. 그래서 하루미는 할머니에게 새로운 제안을 했다. 집은 모녀간에 공동 명의로 하고 그 집을 하루미가 매입해주는 것이다. 그리고 매각 대금을 모녀가 반씩 나눠 가져가면 된다. 하루미는 물론 그 집에서 할머니를 계속 살게 해드릴 생각이었다.

이 제안을 할머니를 통해 딸 부부에게 전했다. 그러자 예상대로 사위 쪽이 따지고 들었다. 왜 우리 제안을 폐기하느냐는 것이었다. 할머니는 그런 사위에게 하루미의 뜻을 밀어붙였다.

"우리가 살던 집을 하루미가 사주기만 한다면야 그게 가장 좋지 않겠니? 웬만하면 내 뜻대로 해다오."

그러자 사위도 더 이상 토를 달 수 없었다. 애초에 그 사람은 유산 문제에 참견할 권리가 없는 것이다.

할머니를 모시고 온 김에 하루미는 그날 밤은 고향 집에서 자고 가기로 했다. 하지만 다음 날은 일찌감치 도쿄로 출근해야 한다. 토요일이라 회사는 쉬지만 큼직한 일거리가 기다리고 있었다. 도쿄 만 크루즈 선박에서의 파티를 맡아서 치러야 하는 것이다. 크리스마스이브 행사다. 준비한 티켓 이백 장이 눈 깜짝할 사이에 매진 되었다.

잠자리에 누워 눈에 익은 천장의 얼룩을 바라보며 하루미는 진한 감회에 젖었다. 이 집이 내 것이 되었다는 게 아직 믿어지지 않았다. 현재 살고 있는 도쿄의 맨션을 샀을 때와는 또 다른 느낌이었다.

물론 이 집만은 다른 사람에게 내놓을 생각이 없다. 언젠가 할머니가 세상을 떠나시는 날이 오겠지만 어떤 식으로든 자신이 지니고 있기로 했다. 별장으로 사용해도 좋으리라.

모든 일이 잘 풀리고 있었다. 무서울 만큼 순조롭게 풀려나갔다. 마치 어디선가 수호천사가 지켜주는 것만 같았다.

모든 것은 그 편지에서부터 시작되었다…….

눈을 감자 그 개성적인 필체가 떠올랐다. 나미야 잡화점에서 보내준 신기한 편지.

선뜻 믿을 수 없는 얘기들이었지만 고민 끝에 하루미는 그 지시에 따르기로 했다. 그 밖에 다른 방법이 생각나지 않는다는 점도 있었다. 냉정하게 생각해본다면 도미오카 같은 사람에게 기대는 것은 분명 위험한 일이었다. 게다가 경제를 공부하는 것은 장래를 위해서도 도움이 되는 일이다.

다니던 회사에는 사표를 냈다. 그 대신 전문학교에 들어갔다. 시간이 허락하는 한 주식 거래와 부동산에 대해 공부하고 몇 가지 자격증도 땄다.

한편으로 호스티스 일에는 그 전보다 더욱 힘을 기울였다. 다만 길어도 칠 년 안에는 그만두기로 정했다. 기한을 설정하니 더욱더 집중력을 발휘할 수 있었다. 노력한 만큼의 결과가 나오는 게 이쪽 일의 재미있는 부분이다. 순식간에 고객이 불어나 가게에서도 톱클래스의 매상을 기록했다. 애인 계약을 거절했더니 도미오카는 더 이상 찾아오지 않았지만 그 정도의 마이너스는 간단히 메울 수 있었다. 나중에 안 일이지만 도미오카가 몇몇 음식점의 개업에 관여했다는 건 역시 허풍이었다. 잠깐 상의를 해준 정도였던 것이다.

1985년 7월, 하루미는 첫 승부에 나섰다. 몇 년 동안 알뜰하게 모아 삼천만 엔이 마련되자 그것을 모두 맨션을 구입하는 데 투자한 것이다. 요쓰야 지역의 중고 부동산 물건이었다. 어떻게 굴러가건 가격이 떨어질 일은 없다고 판단한 끝에 내린 결단이었다.

그로부터 두 달여 만에 세계경제계에 일대 격진이 일어났다. 미국에서의 플라자 합의에 의해 단숨에 엔화 강세, 달러 약세가 진행된 것이다. 하루미는 소름이 돋았다. 일본 경제는 수출산업이 중심이다. 엔화 강세, 달러 약세가 이어지면 불경기에 빠질 우려가 있었다.

그즈음 하루미는 주식 거래에도 손을 대고 있었다. 경기가 바닥을 기게 되면 주가도 떨어진다. 이게 무슨 일인가 하고 망연자실했다. 나미야 잡화점의 예언과는 완전히 반대로 가고 있지 않은가.

하지만 사태는 나쁜 쪽으로 흘러가지 않았다. 경기 악화를 우려한 정부가 저금리정책을 내세웠다. 나아가 공공사업에의 투자를 선언했다.

그러던 1986년 초여름, 한 통의 전화가 걸려왔다. 하루미가 맨션을 살 때 중개해준 부동산 업자에게서 온 것이었다. 아직 이사하지 않은 것 같은데 맨션은 어떻게 할 거냐고 물었다. 하루미가 말끝을 흐리자 혹시 도로 팔 생각이 있다면 자신들이 사고 싶다는 것이었다.

감이 딱 왔다. 맨션의 자산 가치가 뛰고 있는 것이다.

팔 생각이 없다고 말하고 전화를 끊은 하루미는 즉시 은행으로 향했다. 요쓰야의 맨션을 담보로 얼마나 대출을 받을 수 있는지 확인해보기 위해서였다. 며칠 후, 담당자가 산출해준 가격에 깜짝 놀랐다. 구입한 액수의 1.5배까지 뛰어 있었다.

곧바로 대출을 신청하고 더불어 다른 부동산 매물이 있는지 알아보았다. 와세다 지역에 마침 좋은 맨션이 나와서 은행 대출금으로 즉각 매입했다. 얼마 안 되어 그 맨션의 가격도 뛰었다. 금리 따위는 거의 무시해도 될 만큼의 상승세였다.

이어서 이 맨션을 담보로 다시 대출을 받기로 했다. 그러자 은행 담당자가 회사를 설립하는 게 어떻겠냐고 추천해주었다. 그러는 편이 자금 조달에 유리했기 때문이다. 그래서 탄생한 것이 '오피스 리틀 독'이다.

하루미는 확신했다.

나미야 잡화점의 예언은 옳았다.

1986년 가을까지 하루미는 맨션을 사들이고 되파는 일을 거듭했다. 부동산 물건에 따라서는 단 일 년 만에 가격이 세 배 가까이 뛰기도 했다. 주가도 연일 상승해서 자산은 눈 깜짝할 사이에 급증했다.

호스티스 일과는 작별을 고했다. 대신 호스티스 시절의 인맥을 살려 이벤트 사업을 시작했다. 이벤트 아이디어를 제공하고 접객 여직원을 파견하는 등의 일이다. 호경기를 타고 날마다 어디선가 화려한 축제와 파티가 벌어졌다. 일거리는 얼마든지 있었다.

1988년에 들어서자 하루미는 갖고 있던 맨션이며 골프 회원권 등을 정리하기 시작했다. 가격이 한계점에 이르렀다는 감을 잡았기 때문이다. 호경기가 여전히 이어지고 있었지만, 한발 앞서 대비하는 게 좋겠다고 생각했다. 하루미는 나미야 잡화점의 예언을 굳게 믿었다. '폭탄 돌리기' 같은 상황이 온다는 것도 분명 틀림없는 얘기일 것이다. 냉정하게 생각해보면 이런 미친 듯한 호경기가 한없이 이어진다는 것이 오히려 더 이상한 얘기다.

그 1988년도 이제 며칠이면 막을 내린다. 내년에는 과연 어떤 일들이 일어날까. 멍하니 생각에 잠긴 채 하루미는 스르르 잠 속으로 빠져들었다.

7

크루즈 선박에서의 크리스마스 파티는 대성공이었다. 하루미는 스태프들과 아침까지 축배를 들었다. 돔 페리뇽 로제를 몇 병이나 비웠는지 기억도 나지 않는다. 다음 날, 아오야마 자신의 집에서 눈을 떴을 때는 가벼운 두통이 남아 있었다.

침대에서 기어 나와 텔레비전을 켰다. 뉴스 방송 중이었다. 어딘가의 건물에 화재가 난 것 같았다. 멀거니 화면을 바라보던 하루미는 뉴스 자막에 눈이 번쩍 뜨였다. '화재로 불탄 아동복지시설 환광원'이라고 적혀 있었기 때문이다. 깜짝 놀라 귀를 바짝 세웠지만 그 뉴스는 금세 지나가버렸다. 채널을 바꿔봐도 다른 곳에서는 그 뉴스가 나오지 않았다.

서둘러 옷을 갈아입었다. 신문을 가져오기 위해서였다. 방범이 철저한 건 좋지만 이 맨션은 우편물이며 신문을 일 층까지 가지러 가야 하는 게 번거로웠다.

일요일이라서 신문이 두툼했다. 엄청난 양의 전단지가 들어 있어서 더 두툼해진다. 그 대부분이 부동산 관련 광고지였다. 신문을 빠짐없이 살펴보았지만 환광원 화재에 관한 기사는 눈에 띄지 않았다. 도쿄 내의 사건이 아니기 때문인지도 모른다.

할머니에게 전화를 해보았다. 지역 신문이라면 실려 있을 것이다. 그 추측은 맞아떨어졌다. 할머니의 말에 따르면 환광원 화재 기사가 사회면에 나왔다는 것이다.

화재가 일어난 것은 12월 24일 밤이고, 사망자 한 명, 중경상자는 십여 명이라고 했다. 사망자는 시설 쪽 사람이 아니라 크리스마스 공연을 위해 찾아온 아마추어 뮤지션이었다. 당장이라도 달려가고 싶었지만 현장 상황이 어떤지 알 수 없어서 잠시 기다렸다.

한참 혼란스러운 때에 외부인이 몰려오면 도리어 폐가 될 것이다.

초등학교 졸업과 동시에 아동복지시설 환광원을 나왔지만 그 뒤에도 몇 번 인사를 하러 찾아갔었다. 고등학교 진학 때, 취직이 결정되었을 때 등이다. 하지만 클럽 일을 시작한 뒤로는 아무래도 발길이 뜸해졌다. 어디선가 호스티스 냄새를 풍기게 될 것 같아서 였다.

다음 날, 하루미의 사무실로 할머니가 전화를 해주었다. 조간신문에 추가 기사가 실렸다는 것이다. 그 기사에 의하면 시설의 직원과 아이들은 인근 초등학교 체육관에 임시로 가 있는 모양이었다.

12월의 차가운 날씨에 체육관에서 지내야 하다니, 상상만 해도 등줄기가 써늘해졌다.

회사 일을 일찌감치 끝낸 뒤, BMW 차를 몰고 현장으로 향했다. 도중에 약국에 들러 한 박스 분량의 손난로와 감기약, 위장약 등을 사들였다. 분명 몸이 아픈 아이들도 적지 않을 터였다. 바로 옆에 슈퍼마켓이 있어서 레토르트 식품도 대량 구입했다. 식당이 없어서 직원들이 힘들어하고 있을 게 틀림없었다.

BMW에 짐을 싣고 다시 달렸다. 라디오에서는 서던 올스타즈의 〈우리 모두의 노래〉가 흘러나왔다. 신나는 노래였지만 하루미의 마음은 환해지지 않았다. 올해는 내내 좋은 일만 이어졌는데 막판에 이런 일이 터지다니.

두 시간여 만에 환광원에 도착했다. 하루미의 기억 속 하얀 건물은 시커먼 숯덩어리로 변해 있었다. 소방서와 경찰에서 조사를 하고 있어서 가까이 가볼 수는 없었지만 아직도 그을음 냄새가 풍겨오는 것 같았다.

직원과 아이들이 가 있는 초등학교 체육관은 거기서 일 킬로쯤 떨어진 곳이었다. 관장 미나즈키 요시카즈는 하루미가 찾아온 것에 놀라고 감격해주었다.

"멀리서 이렇게 달려와주다니, 고맙네. 네가 올 줄은 생각도 못했다. 그나저나 이젠 정말 어른이 되었구나. 아니, 아주 훌륭한 사람이 되었다고 해야 하나?" 그렇게 말하면서 미나즈키 관장은 하루미가 내민 명함을 몇 번이나 들여다보았다.

갑작스러운 화재로 속을 끓여서 그런지 미나즈키 관장은 전에 만났을 때보다 훨씬 여윈 것 같았다. 나이가 일흔이 넘었을 터였다. 예전에는 풍성했던 백발도 부쩍 숱이 줄었다.

하루미가 가져간 일회용 손난로며 약, 먹을거리 등을 미나즈키는 기쁘게 받아주었다. 역시 식사 준비가 가장 힘들었던 모양이다.

"그 밖에 필요한 것이 있으면 뭐든지 말씀해주세요. 제가 최대한 준비할게요."

"고맙구나. 그렇게 말해주니 참으로 마음이 든든하다." 미나즈키는 눈물을 글썽였다.

"사양하지 마시고, 꼭요. 이 기회에 저도 뭔가 도움이 되어드려야죠."

미나즈키는 고맙다, 고마워, 하고 몇 번이나 되풀이했다.

돌아오는 길에는 반가운 사람도 만났다. 어려서 시설에서 함께 지냈던 후지카와 히로시였다. 하루미보다 네 살이 많고 중학교 졸업과 동시에 환광원을 떠났었다. 하루미가 부적처럼 항상 갖고 다니는 목각 강아지를 만들어준 사람이다. 그것이 '오피스 리틀 독'의 유래이기도 했다.

후지카와는 유명한 목각 장인이 되어 있었다. 하루미와 마찬가지로 환광원 화재 소식을 듣고 달려온 모양이었다. 어렸을 때 성격 그대로 여전히 말수가 적었다.

이번 화재를 걱정하는 환광원 출신들이 그 밖에도 정말 많겠구나.

후지카와와 헤어진 뒤, 하루미는 그런 생각을 했다.

해가 바뀌자마자 천왕이 세상을 떠나면서 연호도 바뀌었다. 텔레비전에서 오락 방송이 사라지고 스모 개장이 하루 늦춰지는 등 비일상적인 나날이 한동안 이어졌다.

그것이 잠잠해졌을 무렵, 하루미는 환광원의 근황을 알아보러 나갔다. 체육관 옆에 지어진 단출한 임시 사무실에서 미나즈키 관장을 만났다. 아이들은 아직도 체육관에서 지내지만 임시 숙소를 짓는 공사는 이미 시작되었다. 임시 숙소가 완성되면 우선 아이들을 그쪽에 보내놓고 원래 자리에 제대로 된 건물을 다시 지을 거라는 얘기였다.

화재 원인이 밝혀졌는데, 노후한 식당 쪽에서 가스가 새면서 불이 붙은 것이라고 했다. 겨울철의 건조한 공기 탓에 작은 정전기가 화재로 이어졌을 것이라는 게 소방 당국과 경찰의 판단이었다.

"좀 더 일찍 건물을 새로 지었어야 했어." 화재 원인을 설명한 뒤에 미나즈키 관장은 안타깝다는 표정을 보였다.

특히 사망자가 나온 것이 무엇보다 가슴 아픈 모양이었다. 사망한 아마추어 뮤지션은 원아 한 명을 구하고 대신 숨졌다는 것이다.

"그분은 정말로 딱하게 되었지만 그나마 아이들이 모두 무사한 게 불행 중 다행이에요."

하루미가 위로하자 미나즈키는 고개를 끄덕였다.

"그건 그렇지. 한밤중이라서 잠든 아이들이 많았으니까 하마터면 대형 참사가 될 뻔했어. 그래서 직원들하고도 이런 얘기를 했네, 예전 관장님이 우리를 지켜주신 것 같다고."

"예전 관장님이라면, 여자분이셨지요?"

희미하게 기억이 났다. 온화한 표정의 자그마한 노부인이었다. 언제 지금의 미나즈키 관장으로 바뀌었는지는 생각나지 않았다.

"응, 우리 누님이야. 환광원은 누님이 설립하셨어."

하루미는 미나즈키의 주름 가득한 얼굴을 바라보았다. "와아, 그러셨군요."

"아직 몰랐었구나. 하긴 하루미는 어렸을 때 이곳에 있었으니까 그런 건 모를 만도 하지."

"저는 처음 들었어요. 누님께서는 어떻게 이런 시설을 설립하셨을까요?"

"그걸 설명하려면 이야기가 꽤 길어지지만, 한마디로 말하면 사회 환원이라고나 할까."

"환원……."

"이렇게 말하면 내 자랑 같지만, 우리 집안이 선조 때부터 대지주였어. 부모님이 돌아가시고 나와 누님이 그 재산을 물려받았지. 나는 회사 경영에 투자했지만 누님은 딱한 처지의 아이들을 돕겠다고 그 유산으로 환광원을 설립했어. 원래 학교 교사로 근무하던 분이라서 전쟁 통에 수많은 아이들이 고아가 된 것을 보고 누구보다 가슴 아프게 생각하셨거든."

"누님께서는 언제……."

"십구 년 전, 아니, 이제 곧 이십 년이 되나? 태어나면서부터 심장이 약했어. 마지막에는 모두가 지켜보는 가운데 조용히 잠들 듯이 떠나셨네."

하루미는 가만히 고개를 저었다. "죄송해요. 저는 전혀 몰랐어요."

"그럴 만도 해. 누님의 유지에 따라 아이들에게는 요양 중이라고만 말했었으니까. 내가 회사 경영을 아들에게 맡기고 누님의 뒤를 이어 이곳에 오긴 했지만 내내 관장 대리라는 직함으로 일했다네."

"그 누님께서 지켜주셨다는 건 무슨 말씀인가요?"

"숨을 거두기 전에 누님이 혼잣말처럼 중얼거렸거든. 걱정하지 마라, 내가 하늘 위에서 모두를 위해 기도할 테니, 라고. 이번 화재로 아이들이 전원 무사한 것을 보고 그때 그 말이 다시 생각난 거야." 미나즈키는 겸연쩍은 웃음을 내보이며 말했다. "뭐, 그냥 갖다 붙인 얘기야."

"그러셨군요. 정말 아름다운 이야기예요."

"그래, 고맙구나."

"누님께서는 가족이 어떻게 되시지요?"

미나즈키는 한숨을 내쉬며 고개를 저었다.

"평생 독신으로 지냈어. 말 그대로 일생을 교육에 바쳤다고 해야겠지."

"그랬군요. 정말 훌륭한 분이시네요."

"아니, 훌륭한 분이라고 하면 하늘에서 누님이 질색하실 것 같구나. 그저 나 좋을 대로 살았을 뿐이라고 노상 말했으니까. 아 참, 그러고 보니 하루미는 어떻지? 결혼 소식은? 사귀는 사람은 있어?"

갑자기 자기 얘기를 묻는 바람에 하루미는 당황스러웠다. "아이, 없어요, 그런 거." 손을 가로저었다.

"그런가. 여자가 일에서 보람을 찾다 보면 깜빡 혼기를 놓친다니까. 사업도 좋지만 어서 좋은 사람을 만나야지."

"유감스럽게도 저 역시 누님처럼 그냥 저 좋을 대로 살고 있을 뿐이에요."

미나즈키는 쓴웃음을 지었다.

"다부진 녀석이구나. 하지만 우리 누님이 평생 독신이었던 건 단순히 일에만 전념했기 때문이 아니야. 실은 젊은 시절에 딱 한 번, 어떤 남자와 사귄 적이 있어. 더구나 그 남자와 둘이서 도망까지 치려고 했네."

"정말요?"

호기심이 나는 이야기였다. 하루미는 몸을 앞으로 내밀고 귀를 쫑긋 세웠다.

"그 남자는 누님보다 나이가 열 살쯤 많고 근처의 작은 공장에 다녔어. 누님 자전거를 수리해주다가 서로 알게 되었다고 했던가. 공장 점심시간 같은 때 몰래 만나곤 했던 모양이야. 그때만 해도 젊은 남녀가 나란히 걷기만 해도 소문이 나던 시절이었으니까."

"둘이서 도망치려고 한 걸 보면 부모님께서 교제를 허락하지 않았던 모양이지요?"

미나즈키는 고개를 끄덕였다.

"음, 두 가지 이유가 있었어. 첫째로는 누님이 아직 여학교에 다니는 학생이었다는 거야. 하지만 그건 시간이 해결해줄 문제였지. 실은 그보다 더 큰 이유가 있었어. 아까도 말했지만 우리 집은 상당한 자산가였어. 재물이 쌓이면 그다음은 명예를 원하기 마련이지. 아버지는 명문가와 사돈을 맺고 싶으셨을 게야. 하물며 이름도 없는 기계공에게 딸을 줄 수는 없으셨겠지."

하루미는 굳은 표정으로 고개를 끄덕였다. 지금으로부터 육십여 년 전의 일이다. 딱히 미나즈키 집안만 유별났던 것은 아니었으리라.

"둘이서 도망치려다가 어떻게 됐죠?"

미나즈키는 어깨를 으쓱 치켜들었다.

"물론 실패했지. 누님은 학교에서 돌아오는 길에 근처 절에 들러 몰래 옷을 갈아입고 역으로 나갈 계획이었던 것 같아."

"옷을 갈아입어요?"

"음, 집에 하녀가 몇몇 있었는데 그중 한 사람이 누님과 나이도 비슷하고 아주 절친했어. 그 하녀에게 절까지 옷을 한 벌 가져오라고 부탁했던 거야. 부잣집 여학생 옷차림으로는 금세 사람들 눈에 띌 테니까 허름한 하녀 옷으로 변장을 하려던 것이지. 기계공 남자 쪽도 재주껏 변장을 하고 역에서 기다리고 있었던가 봐. 그렇게 계획대로 둘이 역에서 만났다면 즉시 기차를 타고 사랑의 도피행에 성공했을 게야. 제법 주도면밀한 작전이었어."

"그런데 잘되지 않았군요?"

"안타깝게도 누님이 절에 도착했을 때 하녀가 아니라 아버지가 보낸 사람들이 기다리고 있었어. 실은 하녀가 누님의 부탁에 고개를 끄덕이기는 했는데 막상 옷을 들고 나오려니까 겁이 덜컥 났던 모양이야. 그래서 손위 하녀에게 이걸 어쩌면 좋으냐고 물어본 거야. 그러니 결과는 뻔하지."

하루미는 젊은 하녀의 심정도 알 것 같았다. 그 당시의 분위기를 생각하면 도저히 나무랄 수 없는 일이다.

"그럼 그 기계공은 어떻게 됐죠?"

"아버지가 심부름꾼을 역에 보내 편지 한 장을 전해줬어. 편지 내용은 '부디 나를 잊어주세요'라는 누님의 바람이 담긴 것이었지."

"아버님이 다른 사람을 시켜서 가짜 편지를 써 보냈군요?"

"아니, 그건 아니야. 그 편지는 누님이 손수 썼어. 그놈을 해치지는 않을 테니, 라는 아버지의 엄포에 어쩔 수 없이 그런 편지를 썼지. 누님으로서는 따르지 않을 도리가 없었어. 아버지는 경찰 쪽에도 인맥이 있어서 마음만 먹으면 기계공 하나쯤 감옥에 보내는 건 아무 일도 아니었으니까."

"그 남자는 편지를 받고 어떻게 했을까요?"

미나즈키는 고개를 갸우뚱했다.

"그건 나도 잘 모르겠구나. 확실한 건 우리 마을을 떠났다는 것뿐이야. 원래 그 남자가 타지 사람이었어. 고향으로 돌아갔다는 소문이 돌긴 했는데 사실인지 어떤지는 확실하지 않아. 하지만 그 뒤로 딱 한 번, 내가 그 사람을 만났어."

"어머, 어떻게요?"

"삼 년쯤 지났을 때였나, 학교에 가려고 집을 나와 한참 걸어가는데 뒤에서 누가 부르더구나. 서른 살 남짓한 남자였어. 누님과 사랑의 도피행을 하려던 그 기계공을 나는 본 적이 없었어. 그러니 그때 나를 부른 사람이 누구인 줄도 몰랐지. 그런데 그 사람이 편지 한 통을 내게 주면서, 부디 미나즈키 아키코 씨에게 전해달라고 하더라고. 그제야 아, 그 기계공이구나, 하고 눈치를 챘지."

"그럼 그분은 관장님이 남동생이라는 것을 알고 있었던 모양이지요?"

"남동생이라고 확신한 건 아니겠지만, 아마 집 앞을 지키다가 내 뒤를 밟았던 게 아닌가 싶어. 아무튼 내가 망설이고 있으니까 그 사람이, 뭔가 미심쩍다면 이 편지를 먼저 읽어본 다음에 아키코 씨에게 전해줘도 좋다, 부모님께 먼저 보여드리는 것도 좋다, 어쨌든 마지막에는 아키코 씨가 읽게 해주기만 하면 된다, 라고 하는 거야. 내가 그 말을 듣고 편지 심부름을 해주기로 마음먹었어. 내심 그 편지 내용이 궁금하기도 했거든."

"그래서 읽어보셨어요?"

"물론이지. 편지를 봉하지도 않았더라고. 학교 가던 도중에 읽어봤어."

"어떤 내용이었죠?"

"어떤 내용이었느냐 하면……." 미나즈키는 말을 이으려다가 문득 입을 다물었다. 하루미를 지그시 바라보며 잠시 뭔가 생각하더니 무릎을 탁 치며 혼잣말처럼 중얼거렸다. "그건 말로 들려주는 것보다 직접 읽어보라고 하는 게 빠르겠군."

"엇, 직접 볼 수 있어요?"

"잠깐 기다려봐."

미나즈키는 옆에 쌓여 있는 상자들 가운데 하나를 내려 뭔가를 찾기 시작했다. 상자 옆구리에 '관장실'이라고 매직으로 써 붙인 종이가 보였다.

"처음 불이 난 식당하고 거리가 멀어서 다행히 관장실은 피해가 거의 없었어. 그래서 자료들을 무사히 이쪽으로 옮겨 왔지. 이번 기회에 정리할 생각이네. 누님의 유품도 꽤 많으니까. 아, 이거야, 찾았어."

미나즈키가 꺼내 온 것은 네모난 통이었다. 그 뚜껑을 하루미 앞에서 열었다.

통 안에는 노트 몇 권이 들어 있었다. 사진들도 보였다. 그 속에서 미나즈키는 편지 한 통을 꺼내 하루미에게 건넸다. 봉투 앞면에 '미나즈키 아키코 님에게'라고 적혀 있었다.

"읽어보면 알 거야." 미나즈키가 말했다.

"정말 제가 읽어봐도 괜찮을까요?"

"응, 괜찮아. 누가 읽건 무방하다는 생각으로 쓴 편지야."

"그럼 잠깐 읽어볼게요."

봉투 안에는 접힌 하얀 편지지가 들어 있었다. 펼쳐 보니 만년필 글씨가 줄줄이 이어졌다. 흐르는 듯한 달필이어서 기계공이라는 직업을 듣고 떠올린 이미지와는 다른 느낌이었다.

미나즈키 아키코 님께

몇 자 적어 올립니다. 갑작스럽게 이런 모양새로 서찰을 보내게 된 점, 부디 양해해주십시오. 우편으로 보내면 안에 든 서찰을 읽지 않은 채 그대로 처분해버리지 않을까, 염려가 되었습니다.

아키코 씨, 건강하게 지내시는지요. 저는 삼 년 전에 구스노키 기계 회사에서 근무하던 나미야라고 합니다. 어쩌면 이제는 잊어버리고 싶은 이름인지도 모르겠으나 부디 이 편지를 끝까지 읽어주시면 고맙겠습니다.

이번에 펜을 들게 된 것은 다름이 아니라 꼭 한마디 사죄의 말씀을 드리고 싶었기 때문입니다. 실은 지금까지도 몇 번이나 시도해보려고 했으나, 타고난 성정이 유약한지라 막상 결심을 하지 못하고 지내왔습니다.

아키코 씨, 그때 일은 참으로 죄송했습니다. 제가 저지른 짓의 어리석음을 깨닫고 이제야 새삼 깊이 후회하고 있습니다. 아직 여학생 신분이던 당신의 마음을 어지럽히고, 불측하게도 가족 여러분과의 인연마저 끊게 할 뻔했던 것은 돌아보면 참으로 큰 죄를 짓는 일이었습니다. 어떻게도 변명할 여지가 없습니다.

그때 당신이 마음을 바꾼 것은 올바른 선택이었습니다. 어쩌면 부모님의 설득에 따라 내린 결정이었는지도 모르겠으나, 그렇다고 한다면 저는 당신의 부모님께 감사드리지 않을 수 없습니다. 자칫하면 돌이킬 수 없는 엄청난 과오를 저지를 참에 저를 바로잡아주셨습니다.

저는 지금 고향에서 농사일을 하고 있습니다. 그날 이후로 당신을 떠올리지 않은 날이 없습니다. 짧은 나날이었지만 지금까지 살아온 가운데 가장 소중한 시간이었습니다. 또한 당신에게 사죄하지 않은 날도 없습니다. 그때의 일이 당신 마음에 큰 상흔으로 남았을 것이라고 생각하면 잠이 오지 않습니다.

아키코 씨, 부디 행복하게 살아주십시오. 제가 지금 진심으로 바라는 것은 그것뿐입니다. 모쪼록 좋은 인연을 만나시기를 진심으로 기원합니다.

나미야 유지 올림

고개를 든 하루미는 미나즈키와 눈이 마주쳤다. 어떠냐고 그가 물었다.

"정말 착한 분이시네요."

그녀의 말에 미나즈키는 고개를 끄덕였다.

"나도 그렇게 생각하네. 둘이서 도망치기로 한 계획이 실패했을 때, 그 사람은 틀림없이 많은 생각을 했을 게야. 우리 부모님을 원망하기도 했을 것이고 누님의 배신에 환멸을 느끼기도 했겠지. 하지만 삼 년 동안 곰곰 뒤돌아보는 사이에 그것도 나름대로 잘된 일이었다고 이해하고 받아들인 게 아닌가 싶어. 하지만 그것만으로는 안 되겠다고 생각했던 게야. 정식으로 사죄하지 않고서는 누님의 마음에 큰 상처가 남을 거라고 걱정한 것이지. 피치 못해 한 일이라고는 해도 연인을 배신해버린 것을 누님이 스스로 책망하지 않을 사람이 아니었으니까 말이야. 그래서 애써 이런 편지를 보내준 것이지. 그 심정을 나도 충분히 이해할 수 있었기 때문에 이 편지를 누님에게 전해줬어. 물론 부모님에게는 비밀로 하고."

하루미는 편지를 다시 봉투에 넣었다.

"누님께서 이 편지를 평생 간직하셨던 모양이네요."

"그런 것 같아. 누님이 돌아가신 뒤에 사무실 책상에서 이 편지를 발견했을 때는 나도 가슴이 뭉클했네. 평생을 독신으로 지낸 건 아마 이 사람의 존재가 너무도 컸기 때문일 게야. 마지막까지 다른 남자를 사랑한 일은 없었어. 그 대신 자신의 인생을 모두 환광원에 바쳤지. 누님이 왜 굳이 이 지역에 아동 시설을 만들었겠나. 원래 우리 집안과는 아무 인연이 없는 곳이었는데 말이야. 누님이 마지막까지 분명하게 밝히지는 않았지만 아마 그 사람 고향과 가까웠기 때문일 게야. 정확한 주소까지는 알지 못했어도 예전에 둘이서 나눈 대화로 대강 어느 지역인지 짐작할 수 있었던 모양이야."

하루미는 조용히 고개를 저으며 감탄의 한숨을 내쉬었다. 두 사람이 맺어지지 못한 것은 안타깝지만 한 남자를 그토록 깊이 사랑할 수 있었다는 점은 부럽기도 했다.

"누님이 숨을 거두기 전에, 하늘 위에서 여러분의 행복을 기도하겠다고 말했지만 이 편지를 쓴 사람도 분명 누님이 어디선가 지켜주고 있을 게야. 그 사람이 아직 살아 있다면 말이야." 미나즈키는 진심으로 그렇게 믿고 있는 것 같았다.

"네, 그러실 거예요." 고개를 끄덕이면서 하루미는 한 가지 마음에 걸리는 것이 있었다. 그 남자의 이름이다. 나미야 유지, 나미야 유지……

하루미는 나미야 잡화점과 편지를 주고받기는 했지만 주인 할아버지의 이름은 정확히 알지 못했다. 다만 시즈코에게서 들은 이야기로 보면 1980년 당시에 상당히 고령이었던 것은 확실하다. 지금 미나즈키의 이야기에 나오는 인물과 비슷한 나이일 터였다.

"왜?" 미나즈키가 물었다.

"아뇨, 아무것도 아니에요." 하루미는 웃으며 손을 저었다.

"누님이 그토록 힘들여 운영해온 환광원인데 내가 간단히 문을 닫을 수는 없지. 어떻게든 다시 일으켜 세울 생각이라네." 미나즈키가 이야기를 마무리하듯이 말했다.

"네, 꼭 그렇게 해주세요. 저도 열심히 응원할게요." 하루미는 들고 있던 편지를 미나즈키에게 돌려주며 말했다. 그때 봉투에 적힌 '미나즈키 아키코 님에게'라는 글씨가 눈에 들어왔다. 깊은 결의가 담긴 듯한 글씨였다. 그 필체는 하루미가 받은 나미야 잡화점의 편지와는 전혀 달랐다.

역시 단순한 우연이야.

이 일에 대해 하루미는 더 이상 깊이 생각하지 않기로 했다.

8

잠이 깨자마자 하루미는 요란하게 재채기를 했다. 오싹 한기가 들어 이불을 어깨까지 끌어 올렸다. 에어컨 찬 바람이 너무 강했던 모양이다. 간밤에 날이 더워서 설정을 강으로 해뒀는데 잠들기 전에 원래대로 낮추는 것을 깜빡 잊었다. 베갯머리에는 자기 전에 읽던 문고판 책이 뒹굴고 있고 전기스탠드도 켜놓은 채였다.

자명종 시계는 오전 7시 조금 전을 가리키고 있었다. 7시에 알람이 울리도록 맞춰두었지만 그 소리를 들은 적은 거의 없었다. 매번 자명종이 울리기 전에 눈이 뜨여서 미리 스위치를 끄기 때문이다.

팔을 뻗어 스위치를 끄고 그 기세를 몰아 침대에서 내려섰다. 커튼 틈새로 여름 햇살이 비쳐 들었다. 오늘도 무더운 날씨가 될 것 같다. 화장실에 다녀와 세면대 앞에 섰다. 커다란 거울에 비친 자신의 얼굴을 보고 마음이 놓였다. 어쩐지 이십 대 때 같은 느낌이 들었기 때문이다. 하지만 거울에 비친 것은, 당연한 일이지만 오십 대 중년 여인의 얼굴이다.

거울을 보면서 하루미는 고개를 갸웃거렸다. 왜 그런 느낌이 들었는지 가만 생각해보니 분명 간밤의 꿈 때문이다. 세세한 부분까지는 기억나지 않지만 젊은 시절의 꿈을 꾼 기억이 희미하게 남아 있다. 환광원의 미나즈키 관장님도 얼핏 보였다. 그런 꿈을 꾼 이유는 대충 짐작이 갔기 때문에 딱히 뜻밖의 꿈은 아니었다. 오히려 꿈의 내용이 자세히 기억나지 않는 게 안타까웠다.

자신의 얼굴을 지그시 바라보며 한 차례 고개를 끄덕였다. 피부가 살짝 처진 것이나 잔주름은 어쩔 도리가 없다. 그동안 열심히 살아온 증거일 뿐, 전혀 부끄러워 할 일은 아니다.

얼굴을 씻은 뒤, 화장을 하면서 태블릿 단말기로 다양한 정보를 확인하고 그 참에 아침도 먹었다. 전날 저녁에 샌드위치와 야채 주스를 미리 사둔 것이다. 내 손으로 요리를 해본 게 언제인지도 모르겠다. 저녁은 대부분 회식이었다.

준비를 마치자 평소의 그 시간에 집을 나섰다. 요즘은 좁은 곳에서도 자유자재로 방향 전환이 가능한 국산 하이브리드 차를 탄다. 덩치만 큰 고급 외제 차에는 싫증이 났다. 손수 운전해서 롯폰기에 도착했을 때는 8시 반이었다.

회사가 있는 십 층짜리 빌딩 지하주차장에 차를 넣고 엘리베이터 홀로 향하려던 때였다.

"사장님, 무토 사장님!" 어디선가 다급한 남자 목소리가 들렸다.

주위를 둘러보니 주차장 끝에서 회색 폴로셔츠를 입은 뚱뚱한 남자가 짤막한 다리로 열심히 뛰어오고 있었다. 어디선가 본 얼굴인데 누구인지 얼핏 생각이 나지 않았다.

"무토 사장님, 제발 부탁입니다. '스위트 파빌리온' 건은 다시 한 번 검토해주세요."

"스위트 파빌리온? 아, 거기……." 그제야 생각이 났다. 이 남자는 화과자 가게 사장이다.

"한 달만, 앞으로 딱 한 달만 기회를 주세요. 반드시 다시 일어설 테니까요. 부탁합니다." 사장은 머리를 깊숙이 숙였다. 헤싱헤싱한 머리칼을 깨끗하게 뒤로 빗어 넘겼다. 그 모습이 그의 가게의 주요 상품인 '밤 만주'를 연상시켰다.

"인기투표에서 두 달 연속 최하위일 경우에는 철수할 수 있다, 라고 계약서에 명시되어 있잖아요. 잊으셨어요?"

"네, 잘 알고 있습니다. 잘 알면서도 이렇게 부탁드리는 겁니다. 앞으로 딱 한 달만 기다려주세요."

"그건 어렵죠. 이미 다음에 들어올 점포가 정해졌어요." 하루미는 걸음을 옮겼다.

"그래도 한 번만 좀 봐주십시오." 화과자 가게 사장이 포기하지 않고 뒤를 따라왔다. "반드시 성과를 내겠습니다. 자신 있어요. 제발 기회를 주십시오. 지금 여기서 철수하면 우리는 더 이상 버틸 수가 없어요. 앞으로 딱 한 번만 기회를 주세요!"

소란한 기척을 들었는지 경비원이 달려 나왔다. "무슨 일이십니까?"

"이 사람, 외부인이에요. 내보내주세요."

경비원의 얼굴빛이 변했다. "네, 알겠습니다!"

"아니, 잠깐, 잠깐만요. 외부인이 아니에요. 관계자라니까요. 사장님, 무토 사장님!"

화과자 가게 사장이 부르짖는 소리를 들으며 하루미는 엘리베이터 홀로 향했다.

빌딩 오 층과 육 층이 '주식회사 리틀 독'의 사무실이다. 구 년 전에 신주쿠에서 이곳으로 이전했다.

사장실은 육 층에 있었다. 여기서는 개인 컴퓨터를 사용한다. 다시 한 번 정보 확인과 정리에 들어갔다. 줄줄이 들어온 메일이 거의 별 볼 일 없는 것들이어서 짜증이 났다. 스팸 메일은 미리 분류가 되어 걸러지지만 그렇지 않은 것은 알맹이 없는 메일이라도 모두 들어온다.

메일 몇 개에 답장을 하다 보니 9시가 훌쩍 넘었다. 내선 전화의 수화기를 들고 단축 번호를 누르자 즉시 연결되었다.

"사장님, 안녕하십니까?" 전무이사의 목소리였다.

"잠깐 들어오실래요?"

"네, 알겠습니다."

일 분쯤 뒤에 전무이사가 나타났다. 반소매 셔츠 차림이다. 사무실의 냉방은 작년과 마찬가지로 약하게 하기로 했다.

하루미는 주차장에서 있었던 일을 말했다. 전무이사가 쓴웃음을 지었다.

"그 아저씨가 또 왔었군요. 담당자에게서 얘기는 들었습니다. 울면서 통사정을 했다던데요. 근데 설마 사장님과 직접 담판을 지으러 오다니, 놀랐습니다."

"무슨 일이죠? 알아듣게 잘 얘기했다고 하셨잖아요."

"그러려고 했는데 화과자 가게 아저씨로서는 역시 포기하기가 어려웠던 모양이에요. 본점 쪽에도 손님이 끊겨서 상당히 위험한 상황이라고 들었습니다."

"아무리 그래도 안 되죠. 우린 사업을 하는 건데."

"맞는 말씀이십니다. 신경 쓰실 거 없어요. 저희가 처리하겠습니다." 전무이사가 덤덤하게 말했다.

이 년 전, 도쿄 만을 마주 보는 대형 쇼핑몰이 리뉴얼 공사에 들어갔을 때, 하루미의 회사에 한 가지 의뢰가 들어왔다. 이벤트 회장을 좀 더 효과적으로 이용할 수 없겠느냐는 것이었다. 원래는 소규모 콘서트 등에 사용할 예정이었던 모양인데, 아닌 게 아니라 효과적으로 이용하고 있다고 보기는 어려운 실정이었다.

즉시 리서치와 분석에 들어갔다. 그 끝에 내린 결론은 이른바 '스위트의 성지'를 만들자는 것이었다. 쇼핑몰 여기저기에 흩어져 있는 케이크 카페, 화과자 가게 등을 한곳에 모으기로 했다. 그뿐만 아니라 전국의 전문점에 연락해서 출점할 곳을 모집했다. 그렇게 해서 완성된 것이 '스위트 파빌리온'이다. 서른 개가 넘는 각종 케이크 카페, 화과자 점포가 항상 손님들로 북적거리고 있다.

텔레비전과 여성지 등에서 언급해준 덕분에 이 기획은 대성공이었다. 스위트 파빌리온에서 호평을 얻은 가게는 예외 없이 본점 매출도 급증했다.

하지만 방심할 수는 없었다. 계속 똑같은 기획으로는 고객들이 금세 싫증을 내게 마련이다. 성패는 재방문 고객을 얼마나 늘리느냐에 달려 있었다. 이것을 위해서는 정기적으로 점포를 교체하지 않으면 안 된다. 그래서 채택한 것이 이른바 인기투표였다. 매장을 찾은 고객을 대상으로 인기투표를 실시해서 최하위의 불명예를 기록한 점포에는 다달이 그 사실을 전달한다. 때로는 철수를 요구하는 경우도 있었다. 각 점포는 인기를 얻기 위해 필사적으로 뛸 수밖에 없다. 다른 모든 점포가 라이벌인 것이다.

조금 전의 화과자 가게는 지방에 본점이 있었다. 이 기획을 시작했을 때 우선은 지방을 중시하자는 의미에서 연락을 취했다. 해당 화과자 가게에서는 흔쾌히 출점에 응했다. 하지만 가장 중요한 품목이 수더분한 전통 밤 만주여서는 역시 힘들다. 몇 달째 인기 투표에서 최하위를 도맡다시피 하고 있었다. 이대로 가다가는 다른 점포에도 좋은 본보기가 되지 못한다. 정에 이끌려 계속 사정을 봐줄 수만은 없다는 것이 사업의 힘든 부분이다.

"아, 3D 애니메이션 건은 어떻게 됐죠?" 하루미가 물었다. "실용 단계인가요?"

전무이사는 얼굴을 찌푸렸다.

"데모 영상을 봤는데 기술적으로 아직 한참 부족해요. 스마트폰

화면이 너무 작아서 일단 보기가 힘들어요. 다음에 업그레이드 버전을 만든다니까 그때 한번 직접 보시는 게 어떨까요?"

"네, 그렇게 하죠. 괜찮아요, 잠깐 궁금했던 것뿐이니까." 하루미는 미소를 지었다. "고마워요. 내 쪽에서 할 말은 이상입니다. 전무님 쪽에서는 다른 일 없습니까?"

"아뇨, 없습니다. 중요한 사항은 메일로 모두 전해드렸고요. 다만 좀 마음에 걸리는 일이 있어요." 전무이사가 의미심장한 시선을 던졌다. "지난번의 그 아동복지시설에 관한 것인데요."

"그건 제가 개인적으로 하는 일이에요. 회사와는 관계없어요."

"네, 잘 알고 있죠. 저야 회사 내부 사람이니까요. 하지만 외부 사람들은 아무래도 그리 좋게 생각하지는 않는 것 같아요."

"무슨 일 있었어요?"

전무이사의 입가가 삐뚜름해졌다. "문의가 들어오는 모양이에요. 당신네 회사는 환광원을 어떻게 할 작정이냐고 따지고 든대요."

하루미는 얼굴을 찌푸리며 손끝으로 이마를 긁었다. "참 내, 얘기가 왜 그렇게 흘러가지?"

"사장님을 지켜보는 눈들이 많거든요. 그래서 평범한 일을 하나 하려고 해도 평범하게는 보이지 않는 모양입니다. 우선 그런 점을 자각하시는 게 좋겠어요."

"그거, 비꼬는 소리인가요?"

"비꼬는 건 아니고요. 있는 그대로 말씀드리는 거예요." 전무이사가 태연한 얼굴로 말했다.

"알았어요. 그만 됐습니다."

전무이사가 인사를 건네고 사장실을 나갔다.

하루미는 의자에서 일어나 창가에 섰다. 육 층이라서 그리 높다고는 할 수 없다. 실은 좀 더 고층짜리 건물도 있었지만 고심 끝에 단념했다. 스스로를 과신하지 않기 위해서였다. 그래도 이렇게 밖을 내다보고 있으면 나름대로 웬만한 곳까지는 치고 올라왔다는 실감이 들었다. 문득 지난 이십여 년의 일이 주마등처럼 흘러갔다. 시류를 타는 것이 비즈니스에서 가장 중요한 일이라는 것을 다시 한 번 실감한 시간이었다.

그건 때로는 천국과 지옥을 뒤바꿔놓기도 한다.

1990년 3월, 부동산 가격의 급등을 가라앉히기 위해 당시의 대장성(2001년에 명칭이 바뀌어 현재는 재무성—옮긴이)에서 금융기관의 대출을 제한하는 행정 조치에 들어갔다. 이른바 대출 총량규제다. 그런 조치가 필요할 만큼 땅값이 급등한 것이다. 평범한 월급쟁이는 내 집 마련을 아예 포기하고 있었다. 하지만 그런 규제로 과연 땅값을 억제하는 효과가 있을지는 아무래도 미심쩍었다. 언론에서도 '언 발에 오줌 누기'라는 비판이 흘러나왔다. 실제로 땅값이 급격히 떨어지는 일은 없었다.

하지만 이 총량규제가 보디블로처럼 일본 경제에 타격을 안겨주게 된다. 우선 닛케이 평균 주가지수가 떨어지기 시작했다. 게다가 8월에 이라크가 쿠웨이트를 침공한 사건으로 원유 가격이 상승하면서 경기 침체에 박차를 가했다.

그리고 그즈음부터 부동산 가격도 드디어 하락세로 돌아섰다. 하지만 일반인에게는 아직도 굳건한 부동산 신화가 남아 있었다. 이런 현상은 일시적일 뿐 머지않아 회복세로 돌아설 것이라고 많은 사람들이 굳게 믿고 있었다. 그들이 마침내 축제의 종언을 감지한 것은 1992년을 넘어선 무렵이었다.

나미야 잡화점의 편지를 틀림없는 예언으로 받아들인 하루미는 부동산 거래로 돈을 버는 시대는 끝났다는 것을 일찌감치 감지했다. 우선 투자용으로 소유하고 있던 부동산을 1989년까지 모조리 처분했다. 주식이며 골프 회원권도 마찬가지다. 덕분에 하루미는 폭탄 돌리기에서 승자 팀에 설 수 있었다. 결과적으로 거품 경기로 명명된 이 시기에 수억 엔의 이익을 거둔 것이다.

사회가 가까스로 미몽에서 깨어날 즈음, 하루미는 이미 새로운 안테나를 뻗치고 있었다. 나미야 잡화점 할아버지는 컴퓨터와 휴대폰에 의한 정보망의 발전을 예언했다. 그것을 뒷받침하듯이 휴대폰은 현실이 되었고 개인용 컴퓨터도 가정에 보급되기 시작하고 있었다. 당연히 이런 물결을 타고 뛰어오르지 않을 이유가 없다.

하루미는 컴퓨터 통신을 접하면서 분명 그 앞에 꿈의 세계가 펼쳐질 것이라고 예상했다. 그래서 자기 나름대로 열심히 연구하며 정보를 수집했다. 인터넷이 보급되던 1995년, 정보공학과 출신 학생 몇 명을 채용했다. 그들에게 컴퓨터를 한 대씩 내주고 인터넷으로 무엇을 할 수 있을지 고안해보게 했다. 그들은 하루 종일이라도 컴퓨터 앞에 앉아 있었다.

그리고 다음 해, '오피스 리틀 독'이라는 이름으로 가장 먼저 시작한 인터넷 관련 사업은 홈페이지 제작이었다. 첫 단계로 자사의 홈페이지를 공개했다. 그것이 몇몇 매스컴에서 다루어지자 반향이 엄청났다. 기업은 물론이고 개인들에게서까지 홈페이지 제작 문의가 줄을 이었던 것이다. 아직 아무나 인터넷에 접속할 수 있는 시대는 아니었지만 불황 속에 새로운 광고매체에 거는 기대는 뜨거웠다. 홈페이지 제작 주문은 속속 들어왔다.

그 뒤로 몇 년 동안 '오피스 리틀 독'의 사업으로 어이없을 만큼 돈이 벌렸다. 인터넷을 이용한 광고 사업, 판매 사업, 게임 송신 사업까지 모든 분야가 잘 풀렸다.

2000년에 들어서자 하루미는 다시 새로운 사업 구상에 들어갔다. 회사 내에 컨설팅 부문을 신설한 것이다. 계기는 어느 레스토랑 경영자의 상담 의뢰였다. 그의 레스토랑은 매출이 오르지 않아 극심한 경영난에 빠져 있었다.

하루미는 국가 공인 중소기업 평가사 자격증을 갖고 있었다. 전담 직원을 고용해 검토 작업에 들어갔다. 그래서 내린 결론은, 단순히 광고만으로는 해결하기 어렵고 제대로 된 콘셉트 아래 메뉴나 가게 인테리어를 개선해나갈 필요가 있다는 것이었다.

그녀가 제안한 아이디어를 바탕으로 리뉴얼한 이 레스토랑은 큰 성공을 거두었다. 새로 개업한 지 석 달 만에 예약이 어려울 만큼 잘나가는 레스토랑으로 변모한 것이다.

컨설팅은 돈이 된다. 하루미는 확신했다. 하지만 어중간한 것이어서는 안 된다. 단순히 경영 부진의 원인을 분석하는 것뿐이라면 누구라도 할 수 있다. 근본적인 대책을 강구하고 성과를 거두었을 때 비로소 장기적인 사업거리가 된다. 하루미는 외부에서 우수한 인재들을 끌어들였다. 때로는 고객의 상품 개발에도 적극적으로 관여하고 때로는 비정할 정도의 인원 삭감을 제안하기도 했다.

IT 부문과 컨설팅 부문, 이 두 가지를 중심으로 '주식회사 리틀 독'은 성장을 거듭했다. 돌아보면 지나칠 만큼 일이 순조롭게 풀려 왔다. 주위에서 "무토 하루미 씨는 선견지명이 있다"라는 말을 들었다. 분명 그런 점도 있었다. 하지만 역시 나미야 잡화점의 편지가 없었다면 이만큼까지 성공하기는 어려웠다. 그래서 반드시 그 은혜를 갚자고 마음먹고 있었다. 혼자 힘만으로는 현재의 자신은 없었다.

환광원에서 받은 도움도 잊어서는 안 된다.

올해 들어 환광원의 경영이 파탄이 날 것 같다는 소문이 들려 왔다. 알아보니 사실이었다. 미나즈키 관장이 2003년에 세상을 떠난 뒤로 그의 큰아들이 운송업을 하는 한편으로 환광원을 꾸려왔지만, 정작 그 운송업 쪽에서 엄청난 적자를 내는 바람에 도저히 환광원을 유지해나갈 여유가 없는 모양이었다.

하루미는 즉시 연락을 넣었다. 현재 관장은 미나즈키의 큰아들이지만 그건 명목상일 뿐이고 운영의 실제 주도권을 쥐고 있는 사람은 가리야라는 부관장이었다. 하루미는 그에게 자신이 할 수만 있다면 무엇이든 돕겠다, 경우에 따라서는 출자도 하겠다는 제안을 했다.

하지만 그는 왜 그런지 미적지근한 반응을 보였다. 가능하면 남의 손은 빌리고 싶지 않다는, 위기를 전혀 실감하지 못하는 말까지 하고 있었다.

이래서는 결론이 나지 않을 것 같아 하루미는 미나즈키가에 찾아갔다. 환광원을 자신에게 맡겨줄 수 없겠느냐고 물어보았다. 하지만 그쪽 역시 반응이 미적지근했다. 시설에 대한 것은 가리야 씨에게 모두 맡겼기 때문에 우리로서는 어떤 말씀도 드릴 수 없다, 라는 미덥지 못한 대답이 돌아왔을 뿐이다.

하루미는 환광원에 대해 조사에 들어갔다. 그러자 최근 몇 년 동안 정규직 직원 수가 반으로 줄었다는 게 밝혀졌다. 기묘한 직함의 비정규직이 유난히 많았다. 게다가 그런 사람들이 실제로 일을 한 흔적이 없었다.

하루미는 대충 감이 잡혔다. 미나즈키 관장이 세상을 떠난 것을 좋은 기회로 삼아 누군가 보조금을 부당 청구하는 부정을 저지르고 있는 것이다. 주범은 아마도 가리야 부관장일 터였다. 그런 사실이 드러날까 봐 하루미가 경영에 관여하는 것을 거부하는 게 틀림없었다.

그렇다면 더욱더 내버려둘 수는 없었다. 어떻게든 손을 쓰지 않으면 안 된다. 환광원을 구해낼 수 있는 사람은 자신뿐이라고 하루미는 생각했다.

9

하루미가 그 일을 알게 된 것은 작은 우연 때문이었다. 새로 바꾼 스마트폰으로 이것저것 검색해보는데 언뜻 '나미야 잡화점, 단 하룻밤의 부활'이라는 문장이 눈에 띈 것이다.

나미야 잡화점……. 하루미에게는 잊을 수 없는, 아니, 잊어서는 안 될 이름이었다. 그 즉시 좀 더 자세히 검색해보니 공식 블로그가 있었다. 올해 9월 13일이 나미야 잡화점 점주의 서른세 번째 기일인데 이날을 기념하여 작은 이벤트를 한다는 것이었다. 예전에 상담을 받았던 이들에게 보내는 공고문으로, 그때 받았던 답장이 인생에 도움이 되었는지 알려주었으면 한다, 13일 오전 0시부터 새벽까지 나미야 잡화점 셔터 문의 우편함에 편지를 넣어주면 된다, 라는 내용이었다.

선뜻 믿기 어려운 이야기였다. 설마 이런 시대에 나미야 잡화점이라는 이름을 다시 보게 될 줄은 생각도 못 했다. '단 하룻밤의 부활'이라는 건 무슨 말일까. 블로그 운영자는 점주의 자손인 모양인데 서른세 번째 기일을 기념하는 이벤트라고만 적혀 있을 뿐, 자세한 설명은 없었다.

단순한 장난질이 아닐까 하는 의심이 들었다. 하지만 그런 장난을 칠 이유가 없었다. 이런 짓으로 사람들을 속여봤자 무슨 이득이 있다는 것인가. 애초에 이런 블로그를 접하는 사람도 거의 없을 터였다. 무엇보다 하루미의 마음을 움직인 건 점주의 기일이

하늘 위에서 기도를 417

9월 13일이라는 것이었다. 나미야 잡화점 할아버지와 편지 교환이 가능했던 날짜가 바로 삼십이 년 전의 9월 13일이었다.

이건 장난 같은 게 아니다, 진짜다, 라고 확신했다. 그렇다면 내가 가만히 있을 수는 없다. 나야말로 꼭 편지를 올려야 할 사람이다. 물론 감사의 편지를.

하지만 그 전에 확인해둘 필요가 있었다. 나미야 잡화점이 아직도 있을까. 그 자리에 그대로? 고향 집에는 일 년에 몇 번씩 다녀오곤 했지만 나미야 잡화점 쪽까지 가본 적은 없었다. 마침 환광원에도 볼일이 있었다. 시설의 양도에 관한 논의였다. 그 일을 처리하고 오는 길에 나미야 잡화점 쪽도 잠깐 둘러보자고 마음먹었다.

이번에도 자리에 나온 사람은 부관장 가리야였다.

"이 건에 관해서는 내가 미나즈키 씨 부부에게서 전권을 위임받았어요. 지금까지 두 분 모두 시설 운영에는 관여하신 적이 없으니까요." 가느다란 눈썹을 꿈틀거리면서 가리야는 말했다.

"그렇다면 시설의 재정 상황을 정확히 전달해주시는 건 어떨까요? 그러면 두 분의 생각도 바뀌실 것 같은데요."

"당연히 지금껏 정확히 보고해왔지요. 다 아시면서도 내게 전권을 위임하신 거예요."

"그럼 그 내용을 제게도 보여주실 수 있을까요?"

"그건 안 되지요. 당신은 이 시설과는 관계없는 분이잖습니까."

"가리야 씨, 냉정하게 생각해주세요. 지금 이대로 가면 환광원은 문을 닫아야 해요."

"당신이 걱정하실 일이 아니에요. 어떻게든 우리 힘으로 꾸려나갈 겁니다. 그만 돌아가세요." 가리야는 올백으로 넘긴 머리를 숙이며 자리에서 일어섰다.

하루미는 일단 철수하기로 했다. 물론 포기할 마음은 없었다. 어떻게든 미나즈키 부부를 설득하는 수밖에 없다고 생각했다.

주차장으로 내려가자 누군가 던진 진흙덩이로 차가 엉망이 되어 있었다. 하루미는 주위를 둘러보았다. 환광원 아이들이 담장 너머로 그녀를 지켜보다가 고개가 쑥 들어갔다.

이게 무슨 꼴인가. 차를 바라보며 한숨을 내쉬었다. 아무래도 자신을 못된 악당쯤으로 생각하는 모양이다. 가리야 부관장이 아이들에게 나쁜 말을 주입시킨 게 틀림없었다.

진흙이 묻은 채로 차를 출발시켰다. 백미러를 보니 아이들이 담장 앞으로 뛰어나와 뭔가 소리를 지르고 있었다. 두 번 다시 오지 마라, 그런 얘기인 것 같았다.

불쾌한 마음을 품으면서도 나미야 잡화점을 둘러보는 용건만은 잊지 않았다. 희미한 기억을 더듬어 하루미는 옛길을 따라 차를 몰았다.

이윽고 그리운 추억의 마을이 저만치에 보이기 시작했다. 삼십 년 전과 별로 달라진 게 없었다. 나미야 잡화점도 삼십여 년 전에 그녀가 편지를 보냈던 그 시절 그 모습 그대로 서 있었다. 간판 글씨는 거의 알아볼 수도 없고 셔터 문은 애처로울 만큼 녹이 슬었지만 손녀딸을 기다리는 할아버지 같은 따스함이 주위에 감돌았다.

하루미는 차를 세웠다. 운전석 창을 열고 한참이나 나미야 잡화점을 바라본 뒤에 천천히 차를 돌렸다. 내려온 김에 별장에도 잠깐 들렀다 가자고 생각했다.

9월 12일, 회사에서 업무를 마치고 하루미는 일단 맨션에 돌아가 컴퓨터로 편지를 쓰기 시작했다. 실은 미리미리 써놓고 싶었다. 하지만 날마다 일에 쫓기다 보니 시간이 나지 않았다. 그날 저녁에도 단골 거래처와 회식이 있었지만 도저히 빠지기 힘든 다른 자리가 있노라고 양해를 구하고 가장 믿음직한 스태프를 대신 보내기로 했다.

몇 번을 고쳐가면서 편지글을 마무리한 것은 오후 9시쯤이었다. 하루미는 그 내용을 편지지에 깨끗이 옮겨 썼다. 중요한 상대에게 편지를 보낼 때는 반드시 손 글씨, 라는 것은 그녀에게는 상식이었다. 잘못 쓴 부분이 없는지 재차 확인한 뒤에 봉투에 넣었다. 편지지와 봉투는 오늘을 위해 미리 사놓은 것이었다.

준비하느라 이래저래 시간이 걸리는 바람에 차로 집을 나섰을 때는 오후 10시가 다 되었다. 속도위반을 하지 않도록 조심하며 액셀을 밟았다.

한 시간 사십여 분 만에 목적지 근처에 도착했다. 곧장 나미야 잡화점으로 갈 생각이었지만 오전 0시까지는 아직 시간이 있었다. 먼저 별장에 짐을 놓고 오기로 했다. 오늘 밤은 그쪽 집에서 묵을 예정이다.

하루미가 집을 사들인 뒤에도 처음 약속대로 할머니는 내내 그 집에서 사셨다. 하지만 할머니는 결국 21세기의 개막을 지켜보지 못하셨다. 할머니가 그렇게 세상을 떠나신 뒤, 하루미는 집을 약간 수리해서 자신의 별장으로 쓰기로 했다. 주위에 자연 풍경이 아직 많이 남아 있는 것도 마음에 들었다. 하지만 최근 몇 년 동안 두어 달에 한 번쯤이나 겨우 와봤다. 냉장고에는 통조림과 냉동식품 몇 가지가 들어 있을 뿐이다.

집 주위에 가로등이 적어서 평소에는 이 시간이면 유난히 어두웠다. 하지만 오늘 밤에는 달빛 덕분에 멀리서도 집이 보였다.

주위에 인적이라고는 없었다. 집 바로 옆에 차고가 있지만 일단 차는 길에 세워두었다. 갈아입을 옷이며 화장품이 든 가방을 들고 차 밖으로 나왔다. 하늘에는 동그란 달이 떠 있었다.

대문을 지나 열쇠로 현관문을 열었다. 문을 열자마자 방향제 냄새가 났다. 신발장 위에 올려놓은 것이다. 전에 왔을 때 그녀가 직접 챙긴 방향제. 그 옆에 자동차 키를 나란히 놓았다.

벽을 더듬어 전등 스위치를 켰다. 슬리퍼가 있지만 번거로워서 신어본 일은 거의 없다. 복도를 걸어 들어가면 거실로 통하는 문이 있다.

문을 열고 조금 전과 마찬가지로 스위치를 찾아 벽을 더듬었다. 하지만 그 손이 흠칫 멈췄다. 뭔가 이상한 기척을 느꼈기 때문이다. 아니, 기척이 아니다. 냄새였다. 자신과는 무관한, 이 방에서는 풍길 리 없는 냄새가 희미하게 코끝을 스쳤다.

위험을 감지하고 얼른 돌아서려고 했다. 그 순간 스위치를 향해 내민 손을 누군가 움켜잡았다. 강한 손힘이 덮쳐들어 입을 틀어막았다. 비명을 지를 틈도 없었다.

"조용히 해. 얌전히 굴면 해치지 않아." 귀에 들려온 건 젊은 남자의 목소리였다. 등 뒤에 있어서 얼굴은 볼 수 없었다.

하루미는 머릿속이 하얘져버렸다.

왜 내 별장에 낯선 사람이 있는가. 여기서 대체 무엇을 하고 있는가. 내가 왜 이런 일을 당해야 하는가. 수많은 의문이 순간적으로 밀려들었다.

저항하자고 생각하면서도 몸이 움직여지지 않았다. 신경이 마비된 것만 같았다.

"야, 목욕실에 수건 있지? 몇 개 가져와." 남자가 말했다. 하지만 대답이 없었다. 남자가 답답한 듯 재촉했다. "빨리 수건 가져오란 말이야, 어물어물하지 말고!"

어둠 속에서 당황한 듯 검은 그림자가 움직였다. 이 남자 말고도 또 한 명이 더 있는 것이다.

하루미는 거친 숨을 내쉬었다. 심장은 여전히 쿵쾅거렸지만 조금씩 판단력이 되살아났다. 자신의 입을 틀어막은 손이 흰 장갑을 끼고 있다는 것도 알았다.

그때였다. 또 다른 남자의 목소리가 귀에 들어왔다. 대각선으로 뒤쪽이었다. "야, 이러면 안 되잖아"라고 작은 소리로 속삭였던 것이다.

그 말에 하루미의 입을 틀어막은 남자가 대꾸했다. "별수 없잖아. 그보다 가방 좀 뒤져봐. 지갑이 있을지도 몰라."

뒤쪽에서 하루미의 가방을 잡아챘다. 그 가방을 뒤져보는 기척이 들렸다. 이윽고 남자가 작게 부르짖었다.

"여기 지갑이 있어!"

"돈은?"

"이삼만 엔쯤. 그리고 이상한 카드만 잔뜩 들었어."

하루미의 귓가에서 한숨 소리가 들렸다.

"겨우 그거야? 야야, 됐다, 현금만 챙겨. 카드는 아무 데도 못 써."

"지갑은? 명품인데."

"쓰던 물건은 소용없어. 가방은 새것 같으니까 가져가."

잠시 뒤에 발소리가 돌아왔다. "이거면 돼?"라고 묻고 있다. 이 남자도 목소리가 젊다.

"좋아, 그걸로 눈을 가려. 풀리지 않게 뒤에서 단단히 묶어."

잠시 머뭇거리는 기척이었지만 다음 순간 하루미의 눈이 수건으로 가려졌다. 살짝 세제 향이 났다. 항상 쓰는 세제다.

누군가 수건을 머리 뒤쪽에서 세게 묶었다. 웬만해서는 풀리지 않을 것 같다.

그들은 눈이 가려진 하루미를 식탁 의자에 앉히고 양손을 등받이 뒤로 당겨서 묶었다. 이어서 양쪽 발목까지 의자 다리에 꽁꽁 묶었다. 그사이에도 흰 장갑을 낀 손이 계속 입을 틀어막고 있었다.

"지금부터 당신과 얘기를 좀 해야겠어." 하루미의 입을 틀어막은 리더인 듯한 남자가 말했다. "그래서 입을 풀어줄 거야. 하지만 소리 지르면 안 돼. 우리는 흉기를 소지하고 있어. 소리쳤다가는 죽일 거야. 우리도 그런 건 원하지 않아. 조용히 하면 해치지 않을 테니까. 약속한다면 고개를 끄덕여."

그 말에 저항할 이유는 없었다. 하루미는 고개를 끄덕였다. 그러자 입을 막은 흰 장갑이 사라졌다.

"미안하게 됐어." 리더가 말했다. "이미 알겠지만 우린 도둑이야. 오늘 밤 이 집에 사람이 없는 줄 알고 들어왔어. 당신이 나타난 건 예상 밖의 일이야. 이런 식으로 당신을 꽁꽁 묶어둘 계획도 없었어. 그러니까 너무 섭섭하게 생각하지 마쇼."

하루미는 말없이 헉헉 숨을 내쉬었다. 이런 꼴을 당했는데 섭섭하게 생각하지 말라니, 그건 어려운 얘기다.

하지만 마음속 어딘가에 조금쯤 여유가 생겼다. 이들이 본성부터 나쁜 사람은 아니라고 직감했기 때문이다.

"원하는 것만 찾으면 금방 나갈 거야. 우리가 원하는 건 돈이 될 만한 물건이야. 근데 지금 이대로는 나갈 수가 없어. 아직 돈 될 만한 것을 찾지 못했다고. 그러니까 얘기해봐, 돈 될 만한 물건, 어디 있지? 이런 상황에서 무리하게 욕심낼 생각은 없어. 뭐든 괜찮으니까 말해봐."

하루미는 호흡을 가다듬고 입을 열었다. "여, 여기는 아무것도 없어."

흥, 하고 콧방귀를 뀌는 소리가 들렸다.

"그럴 리가 있나. 당신에 대해서는 다 조사해봤어. 우릴 속이려고 해도 소용없다고."

"정말이야." 하루미는 고개를 저었다. "나에 대해 조사했다면 잘 알 텐데? 나는 여기서 살지 않아. 돈은 물론이고 값나갈 만한 물건은 거의 없어."

"그래도 뭐든 있을 거 아니야?" 남자의 목소리에 짜증이 섞였다. "생각 좀 해보라고. 물건 찾기 전에는 우리도 못 나가. 그러면 당신도 힘들잖아."

그건 맞는 말이지만 유감스럽게도 이 집에는 정말 그럴싸한 물건이라고는 없었다. 할머니의 유품까지 모두 도쿄 맨션으로 옮겨놨기 때문이다.

"옆방에 도코노마(방의 상좌 바닥을 한 단 높여 꽃병이나 족자 등으로 꾸미는 곳—옮긴이)가 있어. 거기 놓인 찻잔이 유명한 도예가의 것이라고 했는데……."

"그건 벌써 챙겼지. 그 참에 족자도 챙겼고. 그거 말고 또 없어?"

찻잔은 진품이지만 족자는 인쇄한 것이라고 할머니가 말했었다. 하지만 그런 건 밝히지 않는 게 나을 것이다.

"이 층에도 가봤어?"

"아까 둘러봤는데 별거 없었어."

"경대 서랍은? 위에서 두 번째 서랍 바닥에 비밀 칸이 있어. 거기에 액세서리가 들어 있는데, 그것도 찾았어?"

리더가 침묵했다. 다른 도둑들과 서로 확인하는 모양이었다.

가서 보고 오라고 리더가 말했다. 누군가 자리를 뜨는 발소리가 들렸다.

그 경대는 할머니의 것이다. 앤티크풍 디자인이 마음에 들어 아직까지 버리지 않고 그 자리에 놓아두었다. 서랍에 액세서리가 들어 있는 것도 사실이었다. 하지만 하루미 것이 아니라 할머니의 딸이 결혼 전에 사 모은 것이라고 들었다. 자세히 살펴본 적도 없지만 아마 그리 비싼 물건은 아닐 터였다. 비싼 것이라면 딸이 결혼하면서 가져갔을 것이다.

"당신들, 왜 나를, 왜 이 집을 노렸지?" 하루미가 물었다.

잠시 조용하더니 이윽고 리더가 대답했다. "특별한 이유는 없어. 그냥 어쩌다 보니."

"하지만 나에 대해 미리 조사까지 했다면서? 뭔가 이유가 있었겠지."

"조용히 하쇼. 그런 건 어떻든 상관없잖아."

"상관없진 않은데…… 무슨 일인지 좀 궁금해서……."

"됐어요, 신경 쓸 거 없다니까. 자꾸 물어보지 말라고."

리더의 강한 말투에 하루미는 얼른 입을 다물었다. 상대를 자극하는 건 좋지 않다.

어색한 침묵이 잠시 이어졌다.

"한 가지 물어봐도 되나요?" 리더가 아닌 딴 남자가 말했다. 도둑이 조심스럽게 존댓말을 쓰는 건 의외였다.

그러자 리더가 나무라듯이 말했다. "야, 뭔 소리를 하려고?"

"뭐, 어때? 난 이 사람에게 꼭 확인해보고 싶어."

"쓸데없는 말은 하지 마."

"뭐가 궁금한데?" 하루미가 나서서 말했다. "뭐든 물어봐요."

크게 혀를 차는 소리가 났다. 아마 리더일 것이다.

"호텔로 새로 짓는다는 거, 정말이에요?" 리더가 아닌 또 다른 남자가 물었다.

"호텔?"

"환광원을 철거하고 그 자리에 러브호텔을 짓는다면서요?"

뜻밖의 이름이 튀어나왔다. 하루미는 허를 찔린 듯한 심정이었다. 그럼 이자들은 가리야 부관장과 관련된 사람들인가.

"아니, 전혀 그렇지 않아요. 환광원을 새로 지어주려고 매입하는 건데."

"그건 그냥 거짓말이랍디다." 리더가 옆에서 끼어들었다. "당신네 회사는 망해가는 점포들만 골라서 싸게 사들이고 대충 리모델링해서 비싸게 팔아먹는다던데? 비즈니스호텔을 러브호텔로 싹 바꿨다는 얘기도 들었어."

"그런 일도 했지만 이번 건하고는 아무 관계도 없어. 환광원은 회사와 상관없이 내가 개인적으로 하는 일이야."

"거짓말도 잘하시네."

"아니, 거짓말이 아니야. 이렇게 말하면 뭐하지만, 그런 곳에 러브호텔 지어봤자 찾아올 손님도 없어. 그런 바보짓을 왜 하겠어? 내 말 믿어요, 나는 약한 사람들 편이야."

"정말이에요?"

"야야, 뻔히 거짓말이지. 믿지 마. 흥, 약한 사람 편이라고? 돈벌이 안 되는 건 가차 없이 잘라내 버리면서!"

그 직후, 계단을 내려오는 발소리가 들렸다.

"왜 이렇게 꾸물거려, 대체 뭐 했어?" 리더가 나무랐다.

"비밀 칸을 어떻게 여는지 알 수가 있어야지. 아무튼 열긴 열었어. 굉장해, 이거 좀 봐."

잘랑거리는 소리가 났다. 서랍을 통째로 빼 온 모양이었다.

다른 두 사람은 아무 말이 없었다. 골동품 같은 그 액세서리가 얼마나 가치가 있는지 가늠하기가 어렵기 때문일 것이다.

"아무튼 됐어." 리더가 말했다. "없는 것보다는 낫지. 그거 챙겨 갖고 그만 튀자."

옷이 스치는 소리, 가방의 지퍼를 열고 닫는 소리 등이 하루미의 귀에 들어왔다. 훔친 물건을 가방에 넣는 모양이었다.

"이 사람은 어떻게 해?" 환광원에 대해 물어봤던 남자가 말했다.

잠시 조용하다가 이윽고 리더가 말했다. "비닐 테이프 꺼내봐. 괜히 소리라도 지르면 큰일이니까."

비닐 테이프를 떼어내는 소리가 났다. 다음 순간 하루미의 입은 비닐 테이프로 막혀버렸다.

"이렇게 두고 가면 안 되잖아. 이 집에 누가 오지 않으면 이 사람, 굶어 죽을지도 몰라."

다시 잠깐의 침묵. 대부분의 결정권은 리더에게 있는 모양이었다.

"무사히 도망치면 나중에 회사에 전화해주자. 당신네 회사 사장이 어디어디에 묶여 있다고 알려주면 돼. 그러면 아무 문제 없어."

"그럼 화장실은?"

"그런 것쯤은 좀 참으라고 해야지."

"저기요, 참으실 수 있어요?" 하루미에게 하는 질문인 모양이다.

일단 고개를 끄덕였다. 실제로 오줌이 마렵지는 않았다. 게다가 지금 화장실에 데려간다고 해도 그건 싫었다. 아무튼 일 초라도 빨리 이 집에서 나가줬으면 싶었다.

"좋아, 그럼 나가자. 너희들, 잊어버린 거 없지?" 리더의 목소리가 들리고 뒤이어 세 명의 도둑이 떠나는 기척이 들렸다. 발소리가 점점 멀어져갔다. 현관문을 통해 나가는 것 같았다.

잠시 뒤에 남자들의 목소리가 희미하게 들려왔다. 자동차 키, 라는 말이 섞여 있었다.

하루미는 흠칫했다. 자동차 키를 신발장 위에 놓고 온 게 생각났다.

아차 하고 입술을 깨물었다. 길에 세워둔 차의 조수석에 핸드백이 있다. 차에서 내리기 전에 가방에서 핸드백을 따로 꺼내놓았다.

그들이 조금 전에 찾아낸 것은 예비 지갑이다. 실제로 쓰는 지갑은 차 안의 핸드백에 있었다. 현금만 해도 이십만 엔이 넘게 들어 있을 터였다. 신용카드와 체크카드도 모두 그 지갑에 있다.

하지만 하루미가 안타까운 것은 지갑 때문이 아니었다. 오히려 지갑만 가져가준다면 천만다행이다. 하지만 그들은 아마 그렇게 하지 않을 터였다. 최대한 신속하게 도망쳐야 하니까 지갑 안을 일일이 확인해볼 것도 없이 핸드백째로 가져갈 게 틀림없다.

그 핸드백 안에는 나미야 잡화점에 보낼 편지가 들어 있었다. 그것만은 제발 남겨두었으면 하고 혼자 애를 태웠다. 하긴 남겨두고 간다고 해도 이제 다 틀린 일이다. 이렇게 꽁꽁 묶여 있으니 뭘 어떻게 해볼 도리가 없다. 아침까지 꼼짝도 할 수 없는 것이다. 그리고 나미야 잡화점의 딱 하룻밤의 부활은 날이 밝는 것과 함께 끝나버린다.

한마디 감사 인사를 드리고 싶었다. 당신 덕분에 큰 힘을 얻었습니다, 앞으로는 제가 많은 사람들을 돕고 싶습니다, 편지에 그렇게 썼었다.

그런데 이게 무슨 일인가. 왜 내가 이런 꼴을 당해야 하는가. 내가 무슨 나쁜 짓을 했다는 것인가. 천벌을 받을 만한 일이라고는 한 적이 없다. 오로지 성실하게, 그저 열심히 앞을 향해 달려왔을 뿐이다.

그 순간, 도둑의 리더가 내뱉은 말이 퍼뜩 떠올랐다.

흥, 약한 사람 편이라고? 돈벌이가 안 되는 건 가차 없이 잘라내버리면서!

그건 천만뜻밖의 말이었다. 내가 언제 그런 짓을 했단 말인가.

하지만 그다음 순간에 머릿속에 떠오른 것은 화과자 가게 사장의 울먹이던 얼굴이었다.

하루미는 짙은 한숨을 토해냈다. 수건에 눈이 가려지고 팔다리가 꽁꽁 묶인 상태에서 혼자 쓴웃음을 지었다.

분명 열심히 달려왔다. 하지만 너무 앞만 바라보며 달려왔는지도 모른다. 이건 천벌 같은 게 아니라 그런 급한 발길을 멈추고 잠깐 쉬었다 가라는 뜻으로 받아들여야 할 일이 아닐까.

그래, 구해주자, 밤 만주 아저씨……. 멍하니 그런 생각을 했다.

10

새벽이 머지않은 것 같다. 아쓰야는 빈 편지지를 지그시 내려다보고 있었다.

"그런 일이 정말 있을까?"

"그런 일이라니?" 쇼타가 물었다.

"그러니까 내 말은……." 아쓰야는 말했다. "이 집에서는 과거와 현재가 이어져서 과거의 편지가 우리한테 오고 거꾸로 우리가 우유 상자에 넣은 편지는 과거 쪽으로 간다는 거 말이야."

"이제 와서 새삼스럽게 무슨 소리야?" 쇼타가 미간을 찌푸리며 말했다. "실제로 그게 이어져 있으니까 우리가 여태 편지를 주고받았지."

"그거야 뭐, 나도 알지만……."

"진짜 신기하긴 해." 그렇게 말한 것은 고헤이였다. "아마 '나미야 잡화점, 단 하룻밤의 부활'이라는 거하고 관계가 있나 봐."

"그래, 좋은 생각이 났어!" 아쓰야가 빈 편지지를 손에 든 채 자리에서 일어섰다.

"어쩌려고?" 쇼타가 물었다.

"확인이야. 한번 시도해보자."

아쓰야는 뒷문으로 나와서 문을 닫았다. 좁은 골목을 지나 가게 앞쪽으로 돌아와 셔터 우편함에 백지 편지지를 넣었다. 그리고 급히 집 안으로 들어와 셔터 문 안쪽을 살펴보았다. 하지만 우편함 밑에 놓인 상자 속에는 방금 밖에서 자신이 넣은 편지지는 없었다.

"역시 우리 생각이 맞았어." 쇼타가 확신에 찬 어조로 말했다. "지금 이 가게 밖에서 셔터 우편함에 편지를 넣으면 틀림없이 삼십이 년 전의 과거로 날아가는 거야. 그게 단 하룻밤의 부활이라는 말의 의미야. 지금까지 우리는 그 뒤편의 현상을 체험한 셈이야."

"이쪽 세계가 새벽이 될 때 삼십이 년 전의 세계에서는……"

아쓰야의 말을 쇼타가 냉큼 받았다. "할아버지가 돌아가셨어. 나미야 잡화점에서 고민을 상담해주시던 할아버지가."

"역시 그렇게 생각할 수밖에 없겠다." 아쓰야는 후우 긴 한숨을 토해냈다. 믿을 수 없는 일이지만 그것 말고는 달리 설명할 도리가 없었다.

"그 아가씨는 어떻게 됐을까." 고헤이가 멀거니 생각에 잠긴 시선으로 중얼거렸다.

아쓰야와 쇼타가 동시에 그를 바라보자 고헤이는 턱을 끄덕이며 말했다. "그 여자 있잖아, '길 잃은 강아지'라는 아가씨. 우리가 보내준 편지가 그 여자한테 도움이 되었을까?"

"야, 그걸 내가 어떻게 알겠냐." 아쓰야는 내뱉듯이 말하는 수밖에 없었다. "뭐, 정상적인 사람이라면 그런 편지는 믿지도 않겠지."

"하긴 누가 보건 수상쩍은 내용이니까 그 말대로 했을 리가 없지." 쇼타는 머리를 긁적였다.

'길 잃은 강아지'가 보내준 세 번째 편지를 읽고 아쓰야 일행은 속이 탔다. 아무래도 이 철없는 아가씨가 웬 수상한 놈에게 속아 넘어가 실컷 이용만 당하게 생긴 것이다. 게다가 그녀는 환광원 출신이라고 했다. 어떻게든 구해주어야 한다. 아니, 그뿐만 아니라 이 아가씨가 반드시 성공할 수 있게 도와줘야 한다. 셋이서 그렇게 합의를 보았다.

그래서 내린 결론은 미래에 대해 살짝 알려주자는 것이었다. 1980년대 후반의 거품 경기에 대해서는 세 사람도 잘 알고 있었다. 그래서 그 시기에 어떻게 하면 성공할 수 있는지 알려주기로 했다.

세 사람은 휴대폰으로 80년대 후반의 거품 경기에 대해 자세히 검색해본 뒤에 길 잃은 강아지에게 예언 비슷한 편지를 썼다. 덧붙여 거품이 꺼진 다음의 상황에 대해서도 언급했다. '인터넷'이라는 단어를 쓸 수 없는 것이 무척 힘들었다. 특히 자연재해에 대해 알려주느냐 마느냐 하는 문제로 몇 번을 망설였다. 1995년의 고베 지진, 2011년의 동일본 대지진까지 모두 알려주고 싶은 마음은 굴뚝 같았다.

하지만 결국 그건 말하지 않기로 했다. 생선 가게 뮤지션에게 화재에 대해 말하지 않은 것과 똑같은 이유에서였다. 인간의 목숨과 관련된 것은 건드려서는 안 된다고 생각한 것이다.

"그나저나 아무래도 이상한 건 환광원이야." 쇼타가 말했다. "이번 일에 환광원이 어떤 식으로든 얽혀 있잖아. 대체 왜 그렇지? 그냥 단순한 우연인가?"

그 점은 아쓰야도 마음에 걸렸다. 우연이라고 하기에는 지나치게 잘 맞아떨어진다. 애초에 오늘 밤 그들이 이 집으로 피신하게 된 것 자체가 바로 그 환광원 때문이었다.

자신들이 자란 시설이 궁지에 몰렸다는 소문을 물어온 것은 쇼타였다. 지난달 초의 일이었다. 평소처럼 고헤이를 포함해 셋이서 술추렴을 하고 있을 때였다. 술추렴이라고 해봐야 번듯한 술집에서 마시는 것도 아니고, 도매로 파는 가게에서 맥주며 탄산소주 캔을 사다가 공원에서 주거니 받거니 한 것이다.

"야, 도쿄의 어떤 회사 여사장이 환광원을 통째로 사려고 한단다. 새로 짓네 어쩌네 하는 모양인데 그건 거짓말이래."

쇼타는 가전제품 판매점에서 일하다 해고되어 편의점 아르바이트로 근근이 살고 있었다. 환광원이 그 편의점과 가까워서 원아들이 어떻게 지내는지 이따금 들러본 모양이었다. 참고로 쇼타가 가전제품 판매점에서 해고된 것은 단순한 인원 감축 때문이었다.

"어떡하지, 난 갈 데 없으면 거기 가서 빌붙으려고 했는데." 고헤이가 처량한 소리를 했다. 고혜이도 요즘 실업자 신세였다. 자동차 수리 공장에서 일했는데 올해 5월에 돌연 회사가 문을 닫아버린 것이다. 지금은 공장 기숙사에서 뭉개고 있지만 머지않아 쫓겨날 처지였다.

아쓰야 역시 백수였다. 두 달 전까지는 근처 부품 공장에서 일했다. 어느 날, 대기업에서 신형 부품의 주문이 들어왔다. 평소의 것과는 설계도 치수가 너무 달라서 아쓰야는 몇 번이나 확인을 했다. 하지만 틀림없다고 하는지라 그 설계도대로 만들어서 보냈다. 그런데 역시 설계도가 잘못된 것이었다. 연락 담당자였던 대기업 신입사원이 숫자 단위를 착각한 모양이었다. 대량의 불량품이 발생한 것인데 재수 없게도 그 책임을 아쓰야가 모두 뒤집어쓰게 되었다. 확인이 부족했다는 것이 그 이유였다.

여태까지도 몇 번 그런 일이 있었다. 하청 업체는 대기업 쪽에 무조건 쩔쩔매는 수밖에 없다. 공장의 상사는 아쓰야를 지켜주지 않았다. 뭔가 일이 터지면 항상 아쓰야 같은 말단 직원 탓으로 돌렸다. 아쓰야는 인내심이 바닥나버렸다. "그만두겠습니다"라고 그 자리에서 내뱉고 공장을 나와버렸다.

저금해둔 돈은 거의 없었다. 통장을 들여다보고는 이거, 야단났구나, 하고 생각했다. 집세도 두 달이나 내지 못했다.

그런 세 사람이 둘러앉아 환광원을 걱정해봤자 뭘 어떻게 할 수 있는 것도 아니었다. 통째로 매입하려고 한다는 그 여사장을 성토하는 게 고작이었다.

누가 먼저 그런 말을 꺼냈는지 분명하게는 기억나지 않는다. 어쩌면 나였는지도 모른다, 라고 아쓰야는 생각했다. 확신이 있는 건 아니다. 다만 주먹을 움켜쥐고 이렇게 소리쳤던 것만은 기억이 난다.

"좋아, 까짓것 해치우자. 그런 여자한테서는 왕창 뜯어내도 마리아 님이 용서해주신다더라."

쇼타와 고헤이도 주먹을 치켜들었다. 의욕 충전이었다.

셋이 나이도 똑같고 중고등학교도 함께 다녔다. 몰려다니면서 못된 짓도 많이 했다. 날치기, 소매치기, 자판기 털기까지 폭력을 쓰지 않는 절도 행위라면 대부분 다 해봤다. 지금도 경이롭게 생각하는 것은 그러면서도 한 번도 잡혀 들어간 적이 없다는 것이다. 똑같은 장소에서 하지 않는다, 비슷한 수법은 쓰지 않는다. 나름대로 그런 규칙을 세워놓고 금기를 깨지 않은 게 그 이유일 것이다.

빈집털이도 딱 한 번 해봤다. 고등학교 3학년 때였다. 취직을 앞두고 어떻게든 새 옷을 마련하고 싶었다. 그래서 학교에서 가장 부자로 통하던 녀석의 집을 노렸다. 가족 여행을 떠나는 날을 알아내, 방범 설비 등을 세심하게 점검한 뒤에 실행에 옮겼다. 혹시 들키면 어쩌나 하는 걱정 따위는 전혀 하지 않았다. 현금 삼만 엔 정도를 훔쳐냈다. 우연히 열어 본 서랍에 돈이 들어 있었다. 그 정도로 만족하고 냅다 도망쳐 나왔다. 걸작인 것은 그 집 사람들은 도둑이 들었다는 것조차 알지 못했다는 점이다. 참으로 즐거운 게임이었다.

하지만 고등학교를 졸업한 뒤로 그런 짓은 한 번도 한 적이 없다. 세 사람 모두 성인이 되어 있었다. 자칫 체포되면 신문에 이름이 나간다.

하지만 이번에는, 하지 말자고 반대하는 사람이 없었다. 세 사람 모두 절박한 처지에 내몰려 그 울분을 어딘가에 풀고 싶었던 것인지도 모른다. 본심을 말하자면 아쓰야는 환광원이 어떻게 되건 상관없었다. 이전 관장님께는 큰 신세를 졌지만 새로 온 가리야 부관장은 마음에 들지 않았다. 그 사람이 운영을 도맡은 뒤부터 환광원의 분위기가 어쩐지 흉흉해졌다.

여사장에 관한 정보 수집은 쇼타가 했다. 그다음에 셋이서 다시 모였을 때 쇼타는 좋은 소식이 있다면서 눈을 반짝였다.

"그 여사장의 별장을 알아냈어. 환광원에 온다는 소식을 듣고 내가 스쿠터 하나 빌려서 길목을 지키고 있었지. 미행을 해서 그 여자의 별장을 알아냈어. 환광원에서 이십여 분 거리야. 자그마한 집인데 그런 건물이라면 완전 식은 죽 먹기야. 눈 감고도 들어갈 수 있어. 이웃에 물어보니까 그 여사장은 한 달에 한 번 올까 말까 하는 정도래. 아, 물론 그 이웃 사람한테 내 얼굴을 드러내는 얼치기 짓은 안 했으니까 걱정 마."

쇼타의 말이 사실이라면 물론 좋은 소식이었다. 하지만 문제는 그 별장에 돈 될 만한 물건이 과연 있겠느냐는 것이었다.

"그야 물론 있겠지." 쇼타는 단언했다. "그 여사장, 몸에 지닌 게 온통 명품 브랜드야. 별장에 틀림없이 보석도 있을 거고 값비싼 항아리며 그림 같은 걸로 잔뜩 꾸며놨을 거야."

그건 그렇겠다고 아쓰야와 고헤이도 동의했다. 솔직히 말하면 부자들이 집 안에 어떤 것을 들여놓고 사는지 전혀 상상이 되지 않았다. 단순히 애니메이션이나 드라마에서 본 리얼리티 떨어지는 호화 저택의 모습이 머릿속에 입력되어 있을 뿐이다.

날짜는 9월 12일 밤으로 정했다. 딱히 이유는 없었다. 그날 쇼타가 편의점 아르바이트를 쉬는 날이라는 게 가장 큰 이유였다. 하지만 쉬는 날이라면 그날 말고도 얼마든지 있었다. 그러니 그저 우연히 정해진 날짜일 뿐이었다.

차는 고헤이가 마련해왔다. 정비공이던 시절의 솜씨를 살려 슬쩍 훔쳐 온 것인데 오래된 차종밖에는 다루지 못하는 게 그의 약점이었다.

12일 밤, 오후 11시가 지났을 무렵에 세 사람은 여사장의 별장에 침입했다. 정원 쪽 유리창을 깨고 잠금 고리를 여는 지극히 고전적인 방법으로 쉽게 들어갈 수 있었다. 유리창에 비닐 테이프를 붙였기 때문에 유리 파편이 산산이 흩어지는 일도 없었다.

예상대로 집 안에는 아무도 없었다. 내 세상인 듯 여기저기 뒤졌다. 손에 집히는 대로 몽땅 털어 가자고 기세를 올렸다. 하지만 신바람이 난 건 거기까지, 완전 허탕이었다.

집 안을 샅샅이 뒤져봤지만 그럴싸한 물건이 없었던 것이다. 온몸을 명품으로 휘감고 다닌다는 여사장의 별장이 어떻게 이토록 서민적인가. 쇼타가 이상하네, 이상하네, 하고 고개를 갸웃거렸지만 물건이 없고 보니 어쩔 도리가 없었다.

그때였다. 집 바로 옆에 차를 세우는 소리가 들렸다. 세 사람은 들고 있던 손전등을 껐다. 그러자 누군가 열쇠로 현관문을 열었다. 아쓰야는 사타구니가 오그라들었다. 이걸 어쩌나, 여사장이 들이 닥친 것이다. 이건 얘기가 다르잖아, 하고 속이 타서 투덜거렸지만 이미 때늦은 일이었다.

현관과 복도의 불이 켜졌다. 발소리가 다가왔다. 아쓰야는 각오를 다졌다.

11

"야, 쇼타." 아쓰야가 말했다. "너, 이 폐가는 어떻게 찾아냈어? 우연히 지나가다 봤다고 했는데, 이쪽은 평소에 우리가 놀던 구역도 아니잖아."

"실은 우연히 지나가다 본 게 아니야." 쇼타는 겸연쩍은 얼굴이었다.

"역시 그렇군. 대체 어떻게 된 거야?"

"그렇게 노려볼 거 없어. 별거 아니야. 여사장을 미행해서 별장을 찾아냈다는 얘기는 전에 했었지? 근데 그 여사장이 별장에 가는 길에 이 잡화점 앞에서 잠깐 차를 세웠었어."

"차를 세우다니, 왜?"

"그건 나도 모르지. 왜 그랬는지는 모르겠는데 아무튼 잡화점 앞에 차를 세우고 한참이나 간판을 쳐다보고 있더라고. 나도 뭔가

궁금해서 별장을 알아낸 다음에 다시 이 잡화점에 와봤지. 혹시
라도 일이 잘못되면 슬쩍 이용하기에 딱 좋은 곳인 거 같아서 기
억해둔 거야."

"근데 그 폐가가 엄청난 타임머신이었다?"

쇼타는 어깨를 으쓱 치켜들었다. "뭐, 그런 셈이지."

아쓰야는 팔짱을 끼고 흐흠 하는 신음 소리를 올렸다. 그의 시
선이 벽 쪽에 놓인 가방으로 향했다.

"그 여사장, 대체 누구냐. 이름이 뭐였지?"

"무토 씨라고 했던 거 같은데……." 쇼타도 고개를 갸웃거렸다.

아쓰야는 가방을 끌어왔다. 지퍼를 열고 안에서 핸드백을 꺼냈
다. 현관 신발장 위에 놓인 자동차 키를 발견하지 못했다면 깜빡
놓쳐버렸을 핸드백이다. 집 앞에 세워둔 자동차 문을 열어 보니 조
수석에 이 핸드백이 놓여 있었다. 깊이 생각할 겨를도 없이 냉큼
가방 속에 처넣고 도망쳐왔다.

그 핸드백을 열어 보았다. 가장 먼저 감색 장지갑이 눈에 띄었
다. 아쓰야는 그것부터 꺼내 안을 살펴보았다. 현금만 최소한 이십
만 엔이다. 이 정도라면 힘들게 별장에 침입한 보람이 있다. 체크카
드나 신용카드에는 관심이 없었다.

운전면허증도 있었다. 이름은 '무토 하루미'였다. 사진으로 봐서
는 상당한 미인이다. 쇼타 얘기로는 오십이 넘었다고 하는데 아무
리 봐도 그보다는 훨씬 젊게 보이는 동안이다.

문득 돌아보니 쇼타가 멍한 눈빛으로 아쓰야를 보고 있었다. 눈

에 핏발이 선 것은 밤새 잠을 못 잤기 때문일 것이다.

"왜 그래?" 아쓰야가 물었다.

"핸드백에 이, 이런 게 들어 있어." 쇼타가 내민 것은 한 통의 편지였다.

"뭔데 그래?"

아쓰야의 물음에 쇼타는 말없이 봉투 앞면을 내보였다. 거기에 적힌 글씨를 보고 아쓰야는 입에서 심장이 튀어나올 만큼 놀랐다. 나미야 잡화점 님께, 라고 적혀 있었기 때문이다.

　나미야 잡화점 님께

　인터넷 블로그에 '나미야 잡화점, 단 하룻밤의 부활'이라고 올라와 있었습니다. 이게 사실일까요. 하지만 저는 사실이라고 믿고 이 편지를 쓰기로 했습니다.

　기억하시는지요. 저는 1980년 여름에 상담 편지를 보냈던 '길 잃은 강아지'라는 사람입니다. 당시에는 아직 고등학교를 막 졸업한 어린 여자애였지요. 참으로 모든 면에서 미숙한 아이였어요. 그때 제가 보낸 상담 편지는, 호스티스 일을 하기로 결심했는데 주위 사람들을 어떻게 설득하면 되겠느냐는 어처구니없는 것이었지요. 물론 나미야 님은 그런 저를 나무라셨습니다. 그야말로 사정없이 나무라셨어요.

　하지만 아직 어렸던 저는 그 말씀을 받아들일 수 없었습니다. 저의 성장 과정이며 처지를 설명하면서 그간 신세 졌던 분들에게 은혜를 갚기 위해서는 그 방법밖에 없다고 주장했습니다. 정말 고집도 센 아가씨라고 내심 화도 나셨을 거예요.

하지만 나미야 님은, 그렇다면 네 마음대로 하라고 저를 내치지 않으셨어요. 그 대신 귀중한 조언을 해주셨지요. 앞으로 어떻게 살아가면 좋을지, 귀중한 지표를 건네주신 거예요. 게다가 그것은 추상적인 것이 아니라 매우 구체적인 말씀이었습니다. 어떤 공부를 언제까지 해야 하는지, 어떤 분야에 뛰어들어야 하는지, 어떤 것은 끝까지 붙들고 있고 어떤 것은 때맞춰 놓아버려야 하는지, 아주 상세히 알려주셨어요. 그것은 마치 예언 같은 말씀이었습니다.

저는 나미야 님이 해주신 말씀을 따랐습니다. 솔직히 처음에는 반신반의했지만 이윽고 세상이 나미야 님의 예언대로 흘러간다는 확신이 들었을 때는 그 의심조차 깨끗이 사라졌습니다.

참으로 신기한 일이지요. 어떻게 거품 경기와 그 붕괴를 예측하셨을까요. 어떻게 인터넷 시대가 도래한다는 것을 그토록 정확히 예측하셨을까요. 하지만 지금 제가 이런 질문을 하는 건 별 의미가 없는 일이겠지요. 그 답을 알아낸다고 해서 뭔가 달라지는 것도 아니니까요.

제가 나미야 님께 드리고 싶은 말씀은 단 한 가지뿐입니다.

정말로 고맙습니다.

진심으로 감사드립니다. 만일 나미야 님의 조언을 얻지 못했다면 지금의 나는 없었을 것입니다. 아니, 자칫 잘못했으면 세상 밑바닥까지 굴러떨어졌을 테지요. 당신은 영원히 저의 은인입니다. 그 은혜를 어떻게도 갚을 수 없는 것이 너무도 안타깝지만, 이렇게 편지로나

마 감사의 말씀을 올립니다. 그리고 앞으로는 제가 다른 많은 사람들에게 도움이 되고자 합니다.

인터넷 블로그에 의하면 오늘 밤은 나미야 님의 서른세 번째 기일이라고 하더군요. 제가 상담 편지를 드렸던 것이 마침 삼십이 년 전지금 이 무렵이었어요. 그러니까 제가 마지막 상담자였을 거예요. 이것도 뭔가 큰 인연이라는 생각에 참으로 감개가 무량합니다.

부디 평안히 영면하시기를 빕니다.

예전에 길을 잃었던 강아지 드림

편지를 읽고 아쓰야는 머리를 움켜쥐었다. 뇌가 지잉 하고 마비되는 듯한 느낌이었다. 지금 자신의 마음속을 말로 표현해보려고 했지만 어떤 단어도 떠오르지 않았다.

쇼타와 고헤이도 마찬가지인지 둘 다 무릎을 끌어안은 채 아무말이 없었다. 쇼타의 시선은 허공을 허우적거리는 것 같았다.

이게 대체 무슨 일인가. 클럽 호스티스가 되겠다는 아가씨를 설득하기 위해 미래에 일어날 일에 대해 알려주는 편지를 보낸 것이 바로 조금 전이다. 그녀는 그 편지를 보고 무사히 성공을 거머쥔 것이다. 그런데 삼십이 년 뒤에 아쓰야 일행이 다름 아닌 그 아가씨의 별장에 도둑질을 하러 갔다니⋯⋯.

"이건 분명 뭔가 사연이 있어." 아쓰야가 혼잣말처럼 중얼거렸다.

쇼타가 고개를 들어 아쓰야를 바라보았다. "사연이라니?"

"그, 그게⋯⋯ 아니, 설명은 못 하겠어. 하지만 분명 나미야 잡화점과 환광원을 연결하는 뭔가가 있을 거야. 눈에 보이지 않는 인연의 끈 같은 것이라고 할까. 누군가 하늘 위에서 그 끈을 조종하고 있는 거 같아."

쇼타는 천장을 올려다보며 말했다.

"그래, 그럴지도 모르겠다."

앗 하고 고헤이가 놀라는 소리를 냈다. 그의 시선은 뒤쪽을 향하고 있었다.

문이 활짝 열려 있었다. 그곳으로 아침 해가 비쳐 들었다. 날이 밝은 것이다.

"결국 이 편지는 나미야 할아버지에게 보낼 수 없게 됐다." 고헤이가 말했다.

"아니, 그게 맞아. 이 편지는 나미야 할아버지가 아니라 우리한테 보낸 거잖아. 그렇지, 아쓰야?" 쇼타가 말했다. "이 사람이 감사하는 대상은 바로 우리야. 우리한테 고맙다고 편지를 보내준 거야. 우리 같은 놈들한테, 쭉정이 백수인 우리한테……."

아쓰야는 쇼타의 눈을 보았다. 불그레한 그 눈에 눈물이 글썽거리고 있었다.

"난 그 사람 말 믿어. 러브호텔 지을 거냐고 물었을 때, 그렇지 않다고 분명하게 대답했잖아. 그거 거짓말 아니야. 길 잃은 강아지라는 이름으로 상담 편지를 보냈던 그 아가씨는 절대로 거짓말을 하지 않아."

동감이었다. 아쓰야는 고개를 끄덕였다.

"우리 이제 어쩌지?" 고헤이가 물었다.

"그야 뻔하지." 아쓰야는 자리에서 일어섰다. "그 별장으로 가자. 우리가 훔쳐 온 거, 다시 돌려주자."

"그래, 손이랑 다리 꽁꽁 묶은 거, 풀어줘야지." 쇼타가 말했다. "눈 가린 것도, 입에 붙인 테이프도."

"응, 그래."

"그리고 그다음은? 또 도망치는 거야?"

고헤이의 물음에 아쓰야는 고개를 저었다. "도망치지 않아. 경찰이 오기를 기다린다."

쇼타도 고헤이도 반대하지 않았다. 고헤이가 "교도소행이네"라고 중얼거리며 어깨를 툭 떨구었을 뿐이다.

"자수하는 거니까 집행유예로 해줄 거야." 그렇게 말하고 쇼타는 아쓰야를 바라보았다. "문제는 그다음이야. 점점 더 일자리 얻기가 힘들어질 텐데 어쩌지?"

아쓰야는 고개를 저었다.

"그걸 내가 어찌 알겠냐. 하지만 한 가지만은 분명해. 이제 다시는 남의 물건에 손대지 않는다."

쇼타와 고헤이는 말없이 고개를 끄덕였다.

짐을 챙겨 들고 뒷문으로 나왔다. 햇빛이 눈부셨다. 어딘가에서 참새가 쩍쩍거렸다.

아쓰야는 우유 상자에 시선을 던졌다. 하룻밤 사이에 이 상자를 몇 번이나 열어 봤는지 모른다. 이제 더 이상 그럴 일이 없다고 생각하니 조금쯤 섭섭하기도 했다.

마지막으로 한 번만 열어 보기로 했다. 그랬더니 그 안에 편지 한 통이 들어 있었다.

쇼타와 고헤이는 앞서서 걸어가는 참이었다. 야, 하고 두 사람을 불렀다. "여기에 이런 게 들어 있어!" 편지를 높직이 쳐들었다.

봉투 앞면에 만년필로 '이름 없는 분에게'라고 적혀 있었다. 상당한 달필이다.

봉투 안에서 편지지를 빼냈다.

이 편지는 백지를 보내주신 분께 드리는 것입니다. 해당되지 않는 분은 다시 제자리에 돌려놓으시기 바랍니다.

아쓰야는 헉하고 숨을 삼켰다. 조금 전에 아무것도 쓰지 않은 빈 편지지를 가게 앞 셔터 우편함에 넣었다. 그렇다면 이 편지는 그에 대한 답장이다. 그리고 답장을 써준 사람은 진짜 나미야 잡화점 할아버지다.

편지글은 다음과 같이 이어졌다.

이름 없는 분에게.

어렵게 백지 편지를 보내신 이유를 내 나름대로 깊이 생각해보았습니다. 이건 어지간히 중대한 사안인 게 틀림없다, 어설피 섣부른 답장을 써서는 안 되겠다, 하고 생각한 참입니다.

늙어 망령이 난 머리를 채찍질해가며 궁리에 궁리를 거듭한 결과, 이것은 지도地圖가 없다는 뜻이라고 내 나름대로 해석해봤습니다.

나에게 상담을 하시는 분들을 길 잃은 아이로 비유한다면 대부분의 경우, 지도를 갖고 있는데 그걸 보려고 하지 않거나 혹은 자신이 서 있는 위치를 알지 못하는 것이었습니다.

하지만 아마 당신은 그 둘 중 어느 쪽도 아닌 것 같군요. 당신의 지도는 아직 백지인 것입니다. 그래서 목적지를 정하려고 해도 길이 어디 있는지조차 알 수 없는 상황일 것입니다. 지도가 백지라면 난감해하는 것은 당연합니다. 누구라도 어쩔 줄 모르고 당황하겠지요.

하지만 보는 방식을 달리해봅시다. 백지이기 때문에 어떤 지도라도 그릴 수 있습니다. 모든 것이 당신 하기 나름인 것이지요. 모든 것에서 자유롭고 가능성은 무한히 펼쳐져 있습니다. 이것은 멋진 일입니다. 부디 스스로를 믿고 인생을 여한 없이 활활 피워보시기를 진심으로 기원합니다.

상담 편지에 답장을 쓰는 일은 이제 더 이상 없을 것이라고 생각합니다. 마지막으로 멋진 난문難問을 보내주신 점, 깊이 감사드립니다.

나미야 잡화점 드림

편지를 다 읽고 아쓰야는 고개를 들었다. 두 친구와 눈이 마주쳤다. 모두 반짝반짝 빛나고 있었다.

자신의 눈빛도 틀림없이 그럴 거라고 아쓰야는 생각했다.

기적과 감동을 추리한다

인생 막판에 몰린 세 명의 젊은 친구, 빈집을 털러 갔다가 변변한 물건도 건지지 못한 채 도망쳐 나왔다. 설상가상으로 차가 고장 나는 바람에 깜깜한 어둠 속을 허위허위 걸어서 오래전에 폐업한 가게로 피신한다. 한적한 언덕 위에 마치 그들을 기다려온 것처럼 고즈넉하게 서 있는 낡은 잡화점. 고개 들어 하늘을 보니 한가운데 달이 둥실 떠 있다. 뒷문을 열고 들어서는 순간, 시간과 공간이 출렁 뒤틀리는데······.

작가 히가시노 게이고의 대표작으로 손꼽힐 신작이 나왔다. 그간의 추리소설에 비하면 약간 취향이 다르다. 추리적인 향기를 풍기면서도 이 이야기에는 살인 사건도 민완 형사도 없다. 범죄자의 컴컴한 악의 대신 인간 내면에 잠재한 선의에 대한 믿음이 있고, 모든 세대를 뭉클한 감동에 빠뜨리는 기적에 대한 완벽한 구성이 있다.

생각해보면 히가시노 게이고는 어떤 참혹한 살인 사건이나 악의를 묘사할 때도 기본적으로 인간의 선량함에 대한 믿음을 놓아버리는 일이 없었다. 오래도록 수많은 독자들로부터 사랑을 받아온 이유일 것이다. 그런 특징이 이번 『나미야 잡화점의 기적』에서 유감없이 발휘되었다. 누구에게나 자신 있게 추천할 수 있는, 대중적이면서도 깊이를 잃지 않는 명작을 '드디어!' 써냈다는 느낌이다.

일본 추리소설계에서 첫손가락에 꼽히는 작가라는 것은 이미 수많은 독자들이 인정하고 있지만, 지칠 줄 모르고 많은 양의 작품을 발표하고 있어서 비판적인 사람들 사이에서는 이따금 태작이 섞인 것이 아니냐는 말이 들려온다. 이번에 출판사에서 보내준 원서는 처음부터 끝까지 단숨에 읽어버렸다. 도저히 중간에 멈출 수 없었다. 수없이 써내고 또 써낸 끝에 작가 히가시노 게이고, 드디어 여기에 이르렀구나, 번역자로서 감개가 무량했다. 끝까지 믿고 기다려준 독자들에게 이 작가가 마침내 큰 선물을 주었다.

처량한 백수 신세의 세 친구 캐릭터가 우선 재미있다. 빈집털이범으로까지 떨어져버린 밑바닥 인생이지만 우연인지 운명인지 거창하게도 남의 고민을 해결해주는 상담사 역할을 떠맡는다. 히가시노 게이고는 이 작품에 대해 설명하면서 다음과 같이 말했다.

'남의 고민을 상담해주는 일은 대개 분별력 있고 지식이나 경험이 많은 분이 해야 하는 것이지요. 하지만 일부러 미숙하고 결점 투성이인 젊은이들로 했습니다. 타인의 고민 따위에는 무관심하고 누군가를 위해 뭔가를 진지하게 생각해본 일이라고는 단 한 번도 없었던 그들이 과거에서 날아온 편지를 받았을 때 어떻게 행동할까, 우선 나부터 무척 궁금했습니다.'

재미있고 쉽게 읽히는 청년 백수의 언어로, 서로가 서로의 인생에 지렛대가 되는 신기한 기적의 문을 열어 보인 것이다. 세월을 건너뛰어 우리 모두는 언제 어디서 서로 얽히는 것인지, 책을 덮으면서 곰곰 추리해보게 된다. 누군가를 위해 진지하게 고민해서 써보낸 답장이 시공의 제약을 뛰어넘어 나에게 되돌아오는 기적은 긴 인생에서 무엇보다 든든한 버팀목이 될 것이다. 역시 추리소설 작가가 써내는 기적과 감동은 각별한 맛이 있다.

저마다 살아가는 시대와 처한 환경이 다른 주인공들이 등장하는 네 개의 에피소드는 삶의 바탕이 되는 중요한 문제를 짚어내고 있다.

주위 사람들에게서 칭찬받을 만한 길을 선택하는 경우가 있다.

하지만 속내를 들여다보면 끝없이 노력해야 하는 현실이 힘에 버거워 가장 편한 길로 도망친 것이다. 현실에 대한 두려움을 떨치고 스스로를 정직하게 바라보았을 때, 기적이 일어난다.

어린 시절에 우연히 꽂힌 일에 누구보다 열심히 매진했다. 부모 형제의 눈에서 눈물을 빼가면서 온갖 어려움을 무릅쓰고 오로지 그 길을 향해 달렸다. 하지만 무심한 세월만 흘러갈 뿐 손에 잡히는 성과는 없고 초조한 마음만 쌓여간다. 나는 과연 재능이 있는 것일까. 스스로의 재능에 대해 모락모락 피어오르는 의심은 인간에게서 모든 의욕을 빼앗아간다. 그런 때에 '당신의 노력은 절대로 쓸데없는 일이 되지는 않습니다. 마지막까지 꼭 믿어주세요. 마지막의 마지막 순간까지 믿어야 합니다'라는 답장이 날아온다. 주위의 능력자들은 휙휙 앞서가는데 나 혼자만 한참 뒤처진 채 아둔한 노력으로 때우고 있는 것 같아 문득 덧없고 슬퍼질 때는 이 말을 주문처럼 외워볼 생각이다. '생선 가게 뮤지션 님, 당신의 노력은 절대로 쓸데없는 일이 되지는 않습니다!'

누구보다 믿었던 사람에게서 배신감을 느꼈을 때, 그 상처란 이루 말로 다 할 수 없다. 서로를 이어주던 마음의 끈이 뚝 끊기는 순간은 인생에서 겪는 가장 큰 괴로움이다. 그러나 인연의 끈은 그리 쉽게 끊기는 것이 아니었다. 세월이 흘러 다시 바라보면 예전의 풍경도 전혀 다르게 보이는, 너무도 쓸쓸해서 가슴을 치는 회한의 기적이다. 이 에피소드는 비틀스의 음악과 함께 감상한다면 금상첨화다.

앞만 보며 성실하게 내달려 마침내 성공을 거머쥔 그녀 혹은 그에게는 잠시 멈춰 서서 주위를 돌아보는 일이 필요하다. 혼자서 이루어낸 성공이라는 것은 없다. 누군가에게서 알게 모르게 받아온 도움을 이제는 망설임 없이 남에게 베풀었을 때 흐뭇한 기적의 연쇄가 일어난다. '길 잃은 강아지'의 성공이 마치 내 일처럼 기뻐서, 성공이란 원래 이런 '해피 바이러스'였다는 것을 새삼 깨닫는다.

어떤 길을 선택해야 할지 고민하는 사람은 그나마 행복하다. 그들 앞에는 그래도 길이라는 것이 있기 때문이다. 어떤 길도 그려져 있지 않은 백지의 지도 앞에서 막막한 답답함에 빠져 있는 젊은이들에게는 절망조차 사치스러운 얘기인지도 모른다. 그런 젊은이들에게 나미야 할아버지가 늙어 망령이 난 머리를 쥐어짜 보내주신 마지막 답장은 오래도록 간직하고 싶은 인생의 잠언이 될 것 같다. 세 명의 젊은 친구들의 앞날에 부디 행운이 있기를.

이 소설은 2012년 '주오코론문예상'을 수상했다. 시상식 자리에서 히가시노 게이고는 재미있는 이야기를 했다.

'어렸을 때, 나는 책 읽기를 무척 싫어하는 아이였다. 국어 성적이 너무 좋지 않아서 담임선생님이 어머니를 불러 만화만 읽을 게 아니라 책도 읽을 수 있게 집에서 지도해달라는 충고를 하셨다. 그때 어머니가 한 말이 걸작이었다. "우리 애는 만화도 안 읽어요." 선생님은 별수 없이, 그렇다면 만화부터 시작하는 게 좋겠다고 했다. 나는 작품을 쓸 때, 어린 시절에 책 읽기를 싫어했던 나 자신을 독자로 상정하고, 그런 내가 중간에 내던지지 않고 끝까지 읽을 수 있는 이야기를 쓰려고 노력한다.'

쉽고 재미있게 술술 읽히는 소설, 그러면서도 삶의 심오한 기척 또한 놓치지 않는 작품은 세상 모든 소설가의 꿈이겠지만, 히가시노 게이고는 그 꿈을 상당 부분 이루었다고 해도 지나친 말은 아닐 것이다.

　지금 선택한 길이 올바른 것인지 누군가에게 간절히 묻고 싶을
때가 있다. 고민이 깊어지면 그런 내 얘기를 그저 들어주기만 해도
고마울 것 같다. 어딘가에 정말로 나미야 잡화점이 있었으면 좋겠
다, 나도 밤새 써 보낼 고민 편지가 있는데, 라고 헛된 상상을 하면
서 혼자 웃었다. 어쩌면 진지하게 귀를 기울여주는 사람이 너무도
귀하고 그리워서 불현듯 흘리는 눈물 한 방울에 비로소 눈앞이
환히 트이는 것인지도 모른다.

　한편으로는 십 년, 이십 년 전의 소중한 사람에게 밤새 긴 편지
를 써 보내고 싶기도 하다. 그런 때에 어떤 것을 알려주어야 할까.
빚을 내서라도 부동산을 매입하라고 할까. 서둘러 주식을 사들이
고 골프 회원권도 사들이라고 할까. 그것도 뭐 나쁘지는 않겠다.
하지만 히가시노 게이고를 잘 아는 마니아 독자라면 좀 더 멋진
아이디어를 떠올려주시리라.

　돌아보면 많은 책을 번역해왔다. 한 권 한 권 의미 없는 책이란

없었다. 하지만 그중에서도 『나미야 잡화점의 기적』은 내 번역 노트에 '주위의 친지 모두에게 선물하고 싶은 책'으로 기록될 것 같다. 남녀노소를 불문하고 망설임 없이 추천할 수 있는 책이 의외로 많지 않은 가운데서 참으로 흐뭇한 일이다. 오래도록 남을 명작이란 이런 것이 아닐까.

나미야 잡화점의 기적

지은이 히가시노 게이고
옮긴이 양윤옥
펴낸이 김영정

초판 1쇄 펴낸날 2012년 12월 19일
개정판 1쇄 펴낸날 2022년 12월 19일
개정판 11쇄 펴낸날 2025년 1월 10일

펴낸곳 (주) 현대문학
등록번호 제1-452호
주소 06532 서울시 서초구 신반포로 321(잠원동, 미래엔)
전화 02-2017-0280
팩스 02-516-5433
홈페이지 www.hdmh.co.kr

ISBN 979-11-6790-148-4 03830

* 책값은 뒤표지에 있습니다.
* 파본은 구입처에서 교환해드립니다.